ALEXIS LAIPSKER

Alexis Laipsker est l'une des figures les plus reconnues du poker, qu'il a popularisé par la présentation d'émissions spécialisées. Fort de son expérience de fin observateur des expressions corporelles des joueurs, de sa maîtrise du bluff et des techniques de manipulation, il propose avec *Et avec votre esprit* (Michel Lafon, 2020) un polar glaçant et redoutablement efficace.

... ET AVEC VOTRE ESPRIT

ALEXIS LAIPSKER

… ET AVEC VOTRE ESPRIT

Michel LAFON

MIXTE
Papier issu de sources responsables
FSC® C003309

L'éditeur de cet ouvrage s'engage dans une démarche
de certification FSC® qui contribue à la préservation
des forêts pour les générations futures.

Pour en savoir plus :
www.editis.com/engagement-rse/

ISBN 978-2-266-31390-2
Dépôt légal : mars 2021

Je m'en souviens maintenant.
Je me souviens de comment tout a commencé.
Je ne me souviens pas d'avant,
Je me souviens simplement d'avoir fait
ce qu'on m'a demandé.

Geoff TATE

– 1 –

Curieusement, ce fut moins la douleur que l'étonnement qui frappa le professeur Toussant lorsqu'il reçut le premier coup. Terrassé par cet objet métallique qui avait ouvert ses chairs et fracassé son crâne, il s'effondra sur le carrelage froid du laboratoire de la faculté de chimie. Comme un dernier sarcasme du destin, alors qu'il ne lui restait que quelques instants à vivre, sa chute lui sembla durer une éternité.

« Un peu de science éloigne de Dieu, mais beaucoup y ramène ! »

Georges Toussant n'entendit pas les paroles de son agresseur. Hagard, il se redressa avec difficulté mais ne parvint qu'à se mettre à genoux. Le scientifique porta la main à sa tête. Il sentit une plaie béante de laquelle s'écoulait du sang qui s'insinuait entre ses doigts, maculant d'abord la manche de sa blouse avant de se répandre en gouttes écarlates sur le carrelage beige.

Lorsqu'il releva la tête, le sang dessinait déjà un masque sordide. Il écarquilla les yeux, puis tendit la main vers son assaillant pour l'implorer de l'épargner. Il lut dans le regard gris du bourreau une détermination farouche, la froide volonté de s'acquitter de sa mission. Il n'y aurait pas de miséricorde. Sur le visage du professeur Toussant, la stupéfaction fit alors place à la frayeur.

Balbutiant quelques mots incompréhensibles, il essaya péniblement de se relever en s'appuyant sur la paillasse, avant de recevoir un deuxième coup au front qui interrompit son mouvement. Il s'écroula une nouvelle fois, emportant dans sa chute un râtelier d'éprouvettes qui se brisèrent avec fracas, projetant de petits éclats de verre tout autour de lui. Au sol, des liquides multicolores se mêlaient au sang.

Les gestes du professeur n'étaient plus que les réflexes désordonnés d'un corps privé de contrôle, une dernière manifestation de la vie, dépourvue de logique et de sens, tentant désespérément de s'agripper à quelque chose pour ne pas sombrer dans le néant. Ses yeux s'agitaient dans leurs orbites, cherchant vainement une échappatoire, n'en trouvant aucune. Il voulut crier, non pour appeler à l'aide puisque les lieux avaient été désertés plusieurs heures auparavant, mais parce que la peur de mourir était trop insoutenable pour demeurer intérieure. Le cri ne vint jamais.

L'ombre enjamba le professeur, sa main gantée se resserrant sur l'objet qu'elle tenait, puis elle se pencha et lui infligea un nouveau coup à la tête. L'os craqua avec un bruit de bois sec.

Décidément peu clémente, la Mort refusa encore de l'emporter et, au lieu de s'achever à cet instant, le supplice du professeur Toussant ne faisait en réalité que commencer.

– 2 –

En se garant sur le parking de l'université de Strasbourg, non loin de l'entrée principale, Cannelle Pourson savait qu'elle n'était pas la première. Elle fut tout de même surprise du nombre de véhicules de police déjà sur place. Les fourgonnettes des équipes d'investigations scientifiques étaient venues s'ajouter aux voitures banalisées et à une ambulance.

Elle descendit, boutonna son anorak et releva son col, saisie par le froid matinal de cette journée de janvier. Il lui fallait un café.

Elle détestait ce quartier qu'elle connaissait bien pour y être intervenue trop souvent. Ces barres d'immeubles immenses, érigées à la hâte afin de satisfaire la demande de logements à l'époque du baby-boom, défiguraient la ville. D'architecture sommaire, hautes de plus de quarante mètres, elles se dressaient, aussi nombreuses qu'inhospitalières. Un urbaniste avait cru bon de les couvrir de peinture bleu pâle, sans doute pour en adoucir les lignes et leur donner un peu de gaieté. Peine perdue. On avait moins l'impression d'être à Miami que dans les faubourgs de Volgograd. L'hiver n'arrangeait rien.

Le complexe universitaire ne déparait pas ce paysage morose. Il était composé de plusieurs bâtiments de styles différents, construits dans les années 1960 et 1970.

Cannelle Pourson avait fait ses études à quelques centaines de mètres de là, dans une construction atypique, en arc de cercle, ouvrant sur une large esplanade où, lorsque la saison le permettait, elle révisait ses cours de droit pénal assise sur l'herbe pelée. Elle ne put s'empêcher de jeter un coup d'œil à cette fac où elle avait passé tant d'années. Les façades avaient un peu noirci.

Face à elle se dressait la faculté de chimie, surmontée d'une tour qui n'avait jamais été belle, et dont le sommet se perdait dans le brouillard. L'ensemble formait une grande masse grise impersonnelle.

Elle se dirigea vers l'entrée principale où elle fut accueillie par un policier en uniforme qui la salua.

— Bonjour, commissaire. On vous attend là-haut.

— Merci. Dites, vous savez où je peux trouver un café ?

— Oui, il y a une cafétéria, juste là.

L'agent lui indiqua une salle à droite du hall où se trouvaient des distributeurs de boissons. Du coin de l'œil, elle avait bien remarqué ses collègues qui patientaient. Mais elle avait vraiment besoin d'un café. Surtout dans un moment pareil.

La tâche du commissaire Pourson était délicate. Les équipes en place étaient parfaitement compétentes pour traiter seules, et avec tout le sérieux requis, ce genre d'affaire et la voir ainsi débarquer pour prendre les choses en main risquait d'être moyennement apprécié. Si elle avait reçu tôt ce matin-là un appel du procureur de la République pour lui confier personnellement cette enquête, c'était parce que la victime était une sommité. On ne traitait pas un Nobel assassiné comme un dealer abattu lors d'un règlement de comptes. Et puis il faudrait très certainement composer avec les médias. Autant de raisons motivant le recours à un officier chevronné. Elle devenait donc la pilote de cette mystérieuse affaire. Or, elle se mettait à la place de ses hommes car elle connaissait, pour l'avoir déjà vécu, le sentiment de frustration des enquêteurs lorsqu'un supérieur débarquait et prenait le contrôle. Surtout une femme ! Pourson aimait ses hommes et ne voulait froisser personne. Elle appréciait l'étrange alchimie créée par le mélange de sensibilités, d'énergies et d'expériences de vie différentes au service d'une cause commune : la justice. De surcroît, elle obtiendrait de bien meilleurs résultats si elle les impliquait pleinement dans cette enquête. À l'inverse, elle savait qu'en les dominant, elle les priverait de leur sens de l'initiative et musellerait leur instinct. Elle devrait donc faire preuve de beaucoup de tact.

Le café était infect, mais elle s'en contenterait. Un gobelet à la main, elle se dirigea vers deux policiers en civil qui se trouvaient dans le grand hall.

— Bonjour, Frédéric. Bonjour, Jeff.

— Bonjour, commissaire.

— Alors ?

Ce fut Frédéric qui se lança :

— La victime s'appelle Georges Toussant, professeur émérite à l'université de Strasbourg, prix Nobel de chimie, de nombreuses récompenses, quantité de prix honorifiques. Bref, un ponte.

— Que s'est-il passé ?

— Il a été sauvagement assassiné dans la nuit.

— Sauvagement ?

— Vous allez voir…

Cannelle Pourson fronça les sourcils. « Sauvagement ». Dans la police, ce n'était pas un terme que l'on employait de manière inconsidérée.

— À ce point-là ?

— Oui, à ce point-là. Je n'ai jamais rien vu de pareil, avoua-t-il en hochant la tête.

Pourson le fixa un instant, surprise que l'un de ses adjoints, pourtant expérimenté, semble aussi secoué. Elle poursuivit :

— Bon. Vous avez un suspect ?

— Pas encore.

— On a des témoins ?

— Ce serait trop facile, commissaire !

— Vous en êtes où ?

— On a fermé l'établissement. La brigade scientifique est sur la scène de crime. Ils ont déchargé leur matériel et commencé à travailler. Le légiste est en haut. J'ai fait boucler les ascenseurs et l'escalier…

— Pourquoi ? C'est à quel étage ?

— Au cinquième.

— OK. Quoi d'autre ?

Le second policier, qui jusque-là était demeuré silencieux, prit la parole :

— On a recueilli la déclaration de la personne qui a découvert le corps, une laborantine qui travaillait avec le professeur depuis six ans. Elle ne sait pas grand-chose. Elle est arrivée un peu avant 8 heures, comme d'habitude. Elle est sous le choc.

— Veillez à ce qu'elle bénéficie d'une prise en charge psychologique.

— On a aussi vérifié s'il y avait des caméras de surveillance. Ce n'est pas le cas malheureusement.

— Même à l'extérieur ?

— La plus proche se trouve à l'intersection de la rue de Londres et de l'avenue du Général-de-Gaulle, à plus de cent cinquante mètres d'ici, et ne couvre pas cet axe.

Pourson fit une grimace. Depuis 2003, cinq cents caméras avaient été déployées dans l'agglomération strasbourgeoise, envoyant directement leurs images au Centre d'information et de commandement de l'hôtel de police. Les enquêteurs y avaient recours environ six mille fois par an et, bien que ce service leur apporte à l'occasion une aide précieuse, ils avaient souvent l'impression qu'elles n'étaient jamais placées aux bons endroits.

— Tant pis pour les caméras. Autre chose ?

— On a prévenu sa femme.

— Il a été tué dans la nuit, c'est bien ça ? On connaît l'heure exacte du décès ?

— Pas encore. Par contre, on a convoqué tous ceux qui ont travaillé avec la victime au cours des dernières vingt-quatre heures pour les auditionner.

— Très bien. Vous avez fait ce qu'il fallait. On y va ?

— Allez-y, commissaire, on vous attend ici.

— Vous ne m'accompagnez pas ?

— C'est-à-dire… on en vient…

— J'ai mon compte pour la journée, ajouta son collègue.

— Une scène de crime, c'est jamais ragoûtant, je sais, surtout le matin, mais j'ai besoin de vous. Alors allons-y.

Cannelle Pourson termina son café d'un trait, puis lança le gobelet vers une large poubelle en plastique. Il tomba à côté.

— Merde.

Il y avait des jours comme ça.

Un technicien du service régional de l'Identité judiciaire tendit à Pourson et à ses deux collègues des sachets contenant des vêtements stériles, semblables à ceux que lui-même portait.

— Je ne peux pas attendre d'être là-haut pour enfiler ça ? demanda-t-elle pour la forme, sachant pertinemment qu'elle n'y échapperait pas.

— Non, commissaire, répondit l'homme en blanc. Le meurtre a eu lieu au cinquième, nous sommes obligés d'inspecter les ascenseurs et l'escalier. Donc pas moyen de monter sans polluer la scène de crime.

— Bon, fit-elle en soupirant.

Pourson et ses hommes ôtèrent leurs blousons et les déposèrent sur une table de la cafétéria avant d'enfiler gauchement leurs tenues. À chaque mouvement, leurs combinaisons faisaient un bruit de frottement désagréable.

Les deux hommes emboîtèrent le pas du commissaire qui se dirigeait vers l'un des ascenseurs.

La cabine était recouverte de panneaux d'acier maculés de graffitis pour la plupart obscènes.

— Classe, lâcha Pourson.

En sortant, les trois policiers suivirent un long couloir éclairé par des néons à lumière blafarde et, par endroits, tremblotante.

Avant de pénétrer dans la salle où le crime avait eu lieu, ils se couvrirent le visage d'un masque stérile. L'équipe scientifique avait placé sur le sol des règles en plastique afin de servir d'échelle à chacun des clichés qu'ils prenaient. Les techniciens avaient également disposé des plots jaunes numérotés, qui signalaient la présence d'indices.

Elle entendait parfois dire que l'on ne s'habituait jamais à la mort. C'était faux. On finissait par s'y faire. C'était peut-être pire, d'ailleurs : lorsque l'horreur devenait familière, que l'indicible ne suscitait plus d'émotion, on perdait une part de son humanité. La vérité était affreusement cynique : on s'habituait à tout, y compris au pire.

Mais on n'oubliait jamais.

Suivie par ses deux adjoints, Pourson s'avança dans le laboratoire. Elle se déplaçait lentement, sans bruit, tel un dévot s'approchant d'une statue de la Vierge pour y déposer un lumignon. À la différence près que la lueur rougeâtre de la pièce n'émanait pas d'une bougie, mais d'un écran d'ordinateur couvert de sang.

Malgré le masque, l'odeur était saisissante. Une odeur métallique, âcre, qui éveillait au plus profond de l'être un sentiment étrange, mélange de peur et de dégoût.

Dans un amas de verre brisé, un corps gisait sur le dos. Celui d'un homme vêtu d'une blouse blanche maculée de sang.

Pourson fut frappée par l'impressionnante quantité de sang qui souillait le carrelage, et dont les projections avaient créé sur le mur de sinistres coulures qui s'étiraient jusqu'à la plinthe. Au sol, la flaque écarlate était si étendue que l'une de ses extrémités venait lécher le mur de la fenêtre, à plus d'un mètre du corps. La nappe visqueuse recouvrait des fragments d'os dont certains étaient hérissés de mèches de cheveux.

Dans ce lieu habituellement immaculé, ce corps éclaté était comme un blasphème.

Son visage ensanglanté présentait de nombreuses contusions et blessures ouvertes qui révélaient une agression d'une redoutable férocité. Le sang avait traversé la blouse pour imprégner les vêtements. Partout, des morceaux de chair. Mais ce n'était pas le pire.

On lui avait ouvert le crâne, à partir du front, juste au-dessus des sourcils, et on l'avait amputé de la partie supérieure du visage pour ne laisser qu'un trou béant.

À cette vue, Pourson ne put réprimer un mouvement de recul.

Au cours de sa carrière, elle avait eu son lot d'horreurs : des noyés repêchés dans le Rhin, un clochard aspergé d'acide par des skinheads, des intoxications, des accidents domestiques, des violences conjugales, quelques crimes sordides dans des milieux que n'aurait pas reniés Dickens, mais ce qu'elle voyait à cet instant dépassait tout cela et de loin. La scène était d'une sauvagerie extrême, balayant tout, son sang-froid et son expérience.

Elle avait envie de dégueuler.

Elle se tourna vers ses deux collègues et fut rassurée de voir qu'elle n'était pas la seule à se sentir mal. Ils ne croisèrent pas son regard. Ils ne quittaient pas le cadavre des yeux.

Elle devait se ressaisir, elle le savait. Aussi fut-elle soulagée que le légiste lui adresse la parole.

— Bonjour, commissaire, dit-il d'un ton las. Ce qui s'est passé est plutôt… hors du commun. La victime a été frappée à la tête à de multiples reprises avec un objet contondant. Il faudra attendre les résultats complets de l'autopsie pour en déterminer précisément le nombre. Toujours est-il que les coups ont provoqué un éclatement de la calotte crânienne. C'est assez spectaculaire, comme vous pouvez le constater. Mais, le plus étonnant, c'est que la victime n'a plus de cerveau. Et nous ne l'avons pas retrouvé sur les lieux.

— Je vous demande pardon ?

— Il semblerait que le meurtrier l'ait volé.

– 3 –

Taper un rapport, pour un flic, était sans doute ce qu'il y avait de plus barbant. C'était laborieux, inintéressant. Ça l'était d'autant plus lorsqu'on n'était pas un policier « ordinaire », mais un lieutenant de la Direction générale de la sécurité intérieure, et que l'on s'attendait tout naturellement à plus d'action. Mais l'action, Simon Vairne en serait probablement privé pendant un bout de temps. Il faut dire qu'il l'avait un peu cherché.

Il soupira. Les yeux rivés sur son écran d'ordinateur, il essayait de se concentrer sur cette note de synthèse que son supérieur direct lui avait ordonné de rédiger, en guise de brimade. La sanction était logique, inévitable : dans la Police nationale, avoir une grande gueule n'était pas vraiment considéré comme une qualité. Et on finissait par taper un rapport. Ce n'était pas le premier. Et sûrement pas non plus le dernier. Car Simon collectionnait les petites punitions qu'il récoltait à force de semer les sarcasmes. La remarque qu'il avait faite quelques heures plus tôt devant tous ses collègues avait provoqué un éclat de rire général. Le seul à être resté de marbre était son supérieur, qui en était précisément la cible et qui se trouvait beaucoup moins loin que prévu.

Probabilité qu'il n'ait pas réellement entendu : 20 %. Probabilité qu'il n'ait pas compris ce que je disais : 10 %. Probabilité qu'il ait pensé que la vanne était destinée à quelqu'un d'autre : hum... 1 %. Bref, je suis dans la merde à 69 %.

Cet esprit frondeur, il le tenait des foyers où il avait grandi. Il n'était pas trop mal tombé, mais l'orphelinat était une école impitoyable où il fallait s'imposer pour ne pas être piétiné. Sans doute en gardait-il encore aujourd'hui les séquelles.

Contre toute attente, c'était le poker qui lui avait évité de sombrer dans la délinquance. Ce jeu qui engloutissait bien des destins avait sauvé le sien. Il en avait appris les règles en regardant la télévision où était retransmis un tournoi, l'European Poker Tour. D'emblée, il avait été fasciné. Les joueurs, bien qu'immobiles et impassibles, dégageaient une intensité théâtrale. Il avait aussitôt désiré être à leur place. Quelques années plus tard, son souhait s'était réalisé. Apprenant vite, se perfectionnant plus vite encore, il s'était mis à gagner avec une telle régularité que cela lui avait permis de monter à Paris et de financer des études de droit.

Comment une existence qui avait débuté avec si peu de chance était-elle parvenue à émerger grâce à un jeu de hasard ? Dieu – ou le diable – ne manquait pas d'humour.

Et puis, il y avait eu ce tournoi. Huit ans plus tôt. C'était à Deauville, à la table finale du plus grand événement national de l'époque. Six cent quarante-deux joueurs avaient déjà été éliminés ; ils n'étaient plus que sept. Il s'était retrouvé face à un amateur. Ce joueur, il l'avait repéré : Rolex en or, lunettes Cartier, ceinture Hermès. La panoplie complète du riche quinquagénaire venu se faire plaisir. Si ces détails intéressaient Simon, ce n'était pas pour des raisons vestimentaires. C'est parce qu'à une table de poker, chaque détail compte. À condition de savoir s'en servir.

Ce joueur, Simon ne le connaissait pas. Pourtant, il savait tout de lui. Il savait que, passé la cinquantaine, on était moins téméraire, on maîtrisait mieux son jeu. En revanche, on supportait moins de se faire bousculer. Surtout par un petit con ! Avec une montre qui valait huit fois le SMIC, son adversaire ne jouait certainement pas pour l'argent. Il était venu chercher des sensations, de l'adrénaline, la reconnaissance peut-être. Bref, son ego était gonflé à bloc. C'était probablement un chef d'entreprise, un cadre supérieur ou un avocat. Tout le monde devait lui cirer les pompes, son rapport aux autres était faussé. Il ne devait pas avoir l'habitude de se faire marcher dessus. L'ego, encore. C'était le genre de type à préférer perdre par orgueil plutôt que de se faire bluffer. Simon avait prévu de lui en donner pour son argent.

Le moment venu, Simon avait fait tapis. Paire de rois. Et sa proie avait payé en croyant à un bluff. Paire de 9. Seules deux cartes pouvaient faire perdre Simon. Deux cartes, dans tout le paquet. Les deux 9 restants. Il connaissait la probabilité par cœur : 96 % de chances de gagner. Mais 4 %, c'était parfois beaucoup trop. Avec une indifférence insolente, le croupier avait retourné un 9.

« Le poker est un sport de combat qui se pratique assis », disait-on. Il s'était pris le coup de trop. Simon n'avait plus jamais retouché à un paquet de cartes. Ce n'était pas tant le goût amer de la défaite qui l'avait fait s'éloigner des tapis verts, mais plutôt la conviction que le poker n'avait plus rien à lui offrir.

S'il avait soudain perdu le goût du jeu, il avait néanmoins conservé un esprit d'analyse singulier. Il était convaincu que, dans une enquête comme dans une partie de cartes, il suffisait d'observer et de faire les déductions appropriées. La vérité se cachait dans les détails. Autour d'une table de poker, tout le monde mentait. Celui qui prétendait le contraire était le plus menteur de tous. Il avait donc passé plusieurs années plongé dans un univers où le faux était la règle et où, pour survivre, il fallait exploiter chaque bribe d'information.

Pour ses collègues, il était le type un peu mystérieux que l'on croit capable de lire dans les pensées, de détecter les mensonges, de manipuler ses interlocuteurs.

C'était faux, bien sûr.

Enfin, pas complètement.

Et puis, il y avait les probabilités…

De ces nuits entières passées autour d'un tapis de jeu, il avait conservé le besoin d'associer une probabilité à chaque événement sur le point de se produire. Cette manie singulière lui permettait de voir les choses de manière extrêmement rationnelle, débarrassée de tout sentiment et de toute émotion. Sans doute y avait-il d'autres moyens d'y parvenir. C'était le sien. Il intégrait un maximum d'informations, puis en déduisait une probabilité.

Aujourd'hui, Simon était un bon flic. Très bon, même. Et ce n'était pas facile pour son supérieur d'avoir sous ses ordres un type à la fois plus jeune et plus brillant que lui.

Son chef n'était pas un imbécile, il avait de jolis états de service et la plupart du temps ses remarques étaient pertinentes. Mais son véritable exploit au sein du bureau était de faire l'unanimité auprès de ses subalternes : c'était un vrai connard !

Simon Vairne fut tiré de la rédaction de son rapport par le petit son caractéristique d'une fenêtre qui s'était ouverte sur son écran. C'était la messagerie interne du bureau. Son chef lui envoyait un message : « dna smon buraeu ». Ça devait être urgent…

— Vairne, je vous confie une nouvelle enquête.

— Bonjour, commandant. Vous me faites faire des heures sup ?

— Hmm. Un scientifique a disparu depuis plusieurs jours. Il n'est pas venu travailler, il n'est pas rentré chez lui. Nous aimerions savoir où il est passé. Il s'appelle Haineteaux. Jean-Édouard Haineteaux. Voici son dossier.

Le commandant lui tendit une chemise marron si fine qu'elle ne devait pas contenir grand-chose. En l'ouvrant, Simon ne découvrit effectivement que deux feuilles : une fiche de renseignements standard en haut de laquelle se trouvait la photo d'un homme d'une soixantaine d'années, dégarni, avec un collier de barbe fourni ; et le bref rapport du commissariat de police auprès duquel la disparition avait été signalée.

Le commandant reprit :

— Il est porté disparu depuis le 4 janvier.

— Mais nous sommes le 8 !

— Je sais. L'absence d'Haineteaux n'a pas été remarquée immédiatement, et la police de Lyon n'a pas jugé utile de nous communiquer sa disparition tout de suite. Comme s'il n'avait pas passé l'âge de fuguer ! Du coup, on a perdu énormément de temps.

— Je vois. Et en quoi est-ce que ça nous concerne ?

— Haineteaux fait partie des personnes surveillées. Quand les collègues lyonnais ont enfin signalé que quelque chose d'anormal s'était produit, nous avons reçu un message automatique.

C'était assez courant. Lorsque certains individus présentaient un intérêt pour le renseignement ou la sécurité, on plaçait sur eux une veille informatique, à l'instar des fichés S rendus tristement célèbres par les attentats. De la sorte, dès qu'ils avaient affaire aux autorités, la DGSI en était instantanément informée. Dans l'immense majorité des cas, il s'agissait d'informations inutiles : un militaire à la retraite qui roulait en état d'ébriété ou un indic arrêté pour possession de stupéfiants. Parfois, c'était beaucoup plus sérieux.

— Ce que je veux dire c'est : pour quelle raison ce Haineteaux intéresse-t-il nos services ?

— La raison précise, je ne la connais pas. Je sais qu'il travaille avec la Défense nationale. Mais quelle est son implication ? Quelle est sa fonction ? Ça, ce sera à vous de le découvrir.

Ce n'était rien d'autre qu'une procédure normale, une enquête de routine. Il fallait simplement s'assurer que Jean-Édouard Haineteaux n'était pas en train de livrer des informations confidentielles au plus offrant.

— Vous avez des recommandations, commandant ?

— Non. Enfin si, une : ne faites pas votre tête de con, pour une fois !

La main sur le cœur, Simon interpréta avec brio, bien qu'en surjouant un peu, le rôle du jeune homme surpris et outré.

De retour à son poste de travail, il jeta sur son bureau la chemise que lui avait confiée le commandant et se laissa tomber lourdement dans son fauteuil. Cette affaire ne s'annonçait guère palpitante.

Quelques coups de fil à Lyon, une enquête de voisinage, et avant qu'on ait le temps de s'inquiéter, on va voir notre scientifique rentrer au bercail avec une pute à chaque bras.

La fiche de renseignements de Jean-Édouard Haineteaux était pour le moins succincte : né le 22 février 1959 à Châtillon-sur-Chalaronne dans l'Ain, études à Lyon puis à Paris avant de retourner à Lyon, docteur en physique, spécialiste en électromagnétisme, professeur émérite, chercheur, pressenti en 2009 pour le Nobel, fait chevalier de la Légion d'honneur en 2010…

Haineteaux était veuf. Il avait perdu sa femme deux ans plus tôt, et vivait désormais seul, dans le 4e arrondissement de Lyon.

Un code discret en haut à gauche confirmait, comme l'avait précisé le commandant, que la fiche était classée « Confidentiel Défense ».

En tapant le nom du savant dans Google, Simon fut surpris du nombre de résultats. Il avait conduit de grandes expériences, piloté toutes sortes de projets, donné nombre de conférences. Haineteaux était réellement une pointure. Toutefois, aucune information ne précisait les activités récentes du scientifique. S'il travaillait effectivement, de près ou de loin, avec les forces armées, il n'était pas étonnant qu'il ait fait preuve d'une certaine discrétion à ce sujet.

Simon examina ensuite la déclaration de disparition du scientifique : c'était sa fille qui avait prévenu les autorités parce qu'il ne répondait pas au téléphone malgré ses appels répétés. L'examen de son appartement, dont elle avait les clés, n'avait permis de tirer aucune conclusion : pas de traces d'effraction, tous ses effets personnels étaient là.

Simon saisit le téléphone fixe de son bureau et composa le numéro du policier qui avait amorcé l'enquête à Lyon.

La conversation fut brève et peu révélatrice. Le collègue lyonnais avait suivi scrupuleusement le manuel. Comme Simon, il n'était pas très inquiet et s'attendait à voir le scientifique réapparaître bientôt avec une excuse bidon, confus d'avoir suscité une telle agitation.

Simon n'était guère plus avancé. La disparition étant désormais officielle, un avis de recherche serait communiqué aux forces de l'ordre sur tout le territoire, ce qui incluait la police de l'air et des frontières. C'était la procédure classique, qui donnait en général de bons résultats. Sauf si quelqu'un souhaitait vraiment le faire disparaître…

Mais, à ce stade, Simon était plutôt confiant. Cette histoire n'avait rien d'extraordinaire et la disparition serait probablement très vite élucidée.

On verra ça demain, pensa-t-il en rangeant ses affaires. Sa journée était terminée.

Il quitta le bureau. Une fois dehors, il enfourcha son vieux Piaggio blanc, décrépit et couvert d'autocollants cachant des traces de rouille.

Dix minutes plus tard, il était devant chez lui. En ce début de soirée d'hiver, la température était tombée bien bas et Simon avait les joues rosies par le froid lorsqu'il descendit du scooter qu'il venait de garer sur le quai.

Il ôta ses gants et se frotta les mains avant d'ouvrir la grille métallique qui bloquait l'accès à la passerelle. Cela faisait cinq ans qu'il habitait sur cette péniche. Elle était la propriété de l'un de ses amis, passionné de poker, qui avait déménagé à la suite de la naissance de sa fille : il avait eu peur qu'un jour ou l'autre la petite ne tombe à l'eau. Il avait alors proposé à Simon de la louer pour un montant assez modique, surtout si l'on tenait compte de la surface habitable, en contrepartie de quelques travaux. Le policier avait sauté sur ce qu'il considérait être une occasion en or. Ce n'était pas la plus grande et encore moins la plus luxueuse des péniches du quai, mais elle avait de la « gueule ».

Elle était amarrée à Boulogne-Billancourt, près du pont de Saint-Cloud, et sa proximité avec le siège de la DGSI à Levallois-Perret était un autre avantage non négligeable. Le maigre salaire de Simon passait presque entièrement dans l'entretien. Pourtant, il s'accommodait de ce style de vie bohème et n'en aurait changé pour rien au monde.

Il referma la grille derrière lui et enfouit les clés dans sa poche de blouson.

Un épais voile de brume recouvrait la Seine, formant un tapis de coton. Une péniche glissait silencieusement sur le fleuve, provoquant un petit clapotis contre la coque, puis un léger roulis.

— Tu n'as pas froid, toi ? demanda-t-il à son chat, Ozzy, qu'il croisa sur la passerelle.

Pour toute réponse, le félin frotta son flanc contre la jambe de son maître.

En réalité, le chat avait été adopté conjointement par une demi-douzaine de familles habitant sur des bateaux voisins. Il avait donc autant de noms différents, ce qui ne le gênait pas puisqu'il ne répondait à aucun.

Simon posa son casque et ses gants dans l'entrée, puis jeta son blouson sur le dossier de la première chaise venue. Il avait besoin de se réchauffer et l'idée d'une douche bien chaude faisait son chemin depuis qu'il avait quitté le bureau. Par habitude, il alluma la télévision et sélectionna une chaîne d'infos, avant de se déshabiller et de foncer sous la douche.

L'eau ruisselait sur son visage et son corps ; le bonheur était parfois fait de choses simples. Il ferma les yeux et évacua toute pensée, jusqu'à se relaxer totalement.

Lorsqu'il entendit, venant de la télé, les mots « scientifique assassiné », il rouvrit les yeux. Il attrapa à la hâte une serviette et sortit précipitamment de la salle de bains, dégoulinant d'eau, pour se planter devant l'écran. Une journaliste en anorak était postée devant un bâtiment imposant sur le frontispice duquel on pouvait lire « Faculté de chimie ».

— … a été retrouvé ce matin très tôt, sauvagement assassiné. Plusieurs coups auraient été portés au visage. On parle d'une mutilation, mais, pour l'heure, difficile d'en savoir plus. La police est intervenue très rapidement et a déployé ses équipes scientifiques afin de rechercher des indices. Le personnel a également été interrogé. Le département chimie de l'université a été bouclé par les enquêteurs. On ignore pour l'instant qui est l'auteur de ce crime particulièrement violent, et quel en est le mobile.

— Merci, Stéphanie, nous vous retrouverons dès que vous aurez du nouveau. Nous vous rappelons donc cette information qui vient de nous parvenir : le prix Nobel de chimie Georges Toussant a été assassiné à Strasbourg, cette nuit, et…

Les sourcils froncés, Simon fixait toujours l'écran, mais ne prêtait plus attention aux propos de la journaliste. Il était plongé dans ses pensées.

Strasbourg et Lyon, meurtre et disparition, chimie et physique électromagnétique, Nobel et presque Nobel, aujourd'hui et quatre jours plus tôt… Certes, il y avait beaucoup de différences. Pourtant, quelque chose dans son esprit tirait la sonnette d'alarme : ce ne pouvait pas être un hasard. Combien y avait-il de scientifiques de ce niveau en France ? Quelques centaines ? Peut-être moins. Quelques dizaines ? S'il arrivait quelque chose à deux d'entre eux en si peu de temps, il y avait des raisons de s'inquiéter.

Probabilité qu'il s'agisse d'une coïncidence : moins de 15 %.

Simon s'en voulut d'avoir sous-estimé cette affaire de disparition. Il fallait retrouver Jean-Édouard Haineteaux, de toute urgence.

S'il est encore en vie…

– 4 –

Tout ce sang !

Cannelle Pourson avait beau être présente sur la scène du crime depuis le matin, elle demeurait impressionnée par la sauvagerie avec laquelle ce meurtre avait été commis. Impressionnée et terriblement perplexe. Qui pouvait en vouloir à ce point au professeur Toussant ? Qui pouvait frapper un homme avec autant de cruauté, se livrer à un acte aussi barbare ? Lui ôter le cerveau !

Dans la pièce, les unités scientifiques semblaient évoluer au ralenti, comme si leurs mouvements étaient rendus plus pénibles par une quelconque force surnaturelle. Chacun de leurs gestes était minutieux, précis et lent.

— Commissaire ? l'interpella un policier depuis l'entrée du laboratoire.

— Oui ? fit-elle en se tournant vers lui.

— On a relevé des indices. Si vous voulez bien me suivre.

Pourson sortit de la pièce où gisait Georges Toussant, emboîtant le pas du policier qui emprunta le couloir principal jusqu'à une porte métallique.

— Vous voyez, ici… là… et là.

Le policier désigna des rayures très distinctes au niveau de la gâche.

— Les traces d'effraction sont évidentes, commissaire. On a fait pression sur le pêne avec un objet rudimentaire. Vraisemblablement un gros tournevis ou un pied-de-biche.

— C'est la seule porte qui permet d'accéder à cet étage ?

— Non, il y a les issues de secours à l'autre bout du couloir. Mais on les a inspectées et il n'y a rien de suspect.

— Comment ouvre-t-on cette porte habituellement ?

— Avec un badge magnétique, répondit-il en posant son doigt sur une excroissance en plastique noir fixée dans le mur. Seuls les chercheurs et les membres de leurs équipes sont habilités à en posséder un. Pareil pour les ascenseurs : sans badge, impossible de monter à cet étage.

— Je vois. Et les empreintes ?

— On a identifié vingt et une empreintes différentes autour de la porte. Ça va faire un sacré boulot !

— Et ça ne mènera nulle part. Je mettrais ma main au feu que le tueur portait des gants. Il n'y a pas une seule empreinte autour du corps.

— Effectivement, c'est probable. Mais on doit tout de même vérifier.

— Oui, bien sûr. Quoi d'autre ?

— L'équipe qui travaille en bas est arrivée aux mêmes conclusions que moi : la porte d'entrée de la fac a été fracturée de manière identique.

— Avec un outil similaire ?

— Oui.

— Mais on entre ici comme dans un moulin !

— C'est une fac, pas une banque, commissaire. Il s'est introduit dans le bâtiment en forçant une issue de secours, au rez-de-chaussée. Ce sont des portes coupe-feu faciles à ouvrir depuis l'extérieur.

— Et en bas, on a trouvé des empreintes ?

— Pffff, soupira le policier avec un air exaspéré. Des empreintes, on n'a que ça !

— Et l'ADN ?

— Là, c'est le contraire, on n'a pas de quoi faire de prélèvements. Dans un laboratoire aussi propre, s'il y avait eu quelque chose, on l'aurait remarqué tout de suite. Le criminel s'est montré sacrément précautionneux.

— Vous avez quoi que ce soit qui pourrait faire un peu avancer l'enquête ? demanda Pourson sur un ton qui trahissait une certaine impatience.

— Pas vraiment, non. Ce que je peux vous dire, c'est que c'est un travail d'amateur. Pénétrer ici est un jeu d'enfant. Un professionnel aurait laissé très peu de traces, voire aucune. Tandis que là, les effractions sont grossières, les outils utilisés peu appropriés. Il n'avait probablement jamais fait ça auparavant. Je le répète : on a affaire à un amateur.

— Ou bien c'est ce qu'il veut nous faire croire… dit-elle en réfléchissant tout haut.

Son équipe d'enquêteurs avait passé la matinée à interroger le personnel, les chercheurs et les étudiants qui travaillaient avec Toussant. Des milliers de détails restaient à éclaircir, les emplois du temps devaient être vérifiés, quantité d'indices pouvaient se révéler trompeurs. Mais ce n'était pas ici que se trouvait la solution, elle en avait la conviction. Et c'était ce qui la déstabilisait. Depuis qu'elle était sur les lieux, elle éprouvait un malaise indescriptible, pas seulement causé par la scène de crime, ni par des circonstances particulièrement atroces. C'était plus obscur, presque irrationnel.

— Commissaire !

Elle tourna la tête vers la voix qui l'appelait depuis la salle du crime. Pourson revint sur ses pas, là où gisait le savant.

— Pointure 43, dit l'homme en combinaison blanche agenouillé sur le carrelage à côté du corps.

Il désignait une empreinte de pas dans le sang. En multipliant ses coups et surtout en extrayant le cerveau de sa victime, le meurtrier avait laissé plusieurs traces de pas écarlates, certaines se chevauchant, dont la netteté décroissait à mesure qu'elles s'éloignaient du corps.

— L'empreinte est belle. Je ferai des analyses plus poussées au labo. Mais ce que je peux déjà vous dire, c'est que ce sont des chaussures de sport. Vu le dessin de la semelle, il s'agit d'un modèle courant, j'en ai peur.

— Il n'y avait qu'un seul individu ?

— Oui, je suis catégorique. Le tueur était seul.

— Quoi d'autre ?

— L'empreinte du pied gauche est plus marquée que celle du pied droit. Il s'agit par conséquent de son pied d'appui et on peut en conclure que l'assassin est très certainement droitier. C'est confirmé par l'angle avec lequel ont été portés les coups. Autre chose : si l'on observe attentivement la trace de sang formée par les contours de la semelle, on constate que la répartition du poids du meurtrier est égale sur l'ensemble de l'empreinte. Cela signifie donc que ce n'est pas un type chaussant du 41, par exemple, qui aurait mis des chaussures plus grandes pour nous induire en erreur.

— Un droitier qui chausse du 43, ça nous fait dans les… trois millions de suspects ? Génial.

Le médecin légiste, également accroupi près du corps, leva la tête :

— Il y a autre chose, commissaire. C'est à peine visible, et à cause de la rigidité cadavérique je préfère qu'on ne fasse rien avant l'autopsie, mais… la victime a quelque chose dans la bouche.

Pourson fronça les sourcils en s'approchant lentement du corps. Elle s'accroupit et se pencha vers le visage supplicié du mort.

D'un geste peu assuré, elle approcha sa main gantée de la bouche de la victime, écarta délicatement ses lèvres.

Entre les dents serrées dépassait un minuscule morceau de papier.

– 5 –

Simon Vairne avait dû faire sonner son réveil bien plus tôt que d'habitude pour sauter dans le premier TGV pour Lyon. Cette précipitation n'était peut-être pas justifiée. Il en avait pris conscience lorsqu'il avait laissé un message sur le répondeur de son supérieur, pour l'avertir qu'il se rendait sur place. Il aurait pu se contenter de se mettre en rapport avec ses homologues lyonnais et de gérer cette enquête à distance. En faisant le déplacement, il s'exposait aux foudres de son commandant et aurait droit à un laïus sur le budget qui n'était pas extensible et sur l'argent du contribuable que l'on devait respecter. Bref, il tendait le bâton pour se faire battre. Mais Simon était prêt à affronter tout cela, et bien pire, pour suivre son instinct.

Le visage contre la vitre, il regardait le paysage défiler à toute vitesse, en se laissant submerger par la mélancolie. Ce vague à l'âme lui était familier. Chaque fois qu'il contemplait de vastes étendues, que son regard surplombait des villages ou des villes, il ne pouvait s'empêcher de penser que, peut-être, ses parents se trouvaient là, quelque part. Chacune de ces lumières fuyantes pouvait être celle du foyer qu'il n'avait pas connu. Il s'imaginait alors une vie différente.

Pensif, il finit par s'endormir, bercé par le lancinant roulis du wagon.

Parvenu à destination, il fut réveillé par la voix braillarde du haut-parleur invitant les passagers à descendre. Il s'étonna d'être parfaitement en forme, lui qui n'était guère matinal.

Un taxi le déposa au 3 rue de la Terrasse, dans le quartier de la Croix-Rousse, où se trouvait le commissariat auprès duquel la disparition avait été signalée.

Il s'agissait d'un grand bâtiment d'avant-guerre, à la façade marron et beige, dont les fenêtres du rez-de-chaussée étaient grillagées. Il donnait sur une place où étaient disposées d'étranges sculptures servant de bancs, en forme de haricots, rappelant vaguement certaines œuvres d'Yves Tanguy.

Quelques minutes après s'être identifié à l'accueil et avoir signifié la raison de sa présence, il vit un tout jeune homme aux cheveux très courts s'avancer à grands pas, la main tendue vers lui. Il arborait une moustache aussi rousse que ses cheveux, soigneusement taillée, dont les pointes rebiquaient élégamment, et était vêtu d'un costume trois pièces en épaisse laine marron tirant sur l'orange, barrée de fines rayures bleu foncé. C'était un dandy comme on n'en trouvait plus guère, qui semblait tout droit sorti des *Brigades du Tigre*.

— Bonjour, je m'appelle Emmanuel Anderssen, dit-il avec un grand sourire et en lui serrant énergiquement la main. C'est moi que vous avez eu au téléphone. Vous avez fait bon voyage ?

— Bonjour. Simon Vairne. Oui, je vous remercie. Dites, j'espère qu'il n'y a pas un code vestimentaire dans votre commissariat. Parce que j'ai peur de ne pas avoir prévu ce qu'il faut.

Le jeune homme éclata de rire.

— Non, pas du tout, oh non ! Je suis le seul à m'habiller comme ça.

— Si nous devons effectuer une filature discrète, je désignerai quelqu'un d'autre. Il ne faudra pas m'en vouloir.

Le jeune policier éclata à nouveau de rire avant de rétorquer :

— Vous savez, je me fais charrier pratiquement chaque jour par les collègues. Alors vous pouvez vous lâcher.

— Ne m'encouragez pas !

— Combien de temps avez-vous prévu de rester à Lyon ?

— Je ne sais pas encore. J'espère régler ça très rapidement.

— Mon commandant avait prévu de venir vous accueillir lui-même, mais il a été obligé de se déplacer en urgence sur une autre affaire. Il m'a demandé de vous trouver un bureau.

— C'est très aimable. Je ne prends pas la place de quelqu'un, au moins ?

— Non, une collègue vient de partir en congé maternité.

— Je vous suis ?

— Oui, c'est par ici.

Ils empruntèrent un couloir à la peinture défraîchie qui desservait une série de bureaux minuscules et sombres. Emmanuel Anderssen pénétra dans l'un d'eux et invita Simon à entrer.

— Ce n'est pas le grand luxe, mais, au moins, vous serez tranquille.

Simon resta planté au milieu de cette petite pièce aux affreux murs jaunes que la lumière crue d'un néon rendait encore plus laide. La déprime commençait à se lire sur son visage. Il posa son sac sur le bureau et se tourna vers son jeune collègue en grimaçant.

— Écoutez… Euh…

— Je vous avais prévenu, ce n'est pas un palace. Ça vous ira quand même ?

Simon prit conscience que sa gêne était inconvenante. Il avait le privilège de travailler habituellement dans des bureaux flambant neufs et bénéficiant d'équipements ultramodernes, mais le quotidien de beaucoup de flics était loin d'être aussi enviable.

— Oui, oui. C'est… parfait. C'est juste que je préférerais mener une enquête de terrain. Ce n'est pas ici que je trouverai des indices. Pouvez-vous me faire visiter le domicile du professeur ?

— Voilà ce que je vous propose : j'appelle la fille du professeur Haineteaux et je lui demande de nous rejoindre à l'appartement de son père. Comme ça, vous pourrez l'interroger tout en visitant les lieux. Ça nous fera gagner du temps. Qu'en pensez-vous ?

— Excellente idée.

— Nous nous y rendrons à pied, ce n'est pas très loin.

Simon avait le sentiment d'être bien tombé. Ce jeune policier, dynamique, motivé et un brin original lui faisait bonne impression. Il semblait tout juste sorti de l'école de police, mais tirait de sa jeunesse une impétuosité qui était clairement un précieux atout.

— Vous avez contacté son opérateur téléphonique ? demanda Simon.

— Naturellement. J'ai fait une demande pour qu'on nous communique le relevé de ses appels. Nous devrions recevoir tout ça demain dans la matinée.

— Parfait. Vous avez aussi fait une demande de géolocalisation de son portable ?

Sur le visage du jeune policier se lisait à présent un grand étonnement.

— C'est que… nous ne pouvons pas faire ça.

Simon saisit alors son téléphone et s'éloigna de quelques pas. Il appela un service spécialisé de la DGSI pour obtenir la position du portable d'Haineteaux. Il faudrait un peu de temps avant de recevoir les résultats, mais, de toute évidence, cela en valait la peine. Son appel terminé, Simon rejoignit son jeune collègue.

— Et sa voiture, elle a été retrouvée ?

— Oh oui, et ça n'a pas été bien difficile. Elle est garée dans sa rue, à une cinquantaine de mètres de son immeuble. Le coffre est vide et nous n'avons découvert aucun indice.

Simon était perplexe. Il avait le pressentiment que cette affaire allait lui donner du fil à retordre.

— Lieutenant Vairne, je peux vous poser une question ?

— Je vous écoute.

— Pourquoi un officier de la DGSI s'intéresse-t-il à cette disparition ? C'est plus sérieux que ça en a l'air, pas vrai ?

Simon n'était pas autorisé à donner d'information sur sa mission. Et puis, que pourrait-il bien lui dire ? Qu'il avait eu une intuition ?

— C'est juste une enquête de routine. Rien d'important. J'ai un chef franchement tatillon.

— Ah, je vois.

Au ton employé par Anderssen, Simon comprit que ce dernier n'en croyait pas un mot.

Moins d'une demi-heure plus tard, les deux policiers étaient en bas d'un immeuble à la façade assez hideuse, dont l'encadrement des fenêtres avait été peint en rose. La rue, étroite et particulièrement triste par cette journée d'hiver, était elle-même dépourvue de charme et d'animation. Il y avait peu de circulation ; les commerces semblaient disséminés çà et là sans logique : un bar PMU, « La Mi-Temps », avec une terrasse de fortune gagnée sur le trottoir, un salon de coiffure dont l'enseigne était typique des années 1950 et dont la devanture n'avait pas dû être refaite depuis, une auto-école…

Simon connaissait très peu Lyon, mais ce quartier détonnait beaucoup avec ce qu'il avait aperçu depuis le taxi entre la gare de Perrache et le commissariat. Il s'étonna qu'un chercheur renommé n'habite pas dans un quartier plus huppé.

Comme les deux enquêteurs faisaient les cent pas devant la porte, Simon décida de rompre le silence :

— En attendant que sa fille arrive, dites-moi ce que vous savez sur le professeur Haineteaux.

— Eh bien, à vrai dire, rien de plus que ce qui figure dans le rapport. Il est inconnu de nos services. Nous avons interrogé tous les résidents de l'immeuble et personne n'a rien remarqué de particulier. Ils ne savent pas grand-chose sur lui. Apparemment, il est assez solitaire et renfermé. « Bonjour »,

« Bonsoir ». Il n'est pas du genre à participer à la fête des voisins !

— Il est veuf, n'est-ce pas ?

— En effet, sa femme a succombé à un cancer il y a quelques années.

— Il a quelqu'un dans sa vie ?

— Non, sa fille est formelle sur ce point.

— Elle a contacté ses amis, quelqu'un chez qui il aurait pu se rendre ?

— Oui. Ça n'a rien donné.

Leur conversation fut interrompue par un bruit de talons claquant sur le trottoir. Ils furent rejoints par une femme d'une trentaine d'années, au visage sévère, dont les cheveux, nonchalamment attachés en arrière, laissaient retomber quelques longues mèches auburn sur ses épaules. Elle était vêtue de manière très classique et n'était pas maquillée. Son manteau n'était pas boutonné, mais elle en tenait chaque pan bien serré contre elle afin d'échapper aux assauts du vent froid. Malgré ses efforts pour le maintenir fermé, on devinait le col rond d'un pull en cachemire gris foncé qui laissait dépasser une chaîne au bout de laquelle pendait une croix ouvragée, sans doute ancienne.

— Vous avez du nouveau ? demanda-t-elle à Anderssen sans prendre la peine de le saluer.

— Mademoiselle Haineteaux, comme je vous l'ai dit au téléphone, un enquêteur est venu spécialement de Paris pour retrouver votre père. D'ailleurs, je vous présente le lieutenant Vairne.

Elle serra la main que Simon lui tendait, en le regardant à peine. Ce n'était ni du mépris ni de l'impolitesse, plutôt un sentiment d'angoisse qui l'empêchait de gérer les civilités les plus communes.

— Un enquêteur de Paris ? Vous pensez qu'il est arrivé quelque chose de grave à mon père ? demanda-t-elle sur un ton enfantin.

— L'enquête ne fait que commencer. Nous ne devons pas tirer de conclusions hâtives, esquiva Anderssen.

— Je suis très inquiète. Mon père n'est pas quelqu'un de fantasque, au contraire, il a une vie bien réglée. Une absence aussi longue, sans avoir prévenu qui que ce soit, ça ne lui ressemble pas du tout.

— Je comprends, intervint Simon. Êtes-vous proche de votre père ?

— Oui, très. Nous nous appelons plusieurs fois par semaine. Depuis quelques jours, il ne répond plus, je tombe directement sur sa messagerie.

Fouillant avec nervosité dans son sac à main, elle en tira un trousseau de clés, puis poursuivit :

— Comme je l'ai déjà dit à votre collègue, j'ai d'abord appelé le centre de recherche où il travaille, et personne ne l'y a vu depuis plusieurs jours.

— Et ça ne les a pas étonnés ?

— Non, mais je les comprends. Mon père travaille souvent à domicile, répondit-elle en désignant machinalement la façade avec son doigt. Son absence n'avait donc rien d'anormal. En plus, il est le directeur des travaux de recherche, et il est plutôt… autoritaire… Alors, je vois mal l'un de ses subordonnés l'appeler pour lui demander s'il vient au centre ou non.

Elle se retourna, pianota sur le digicode et poussa à deux mains la lourde porte de l'immeuble qui donnait sur un hall sans charme.

— C'est au deuxième. Je monte à pied.

Les deux policiers lui emboîtèrent le pas. Arrivée sur le palier, elle inséra une clé dans la serrure. La porte s'ouvrit en grinçant.

Il s'agissait d'une porte blindée, équipée de renforts métalliques sur les côtés et de cornières. Simon l'examina méticuleusement : il n'y avait aucune trace d'effraction. Même une tentative infructueuse aurait laissé des griffures aux abords du barillet.

Le petit groupe pénétra dans un vestibule encombré de meubles anciens, avant de découvrir un salon beaucoup plus spacieux, mais tout aussi surchargé. Aucune harmonie ne régnait dans cet amoncellement : une commode de style Louis XV en chêne, des fauteuils Louis XVI, une bibliothèque Directoire, un canapé Chesterfield en cuir vert faisant face à deux tables basses dépareillées, l'une en merisier et l'autre en hêtre. Un vieux tapis persan tout pelé couvrait le parquet à l'anglaise, un lampadaire en laiton avec un abat-jour à franges montait la garde près de la fenêtre… Aux murs, des copies maladroites de natures mortes du XVIIIe siècle côtoyaient une vue d'Étretat de style fauve et une reproduction de papyrus. Partout, des piles de livres et des documents.

Simon fit le tour de ce capharnaüm, ne sachant par où commencer. Les deux autres l'observaient, attendant probablement un éclair de génie de sa part.

Il balaya la pièce des yeux une nouvelle fois, comme pour la photographier, puis pénétra dans la salle à manger presque entièrement occupée par une table massive autour de laquelle étaient disposées huit chaises. Elle était jonchée de piles de livres, tout comme les chaises qui l'entouraient, si bien qu'il ne restait plus qu'une seule place pour s'y asseoir. C'était probablement là qu'Haineteaux prenait ses repas, seul au milieu de ses ouvrages. Par curiosité, Simon en saisit un sur le dessus d'une pile : *Theory of Electromagnetic Wave Propagation* de Charles Herach Papas. Sur la couverture, une énigmatique balle de tennis découpée en tranches de différentes couleurs, avec des flèches désignant les axes d'un plan en trois dimensions.

Je parie que ce n'est pas une balle de tennis…

En feuilletant le livre, Simon constata qu'il contenait davantage de courbes, de graphiques et d'équations que de texte qui, d'ailleurs, était pour l'essentiel constitué de formules mathématiques incompréhensibles bien que parfois étonnamment brèves. Plusieurs pages étaient marquées par des Post-it qui renvoyaient à des annotations en français dans la marge. L'un d'eux se décolla et tomba sur le sol en virevoltant. Simon le ramassa, mais il fut bien embarrassé pour le remettre à sa place. Il opta pour un bon vieux coup de bluff en le collant sur une page au hasard, avec assurance, jugeant que nul autre que lui n'avait prêté attention à cette maladresse.

— Mon père prend des notes sur tout, intervint la fille du savant. Même lorsqu'il consulte un guide de voyage ou un livre de cuisine. Il surligne ce qu'il trouve intéressant, griffonne des commentaires…

Simon constata effectivement que de chaque livre dépassaient des petits bouts de papier de différentes couleurs. Il avait devant les yeux des centaines de livres annotés.

Après avoir reposé l'ouvrage sur sa pile, il poursuivit sa visite, suivi par Anderssen et la fille d'Haineteaux.

Dans la cuisine, il inspecta le contenu de la poubelle : quelques épluchures, des emballages, des coquilles d'œufs, des queues de champignons de Paris noircies… Tout indiquait que les déchets étaient là depuis plusieurs jours. Il ouvrit le réfrigérateur et demeura perplexe.

— Quelque chose ne va pas ? demanda Mlle Haineteaux.

— Si votre père savait qu'il allait s'absenter, pourquoi avoir ouvert du lait et acheté du jambon ?

Simon passa rapidement dans la salle de bains, le temps de remarquer que la brosse à dents du professeur était bien là, dans un verre, à côté d'un tube de dentifrice. Sa trousse de toilette aussi. Il fit glisser ses doigts sur les contours du lavabo et de la baignoire pour constater que l'un et l'autre étaient secs. Le rideau de douche était toujours en place ; personne ne s'en était servi pour se débarrasser d'un corps…

Il sortit, puis revint sur ses pas, comme s'il avait omis un détail. Il ouvrit l'armoire à pharmacie qui se trouvait juste au-dessus du lavabo, et y découvrit des boîtes de médicaments empilées sans ordre apparent.

— Est-ce qu'il suit un traitement médical ?

— Oui, il prend des médicaments pour la tension.

— Savez-vous ce qu'on lui a prescrit ?

— Non.

N'y connaissant rien, Simon prit plusieurs boîtes, les ouvrit une à une et lut la notice. Il tomba sur un médicament, l'Aldactone, recommandé contre l'hypertension et délivré uniquement sur ordonnance.

La boîte blanche et bleue en main, Simon se mit à réfléchir : si Haineteaux était parti sans les prendre, il courait un risque. Ce n'était pas une preuve formelle, car il pouvait avoir une ou plusieurs boîtes d'avance, disposer d'une autre ordonnance ou encore avoir des troubles suffisamment bénins pour pouvoir s'en passer pendant un certain temps, mais il s'agissait d'un indice supplémentaire laissant supposer qu'il n'avait pas prévu son départ.

Il entra ensuite dans la chambre. Elle était aussi spacieuse que la salle à manger. Ses deux fenêtres aux voilages plus gris que blancs donnaient sur une cour étroite. Le lit était recouvert d'une parure moirée vert amande soigneusement tendue. Au-dessus du lit, un christ en bronze était cloué sur une croix de bois surmontée d'un rameau d'olivier desséché et poussiéreux.

Simon s'approcha de l'unique chevet et inspecta le petit tiroir. Il contenait une boîte de somnifères entamée, un réveil électronique dont les piles avaient rendu l'âme, un Nouveau Testament – seul livre dans l'appartement à ne comporter aucune note de lecture – et quelques papiers sans importance.

Il se retourna pour ouvrir les deux battants d'une immense armoire rustique qui se trouvait face au lit et dans laquelle pendaient des costumes et des chemises. Les sous-vêtements du savant étaient soigneusement pliés et rangés dans des tiroirs. Sur le dessus de l'armoire, il trouva deux Samsonite bordeaux.

— Est-ce que votre père a d'autres bagages que ces valises ?

— Oui, il a aussi un porte-documents. Mais, pour voyager, ce sont ces valises qu'il utilise.

— Il n'est donc pas parti en voyage. Et son porte-documents, vous l'avez vu ?

— Euh… non, je ne crois pas.

— Pouvez-vous vérifier qu'il n'est pas ici, s'il vous plaît ?

Elle tourna les talons et entama des recherches dans tout l'appartement.

Simon profita du fait qu'il était seul avec Emmanuel pour l'interpeller :

— Et elle ?

— Elle ? Je crois qu'elle est sur les nerfs. Elle a du mal à gérer la situation. Et puis elle a peur qu'on ne soit pas à la hauteur ou qu'on ne fasse pas le maximum.

Comme Simon regardait fixement son jeune collègue sans rien dire, ce dernier eut un déclic :

— Ah ! Vous voulez dire… Oui, j'ai consulté son casier. Rien. Rien du tout.

Simon fit la grimace. À quoi s'attendait-il ? Qu'elle ait été arrêtée à plusieurs reprises pour enlèvement, séquestration et chantage ?

— Et sinon, vous n'avez rien remarqué de particulier lors de votre première visite ?

— Comme vous, répondit Anderssen, j'ai constaté que la porte n'avait pas été fracturée. Pas d'entrée de service, impossible de passer par la fenêtre… Non, tout est normal.

— Tout est normal, sauf que l'occupant de cet appartement a disparu…

Simon se dirigea vers la dernière pièce qui restait à inspecter : le bureau. Autant dire qu'en comparaison les autres étaient des modèles de dépouillement et de sobriété. Le très large plan de travail rectangulaire était à ce point envahi de piles de documents et de livres montant jusqu'au plafond que l'ensemble finissait par ressembler à une maquette de Manhattan. Il y avait là une quantité étourdissante de papier noirci de formules incompréhensibles, tantôt imprimées, tantôt manuscrites.

Tous ces livres ! Tellement de livres ! Même par terre. Chacun comportait la signature du professeur : des petits morceaux de papier saillants dont Simon connaissait maintenant l'utilité.

Un détail le frappa : l'ordinateur portable d'Haineteaux était posé sur le plan de travail. Or, si le professeur détenait des données sensibles, elles figuraient très certainement sur son disque dur. Par conséquent, le vol d'informations ne semblait pas être un mobile. C'était à n'y rien comprendre.

Simon alluma l'ordinateur qui afficha aussitôt un écran bleu sur lequel était inscrit « Full Disk Encryption ». Une fenêtre l'invitait à saisir un identifiant ainsi qu'un mot de passe. Il connaissait ce système de sécurité, lui-même en utilisait un semblable pour préserver les données confidentielles contenues dans son portable professionnel. Il n'y avait rien à en tirer. Confier l'appareil au service informatique de la DGSI prendrait plusieurs jours, sans garantie de résultat. Et Simon avait l'intuition qu'il n'y découvrirait rien d'intéressant.

Il ouvrit un à un les tiroirs du bureau, mais il n'y avait là que des fournitures habituelles, sauf… le passeport du savant. En le feuilletant, il distingua les tampons des douanes de plusieurs pays, dont le visa O-1 pour les États-Unis. Un sésame extrêmement difficile à obtenir qui était réservé à l'élite dans des domaines très pointus, et encore, sous réserve de bénéficier de lettres de recommandation de ses pairs et d'avoir été gratifié de récompenses internationalement reconnues. Autant de conditions drastiques qu'Haineteaux remplissait aisément.

Regagnant le vestibule, Simon ouvrit le tiroir de la desserte. Il contenait des boîtes de différentes tailles, recelant tout un fatras de piles, de stylos, de trombones, de clés orphelines et de petits objets dont il aurait été bien incapable de déterminer l'usage. Il y avait aussi un relevé bancaire et un peu d'argent liquide. Il compta 65 euros en billets, plus quelques pièces. C'était peu, mais cela discréditait encore davantage la thèse d'un cambriolage qui aurait mal tourné. De toute façon, il n'y avait jamais cru.

Il trouva enfin quelque chose d'intéressant. D'abord une facture pour des livres. Encore ! Le ticket de caisse de la Fnac Bellecour datait du 3 janvier. La veille de sa disparition, il avait acheté un roman policier, la biographie d'un nageur olympique et un essai politique. Les goûts du professeur étaient pour le moins éclectiques. Simon compara les numéros qui figuraient sur le ticket de la carte de crédit avec ceux du relevé bancaire, ce qui confirma qu'il s'agissait bien du compte courant usuel du professeur.

Simon saisit son téléphone portable, composa un numéro et, après s'être identifié, fut mis en relation avec un opérateur :

— Bonjour, j'ai besoin de suivre les mouvements du porteur d'une carte de crédit.

Il communiqua le nom du savant, celui de sa banque et les numéros de comptes, puis raccrocha.

— Nous aurons les résultats d'ici demain, annonça-t-il à Anderssen.

À cet instant, la fille du professeur revint dans le vestibule.

— Le porte-documents n'est pas là, dit-elle. J'ai fouillé partout.

— Il devait l'avoir avec lui au moment de sa disparition. Vous pensez qu'il pourrait contenir des documents importants ?

— Non, je ne crois pas. Mon père était plutôt prudent et il privilégiait son ordinateur qui est très sécurisé.

— Vous connaissez son identifiant et son mot de passe ?

— Non.

— Je vais vous demander un effort de concentration : est-ce que quelque chose dans cet appartement vous semble anormal, différent de d'habitude ? Je ne sais pas, moi, un bibelot ou un meuble qui ne serait pas à sa place ? Un objet qui aurait disparu ou, à l'inverse, que vous n'aviez pas remarqué auparavant ?

La femme balaya la pièce du regard.

— Prenez votre temps, lui dit Simon d'un ton apaisant. N'hésitez pas à refaire le tour de l'appartement.

La jeune femme s'exécuta. Elle examina chaque pièce, une à une, consciencieusement et en silence, à la manière d'un promeneur dans une brocante. Tantôt elle ouvrait un tiroir, tantôt elle s'immobilisait plus longuement devant une pile de livres ou un bibelot. Les deux enquêteurs la suivaient pas à pas, scrutant chacun de ses gestes dans l'attente d'une illumination.

Après qu'elle eut terminé son inspection, elle se tourna vers les deux hommes :

— Non, je ne vois rien d'inhabituel.

— Bon. Votre père possède-t-il des objets de valeur ?

— Hormis sa montre, je ne vois rien de particulier. Cela dit, bien qu'elle soit en or, son importance est surtout sentimentale : il la tient de mon grand-père.

Simon avait inspecté les tiroirs de la table de chevet et du bureau, il n'avait pas trouvé de montre dans l'appartement. À moins qu'on la lui ait arrachée, Haineteaux la portait encore.

— A-t-il des ennemis ?

— Je ne lui en connais aucun.

À cette dernière réponse, Simon s'impatienta un peu et enchaîna sur un ton plus incisif :

— Je vous en prie ! Il a bien des inimitiés, des rivaux ; il a bien dû émettre des théories qui contredisaient certains de ses confrères, non ?

Bousculée par Simon, la femme prit le temps de réfléchir avant d'insister :

— Je vous assure, je ne lui connais pas d'ennemi. Personne ne le déteste ; au contraire, il est très respecté.

— Les gens ne disparaissent pas comme ça ! Que votre père ait été enlevé ou qu'il ait décidé de fuir, il doit y avoir une raison ! Une sacrée bonne raison, non ?

— Oui, je suppose, balbutia la jeune femme. Mais je n'en vois aucune.

Simon soupira puis reprit un ton neutre :

— Votre père vous semblait-il nerveux, tendu ces derniers temps ?

— Non, pas du tout. Nous avons passé Noël en famille, et il se disait soulagé que ses travaux arrivent à leur terme. Au contraire, je l'ai trouvé plutôt reposé et serein.

— A-t-il effectué un voyage à l'étranger récemment ?

— Il a participé à un colloque en Allemagne. À Fribourg, je crois.

— Il y a combien de temps ?

— Je ne sais pas exactement… Je dirais six ou sept mois. Peut-être un peu plus. Ah oui, c'était en juin, c'est ça.

— Rien de plus récent ?

— Il va à Paris tous les deux mois, environ. Mais rien à l'étranger dernièrement, non.

— Je peux vous poser une question assez personnelle, mademoiselle ?

— Allez-y, répondit-elle sans dissimuler une certaine surprise.

— Votre père occupe un poste important, il a aussi été professeur d'université… Je me serais attendu à ce qu'il vive dans un appartement plus luxueux.

— D'abord, mon père n'a jamais très bien gagné sa vie. Enfin, pas si bien que ça. Il est fonctionnaire et… bref, vous voyez ce que je veux dire, lieutenant ? Ensuite, il a dépensé énormément d'argent quand ma mère était malade. Il a fait venir de l'étranger des traitements onéreux et qui n'étaient pas remboursés par la Sécurité sociale. Par la suite, elle a dû se faire hospitaliser en Suisse et les soins coûtaient une fortune. Je sais qu'il a vidé plusieurs comptes d'épargne pour payer tout ça. Et…

Comme la jeune femme s'était interrompue, Simon la relança :

— Et ?

— Plus récemment, il m'a aidée à ouvrir un commerce. Je tiens une boutique de prêt-à-porter féminin près de la place Bellecour et les affaires ont du mal à décoller. Mon père m'a soutenue à plusieurs reprises.

— Je vois.

— Il n'avait pas droit à un appartement de fonction ? intervint Anderssen.

— Si, mais ma mère n'a jamais voulu. Elle disait qu'elle ne souhaitait pas habiter « chez quelqu'un d'autre ». Elle voulait se sentir chez elle. Mon père a donc acheté cet appartement peu après leur mariage. Lorsque je suis partie, il a transformé ma chambre en bureau, mais en dehors de ça, il n'a jamais touché à rien.

— Vous savez s'il y a un coffre ? demanda Simon.

— Non, je ne crois pas.

— Une cave ?

La jeune femme parut étonnée ; on ne lui avait pas encore posé la question. Emmanuel Anderssen grimaça. Il avait omis ce détail.

— Oui, mon père a une cave. Mais je n'ai pas la clé.

Simon rouvrit le tiroir de la desserte, prit toutes les clés qu'il trouva et les fourra dans la poche de son blouson.

Quelques instants plus tard, ils étaient tous les trois au sous-sol, plantés devant une porte en bois cadenassée. Après plusieurs tentatives infructueuses, Simon parvint à repérer la bonne clé.

Sitôt la porte ouverte, la cave exhala une odeur d'humidité. Simon tâtonna de chaque côté et trouva un interrupteur. La cave, basse de plafond, ne faisait pas plus de quatre mètres carrés. Elle était équipée d'étagères métalliques chargées de cartons couverts d'une fine couche de poussière. Simon entra, tira un des cartons et l'ouvrit. Il contenait des albums photo datant des années 1970, à en juger par leurs couleurs passées et les vêtements des personnes qui y figuraient. Il tenta sa chance avec plusieurs autres cartons, mais n'y trouva que des livres annotés.

Toujours rien.

Ils remontèrent dans le hall de l'immeuble. Simon avait du mal à masquer sa perplexité, et la fille d'Haineteaux le remarqua.

— Vous n'avez rien, n'est-ce pas ? demanda-t-elle, alors que son visage trahissait un profond désespoir.

— Pas grand-chose, non, je dois l'avouer.

— Parlez-moi franchement, lieutenant. Vous pensez qu'il est arrivé quelque chose de grave à mon père ?

— Navré, mais je ne suis pas encore en mesure de vous répondre. Nous sommes en attente d'éléments importants qui pourront sans doute nous éclairer et nous permettre de déduire où se trouve votre père, ainsi que les raisons de sa disparition. On devrait en savoir plus cet après-midi.

En terminant sa phrase, il se tourna vers Anderssen pour obtenir son appui. Celui-ci comprit le message :

— Le lieutenant Vairne a raison, mademoiselle. Il nous reste des informations déterminantes à exploiter. Je vous tiendrai informée de l'évolution de notre enquête.

Le visage de la femme s'assombrit davantage. Elle venait de comprendre qu'elle n'obtiendrait aucune parole réconfortante. Tout simplement parce qu'il n'y avait rien de rassurant. Son père avait disparu et personne ne savait pourquoi ni où il se trouvait. La police, d'où qu'elle vienne – de Lyon, de Paris ou d'ailleurs –, n'avait aucune piste.

Du bout des lèvres, elle parvint à prononcer un timide remerciement avant de prendre congé.

Sur le chemin du commissariat, Simon fit le vide dans son esprit. Il avait besoin de mettre le problème à plat. Il n'y avait que cinq causes de disparition. Il les égrena une à une à haute voix, pour qu'Anderssen participe à sa réflexion :

— Haineteaux est parti sans son passeport, sans valise, sans médicaments, sans affaires de toilette, sans ordinateur… Une fugue paraît peu crédible.

— D'autant qu'il a un peu passé l'âge… Il n'a pas l'air d'être du genre à aller acheter des cigarettes et à ne jamais revenir. Et puis on ne lui connaît pas de liaison sentimentale.

Probabilité qu'il s'agisse d'une fugue : moins de 1 %.

— Ce n'est pas non plus un suicide, enchaîna Simon. Il a acheté des livres la veille de sa disparition. Je ne vois pas pourquoi un type qui souhaiterait mettre fin à ses jours achèterait des bouquins qu'il ne lira pas.

— S'il était en pleine déprime, sa fille nous l'aurait signalé.

— Et je n'ai pas trouvé d'antidépresseur dans son armoire à pharmacie. Par ailleurs, il n'a pas laissé de lettre d'adieu qui accréditerait cette thèse.

— Surtout que, depuis cinq jours, on l'aurait retrouvé. L'agglomération lyonnaise est trop dense pour qu'un cadavre passe inaperçu si longtemps.

Probabilité qu'il s'agisse d'un suicide : moins de 3 %.

— Pour la même raison, ajouta Simon, nous pouvons écarter la thèse de l'accident. Les hôpitaux et les services d'urgence de la région ont été avertis, ils ont reçu un avis de recherche avec la photo d'Haineteaux. S'il lui était arrivé quelque chose, vous auriez été prévenus.

Probabilité qu'Haineteaux ait eu un accident : moins de 5 %.

— Il n'a pas non plus été enlevé pour de l'argent, puisqu'il ne semble pas avoir de fortune personnelle. Et puis sa fille n'a reçu aucune demande de rançon.

— Il aurait pu se faire kidnapper pour son savoir ? C'est la thèse que je privilégiais en quittant Paris. Mais ça n'est pas logique, vu que son ordinateur est chez lui. Quelle que soit l'étendue des connaissances d'Haineteaux, il est évident que son PC renferme de précieuses informations que beaucoup de gens doivent convoiter. Un ravisseur n'aurait pas commis une telle négligence.

Probabilité de kidnapping : difficile à dire. Autour de 35 %.

— Il faut le reconnaître, hélas, l'hypothèse la plus plausible, c'est…

— Le meurtre.

– 6 –

Avec seulement quatre médecins légistes, l'institut médico-légal de Strasbourg ne pouvait pas être aussi réactif que le commissaire Pourson l'aurait souhaité, surtout lorsqu'une affaire aussi singulière et importante survenait. Bien qu'elle ait obtenu de sa hiérarchie que le professeur Toussant soit autopsié en priorité, elle avait dû attendre une nuit entière pour recevoir les premières réponses à ses innombrables interrogations. Une nuit interminable.

Deux cent cinquante levées de corps et deux cents autopsies étaient pratiquées ici chaque année, dont un tiers relevait d'affaires criminelles. Un nombre relativement faible, au regard de l'importance de ce bâtiment de dix étages. En réalité, l'institut était une véritable fourmilière d'experts scientifiques, regroupant différents laboratoires – analyses toxicologiques, anthropologie, biomécanique, génétique et limnologie pour les cas de noyade –, mais aussi des salles de classe pour les étudiants en médecine. On y trouvait même un petit musée.

Il n'y avait probablement pas de moment idéal pour pénétrer dans un tel lieu et, en cette matinée d'hiver grise et froide, Cannelle Pourson eut un frisson en traversant le hall. C'était surtout l'odeur qui la gênait. Cet étrange mélange de conservateur, de décomposition et de désinfectant formait un relent incommodant, comme une ultime tentative des morts d'imprégner les vivants.

Après avoir présenté sa carte de police à l'accueil, elle se rendit directement dans le service de thanatologie où officiait le médecin d'astreinte. Au moment où elle le rejoignit dans une sorte d'antichambre, il était en train de prendre des notes à côté d'un long tiroir métallique, grand ouvert, dans lequel gisait un corps.

— Bonjour, docteur.

En l'entendant, le médecin poussa le tiroir qui se ferma dans un claquement sec.

— Bonjour, commissaire. Vous avez préféré venir en personne plutôt que d'attendre mon rapport ?

— Oui. J'ai besoin d'avancer. Disons qu'on me met une certaine pression, en haut lieu, vous voyez ?

— Ah ! Oui, ce n'est pas tous les jours que la victime est un prix Nobel. J'imagine que tout le monde attend des réponses.

— À commencer par moi. Je compte un peu sur vous pour m'en donner, docteur. Pour le moment je n'ai aucune piste. Tous mes espoirs reposent sur vous.

— C'est bien la première fois qu'on me parle d'espoir à la morgue, s'amusa le médecin.

Pourson lui rendit poliment son sourire.

— Commençons par les mauvaises nouvelles, dit-il. Le passage au scanner ne nous a livré aucune information. L'examen du corps n'a révélé absolument aucune trace d'ADN étranger.

— Ça n'est guère surprenant.

— En effet. Il faut admettre que nous sommes en présence d'un meurtrier très précautionneux. La préméditation doit être privilégiée.

— Et en ce qui concerne les bonnes nouvelles ?

— Eh bien, commissaire, j'ai quand même quelques éléments à vous communiquer.

— Allez-y, docteur, dites-moi tout !

Le médecin grimaça légèrement.

— Il est encore tôt et, pour l'instant, nous n'avons pas les résultats biologiques. Mais bon, je ne vais pas vous mentir, l'essentiel est sous nos yeux. Je serais très surpris que la pesée des organes ou les analyses toxicologiques nous apprennent quelque chose.

Tout en parlant, le médecin invita la policière à le suivre dans une vaste salle carrelée au centre de laquelle se trouvait une grande table en Inox où reposait, nu, le corps du professeur Georges Toussant, thorax et abdomen ouverts.

L'odeur s'était faite plus forte et plus désagréable encore. Les désinfectants et autres produits d'entretien peinaient à masquer les relents de viscères découpés.

— Le décès est survenu il y a treize ou quatorze heures. C'est-à-dire…

Il leva la tête vers l'horloge qui était accrochée au mur.

— ... vers 21 ou 22 heures. Je serai en mesure de vous donner une heure plus précise lorsque j'aurai terminé mes prélèvements et mes analyses. Nous avons procédé à l'ouverture des trois cavités : le thorax, l'abdomen et… bon, pour la boîte crânienne, je n'ai pas eu à le faire, dit-il d'un air gêné.

— Vous avez remarqué quelque chose ?

— À ce stade, rien. Il faudra attendre la dissection et les analyses complètes des organes. Mais, je vous le répète, je doute que nous trouvions quoi que ce soit. Le curage des ongles n'a rien donné non plus : ni tissu humain, ni cheveux, ni sang. Il ne s'est pas défendu face à son agresseur.

Il poursuivit tout en faisant le tour du cadavre :

— D'ailleurs, le corps ne comporte aucun hématome, aucune lésion, aucune contusion.

— Pourtant, je vois des marques ici, intervint Pourson, en désignant les mains de Toussant. On dirait des coupures, non ?

— Ce sont les entailles qu'il s'est faites en tombant ou en essayant de se relever. Il y avait du verre brisé autour de lui, si j'en crois les photos que j'ai reçues.

— En effet, un râtelier d'éprouvettes a été renversé lors de l'agression.

— Aucune trace sur ses poignets, ses chevilles ou son cou. Il n'a donc pas été ligoté, ni même empoigné. Cela dit, il y a un détail qui va vous intéresser : l'absence d'hématome sur les avant-bras indique qu'il n'a pas cherché à se défendre des coups qu'il recevait. C'est un réflexe : lorsqu'on nous frappe, on lève les bras pour se protéger. Il ne l'a pas fait.

— Il aurait pu être attaqué par-derrière ?

— Non, les coups ont tous été portés de face. Les marques sont très nettes.

— Soit Toussant a été pris par surprise, soit il connaissait son meurtrier, c'est ça ?

— Il s'agit d'un réflexe naturel, d'un automatisme. Quel que soit l'agresseur, connu ou non, Toussant aurait dû lever les bras pour bloquer les coups.

— Alors pourquoi ne l'a-t-il pas fait ? s'étonna le commissaire Pourson.

— La première explication, ce serait la condition physique de Toussant : il était âgé, certainement fatigué vu l'heure, et peu sportif si j'en juge par sa corpulence.

En disant cela, il désigna le biceps maigre et fripé du scientifique.

— Cependant, vous avez raison, même dans ces conditions, en voyant un inconnu pénétrer dans le labo à cette heure tardive, il aurait été sur la défensive et aurait paré les coups – ou essayé, du moins. On peut en conclure non seulement qu'il connaissait son agresseur, mais surtout qu'il ne le considérait pas comme une menace.

— Intéressant. On avance.

— Le reste est, disons, plus embarrassant, commissaire.

— C'est-à-dire ?

— En dix-sept ans de carrière, je n'ai jamais eu affaire à un cas comme celui-ci.

Pourson fit rapidement le calcul : dix-sept ans avec une moyenne de deux cents autopsies par an, si elle comptait bien, cela faisait très exactement… une affaire vraiment merdique !

— Allons-y ! dit le légiste avec une énergie feinte, comme pour se donner le courage nécessaire. La victime a reçu un nombre incalculable de coups à la tête. Quand je dis « incalculable », c'est au sens propre, car j'aurai du mal à les dénombrer. Avec les attaques au couteau, c'est plus facile, il suffit de compter les points d'entrée de la lame. Ici, le crâne a littéralement explosé. Le meurtrier a fait preuve d'une extraordinaire sauvagerie. Il semblerait qu'il avait pour finalité d'atteindre le cerveau et qu'il ait frappé encore et encore jusqu'à ce que la boîte crânienne finisse par se briser complètement.

— Qu'entendez-vous par « finalité » ?

— Le meurtrier ne voulait pas tuer Toussant. Enfin, pas seulement. Il voulait son cerveau, c'était ça, le but.

Pourson ouvrit de grands yeux. Ce que le médecin venait de déclarer sortait tellement de son schéma de pensée qu'elle en était déstabilisée. Certes, le crime était son quotidien et elle s'était familiarisée avec ses sombres motifs. Mais ni la jalousie, ni la vengeance, ni la cupidité, ni même la colère ne pouvaient justifier que l'on frappe et mutile un homme de la sorte.

À côté du corps, une coupelle contenait des fragments d'os dont certains étaient hérissés de touffes de cheveux blancs. Le puzzle sordide pour reconstituer la tête de Toussant n'était pas encore commencé.

Machinalement, mue par une sorte de curiosité morbide, elle jeta un coup d'œil sur la partie manquante du crâne du savant. Maintenant que le corps était lavé, débarrassé entièrement de tout son sang, le spectacle était encore plus déroutant.

La découpe circulaire du sommet de la boîte crânienne était irrégulière et même crénelée à certains endroits. Partout, l'os avait cédé, victime de trop d'assauts. Au-delà des sourcils, il n'y avait plus rien. Une absence incompréhensible, inconcevable. L'intérieur était blanchâtre et lisse. Et vide.

Sur le visage, la peau s'était anormalement raidie, prêtant au savant un inquiétant rictus.

Mais ce qui ébranla le plus le commissaire Pourson, ce fut le regard absent du professeur. À la place des yeux, il y avait deux trous par lesquels passait la lumière de la pièce. Les globes oculaires, rattachés au cerveau par le nerf optique, avaient été arrachés en même temps que le reste. À présent, les paupières pendaient à l'intérieur de chaque trou.

Le vide était partout. Le dégoût, aussi.

— Est-ce que… je ne sais pas, moi… est-ce que ça a un sens de faire ça ?

Le médecin lui répondit par une grimace qui traduisait son incompréhension la plus totale. Pourson précisa sa pensée :

— Est-ce que le cerveau peut receler une sorte de… d'information… qui mérite qu'un assassin le vole ?

— Non. La procédure normale impose que nous découpions la boîte crânienne afin d'extraire l'encéphale et la dure-mère. L'encéphale est prélevé, pesé, disséqué, puis la base du crâne est analysée pour rechercher d'éventuelles fractures. Que le cerveau ait été volé nous prive de ces étapes, certes, mais ce n'est pas décisif dans le cas d'une agression. Il est impensable que le meurtrier ait commis… ceci pour nous priver de ces quelques analyses.

— L'assassin, lui, a pu penser que c'était décisif.

— Dans ce cas, il aurait eu plus vite fait de le décapiter. Avec un simple couteau, il y serait parvenu en vingt secondes à peine. Dans le cas présent, il s'est donné beaucoup de mal. Voyez-vous, commissaire, hormis l'os temporal, la boîte crânienne est étonnamment solide. Non seulement la structure osseuse est épaisse, mais en plus sa forme arrondie la rend difficile à briser. Vous n'avez pas idée du temps que cela peut prendre et des efforts qu'il faut faire.

Pourson hochait la tête en regardant le médecin d'un air désabusé. Elle prenait progressivement conscience que cette abominable affaire était d'une complexité inattendue, et que le mobile avait la noirceur de l'abîme.

— Vous avez une idée de l'arme du crime ? reprit-elle.

— Il a utilisé un objet contondant à l'extrémité anguleuse. Cela devra être confirmé, mais, pour moi, c'est un pied-de-biche.

— Sur place, j'ai vu qu'il avait un bout de papier dans la bouche.

— Oui, mon confrère n'a pas voulu y toucher hier, de peur de l'endommager. Il a préféré attendre l'autopsie. D'ailleurs, à l'heure où vous êtes intervenue, la rigidité cadavérique était maximale, on aurait eu du mal à lui écarter les mâchoires sans briser les dents.

— Je comprends.

— Je n'avais encore jamais rien vu de tel. Ça aussi c'est insensé. Je ne voudrais pas vous induire en erreur, commissaire, ce n'est qu'une hypothèse de ma part, mais, compte tenu de la salive et du sang que l'on a retrouvés sur ce papier, je pense qu'il a été déposé dans la bouche de la victime alors qu'elle était encore vivante.

Cannelle Pourson demeura perplexe quelques instants. Comme elle était perdue dans ses pensées, le médecin intervint :

— Je vous l'apporte.

Il s'éloigna de la table et se dirigea vers une grande étagère murale où était accrochée une batterie d'ustensiles aux formes étranges, ainsi que des objets mis sous sachet.

— La boîte d'allumettes, marmonna Pourson.

— Comment ? dit-il en ouvrant un tiroir.

— Non, rien, je parlais toute seule. Ce morceau de papier… ça me rappelle certains nanars. Vous savez, ces films policiers cousus de fil blanc ? Il y a une boîte d'allumettes sur la scène de crime. Lorsque le flic arrive, il la trouve, l'ouvre et, comme par hasard, quelqu'un y a noté un numéro de téléphone.

— Ah oui, je vois.

— Eh bien, c'est la même chose ici. Ce bout de papier, il n'est pas là pour rien. Il a été placé par le meurtrier pour nous conduire sur une fausse piste. C'est comme l'histoire de la boîte d'allumettes. C'est tellement gros que c'en est grotesque.

Sceptique, le médecin fit la moue, puis s'approcha de Pourson.

— Je doute que ce soit comme votre boîte d'allumettes, commissaire…

Il lui tendit un petit sachet en plastique transparent. Il contenait un morceau de papier taché de sang, dont l'un des bords était déchiré.

Sur le papier, un mystérieux symbole avait été dessiné.

– 7 –

Simon Vairne s'agitait dans le fauteuil de Skaï vert inconfortable qui grinçait à chacun de ses mouvements. Il ne parvenait pas à comprendre pourquoi on s'en prenait à des savants. Si Haineteaux et Toussant étaient les victimes de la même personne, quel était le mobile ?

Il était tout à fait possible qu'Haineteaux se soit senti menacé et ait décidé de prendre la fuite. Cela tenait debout. Mais alors, pourquoi n'avait-il pas emporté son passeport ni aucune affaire ? N'en avait-il pas eu le temps ?

Non, Simon avait beau essayer de considérer les choses de façon optimiste, il devait se résoudre à privilégier l'idée que le professeur Haineteaux n'était plus en vie. Mais pour quelle raison se serait-on débarrassé de lui ?

Cette affaire comportait beaucoup trop de zones d'ombre, et ce n'était pas dans cette petite pièce sordide que la lumière allait surgir. Aussi quitta-t-il son bureau pour rejoindre celui d'Anderssen, dont la porte était restée ouverte.

— Emmanuel, il faut que j'aille au…

Il regarda la fiche de renseignements d'Haineteaux qu'il tenait à la main à la recherche du nom qu'il avait oublié.

— … au CRSDI. Enfin, là où le professeur travaille.

— Vous savez qu'un agent s'est déjà rendu là-bas hier ?

— Oui, je le sais, et je sais aussi que ça n'a rien donné. Mais j'ai des questions supplémentaires à poser. Et puis… je veux me faire une opinion par moi-même.

— Entendu, dit-il en se levant. Je les préviens de notre venue et je vous y conduis. Je vais commander des sandwichs, nous grignoterons en route.

Quelques minutes plus tard, les deux policiers roulaient dans une voiture banalisée.

Le Centre pour la recherche scientifique et le développement industriel était situé en périphérie de Lyon, à Caluire-et-Cuire. Niché entre un Norauto et l'entrepôt d'un Conforama, il s'agissait d'un bâtiment impersonnel qui aurait pu ressembler à un lycée si les grilles n'avaient été hérissées de barbelés et équipées de caméras. Haut de deux étages et long d'une trentaine de mètres, il était flanqué de plusieurs hampes sur lesquelles flottait le drapeau tricolore.

L'entrée était gardée par un vigile dans une sorte d'Algeco. Difficile de savoir de quoi cet homme mourrait en premier : de froid ou d'ennui ?

La voiture des policiers s'immobilisa à son niveau. Anderssen ouvrit la fenêtre et lui tendit leurs cartes de police.

— Je viens de téléphoner. Nous avons rendez-vous avec le professeur Aillet.

Le vigile acquiesça sans prendre la peine de consulter son registre ; ils étaient les seuls inscrits sur la liste des visiteurs. Les seuls de la semaine.

Il décrocha son téléphone pour prévenir de l'arrivée des policiers, puis actionna l'ouverture de la grille.

Après s'être garés en épi au milieu d'autres véhicules, les deux hommes se dirigèrent vers le bâtiment, gravirent une volée de marches, puis poussèrent une porte vitrée qu'un second vigile venait de débloquer.

Un homme barbu, grand et terriblement mince se tenait dans le hall. Il portait un prince-de-galles parfaitement coupé et des richelieus impeccables. Il ressemblait aussi peu que possible à l'idée que l'on se fait d'un scientifique. On aurait plutôt dit un marchand d'art.

En les voyant entrer, il s'avança vers eux, la main tendue.

— Bonjour, messieurs. Je suis Michel Aillet. C'est moi que vous avez eu au téléphone.

— Bonjour, professeur, je suis le brigadier Anderssen de la police de Lyon et voici le lieutenant Vairne de la... euh... enfin, de... Paris.

— Enchanté.

— Très heureux, professeur. Merci de nous recevoir, dit Simon en lui serrant la main.

— Mais je vous en prie, c'est normal. Cependant, je dois vous avertir que votre collègue m'a déjà interrogé et je crois lui avoir révélé tout ce qui pouvait lui être utile.

— Je sais, professeur, et, dans la mesure du possible, je vais m'efforcer d'éviter de vous poser les mêmes questions, mais je ne vous promets rien.

Le savant fit une moue accompagnée d'un revers de la main indiquant que cela ne le dérangeait pas.

— Allons dans mon bureau, nous serons plus à l'aise pour discuter.

Il conduisit les policiers dans une pièce spacieuse aux murs blancs auxquels étaient accrochées quelques photos de paysages. Il s'installa à une table de réunion ovale, les invitant d'un geste à prendre place.

— Oh ! pardon, je ne vous ai pas proposé à boire, dit-il d'un air confus. Un café ? De l'eau ?

— Rien pour moi.

— Non, ça ira, merci.

— Bien. Je vous écoute, messieurs. En quoi puis-je vous aider ?

Simon avait l'intention de mener la danse. Même si son jeune collègue avait toutes les qualités pour devenir un bon enquêteur, il manquait encore un peu d'expérience à son goût. Et surtout, les indices étant si rares, cet entretien serait sans doute décisif. Il allait donc falloir en tirer le maximum.

— À quel moment la disparition du professeur Haineteaux vous a-t-elle alarmé ?

— Eh bien, lieutenant, pas avant que la police de Lyon m'ait appelé.

— Vous n'êtes pas d'un naturel anxieux ! s'étonna Simon. Votre patron ne vient pas pendant plusieurs jours et ça ne vous inquiète pas plus que ça ?

— Cela n'a rien d'inhabituel. Il ne vient pas tous les jours au bureau. Voilà pourquoi il n'est pas surprenant que personne ici ne se soit particulièrement étonné de son absence ni de son silence.

— Vous ne l'avez jamais au téléphone ?

— Si, bien sûr, mais c'est plutôt lui qui appelle. En fait, Jean-Édouard est de nature indépendante. Et il déteste par-dessus tout qu'on l'importune pour un rien.

— Comment fait-il pour diriger ce centre s'il est absent si souvent ?

— Cela ne l'empêche pas de travailler chez lui. Vous vous y êtes rendus, je suppose ?

— Oui.

— Et vous n'avez rien trouvé, naturellement, sinon vous ne seriez pas ici.

Cet homme faisait une curieuse impression à Simon. Cela venait peut-être de sa manière de parler en accentuant certaines syllabes, de cette outrecuidance dissimulée par un ton cordial, de cette façon de regarder les autres en haussant les sourcils pour mieux les prendre de haut.

— Ça vous arrivait souvent de ne pas l'avoir au téléphone pendant plusieurs jours ? reprit Simon.

— Rétrospectivement, je m'en veux, évidemment. Car il est vrai que nous restions rarement si longtemps sans nous parler. Mais Jean-Édouard est un ours. Ce n'était donc pas totalement surprenant de sa part. Avec les fêtes de fin d'année, je me suis dit qu'il voulait souffler un peu, faire une petite pause.

— Il avait des rendez-vous importants ces jours-ci ?

— Non, pas que je sache.

— Et est-ce que cette semaine correspond à une échéance particulière pour votre centre ?

— Non, non. Rien de tout cela.

— Rien de tout cela, répéta Simon en réfléchissant à sa prochaine question. Est-ce qu'un ou plusieurs employés du centre sont absents en ce moment ? En vacances ou bien malades ?

— Non. Il n'y a eu aucun arrêt maladie. Presque tous nos employés ont pris des congés pour les fêtes, mais ils sont rentrés depuis plusieurs jours.

— Avez-vous constaté un changement de comportement chez l'un d'entre eux ?

— Non, rien de particulier.

— Vous êtes l'assistant de Jean-Édouard Haineteaux, c'est ça ?

— Euh, non, pas exactement, répondit Aillet avec un petit rire crispant. Je suis sous-directeur du CRSDI. C'est moi qui dirige ce centre en l'absence de Jean-Édouard.

Il croisa les jambes et posa les mains sur ses genoux : il se tortillait littéralement de plaisir.

— Que je comprenne bien : si le professeur Haineteaux disparaissait pour de bon, c'est vous qui prendriez sa place ?

— Je… eh bien… je suppose, balbutia Aillet, perdant soudain toute fatuité.

— Vous auriez donc intérêt à ce qu'on ne le retrouve jamais ?

— Mais enfin… Vous ne pouvez pas… Mais non… Je…

— Je plaisante, professeur, je plaisante, dit Simon en posant sa main sur le bras du scientifique, en signe d'apaisement.

Voilà, à présent il avait le dessus ! Ce face-à-face avait pris la tournure d'une partie de poker. Un *heads up* pour lequel Simon était plus aguerri que son adversaire. Il était parvenu à faire sortir son interlocuteur de sa zone de confort, et il obtiendrait à présent des réponses plus sincères. Et il avait déjà une réponse essentielle : Aillet n'était certainement pas dans le coup. Car un criminel qui préméditait un assassinat avec un soin tel que personne n'était en mesure de retrouver le corps et qu'il ne subsistait aucun indice, ce criminel-là aurait préparé la venue de la police et anticipé les questions embarrassantes avec tout autant de minutie. C'était la moindre des choses. Au lieu de cela, Aillet commençait à transpirer, il décroisait puis recroisait les jambes, se grattait la main et trouvait péniblement ses mots. C'est bien connu, les seuls à ne pas se montrer nerveux devant les policiers sont les criminels !

Probabilité qu'il ne soit pas dans le coup : 70 % si l'on en croit l'absence d'excuse préparée, plus un bonus de 5 % du fait de sa nervosité. J'ajouterais bien un petit… 2 % pour son arrogance inappropriée.

— Qui aurait eu intérêt à le faire disparaître ?

— Vraiment, je ne vois pas. Ici, personne, c'est certain. Il était aimé… ou tout au moins respecté.

— Il « était » ? Vous employez le passé, c'est étrange. Vous avez des raisons de penser qu'il est mort ?

Rectification. Probabilité qu'il ne soit pas dans le coup : 60 %.

— Mais… non, voyons ! Je m'inquiète pour lui, voilà tout. Ne l'ayant pas vu depuis plusieurs jours, j'emploie le passé par réflexe, j'imagine.

En terminant sa phrase, il porta la main à son cou et desserra sa cravate.

— Je vais vous poser la question différemment : est-ce que sa disparition met en danger vos recherches ? Et si c'est le cas, qui en tirera bénéfice ? Vous avez bien des concurrents ?

— Non. Les recherches que nous menons ici n'ont aucun équivalent en France. Je doute qu'il y ait plus de trois laboratoires dans le monde conduisant ce type de projets. Et, à ma connaissance, ils sont tous en avance sur nous.

— Peut-être n'ont-ils pas envie que vous les rattrapiez ?

— C'est certain, oui, concéda le chercheur. Mais je crois que vous vous faites une fausse idée de la compétition scientifique. Bien que nos recherches relèvent du domaine militaire et que l'on puisse craindre toute forme d'espionnage industriel, cela ne va jamais jusqu'au meurtre, Dieu merci !

— Se débarrasser du chef de projet, ce serait quand même pratique, non ?

Cherchant à fournir la meilleure réponse possible à cette question pour le moins complexe, Aillet tourna légèrement la tête, regardant fixement un point imaginaire sur le mur.

— C'est Jean-Édouard qui dirige le centre, mais nous sommes à un stade tellement avancé de nos recherches que nous éliminer lui, moi et quelques autres, ne suffirait pas à mettre un terme aux travaux en cours. Ça freinerait les choses, c'est indéniable, mais ça n'empêcherait pas le projet de voir le jour.

— Si vos travaux sont si avancés, cela signifie que le professeur Haineteaux n'est plus indispensable ?

— Effectiv… Oh, attendez, attendez ! Vous n'allez tout de même pas prétendre qu'il a été assassiné parce qu'on n'avait plus besoin de lui ?

— J'essaie juste de savoir qui a intérêt à le voir disparaître.

— Mais, lieutenant, ici nous travaillons tous pour le secteur public ! Nous ne sommes pas contraints par un quelconque objectif financier ou par des préoccupations de rentabilité ! Assassiner Jean-Édouard ne profite à personne. Ça ne rime à rien !

Simon se leva, décontenancé. Il était venu chercher des réponses, il avait trouvé d'autres questions. Il se mit à faire les cent pas dans le bureau en se grattant la tête. Volontairement ou non, Haineteaux s'était volatilisé sans laisser de traces, et sans raison apparente.

— Bon sang, mais qu'est-ce qui est arrivé à ce type ? se demanda Simon à voix basse, d'un ton las.

— Peut-être allons-nous trouver quelque chose dans son bureau ? proposa Anderssen.

Simon se reprit :

— Professeur, pouvez-vous nous y conduire ?

— Naturellement.

Les trois hommes empruntèrent le couloir principal pour se rendre dans le bureau voisin. C'était le jumeau de celui d'Aillet : mêmes murs blancs, même table ovale, mêmes posters du Conseil départemental.

Emmanuel et Simon inspectèrent la pièce à la recherche d'un indice, d'une anomalie. Ils furent surpris par l'ordre qui y régnait. Seules quelques piles de livres traînaient devant la fenêtre ainsi que sur la table de réunion. Tous portaient le signe caractéristique du professeur : des petits bouts de papier qui dépassaient pour signaler les pages remarquables.

Simon s'approcha du plan de travail. Des documents administratifs s'y trouvaient : la validation d'un stage, l'achat de matériel scientifique pour un montant insignifiant, un planning daté d'avant les fêtes… Il y avait également un agenda qu'Emmanuel Anderssen consulta. Aucun rendez-vous n'était noté le jour de la disparition.

Rien. Encore une fois, rien.

Simon joua alors sa dernière carte :

— Emmanuel, ça vous ennuierait de m'attendre dehors ? Je dois m'entretenir avec le professeur seul à seul.

Surpris, le jeune policier quitta néanmoins le bureau en refermant la porte derrière lui.

Simon prit son temps avant de se lancer. Il observa Aillet qui se tenait debout, face à lui. Il voulait redonner de la solennité à l'entretien afin de maintenir une forme de stress chez son interlocuteur. Il savait qu'un individu anxieux était davantage enclin à se livrer ou à se trahir ; il en avait encore eu une parfaite illustration quelques minutes plus tôt. Puis il sortit sa carte de police et la montra au scientifique.

— Je suis officier de police à la Direction générale de la sécurité intérieure et, comme en atteste cette carte, j'ai une habilitation « Secret Défense ». Aussi, je vous demande de répondre à mes questions.

— C'est entendu.

— Quelle est l'activité de ce centre ? Sur quoi travaillez-vous ?

— Tout est parti des travaux que Jean-Édouard a menés il y a plusieurs années. C'est un expert en électromagnétisme, il est notamment parvenu à repousser les frontières de nos connaissances sur les supercondensateurs… Enfin, je ne vais pas vous abreuver de détails techniques, lieutenant. Disons que ses recherches nous ont permis d'imaginer ce projet : un canon électromagnétique qui sera utilisé par la Défense nationale dans quelques années.

— Qui finance toutes ces recherches ?

— Le ministère de l'Industrie et, pour une très maigre part, la Région.

— Le ministère de l'Industrie ? s'étonna Simon. Mais vous venez de me parler d'un canon pour la Défense ?

— Je ne connais pas les rouages du financement public. Mais je vous confirme que nous dépendons du ministère de l'Industrie.

Simon avait lu un article à ce sujet : certains pays utilisaient des budgets consacrés à l'industrie civile pour financer une partie de la recherche militaire. De cette manière, les gouvernements pouvaient annoncer que le budget de la Défense diminuait au profit de celui de la Recherche, et les électeurs étaient satisfaits. Dans les faits, cela ne changeait rien. Peut-être la France se livrait-elle aussi à ce type de tour de passe-passe financier.

— Un canon électromagnétique ! s'exclama Simon. On se croirait dans un jeu vidéo.

— Sauf que c'est bien réel. Dès 2005, les chercheurs de l'Office of Naval Research aux États-Unis ont mené un programme conduisant à créer une arme d'un nouveau type. Ils sont progressivement passés de la théorie à la fabrication d'un prototype. Aujourd'hui, ils en sont à l'ébauche du développement industriel, avec des entreprises comme General Atomics et BAE Systems. En France, nous leur avons emboîté le pas avec quelques années de retard, mais nous en profitons pour améliorer le concept. Le projet sera bientôt livré à un grand groupe industriel qui revendra ses canons à la Marine nationale et les proposera à l'export.

— En quoi cette arme est-elle différente des autres canons ?

— La propulsion du projectile ne se fait plus par combustion, mais grâce à une décharge de courant électrique très intense pulsé le long de deux rails parallèles. Ce procédé permet de s'affranchir de la limitation de vitesse initiale imposée par les lois régissant la détente gazeuse. La force électromagnétique créée par ce courant est faramineuse ! Le projectile est dix fois plus rapide qu'un obus classique, ce qui le rend presque insensible aux contraintes extérieures, comme le vent, par exemple, et lui permet de bénéficier d'une portée de plus de cent vingt kilomètres. Et ce n'est qu'un début. Lorsque la miniaturisation le permettra, les armes du futur seront électromagnétiques.

— Et c'est Haineteaux qui chapeaute ce projet ! Je commence à comprendre pourquoi il a disparu…

— Comme je vous l'ai dit tout à l'heure, tuer Jean-Édouard ne nous empêchera pas de finaliser nos travaux.

— Ça va quand même vous compliquer la tâche…

— Non, pas vraiment. Si l'on fait abstraction de l'aspect humain – la disparition de Jean-Édouard est évidemment une nouvelle très inquiétante –, sur le plan professionnel, l'écarter ne va pas changer grand-chose.

— Bon, admettons que ça ne vous gêne pas dans vos travaux, on peut alors imaginer qu'il ait été enlevé puis séquestré pour l'obliger à révéler tout ce qu'il sait dans ce domaine !

— Désolé de vous décevoir, lieutenant, mais ça ne tient pas debout. Ce qui, il y a quinze ans, était un secret industriel et scientifique est aujourd'hui connu de tous. Si un pays aspire à se lancer dans cette entreprise, il en a les moyens technologiques. La seule barrière, c'est le financement. Voler nos secrets de fabrication ne résoudrait pas leur problème. Il faut beaucoup d'argent. Malgré les restrictions de ces dernières années, la France consacre toujours un budget important à la Défense. Peu de pays peuvent en dire autant.

— Donc les connaissances d'Haineteaux ne seraient pas utiles à d'éventuels ravisseurs ?

— Pas pour ce projet-là, non.

— Pourquoi ? Il y en a d'autres ?

— Non.

— Pardonnez-moi, mais vous avez dit « ce projet-là ». Ça laisse clairement entendre qu'il travaille sur autre chose en parallèle.

— Pas en parallèle, non, mais à l'avenir, oui. Jean-Édouard Haineteaux est un esprit remarquable. Son talent sera sans doute indispensable à de futurs programmes.

— Et quel est le prochain projet sur lequel devait travailler le professeur ?

— Rien n'est encore prévu. Dans l'Administration, les choses prennent parfois du temps. Je pense que vous savez de quoi je parle. Tant qu'un projet n'est pas terminé, il est difficile d'en planifier un autre.

Aillet s'adossa à la fenêtre avant de poursuivre :

— Il faut que vous compreniez que des scientifiques aussi pointus que Jean-Édouard dans ce domaine-là, il n'y en a pas cinq dans le monde ! Et il est clairement le seul en France, avec une avance incalculable sur tous ses confrères. Le programme que nous développons ici fait appel à une infime partie de ses connaissances et de son talent.

— Je vois.

— Sans fausse modestie, je suis à des années-lumière derrière lui ! C'est un immense scientifique dont la contribution est inestimable.

— « Inestimable », cela peut attiser beaucoup de convoitises. Et s'il s'était fait kidnapper pour travailler sur d'autres projets ? Je ne sais pas, moi… pour une puissance étrangère ?

Aillet éclata de rire.

— Vous allez trop au cinéma, jeune homme !

— Je ne vois pas ce que ça a de tordu, s'offusqua Simon. Après la Seconde Guerre mondiale, les Américains se sont jetés sur les scientifiques nazis et leur ont offert l'immunité en échange de leurs travaux. Il y a eu un spécialiste des fusées…

— Wernher von Braun.

— C'est ça, von Braun, qui est devenu l'un des pères de la NASA alors qu'il concevait les armes d'Hitler quelques années plus tôt. Haineteaux aurait bien pu se faire enlever pour travailler sur un quelconque projet secret.

— Oui, pardonnez-moi d'avoir ri. Ce que vous dites n'est en effet pas complètement absurde. Cependant, je vois bien que les sciences ne sont pas votre spécialité. Permettez-moi de prendre un exemple : imaginez que vous souhaitiez monter une pièce de théâtre. Vous kidnappez un excellent acteur, un génie de la comédie, pour interpréter le rôle principal, mais votre pièce est piètrement écrite, les autres comédiens sont tous médiocres et n'ont jamais eu l'occasion de répéter ensemble. D'après vous, que va-t-il se passer le soir de la première ?

— Je suppose que la pièce fera un four.

— Exactement. Revenons à la science : il ne suffit pas d'avoir un très bon scientifique, il lui faut toute une équipe à son service, une quantité considérable de matériel, des matières premières, un ou plusieurs laboratoires… Cela prend énormément de temps et coûte fort cher ! Par ailleurs, tout ceci doit être orchestré en amont par un chef de projet. Par conséquent, s'il y a un chef de projet déjà en place, à quoi servirait Haineteaux ? Mystère.

— Imaginons que les ravisseurs aient toute la structure dont vous parlez et qu'il ne leur manque justement qu'un chef de projet. Enlever Haineteaux leur serait très utile, non ?

— Et tout cela dans le plus grand secret, puisque toutes les polices de France, et bientôt d'Europe, sont à sa recherche ? Avouez que votre théorie n'est pas facile à valider.

— Je le reconnais, concéda Simon. Mais puisque personne n'a de raison de le tuer et que je suis convaincu qu'il n'a pas disparu de son plein gré, c'est finalement l'hypothèse la plus probable, et donc je la privilégie. Faute de mieux.

— Le rasoir d'Ockham.

— Le… ?

Aillet sourit, amusé.

— C'est un principe fondamental en science : considérer l'option la plus simple comme la plus vraisemblable.

— Ou la moins invraisemblable. Je sais que ma théorie comporte de nombreuses failles. Mais c'est tout ce que j'ai pour l'instant.

Simon se félicitait d'avoir légèrement malmené le professeur Aillet dès le début de leur entretien, car une fois le masque tombé, le scientifique s'était révélé plutôt agréable et ses propos assez pertinents. Il faisait probablement partie de ces personnes qui éprouvent le besoin de jouer un rôle, de se farder pour dissimuler un manque de confiance en elles, ou pour se sentir plus à l'aise dans l'exercice de lourdes responsabilités. Peut-être que demeurer dans l'ombre d'un génie provoquait à la longue une forme de frustration. Chacun gérait ses petits travers comme il le pouvait ; Aillet, lui, se donnait un air pédant. Ce vernis s'était bien vite craquelé.

— Ah ! Une dernière question. Quand avez-vous vu pour la dernière fois le professeur Toussant ?

— Qui ?

Ça méritait d'être tenté !

— Le chimiste, Georges Toussant.

— Je ne le connais pas personnellement.

— Ce nom vous dit quand même quelque chose ?

Aillet eut l'air surpris.

— Évidemment ! C'est l'un des plus grands chimistes de notre époque. Mais je n'ai jamais eu l'occasion de le rencontrer. Qu'est-ce qui vous fait croire que je le connais ?

Embarrassé par cette question, Simon préféra ne pas y répondre. Après avoir tenté un coup de bluff, le mieux était de ne pas se faire prendre. Il botta en touche :

— Il a été assassiné dans la nuit du 7 au 8.

Aillet fronça les sourcils et devint blême.

— Vous… vous pensez qu'il est arrivé la même chose à Jean-Édouard ?

— Je ne sais pas, avoua Simon.

Après un silence, il reprit :

— D'après vous, un chimiste spécialisé dans les énergies moléculaires et un expert en magnétisme pourraient travailler ensemble ?

— Pas vraiment. Je ne vois pas bien ce qu'ils auraient à se dire ! Je sais que les néophytes ont tôt fait de tous nous enfermer dans la même catégorie, celle des « scientifiques » au sens large, mais nous évoluons dans des disciplines différentes. Alors, évidemment, on peut toujours imaginer un lien, un rapport, mais franchement, ce serait tiré par les cheveux.

Simon était conscient que son enquête était au point mort, sa piste, ou plutôt sa théorie, fragile. Ce qui l'ennuyait le plus, c'était qu'Haineteaux se soit volatilisé sans laisser la moindre trace. Dans l'hypothèse où il se serait fait enlever ou assassiner par une puissance étrangère ou une organisation criminelle, il y aurait eu un simulacre de fuite. Ses ravisseurs n'auraient pas manqué de peaufiner un petit scénario pour orienter les enquêteurs dans une mauvaise direction. Par exemple, ils auraient fait disparaître son passeport, jeté quelques vêtements et une trousse de toilette dans l'une de ses valises, volé sa voiture pour l'abandonner devant une gare ou un aéroport, fabriqué de toutes pièces de faux indices. Cela aurait fait perdre un temps considérable aux forces de police. Il n'y aurait pas eu d'investigation sérieuse, tout juste une enquête de voisinage, menée par des policiers ayant d'autres chats à fouetter.

Sans mobile, l'hypothèse du meurtre se dissipait lentement. Et, comme il l'avait expliqué à Aillet, il ne lui restait guère que cette théorie fragile d'un complot, d'une machination ayant pour but de faire participer Haineteaux à une quelconque entreprise scientifique occulte. Alors il s'y accrochait, convaincu que cette affaire dissimulait quelque chose d'énorme.

Le brigadier Anderssen l'attendait dans la voiture dont il avait allumé le moteur pour profiter du chauffage. Les vitres étaient couvertes de buée.

— Je n'ai pas été trop long, j'espère ? demanda Simon en s'installant.

— Non, non. Vous faites votre travail, je comprends, répondit poliment Emmanuel. Vous avez avancé ?

— Si on veut.

La conversation s'arrêta là. Anderssen ne se sentait pas autorisé à poser davantage de questions et Simon semblait pour le moment peu disposé à partager ce qu'il venait d'apprendre.

Anderssen démarra puis franchit le poste de contrôle. Machinalement, il se tourna vers le garde et lui fit un petit signe de tête. Il n'obtint pas de réponse.

À la sortie du centre de recherche, ils s'engagèrent sur un rond-point qui les fit quitter Caluire-et-Cuire pour revenir vers Lyon. Ils se trouvaient à présent sur une voie rapide peu encombrée.

— Prenez à droite, déclara soudain Simon en indiquant la première sortie.

— Ce n'est pas le chemin, objecta Anderssen.

— Prenez à droite.

— Mais…

— Prenez à droite ! répéta Simon d'un ton autoritaire.

Finalement, Emmanuel obtempéra et déporta la voiture sur la file de droite pour emprunter la sortie.

Simon se pencha pour regarder dans le rétroviseur extérieur, côté passager. Il avait vu juste.

Ils étaient suivis.

– 8 –

Assise à son bureau, la tête plongée entre ses mains depuis de longues minutes, Cannelle Pourson tentait d'exorciser les images du corps sans crâne de Toussant qui la hantaient.

Méthodique, opiniâtre et pragmatique, le commissaire Pourson avait gravi les échelons de la Police nationale malgré les relents de machisme d'un univers majoritairement masculin. Bien que n'ayant jamais été victime de harcèlement ni d'attaques ouvertement sexistes, elle était une jupe au milieu des braguettes.

Sans doute en avait-elle tiré une énergie et une pugnacité supplémentaires, cherchant sans cesse à se perfectionner, à aller au bout de tout ce qu'elle entreprenait. Le fait d'être constamment soumise à des jugements peu complaisants l'avait, à de nombreuses reprises, dissuadée de baisser les bras. Elle avait surtout dû combattre une grande sensibilité, non pour s'en débarrasser, mais pour l'apprivoiser, et la dissimuler aux regards d'autrui.

Son tempérament, elle l'avait forgé avec le temps, comme la mer façonne les rochers. Elle n'avait pas de revanche à prendre, juste l'envie de ne pas décevoir.

Après avoir quitté le médecin légiste, elle avait immédiatement réuni ses hommes et constitué deux groupes de travail : l'un se consacrait à la scène de crime, l'autre au mystérieux « symbole » trouvé dans la bouche de Toussant. La première équipe était de loin la plus importante, car les tâches qui l'attendaient étaient innombrables. Elle devrait procéder aux convocations puis aux auditions des collègues, confrères et étudiants du savant, mais aussi de ses proches, retracer son emploi du temps et éplucher tous ses appels téléphoniques. Elle devait également prendre connaissance des rapports de la police technique et scientifique, et enfin étudier le compte rendu du médecin légiste.

Pourtant, c'était dans le second groupe que Pourson plaçait le plus d'espoirs. Ce symbole dessiné sur un bout de papier avait une signification, et elle allait devoir trouver laquelle.

Cannelle Pourson tourna la tête et, pour la centième fois, fixa le sachet contenant le morceau de papier taché de sang qu'elle avait posé à côté de son clavier d'ordinateur. Elle voulait le sentir proche d'elle. Comme si cela pouvait l'aider à en percer le secret. Elle en avait fait des agrandissements qu'elle avait scotchés dans chaque bureau, tant dans l'espoir que quelqu'un ait un éclair de lucidité, que pour signifier à chacun qu'il s'agissait là d'un indice primordial.

C'était un dessin étrange, formé de trois cercles entrelacés. Chaque cercle était traversé par un signe qui pouvait être un « L » majuscule ou bien un « 7 », selon le sens dans lequel on le regardait.

Par la porte vitrée de son bureau, elle vit l'un de ses adjoints lui faire signe : tout le monde était en place pour la réunion. Elle se leva et traversa l'open space où s'affairaient des officiers de police judiciaire, au téléphone ou sur leur ordinateur, pour rejoindre une salle située à l'autre bout de l'étage, en face des ascenseurs.

Elle ferma la porte derrière elle et s'installa à la place que ses hommes lui avaient réservée. C'était une pièce très claire, où trônaient une longue table rectangulaire et des sièges confortables. Occupant un mur entier, une baie vitrée en verre fumé donnait sur une cour intérieure plantée de jeunes arbustes.

L'officier qui dirigeait ce groupe de travail prit la parole.

— Bien. Voici un premier compte rendu de ce que nous avons trouvé sur ce « signe ». Nous avons commencé par étudier la piste scientifique, ça nous semblait logique. Nous avons donc interrogé tout le personnel de la faculté à ce sujet. Personne ne voit de quoi il s'agit. On avait pensé à un schéma de molécules ou de protéines… Enfin, bref, c'est une impasse. Les personnes que nous avons questionnées doutent même que ça puisse avoir un rapport avec la science. Malgré tout, nous avons inspecté le laboratoire et le bâtiment de la faculté de chimie afin de voir si ce signe correspondait à quelque chose, un objet, un appareil, un livre… Rien.

Il prit un air désolé, puis, d'un signe de tête, passa la parole à l'un de ses collègues.

— J'ai fait des recherches sur Internet en tapant une foule de mots-clés, mais ça n'a rien donné non plus. J'ai uploadé la photo sur Google Images, ça m'a proposé une multitude de réponses, mais mis à part des jantes de voitures ou des reliefs sculptés sur des façades d'églises, ça ne m'a mené nulle part. Désolé.

Comprenant que c'était désormais à lui d'intervenir, un troisième policier se redressa sur son siège et toussa pour s'éclaircir la voix.

— Moi, je suis parti dans une direction un peu particulière…

Il avait prononcé cette phrase du bout des lèvres, comme s'il avait honte de ce qu'il allait annoncer. Comme personne n'intervint, il poursuivit :

— Je suis parti sur l'hypothèse d'un détraqué, d'un illuminé qui aurait des visions mystiques, en quelque sorte. Ça coïnciderait avec la violence de l'agression, le fait que le cerveau ait été volé, puis ce signe.

Il toussa encore et aligna avec nervosité les notes qu'il avait disposées devant lui. Voyant qu'il éprouvait de la gêne à s'exprimer en public, Pourson tenta de le mettre en confiance.

— C'est très cohérent, approuva-t-elle. Vous avez bien fait de chercher dans cette direction. Avez-vous trouvé quelque chose ?

Le regard toujours rivé sur ses notes, manifestement peu réconforté par les paroles du commissaire, le policier toussa de nouveau avant de continuer :

— Je suis convaincu qu'il s'agit d'un symbole religieux. D'abord, il y a ces « 7 ». Et trois « 7 » disposés en triangle, c'est une référence à Dieu. Les juifs considèrent le 7 comme un chiffre parfait ; par exemple, Dieu a créé le monde en sept jours, et c'est le septième jour qu'a lieu le shabbat. La menora est un chandelier à sept branches qui représente les sept deltas du Nil ou les sept yeux de Dieu. Dans le christianisme, le chiffre 7 est saint, et il revient sans cesse : les sept sacrements, le nombre de demandes dans la prière du Notre-Père… Par ailleurs, 777 représente trois fois la perfection divine, c'est l'antithèse de 666, le nombre de la Bête. J'ai aussi trouvé une référence à l'Apocalypse, où il est question de sept anges, sept trompettes, sept malédictions et de la bête à sept têtes. Dans l'islam, la sourate Al-Fatiha, qui ouvre le Coran, est composée de sept versets. Sept est également le nombre de circom… pardon, circumbamu… circumambulations que le fidèle doit faire autour de la Kaaba lors du pèlerinage à La Mecque.

Il leva enfin les yeux de ses notes pour s'adresser à ses collègues :

— Bon, je n'ai pas fait toutes les religions, juste les plus pratiquées en France.

Il toussa encore avant de replonger dans sa lecture :

— En numérologie, le 7 est le chercheur de vérité. C'est un être spirituel lucide et convaincant. Il veut trouver des réponses aux mystères de la vie. Dans la franc-maçonnerie, le chiffre 7 a également une symbolique très riche.

Alors qu'autour de la table la petite assemblée demeurait muette, à la fois épatée et étonnée par une telle démonstration de connaissances, le policier poursuivit son exposé.

— Le chiffre 3 est également intéressant : il est présent, puisqu'il y a trois 7 et trois cercles. Le chiffre 3 est, lui aussi, sacré. Il fait référence à la Trinité divine : le Père, le Fils, le Saint-Esprit. On le retrouve partout, pas seulement dans le christianisme.

Comme sa voix commençait à décliner, le policier saisit le petit gobelet blanc placé à sa droite et but une gorgée d'eau fraîche avant de reprendre :

— Je me suis aussi penché sur les cercles. Là encore, on a une multitude de réponses. Pour faire court, le cercle est le signe de Dieu : il n'a ni début ni fin. C'est un symbole universel d'éternité, de perfection, de divinité, d'infini. Je me suis demandé s'il s'agissait vraiment de cercles, et pas plutôt de la lettre « O ». Et, une nouvelle fois, ce serait cohérent. La lettre « O », répétée trois fois, signifie : « Omniscient, Omnipotent, Omniprésent », les attributs de Dieu.

Lorsqu'il se tut enfin, il régna un long silence que personne n'osa rompre. Ce fut Pourson qui, bien qu'aussi déconcertée que les autres, prit tout de même l'initiative :

— Je ne pensais pas que la symbolique pouvait être riche à ce point.

— Et encore, commissaire, je suis allé à l'essentiel. On pourrait en remplir des pages et des pages.

— Vous croyez qu'il s'agit d'un illuminé ?

— Franchement, je n'en ai aucune idée. Mais disons que ça a du sens.

Pourson leva les yeux au ciel puis pesta :

— Un dingue qui pense élucider le mystère de la vie en utilisant le cerveau d'un scientifique de haut niveau pour un quelconque rite sorti de son imagination délirante…

— Oui, j'ai cherché s'il existait des cérémonies religieuses durant lesquelles on procédait à l'extraction du cerveau. En sorcellerie, il se peut que des organes soient utilisés, mais rien de spécifique au cerveau humain. Il y a aussi des rites sataniques où il est question de meurtres sacrificiels, parfois d'anthropophagie, alors…

Après avoir frappé à la porte, un policier en uniforme entra dans la pièce et déposa une feuille de papier sur la grande table, juste devant le commissaire Pourson, avant de ressortir aussitôt. Sans y prêter attention, elle se leva et déclara :

— Écoutez-moi très attentivement. Je veux que vous ne parliez de ce symbole à personne. C'est entendu ? Absolument personne ! Je n'ai pas envie que la rumeur d'un meurtre sacrificiel ou je ne sais quelle horreur se répande en ville et encore moins dans les médias. C'est clair ?

Ils lui répondirent tous par un hochement de tête.

— Très bien. Creusez cette piste. C'est invraisemblable, mais on n'a que ça.

Un enquêteur se leva et posa son doigt sur l'une des extrémités du symbole dont une photocopie était scotchée au mur.

— Commissaire, si vous regardez ce 7, là… Eh bien, le tracé est assez particulier. On dirait plutôt un L. Vous ne trouvez pas ?

— Hmm. Pourquoi pas ? Et où est-ce que ça vous mène ?

Tandis que le policier commençait l'exposé de sa théorie, Pourson baissa les yeux sur la feuille que l'agent avait déposée devant elle. Elle fronça les sourcils. Elle n'écoutait plus du tout son collègue. Son attention était accaparée par ce qu'elle lisait. Puis la curiosité fit place à la stupéfaction.

— Bordel de merde !

– 9 –

Depuis combien de temps étaient-ils suivis ? Simon l'ignorait.

Lorsqu'ils quittèrent la D1 pour entrer dans le centre de Lyon, la circulation se fit plus dense. Désormais cadencée par le rythme des feux rouges, la filature devenait plus difficile à repérer. Le motard parvenait à se dissimuler derrière des véhicules, à changer de voie pour exploiter un angle mort. Il profitait aussi des lignes droites pour garder ses distances. Mais il ne les perdait jamais de vue.

En arrivant à proximité du commissariat, au lieu de continuer tout droit, Anderssen tourna à gauche, dans l'étroite rue Victor-Fort, puis à droite sur la place de la Croix-Rousse, avant de retomber sur le boulevard. Ce circuit n'avait aucun sens puisqu'il obligeait à un détour significatif. Pourtant la moto l'emprunta aussi. Avant de tourner dans la rue de la Terrasse, le véhicule des policiers fut arrêté au feu rouge. Une voiture se trouvait devant eux, et trois ou quatre autres derrière. La moto s'immobilisa à leur suite, en retrait d'une camionnette blanche. Étrange, quand on savait le désir des conducteurs de deux-roues de remonter les files afin de se placer en première position, quitte à prendre parfois quelques risques.

Dans son rétroviseur, Anderssen parvint à distinguer la silhouette du motard aux aguets.

Les policiers arrivèrent enfin dans la rue de l'hôtel de police.

— C'est l'occasion de reprendre l'avantage, lança Simon, plein de fougue. Si on s'arrête devant le commissariat, il ne peut pas en faire autant sans risquer de se faire remarquer. Il est obligé de continuer tout droit et de nous dépasser.

Ils se garèrent en double file, à contresens, sur la partie gauche de la chaussée, de sorte qu'il n'y avait plus maintenant qu'une seule voie de circulation.

— Ne bougez pas ! ordonna Simon à son collègue.

Il détacha sa ceinture de sécurité, déverrouilla les portières et sortit son arme. Il se pencha pour regarder dans le rétroviseur côté passager.

Pas encore…

La moto était à une vingtaine de mètres d'eux. Elle roulait doucement.

Pas encore…

Il vit sa proie grossir dans le petit miroir.

Pas encore…

La moto arriva à leur niveau.

Maintenant !

Simon ouvrit brutalement la portière. Surpris, le motard donna un violent coup de guidon pour éviter l'impact. Sa moto dévia de sa trajectoire et vacilla, mais pas au point de lui faire perdre l'équilibre. Il reprit le contrôle de son engin et mit les gaz dans un vrombissement sourd.

— Merde, raté. Vite, on l'intercepte ! s'écria Simon en claquant la portière.

Anderssen démarra en trombe. Il évita de justesse une Volkswagen qui arrivait face à eux et à laquelle il venait de couper la route, provoquant la furie de l'automobiliste qui se vengea sur son Klaxon. Simon actionna la sirène et plaça le gyrophare sur le tableau de bord. Ralentie par son embardée, la moto n'était qu'à quelques mètres. Il fallait en profiter. Anderssen se fraya un chemin malgré la circulation, les autres véhicules s'écartant rapidement de part et d'autre de la chaussée. Le jeune homme accéléra encore et descendit le boulevard des Canuts comme un boulet de canon.

Devant eux, le motard manqua de heurter un vélo de plein fouet et dut freiner violemment. Anderssen et Vairne étaient sur le point de le rattraper quand la moto repartit, laissant derrière elle une traînée de fumée grise. Elle finit par tourner à gauche en dérapant, dans la rue Denfert-Rochereau, en sens interdit.

— Allez, allez ! hurla Simon.

Anderssen serra le frein à main et donna un coup de volant vers la gauche. La voiture dérapa, coupant la circulation et se plaçant dans l'axe de la rue empruntée par la moto. Mais cette rue étroite ne comportait qu'une seule voie et toute une file de véhicules y était engagée ; ils se retrouvèrent brusquement nez à nez avec une camionnette. Impossible de passer.

— On est bloqués ! aboya Anderssen, en tapant de rage sur son volant.

D'un bond, Simon sauta de la voiture. L'arme à la main, il se lança aussitôt à la poursuite de la moto. Chacune de ses foulées était plus rapide que la précédente. Ses pas claquaient sur le sol, sa gorge et ses poumons s'emplissaient d'un air glacial.

Plus vite !

Le duel était inégal, mais Simon savait que ce motard était une pièce maîtresse de l'énigme. Il devait à tout prix l'intercepter. Il accéléra encore son allure. Le vent froid le giflait. Sa cadence était infernale. Le regard rivé sur sa proie, il ignorait les véhicules qui arrivaient en sens inverse et risquaient à chaque seconde de le faucher.

La moto s'éloignait. Par chance, dans sa précipitation, le motard heurta le rétroviseur d'une voiture et manqua de tomber à nouveau. Il dut s'immobiliser un court instant durant lequel il jeta un coup d'œil à son poursuivant avant d'enclencher la première et de repartir.

Simon ne voulait rien lâcher. Il était submergé par l'adrénaline.

Plus vite !

Il déboucha sur un carrefour qu'il traversa en ligne droite, au mépris du flux continu de véhicules. Sans ralentir sa course, il leva la main qui tenait le pistolet dans l'espoir que les automobilistes freinent, pris de panique en apercevant un homme armé, limitant ainsi le risque de se faire écraser.

Plus vite !

La moto emprunta la rue Valentin-Couturier, elle aussi en sens unique. Simon s'y engagea à toute allure. Soudain, surgissant de nulle part, une voiture déboula sur lui. Emporté par son élan, il ne put l'éviter. Le véhicule fit crisser ses pneus avec un vacarme effarant, chassa en un tête-à-queue et frappa Simon à la hanche, le projetant sur le sol. Il se releva d'un bond et reprit sa course. Le fuyard s'était éloigné davantage. Les chances de le rattraper étaient désormais infimes, sauf si le motard commettait une erreur… C'était encore jouable. Il fallait tenir. Ses poumons commençaient à brûler.

Plus vite !

L'écart se creusait. Il n'avait pas le droit d'ouvrir le feu, pourtant Dieu qu'il en avait envie ! Sa respiration se faisait de plus en plus rapide, de plus en plus poussive aussi. Ses muscles étaient en feu. Le souffle lui manquait. Son corps tout entier le sommait de lâcher, son cerveau lui ordonnait de continuer. Ce fut son corps qui décida. Simon abandonna. Ses dernières foulées n'étaient plus portées que par son élan. La moto était déjà loin. Un minuscule point perdu dans la cohue de la circulation.

Débraillé, le visage écarlate, dégoulinant de sueur, Simon soufflait comme un bœuf. Il rengaina son arme et regagna le trottoir en se déplaçant avec peine, sous le regard médusé des passants. Là, le corps cassé en deux, il posa les mains sur ses genoux pour reprendre son souffle. Il voulut cracher par terre, mais se ravisa, de peur de vomir. Il s'essuya le front du revers de la main puis s'appuya contre un réverbère. Quelques minutes de plus lui furent nécessaires pour que son cœur cesse de jouer du tambour.

Il fit demi-tour pour rejoindre son collègue. Chaque pas était incroyablement pénible et lent.

En arrivant devant le commissariat, Simon vit Anderssen entouré de plusieurs agents en uniforme, prêts à intervenir, mais ne sachant que faire.

— Vous avez le numéro de sa plaque ? s'enquit le jeune flic, encore excité.

— Pitié, ne remuez pas le couteau dans la plaie, répondit Simon, penaud.

— Lieutenant, vous voulez qu'on envoie une alerte à tous les collègues ? demanda l'un des agents.

— Inutile. On ne mettra jamais la main sur ce motard.

— C'était qui, ce type ? Qu'est-ce qu'il nous voulait ? s'enquit Anderssen.

— Aucune idée.

— On n'est pas plus avancés.

— Détrompez-vous, fit Simon avec un sourire malicieux. Ce motard… ça change tout !

– 10 –

Dans la salle de réunion du commissariat de Strasbourg, les enquêteurs fixaient leur patronne en se demandant ce qu'elle allait leur révéler.

— Écoutez-moi ça : « Stanislas Frelet, né le 21 décembre 1981 à Chaudeney-sur-Moselle… Inculpé du meurtre de sa mère le 4 septembre 2012, qu'il a frappée au crâne à plus d'une cinquantaine de reprises… »

Elle jeta un coup d'œil à ses hommes pour leur signifier que la suite était importante.

— « … avant de prélever des morceaux de cerveau… et de les manger ! »

À ces mots, les réactions des policiers oscillèrent entre le dégoût et l'indignation. Elle poursuivit :

— « Jamais déféré devant la cour d'assises car le juge d'instruction a prononcé un non-lieu après expertise et contre-expertise psychiatriques ayant conclu à des troubles psychotiques, en particulier une schizophrénie dont les symptômes se manifestent chez lui par des hallucinations d'ordre ésotérique… » Tiens, tiens ! « … Des pulsions meurtrières, des visions mystiques, des pensées morbides, la scarification, la mutilation… »

Pourson hocha la tête avant de reprendre :

— « En 2013, il a été interné en psychiatrie au centre hospitalier de Nancy… » Tu m'étonnes !

Elle s'interrompit de nouveau, leva la tête pour s'adresser à tous et poursuivit sans regarder sa feuille :

— Et vous voulez savoir le meilleur ? Il s'est évadé dans l'après-midi du 6 janvier, la veille du meurtre de Georges Toussant, en frappant un gardien au crâne avec un objet contondant, certainement un marteau ou… un pied-de-biche !

Autour de la table de réunion, une légère clameur se fit entendre.

— Bon. On laisse tomber l'étude du symbole pour l'instant. J'ai besoin de vous pour centraliser les recherches. Avant toute chose, avertissez le procureur et les gendarmeries alentour que Stanislas Frelet est suspecté d'homicide. Faites-leur comprendre que c'est prioritaire. Ensuite, on se coordonnera avec eux pour bien faire circuler l'information. Thomas, vous vous chargez de ça.

— Bien, patron. On transmet un avis de recherche aux médias ?

— Non, laissez la gendarmerie s'en charger. Si c'est nous qui le faisons, les journalistes vont faire le lien entre Frelet et la mort du professeur Toussant. Ça risquerait de provoquer la panique.

— Entendu.

Elle pointa du doigt un autre policier.

— Sofiane, je veux que vous contactiez l'asile de dingos de Nancy. Récupérez un maximum d'éléments sur ce Frelet. Je veux tout savoir sur lui. J'aimerais comprendre pourquoi il s'en est pris à Toussant.

— OK, patron.

— Oh, attendez ! se ravisa-t-elle en se remémorant soudain ce que le légiste lui avait dit. Demandez-leur s'il est droitier ou gaucher.

— Entendu.

— Ah ! et demandez aussi quelle est sa pointure.

— OK.

— Allez, au travail ! conclut-elle en frappant dans ses mains.

Tous quittèrent la salle de réunion rapidement, galvanisés par l'annonce de cette nouvelle qui allait mettre un terme rapide à leur affaire.

À contre-courant de l'enthousiasme général, l'un des officiers de police affichait une mine plus sombre. En sortant de la salle avec ses collègues, il interpella le commissaire :

— Patron, je peux vous parler une minute ?

Surprise par l'air taciturne de son collaborateur, Pourson s'éloigna de quelques pas afin qu'ils puissent discuter tranquillement.

— Allez-y, dit-elle, l'air intrigué.

— Voilà, je trouve que ça ne colle pas. Le tueur psychopathe qui s'évade de l'asile et qui tue le professeur Toussant dans la foulée, je suis désolé, mais j'ai du mal à y croire.

— Pour quelles raisons ?

— Soyons pragmatiques. Il s'évade du centre hospitalier de Nancy, et la première chose qu'il fait, c'est assassiner Toussant ? Il se tape cent soixante bornes pour venir jusqu'ici. D'ailleurs, on ne sait pas comment il est venu, n'est-ce pas ? Vous croyez qu'il a fait du stop à la sortie de l'asile, un pied-de-biche à la main ? Moi je n'y crois pas trop. Ensuite, une fois à Strasbourg, en plein milieu de la nuit, il pénètre dans la faculté de chimie, monte cinq étages, fracture une porte et, coup de bol, il y a quelqu'un !

— Ce n'était pas un hasard, il devait connaître Toussant. Il savait qu'il le trouverait dans son labo à cette heure-ci. D'après ses collègues, il travaillait tard le soir depuis des années. Tout le monde était au courant.

— Admettons. Pourquoi portait-il des gants, si c'est un dingue ? On n'a pas trouvé d'ADN, non plus. Pas une seule trace ! Il a fallu qu'il prémédite consciencieusement son coup, et pour un taré évadé de la veille, c'est plutôt incroyable, non ?

— Il peut être « taré », comme vous dites, et avoir prémédité son acte. Ce n'est pas incompatible.

— Et puis, il est sorti de la fac de chimie, avec ses vêtements couverts de sang, sans un euro en poche, et personne ne l'aurait signalé ?

— Je sais très bien tout ça. Mais une enquête, ce n'est pas comme un puzzle. Parfois, la pièce rentre mal, pourtant c'est la bonne et il faut forcer un peu. Voyez les choses comme ceci : un homme est frappé à mort à la tête avec une extrême sauvagerie ; un étrange dessin, peut-être un symbole ésotérique, est retrouvé sur les lieux du crime. Or, la veille, un psychopathe s'évade de chez les fous alors qu'il a déjà commis le même type de crime et qu'il est manifestement habité par des voix divines. Avouez de votre côté que c'est une sacrée coïncidence, non ?

— Oui, je le reconnais.

— J'ai demandé à ce que le lien soit établi entre Toussant et Frelet. Je ne serais pas surprise d'apprendre qu'ils se connaissaient et qu'il y a une sombre histoire derrière tout ça.

Le commissaire Pourson omettait de dire qu'elle avait un rendez-vous téléphonique à 18 heures avec le procureur de la République et qu'elle avait l'intention de lui faire état de l'avancement de l'enquête. Elle tenait à lui prouver qu'il avait bien fait de la lui confier et, pour cela, elle devait lui livrer du concret. Quand on est fonctionnaire de police, plus on grimpe dans la hiérarchie, plus le mot « fonctionnaire » prend de l'importance. Et quand on est fonctionnaire, il faut que les choses rentrent dans des cases. Un cinglé qui se faisait la belle, c'était pratique, tout le monde comprenait ça, le procureur serait content, ça rentrait dans une case.

— Écoutez, j'apprécie vraiment beaucoup votre analyse, vos arguments sont très pertinents, mais je persiste à penser qu'il s'agit d'une piste extrêmement sérieuse.

Au moment où elle achevait sa phrase, l'adjoint mandaté pour contacter l'institut psychiatrique raccrocha son téléphone et s'approcha d'eux.

— Qu'est-ce qu'il y a ? demanda-t-elle.

— Je viens d'avoir l'asile. Devinez quoi ?

— Je ne sais pas, dites-moi.

— On va commencer en douceur : Frelet est droitier, comme l'agresseur de Toussant. Bon, en revanche, ils ne connaissent pas sa pointure. Mais le plus beau : roulements de tambour… notre client aime faire des dessins ! Mais pas du Degas, non, lui, il trace d'étranges signes cabalistiques dont il noircit les murs de sa cellule et des feuilles de papier dès qu'il en a l'occasion. Les médecins ont tenté de comprendre la signification de ces croquis, il leur a répondu que c'était

Dieu qui lui demandait de dessiner pour chasser les démons. Gratiné, non ? Je crois qu'on a notre gagnant !

Le flic dubitatif hocha la tête en signe de capitulation.

Pourson parut étonnée.

Ce serait aussi simple que ça ?

– 11 –

Quelques gouttes de sang tombèrent dans l'évier. Elle porta aussitôt son doigt à ses lèvres pour sucer la plaie. La coupure était légère, mais la douleur vive. Elle posa le couteau dont elle s'était servie pour découper les légumes et fit couler un filet d'eau froide sur son doigt entaillé afin de stopper le saignement.

Ève Vastine était nerveuse. D'habitude plutôt adroite de ses mains, elle était, depuis quelques heures, bien malhabile.

Elle alla dans la salle de bains et désinfecta la plaie avant de la recouvrir d'un sparadrap.

Elle voulut regagner la cuisine, achever de préparer le plat qu'elle réservait à son mari pour le dîner. Mais cela lui parut bien futile, tout à coup.

Son téléphone portable était posé sur la table de la salle à manger et elle alla vérifier, pour la centième fois, si elle avait reçu un message. On captait mal dans cette maison isolée, et elle avait remarqué que c'était l'endroit précis où l'on avait le plus de réseau. Au fond, ce coin de table n'était certainement pas mieux disposé que le reste de la maison pour recevoir les ondes, mais elle avait fini par s'en persuader, et c'était devenu une manie comme certaines personnes âgées en ont parfois. Elle avait donc pris l'habitude d'y déposer son téléphone lorsqu'elle attendait un appel important. À présent, elle l'observait comme s'il pouvait receler un secret susceptible de la délivrer de ses obsessions. Ce n'était pas le cas. Alors elle glissa encore davantage vers le désespoir. Et la peur.

Désemparée, elle laissa son regard se perdre au loin, à travers les carreaux de la fenêtre. La vue sur les hauteurs du petit village de Lacoste, perché sur la colline d'en face, surplombé par les vestiges de son château, jadis demeure du marquis de Sade, perdu dans la végétation, était aussi splendide qu'apaisante. Le soleil de ce milieu d'après-midi donnait au paysage des reflets rose orangé qui contrastaient avec le vert sombre des résineux épargnés par l'hiver.

Son mari et elle avaient immédiatement eu un coup de cœur pour le charme sobre de cette maison ancienne. Trop vaste pour être entretenu comme il convenait, le jardin était un terrain de jeu idéal pour leurs petits-enfants, lorsqu'ils en avaient la garde pendant une partie des vacances d'été. Les deux grandes bories, aménagées en abris de jardin, étaient pour eux des lieux emplis de mystère et offraient de merveilleuses opportunités pour se cacher ou s'inventer un monde. Afin d'éviter les accidents, les Vastine avaient imaginé l'histoire du Tiregorge : un monstre vivant au fond du puits, qui happait les enfants imprudents qui s'en approchaient de trop près. Ensuite ils avaient fait obstruer le puits, et le Tiregorge avait pris une retraite soudaine. Il ne manquait qu'une piscine pour combler toute la famille. Un investissement onéreux qui allait devoir attendre quelques années. Achetée deux ans plus tôt, cette maison était déjà emplie de souvenirs heureux.

Ève était originaire de la région. Pourtant, c'était son mari qui avait eu l'idée et surtout l'envie de venir s'installer ici. Ils avaient visité les alentours, et leur choix s'était porté sur Bonnieux, ce village minuscule à la beauté simple, niché sur une côte sévère surmontée d'une belle église romane.

Son mari venait de prendre sa retraite. Éprouvant depuis longtemps le besoin de s'écarter du tumulte parisien, il avait trouvé ici la plénitude qu'il cherchait. Et puis, il souhaitait écrire un livre, pour transmettre. Et quel meilleur endroit que ce lieu où régnait la paix ?

À regret, Henri Vastine était obligé de monter régulièrement à la capitale pour y tenir des conférences ou rencontrer des confrères ; il s'y sentait dorénavant comme un étranger, pressé de retrouver cette terre d'adoption. Cependant, il n'était pas facile de couper définitivement les ponts lorsqu'on était le plus grand cosmologue de France – et peut-être même d'Europe.

En cet après-midi d'hiver, Ève Vastine était seule. Son mari n'était pas rentré déjeuner. Il n'avait pas prévenu. Pour la première fois en quarante et un ans. Pour la première fois tout court.

Elle avait essayé de le joindre, mais était tombée sur sa messagerie. À plusieurs reprises. Elle avait appelé tous ses amis, leurs relations au village et même le petit café sur la place du marché où pourtant il s'arrêtait bien rarement. Personne ne l'avait vu.

Il lui était arrivé malheur, elle le sentait. Elle savait que cette absence était annonciatrice d'un drame.

Ève Vastine traversa lentement la salle à manger, saisit le téléphone, hésita un instant, puis se résolut à composer le numéro de la gendarmerie.

Une larme coulait sur sa joue.

– 12 –

Cannelle Pourson était satisfaite. Un important dispositif avait été déployé par la police et la gendarmerie entre Nancy et Strasbourg, un avis de recherche avait été lancé dans tous les services et le signalement de Stanislas Frelet, communiqué aux médias. Pour autant, le lien avec le meurtre du professeur Toussant n'avait été dévoilé à personne. Il ne s'agissait pour l'instant que de retrouver un fuyard.

Elle venait de s'entretenir au téléphone avec le procureur, qui l'avait félicitée de la rapidité avec laquelle cette opération avait été menée, louant ses qualités d'organisation et de coordination. Elle avait été obligée de faire la modeste – quel bonheur ! – en lui rappelant que l'affaire n'était pas encore bouclée et qu'il restait à apporter la preuve de la culpabilité de Frelet. Et, avant tout, à lui mettre le grappin dessus.

C'était le type de dossier qui facilitait l'essor d'une carrière, elle le savait. Démanteler des réseaux de cambrioleurs, arrêter des braqueurs, des trafiquants ne menait pas bien loin. Tandis que cette enquête, c'était sans doute la chance de sa vie. Le procureur de la République et les médias avaient les yeux rivés sur elle, c'était une occasion incroyable et elle était sur le point de la saisir à pleines mains.

Elle jeta un coup d'œil au petit cadre posé sur son bureau. Ses deux enfants riaient aux éclats. Le cliché avait été pris lors de leurs vacances au ski, à Val Thorens, cinq ans plus tôt. Même si son ex-mari figurait également sur la photo, c'était sa préférée. Elle lui rappelait des jours heureux. Le temps avait joué son rôle, balayant quelques certitudes, laissant parfois une saveur amère.

Après le divorce, elle avait sombré dans la facilité en se jetant dans les bras de son premier amour : son travail. Un amant insatiable qui ne posait pas de questions, auprès de qui elle n'avait pas à se justifier et qui ne la quitterait qu'à une date déterminée d'un commun accord. En divorçant, elle n'était pas redevenue célibataire, elle était devenue divorcée. La distinction n'échappait à personne et surtout pas à elle.

Elle avait mis peu à peu sa vie amoureuse entre parenthèses. Non qu'elle fût dépourvue de charme, mais elle avait la désagréable sensation de jouer un rôle chaque fois qu'elle se trouvait en compagnie d'un homme. Elle avait eu quelques aventures, décousues, sans logique. Sans lendemain. Mais, elle en était convaincue, des jours meilleurs étaient à venir.

Elle était perdue dans ses pensées lorsque la sonnerie du téléphone la ramena à la réalité. C'était un numéro interne, provenant du standard centralisé du ministère de l'Intérieur.

— Allô ?

— Commissaire Pourson ?

— Oui.

— Bonjour. Je m'appelle Simon Vairne, je suis lieutenant à la DGSI.

— Bonjour.

— C'est bien vous qui dirigez l'enquête sur l'homicide du professeur Georges Toussant ?

— C'est moi, en effet.

— Pourriez-vous me transmettre le dossier, s'il vous plaît ?

— Pour l'instant, il est en cours de constitution. Nous attendons les rapports de tous les services impliqués.

— Je vois. Vous pouvez m'en donner les grandes lignes ?

— Georges Toussant a été assassiné dans son laboratoire la nuit du 7 janvier. Il a reçu de nombreux coups au crâne et…

Pourson s'interrompit, consciente que les informations qu'elle s'apprêtait à révéler étaient confidentielles.

— Je dois absolument pouvoir compter sur votre discrétion, reprit-elle, car les détails que je vais vous confier n'ont pas été communiqués aux médias ni à qui que ce soit d'autre.

— Entendu. Je ne dévoilerai rien.

— Son cerveau a été volé.

Il y eut un silence.

— Quoi ? demanda le lieutenant Vairne, incrédule.

— Le meurtrier l'a frappé au crâne, puis s'est enfui après lui avoir arraché le cerveau.

Il y eut un nouveau silence, plus long que le précédent. Ce fut Pourson qui le rompit.

— Par ailleurs, on a découvert dans la bouche de Toussant un dessin représentant une forme géométrique

que nous ne sommes pas parvenus à interpréter pour le moment. Il s'agit d'une sorte de symbole.

— Un symbole ? Qui représente quoi ?

— Un entrelacs de cercles, avec le chiffre 7. C'est assez difficile à décrire par téléphone.

— Vous pourriez m'envoyer une photo par MMS ?

— Bien sûr. Cela dit, j'ai une équipe entière qui planche déjà dessus.

— Vous me tenez informé si vous avez du nouveau sur ce symbole ?

— Très bien. Mais pourquoi vous me demandez tout ça, lieutenant ?

— Eh bien, j'enquête de mon côté sur un scientifique qui a disparu à Lyon. Plus le temps passe, plus j'ai le sentiment que les deux affaires sont liées.

— Qu'est-ce qui vous fait croire ça ?

— Je ne sais pas. Rien de bien concret, je l'avoue. Je me dis que deux savants impliqués simultanément dans un fait divers, c'est une drôle de coïncidence.

— Il a été tué ?

— Non, non. Enfin, j'espère que non ! Il a juste disparu.

— Un homme se fait tuer à Strasbourg, un autre disparaît à Lyon, c'est mince comme lien !

— Ce sont tous les deux des scientifiques de très haut niveau.

— Oui, mais quand même.

— Vous avez raison, concéda-t-il, sa voix perdant en assurance. Je sais que c'est mince, mais je veux explorer toutes les pistes. J'ai fouillé son appartement, je me suis rendu à son bureau sans rien trouver. C'est pourquoi je me tourne vers vous.

— Je dois vous avertir qu'un mandat d'arrêt a été délivré au nom de Stanislas Frelet. Il est fortement soupçonné du meurtre du professeur Toussant. Il s'agit d'un psychopathe qui s'est échappé de l'hôpital psychiatrique de Nancy la veille du meurtre et qui présente de nombreux points de concordance avec le profil du tueur que nous avions dressé.

— Ah bon ? Donc, c'est une affaire résolue ?

— Pas tout à fait, mais j'ai bien peur qu'elle n'ait aucun rapport avec votre enquête.

Elle entendit un soupir à l'autre bout du fil.

– 13 –

Situé sur un boulevard animé du quartier de la Croix-Rousse, le petit hôtel bon marché où il avait réservé une chambre était peu propice à la relaxation. Aussi Simon passa-t-il la soirée entière et une partie de la nuit à ruminer. Il n'y aurait donc aucun lien entre l'assassinat de Toussant et l'enlèvement d'Haineteaux ?

Possible. Encore une impasse.

Il n'en demeurait pas moins que l'intervention de ce motard livrait une information importante : les chances de retrouver le professeur Haineteaux vivant venaient de grimper en flèche. Si on l'avait assassiné, à quoi bon prendre en filature les policiers chargés de l'enquête ? Après un crime, on cherche à se faire oublier ou on prend la fuite. Plutôt que de risquer de se faire remarquer, on se forge un alibi. Non, Simon en était persuadé, la mission de ce motard s'imbriquait dans un plan plus global, complexe. Mais lequel ? Peut-être était-il chargé de s'assurer que tout se déroulait comme prévu ? Ou bien devait-il intervenir à un moment donné ? Ou encore était-il, lui aussi, à la recherche du professeur ? Il restait beaucoup d'interrogations, mais l'horizon s'éclaircissait un peu.

Allongé sur son lit trop mou, Simon ne parvenait pas à dormir. Il était gagné par un sentiment étrange mêlé de frustration, de questions nouvelles et de relents d'adrénaline. Il s'était aussi repassé cent fois le film de sa poursuite de la moto. Ce fut seulement tard dans la nuit, quand il fut à bout de forces, que le sommeil l'emporta enfin.

Le lendemain matin, de retour au commissariat, il entra dans le bureau qu'Emmanuel Anderssen lui avait attribué, posa la sacoche contenant son ordinateur sur le bureau et se laissa tomber dans le fauteuil en Skaï qui couina sous son poids. Comme pour exorciser les événements de la veille, il prit quelques secondes avant de se mettre au travail. Il s'étira longuement tout en parcourant la pièce des yeux. Cet endroit lui donnait le cafard. Les nombreuses fissures sur les murs avaient été dissimulées tant bien que mal par des posters destinés à susciter des vocations dans la police, à mettre en garde contre les méfaits de la drogue et à dénoncer les violences conjugales.

Il grimaça puis, au lieu de se mettre au travail, reprit ses affaires et sortit. Il remonta le couloir et frappa à la porte de son jeune collègue.

— Entrez.

— Ça vous dérange si je m'installe dans votre bureau ? Celui que vous m'avez prêté est très bien, mais…

— Oui, si vous êtes dépressif, c'est la pendaison assurée ! s'esclaffa le brigadier.

— C'est un peu ça, oui.

— Venez, je vais vous faire de la place, dit-il en saisissant une pile d'épais dossiers qu'il déposa sur le meuble bas derrière lui.

Simon tira une chaise et s'installa sur le coin du bureau métallique. Il alluma son ordinateur portable pour vérifier ses e-mails. L'un d'eux contenait ce qu'il attendait : le tracking de la carte SIM du professeur Haineteaux. Il lui indiquerait avec précision l'historique des déplacements du scientifique ainsi que sa position actuelle.

Croisons les doigts.

Simon retint son souffle et ouvrit le mail. Il alla directement aux dernières lignes du rapport.

Mais où êtes-vous, professeur ?

— La dernière connexion d'Haineteaux remonte au 4 janvier à 23 h 43, à proximité de chez lui ! constata Simon.

— Je connais bien ce quartier ; à cette heure-là, il ne devait pas y avoir beaucoup de monde dans la rue.

— Autrement dit, c'était l'endroit et le moment propices pour un enlèvement.

— On peut dire ça.

— Mais qu'est-ce qu'il faisait dehors à une heure pareille ?

— Il allait peut-être à l'épicerie du coin ? Ou bien il avait rendez-vous avec quelqu'un ?

— Si j'en crois le relevé de localisation, après 23 h 43, pffft ! plus personne. Comment a-t-il pu se volatiliser ? Ce système de tracking est très performant, il fonctionne même quand le téléphone est éteint. Pour échapper au repérage, on doit ôter la carte SIM. Il faut quand même le savoir !

Le deuxième e-mail qui les intéressait provenait de l'opérateur de téléphonie. Simon et son collègue y découvrirent la liste de tous les appels émis depuis le portable du savant.

— Le dernier appel date du 4 janvier, remarqua Simon.

— Normal, si la carte SIM a été retirée.

— Évidemment.

— Il a émis un… deux… trois… quatre… cinq… six appels le jour de sa disparition.

Anderssen pointa chaque numéro et vérifia s'ils correspondaient à ceux qu'il avait enregistrés dans son dossier.

— À 9 h 13, il a appelé son adjoint, Michel Aillet. À 10 h 17, le CRSDI. À 12 h 01, encore Aillet. À 12 h 17 aussi. À 15 h 34, le CRSDI. Et, à 20 h 06, le portable de sa fille.

— Et la veille ?

— Alors, le 3 janvier… Ce sont les mêmes numéros. Ah non, il y a un fixe que je ne connais pas. On le retrouve aussi le 2. Attendez, je vais regarder si je peux identifier son propriétaire.

Anderssen effectua une recherche rapide sur son ordinateur. Le numéro était celui d'un magasin de prêt-à-porter féminin, rue Victor-Hugo.

— C'est la boutique de sa fille.

— Donc aucun appel suspect.

Enfin, le dernier e-mail provenait de la banque et dressait la liste des dépenses effectuées par Haineteaux avec sa carte Visa.

— Le dernier mouvement date du 3 janvier, constata Simon. C'est un achat à la Fnac Bellecour. Ah oui, les livres ! La somme correspond au ticket qu'on a trouvé chez lui.

— Oui, je m'en souviens. Et rien depuis ?

— Rien.

Simon donna un coup sur la table avec le plat de la main. Cette affaire allait le rendre fou.

Au même moment, presque en écho, on frappa à la porte.

— Entrez, dit Anderssen.

Un gardien de la paix en uniforme passa la tête dans l'embrasure de la porte :

— Dites, lieutenant, c'est pas vous qui cherchez un scientifique ?

— Si.

— Eh ben, on l'a retrouvé !

– 14 –

Les hauts talons des bottes en cuir du commissaire Pourson se prêtaient mal à la marche en forêt, aussi progressait-elle laborieusement. Elle avait tenu à se rendre sur place et il était désormais trop tard pour renoncer. Et puis, ce qui venait de se produire était trop grave pour qu'elle se contente d'une conversation téléphonique, elle voulait constater de ses propres yeux.

Elle avait laissé sa voiture près du village de Viterne, à l'entrée d'un petit sentier qu'elle avait dû abandonner trop vite à son goût pour couper à travers bois.

Le sol était couvert d'un épais tapis de feuilles gelées où elle s'enfonçait avec un bruit de froissement de papier. Contournant un tronc blanchi par l'hiver, évitant une ronce, enjambant un amas de branchages dénudés, Pourson se frayait un chemin tant bien que mal, essayant de suivre le rythme du gendarme qui la guidait.

— Par ici, commissaire, vous aurez moins de mal, le terrain est plus praticable. Faites le tour, précisa-t-il en faisant un grand geste circulaire.

Pourson, les yeux rivés sur le sol pour tenter d'en éviter les pièges, leva la tête et comprit qu'elle devait effectivement se déporter sur la gauche afin de contourner l'énorme trou formé par un chêne séculaire déraciné.

Au bout d'une vingtaine de minutes, elle soupira, davantage par agacement que par fatigue. Le vent glacial attaquait son visage, la piquant comme une myriade de minuscules aiguilles. Au cœur de la forêt, le froid lui sembla s'intensifier encore, traversant désormais le cuir noir de ses gants. Elle préféra malgré tout conserver les mains hors de ses poches, de peur de trébucher.

À présent, le gendarme avait une trentaine de mètres d'avance. Il fit une nouvelle halte pour l'attendre.

Elle détestait se sentir fragile, dépendante. Elle s'était battue pour être en situation de donner des ordres, des directives, pour trancher, pour être celle qui arbitrait. Or, elle se retrouvait soudain vulnérable et, ce qu'elle détestait par-dessus tout, exposée au jugement et aux sarcasmes des autres. Ici, ses diplômes, ses galons, son expérience, son autorité naturelle n'avaient plus la moindre valeur. La nature remettait les choses à plat.

— Vous y êtes presque, commissaire.

Pourson tenta de faire bonne figure et se redressa pour parcourir les derniers mètres qui la séparaient du petit groupe d'hommes qui l'attendait.

— Bonjour, messieurs.

— Bonjour, commissaire.

— C'est un chasseur qui l'a découvert ?

— Non. C'est un avion, répondit un homme.

— Un avion ? s'étonna-t-elle.

— Oui, de la base militaire 133 à Ochey, indiqua-t-il, en pointant le doigt vers la forêt.

Poliment, Pourson regarda dans la direction que le gendarme désignait, mais n'aperçut que des arbres et des buissons, et la brume pour tout horizon.

— On a eu de la chance, poursuivit-il. D'habitude ce sont surtout des Rafale qui passent ici. Les pilotes n'auraient rien vu, ils volent bien trop vite. Mais un petit monomoteur d'entraînement a repéré quelque chose dans la forêt.

— Il devait voler drôlement bas !

— Oui, il était en approche pour atterrir. Du coup, il a fait un tour supplémentaire pour vérifier et a constaté qu'il s'agissait d'un corps. Après s'être posé, le pilote nous a appelés. Et puis on vous a prévenue.

Les cordons de sécurité jaunes flanqués de l'inscription « GENDARMERIE NATIONALE » avaient été tendus entre les arbres, non pour interdire la zone aux promeneurs puisqu'il était peu probable qu'il y en ait, mais afin de délimiter le périmètre des enquêteurs. À l'intérieur, un gendarme achevait de prendre des clichés, s'interrompant par instants pour se frotter les mains énergiquement.

Sur le sol, un corps gisait.

La peau était d'une pâleur surnaturelle, non comme celle d'un cadavre, mais plutôt comme s'il s'était agi d'un individu d'une espèce inconnue ou d'une statue d'albâtre tombée d'un temple. Elle était si blanche qu'il était difficile d'imaginer que ce corps ait pu un jour être animé de vie.

Étendu sur le dos, il portait une chemise en flanelle multicolore, bien trop légère pour affronter la rigueur de l'hiver lorrain.

Le bas de son pantalon, d'où s'échappait un long morceau d'os, était déchiré. Son tibia, cassé sous le genou, avait transpercé les chairs laiteuses et le tissu pour se dresser à la verticale, formant presque un angle droit.

Étrangement, on ne voyait que peu de sang. Le froid avait pudiquement nuancé l'inhumanité de ce tableau macabre. Ne demeuraient que quelques taches brunes, pourpres et parfois rosâtres.

Son visage, renversé en arrière, reflétait l'effroi et la stupeur, tandis que sa bouche béante, comme pétrifiée, semblait laisser échapper un cri muet.

Ses bras étaient anormalement tendus sur le côté, comme en un geste de reddition, de vaine supplique. Cherchant à s'agripper à un sauveur invisible qui lui aurait épargné un sinistre destin, ses doigts formaient d'aberrantes griffes figées par le froid et la mort.

Avant que le trépas ne vienne le délivrer, il avait connu une souffrance atroce, un supplice interminable. Victime de la forêt, il avait trébuché sur une pierre couverte de givre, à quelques dizaines de mètres de là, et s'était fracturé le tibia. Il avait poursuivi sa marche, malgré la douleur, titubant, puis rampant, essayant d'échapper aux bois hostiles et aux morsures du vent glacial, conscient que la justice de la nature était peu compatissante, que la végétation ou la neige seraient son linceul.

Trébuchant une fois de trop, il n'avait plus eu la force de se relever. D'abord pris de tremblements, puis de spasmes, il avait ensuite senti son corps lui échapper peu à peu, avant de se pétrifier complètement.

Le froid avait rempli son office. Lentement.

Il avait les yeux ouverts. Grands ouverts. Immobiles, presque exorbités. Deux billes de glace qui semblaient braquées sur elle.

La mort de cet homme avait été à l'image de sa vie : violente, sinistre et absurde. Il n'avait goûté à la liberté que quelques heures, le temps d'une course folle au milieu des bois.

Stanislas Frelet gisait dans les fougères gelées.

Mort depuis trois jours, au moins.

– 15 –

Pour éviter que la voiture ne laisse des traces sur le sentier de terre et ne recouvre d'éventuels indices, Marion Mastereaux ordonna à son adjoint de se garer sur le bas-côté. La voiture cahota en traversant l'ornière, puis s'immobilisa.

— C'est là, dit-elle.

Elle avait quitté Aix-en-Provence dès qu'elle avait appris la nouvelle. Pour une fois, la communication entre les services de gendarmerie et de police avait été d'une efficacité exemplaire et elle avait été alertée sans délai.

Après être sortis du véhicule, Marion Mastereaux et son adjoint gravirent un petit sentier en terre qui traversait une plantation d'oliviers surplombant la route. Ils prirent soin de marcher sur la bordure d'herbe de l'accotement afin, là encore, de ne pas abîmer d'éventuelles traces. Les gendarmes se trouvaient à environ cent cinquante mètres d'eux, plus en amont, le regard tourné dans leur direction.

— Ils ne sont que deux ? s'étonna l'adjoint à voix basse.

— C'est déjà bien. Nous avons devant nous la totalité des effectifs de la gendarmerie de Bonnieux, répondit-elle.

Il ne put s'empêcher de sourire à ce sarcasme. Il était habitué au style très libre de la jeune femme, qui pratiquait un humour à froid que tout le monde ne goûtait pas. Dire qu'elle était pince-sans-rire relevait de l'euphémisme. En réalité, elle était capable de glacer quiconque sur place en quelques secondes.

Aussi loin que remontaient ses souvenirs – au collège et même à l'école –, elle s'était toujours montrée cassante. Elle avait pris l'habitude d'observer les gens, leurs manières, leur comportement, le ton de leur voix, leur style vestimentaire et, le moment venu, elle s'en servait pour frapper. Elle faisait rire parfois, elle vexait souvent. Elle était parfaitement consciente du malaise qu'elle pouvait créer, mais ne changeait rien. Ce n'était pas par méchanceté, plutôt par instinct de protection. Le sarcasme et le cynisme, en s'enchevêtrant au fil des années, avaient formé un épais caparaçon dont elle ne se départait que rarement. Bien peu de gens se risquaient à tenter de percer son armure. Ses traits d'humour, ses flèches, lui permettaient de tenir les autres à distance. Une nécessité pour être tranquille, quand on était diablement belle.

— Espérons simplement qu'ils n'ont pas saccagé les indices, murmura-t-elle.

Les deux gendarmes se tenaient devant une Ford Escort gris clair dont le bas de caisse était maculé de boue. Ils firent quelques pas vers les policiers en les voyant s'approcher.

— Bonjour, dirent-ils en lui faisant un salut militaire avant de lui serrer la main.

— Bonjour, je suis le lieutenant Mastereaux.

— Adjudant Bettencourt et voici le gendarme Beauvoir. Vous avez fait drôlement vite !

— Oui, je tiens beaucoup à cette affaire.

— Ah bon ? Vous pensez que c'est sérieux ?

— J'en suis convaincue. C'est la raison pour laquelle j'ai exceptionnellement été détachée ici.

Bettencourt et Beauvoir changèrent radicalement d'expression, leur bonhomie faisant place à l'étonnement. La banale affaire pour laquelle ils s'étaient déplacés se transformait brutalement en enquête importante, ce qui n'arrivait pas tous les jours. Surtout dans le coin.

— Nous avons été appelés hier après-midi par Mme Vastine, déclara l'adjudant Bettencourt. Elle nous a signalé que son mari n'était pas rentré alors qu'il était parti faire des courses assez tôt le matin.

— Et c'est inhabituel de sa part ? demanda Marion Mastereaux.

— Oui. D'après elle, depuis qu'il est à la retraite, ils ont une vie bien réglée. Elle s'est inquiétée de ne pas le voir revenir, et elle n'a aucune idée de l'endroit où il a pu passer la nuit.

— J'imagine qu'elle a essayé de l'appeler ?

— Elle a laissé plusieurs messages sur son portable. Nous avons également essayé de le contacter de notre côté. Elle a aussi appelé tous les gens qu'ils connaissent dans les alentours, mais personne n'a vu son mari.

— Les hôpitaux de la région ?

— Le plus proche est l'hôpital d'Apt. Par précaution, nous avons aussi appelé à Cavaillon et à Avignon, mais ils n'ont aucun patient répondant au signalement d'Henri Vastine.

— Je vois. Comment vous êtes-vous retrouvés ici ?

— Nous avons commencé à patrouiller un peu au hasard pour essayer de trouver son véhicule, au cas où il aurait eu un malaise au volant. Vous savez, en cette saison, il n'y a pas grand monde dans la région. Alors, si sa voiture avait versé dans un ravin, il aurait pu se passer du temps avant que quelqu'un le remarque.

— Je veux bien vous croire !

— On a fait le tour des routes et des chemins les moins fréquentés et on a découvert son véhicule, ici même.

— C'est un tout petit sentier. Où est-ce qu'il mène ?

— À des maisons, pas très loin d'ici. Moins de cinq cents mètres en remontant ce chemin.

— Vous êtes allés demander aux habitants s'ils avaient vu ou entendu quelque chose ?

— Impossible, elles sont inoccupées. C'est un petit lotissement réservé à la location saisonnière. On voit du monde l'été et parfois à Pâques, mais en plein hiver il n'y a jamais personne.

Son collègue confirma d'un hochement de tête.

— Bon. Et la route, elle mène où ?

— La D3 ? À Saint-Pierre.

— Carrément ! Et après Saint-Pierre, il y a quoi ? L'enfer ? Le paradis ?

Elle avait dit ça sans un sourire, sans changer d'intonation. À tel point que personne ne comprit la plaisanterie.

— Non. Apt.

— Ah. Qu'est-ce qu'il y a de spécial, sur la route d'Apt ?

La question rendit les deux gendarmes perplexes. Il n'y avait rien de spécial. Seulement des maisons, quelques commerces et la nature. Leur quotidien se résumait à effectuer des contrôles de vitesse et d'alcoolémie, à interrompre une ou deux bagarres chaque année, à mettre un poivrot au dégrisement et, l'été, à sensibiliser aux risques d'incendie de forêt. Être gendarme à Bonnieux, ce n'était pas comme être shérif au Texas ; il n'y avait jamais rien de « spécial ».

S'apercevant que sa question avait créé un malaise, elle tenta une autre approche :

— D'après vous, qu'est-ce que Vastine pouvait bien faire ici ?

Les deux gendarmes haussèrent les épaules comme un seul homme.

— C'est assez étrange, avoua Bettencourt, car il n'avait aucune raison de prendre ce chemin. Il venait du marché, au cœur de Bonnieux. Donc normalement, pour rentrer chez lui, il aurait dû traverser le village en remontant la D3, vers l'ouest. Là, il est descendu vers Saint-Pierre, à l'opposé, pour finir par bifurquer sur ce chemin.

L'adjudant accompagnait ses explications d'amples gestes des deux bras.

— Donc il a fait un détour ?

— Affirmatif.

— Un grand détour ?

— Environ quatre kilomètres.

— Ah, quand même, dit-elle en hochant la tête.

Puis, remarquant les traces de poudre blanche sur les portières, elle leur demanda :

— Vous avez relevé les empreintes ?

— Oui, c'est ce qu'on fait chaque fois qu'on découvre un véhicule fracturé. Alors, on a fait comme d'habitude.

— Dites, c'est normal que sa voiture soit aussi sale ? demanda-t-elle en désignant le bas de caisse du véhicule.

— Oui. Il la lave rarement. Je dirais une fois par mois pas plus. Il va à l'Éléphant Bleu, dans la zone artisanale, sur la route de Cavaillon.

Elle esquissa un sourire. Sous prétexte que ces petits villages étaient peu habités, on était tenté de croire que les gens y demeuraient anonymes. Rien n'était plus faux. À la campagne tout se savait. Elle décida d'en profiter :

— Il a une maîtresse ?

Interloqués par l'indiscrétion de cette question, les deux gendarmes la fixèrent avec de grands yeux ronds.

— Non. Ce n'est pas du tout son genre, confia finalement l'adjudant Bettencourt.

— Pourquoi ? Les maris infidèles ont quel genre ?

— Je… eh bien… c'est…

— Laissez tomber.

Marion s'approcha de la voiture et tenta de l'ouvrir, mais les portières étaient verrouillées. Elle se pencha et colla son visage à la vitre en faisant écran avec sa main pour scruter l'intérieur du véhicule. L'habitacle était sale, presque autant que l'extérieur. Une fine pellicule de poussière recouvrait le tableau de bord. Sur le tapis de sol râpé et bouloché, de la terre et quelques graviers. Le cendrier était ouvert, mais il n'y avait pas de mégot. Il n'y avait ni tache de sang ni trace de lutte. Un détail attira son attention : le levier de vitesses n'était pas au point mort. Une vitesse était engagée. Machinalement, Marion se tourna pour regarder le chemin en pente qui rejoignait la route. Le conducteur avait pris le soin de passer la première pour s'assurer que son véhicule ne puisse pas partir en arrière. Elle fronça les sourcils. C'était peu compatible avec un arrêt précipité.

Elle se redressa et fit lentement le tour du véhicule, poursuivant son inspection.

Le soleil commençait à disparaître derrière la cime des arbres, projetant ses derniers rayons orangés sur le petit groupe d'enquêteurs. Dans moins d'une demi-heure, il ferait nuit noire. Marion devait faire vite. Elle se pencha sur les roues. Il avait plu quelques jours plus tôt, la terre était encore meuble, et des températures trop douces avaient empêché le sol de se figer. Les marques de pneus de la voiture s'arrêtaient net, mais sans signe de freinage brutal. Tout autour du véhicule, elle observa des empreintes de pas en trop grande quantité pour être exploitables. Elle grimaça. Ignorant l'importance que cette affaire revêtait, les gendarmes avaient copieusement piétiné la scène, faisant ainsi disparaître tout espoir de découvrir d'éventuels indices.

Elle demeura immobile quelques instants, plongée dans ses pensées, regardant le véhicule sans vraiment le voir, puis, consciente que le temps pressait, s'en éloigna de quelques pas et en fit le tour. Elle constata alors qu'une série de traces de pas se démarquaient nettement sur le chemin qui menait aux habitations. Quelqu'un avait récemment marché dans cette direction. Une personne seule.

Sans un mot, sans quitter des yeux les empreintes de pas, elle remonta le petit chemin de terre.

Ne sachant quoi faire, son adjoint et les gendarmes restèrent près du véhicule de Vastine et la suivirent du regard, tandis qu'elle s'éloignait.

Marion remarqua que les traces s'arrêtaient plus haut, derrière un épais bosquet d'où partaient d'autres marques, de véhicule cette fois. Elle s'accroupit pour les observer de plus près. Le soleil couchant accentuait le relief, étirant les ombres, soulignant de noir chaque aspérité du sol ocre. Il y avait deux sillons parallèles dont l'espacement correspondait à l'essieu d'un camion. Les traces descendaient rejoindre la route.

Elle demeura ainsi quelques instants avant de se tourner vers les gendarmes. Elle dut hausser la voix pour se faire entendre :

— Dites-moi…

— Oui, lieutenant ?

— Ce Vastine, qui a disparu, c'est un scientifique, n'est-ce pas ?

— Oui ! Comment vous le savez ?

– 16 –

Cannelle Pourson s'en voulait terriblement. En cédant à la facilité, elle était tombée dans un piège grossier. Le pire était que, cette piste, elle n'y avait jamais vraiment cru. Son instinct, tout son être lui avait crié que Stanislas Frelet ne pouvait pas avoir assassiné le professeur Toussant. Elle y était restée sourde. L'un de ses subordonnés s'était même permis de souligner les incohérences de cette théorie. Pourtant, oublieuse de tant d'années d'expérience, elle s'était entêtée, elle avait délaissé le labeur pour le raccourci, elle avait confondu l'évidence avec la réalité. Deux mondes ! La perspective d'un dossier vite refermé, d'un procureur satisfait et d'une promotion rapide avait eu raison de son opiniâtreté.

Son coupable idéal était mort de froid après une longue agonie au milieu des bois. Il n'avait parcouru que quelques kilomètres, avait trébuché violemment et était décédé avant même l'agression de Georges Toussant.

Désormais, elle devait faire face. Assumer son erreur et repartir. C'était difficile, d'autant plus lorsqu'on avait une telle aversion pour l'échec.

Il fallait reprendre l'enquête, patiemment, minutieusement. Examiner chaque détail à la loupe.

Elle allait aussi devoir gérer ses relations avec le procureur de la République. Elle ne pouvait pas se permettre d'attendre qu'il l'appelle. C'était à elle de prendre les devants. Elle connaissait suffisamment bien les rouages de l'Administration pour savoir comment cela se déroulait : si elle lui annonçait qu'elle s'était engagée sur une fausse piste, le procureur mettrait en doute ses compétences. Tandis que si elle évoquait Stanislas Frelet comme un élément qu'il fallait prendre en compte avant d'enchaîner sur du concret, du consistant, alors il se dirait qu'elle avait toujours la situation bien en main. Non seulement cela estomperait la bourde, mais cela donnerait un second élan à l'enquête.

Il y avait un souci : elle n'avait pas d'élément nouveau. Ses hommes progressaient dans les tâches qu'elle leur avait confiées, mais elle n'avait rien d'assez convaincant à mettre en avant auprès d'un haut fonctionnaire. L'arme du crime n'avait pas été retrouvée malgré la fouille minutieuse de toutes les poubelles aux alentours de la faculté de chimie, aucun mobile ne s'était dessiné à la suite des interrogatoires, l'étrange symbole n'avait pas livré ses secrets et il n'y avait pas d'autre suspect. Autrement dit, elle aurait toutes les peines du monde à prétendre qu'elle avançait.

Elle avait bien quelque chose en tête. Mais…

Le commissaire Pourson se leva, comme pour chasser cette pensée. Elle s'approcha de la fenêtre et regarda au loin.

Elle envisageait de commander un profil psychologique du tueur. C'était très à la mode, tout le monde en était friand, ça alimenterait l'appétit des médias et c'était un élément susceptible de séduire le procureur. L'idée était bonne, peut-être même excellente, elle le savait. Pourtant, elle ne parvenait pas à se résoudre à franchir le pas. Et il y avait une raison à cela.

L'année précédente, un audit administratif avait été mené dans plusieurs commissariats de l'Hexagone, et la Direction générale de la Police nationale l'avait consultée sur la possibilité de réaliser des économies. Parmi les recommandations qu'elle avait faites figurait la suppression du SSPO, le Service de soutien psychologique opérationnel. N'y ayant jamais eu recours, elle n'avait jamais compris à quoi il pouvait bien servir et trouvait infiniment plus utile que ses hommes soient mieux équipés et plus présents là où on les attendait : sur le terrain. Elle avait donc alimenté, sans passion, mais avec force arguments, sa proposition de renvoyer la psychologue. Or, il y avait eu une indiscrétion et cette dernière en avait eu vent. La situation s'était révélée d'autant plus fâcheuse que ladite psychologue avait obtenu le soutien des syndicats et n'avait pas été renvoyée. Elle évoluait donc régulièrement dans le même bâtiment que Cannelle Pourson, lui faisant sentir, dès qu'elle en avait l'occasion, tout le poids de sa rancœur.

Cannelle Pourson était tiraillée entre la nécessité de se sortir de ce faux pas et son incapacité viscérale à aller supplier.

Elle était bien placée pour connaître la rage susceptible d'animer les femmes lorsque quelqu'un portait atteinte à ce qui leur était cher. Cela n'avait rien à envier, ni en perfidie ni en acrimonie, à la brutalité plus rustre des hommes. Si cette psychologue était à moitié moins coriace qu'elle, le commissaire Pourson serait en mauvaise posture.

Consciente que la situation lui était défavorable, elle se retourna, fit quelques pas vers son bureau et posa les poings sur son plan de travail en grimaçant. Elle conserva cette posture quelques instants puis, comme on se décide parfois à plonger dans une eau que l'on sait trop froide, elle saisit le dossier Toussant et sortit d'un pas rapide.

Après avoir traversé le grand espace de travail commun et descendu deux étages, elle parvint devant le bureau de la psychologue. Elle hésita. Puis elle frappa.

— Entrez, fit une voix diffuse derrière la porte.

Lorsqu'elle l'ouvrit, la psychologue fut si surprise qu'elle écarquilla les yeux et eut un mouvement de recul. L'étonnement passé, elle baissa la tête et fit mine de lire un document sur son bureau.

C'est pas gagné.

Pourson se lança :

— Je vais être très franche, je ne voulais pas venir vous voir. Mais… j'ai besoin de vous.

Son interlocutrice faisait toujours semblant de lire, comme si elle avait été seule dans la pièce.

Pourson poursuivit :

— Je sais que vous ne m'aimez pas et j'en connais la raison. Je pense qu'à votre place je réagirais exactement comme vous le faites.

Cette petite concession n'eut aucun effet. Pourson ne se découragea pas et enchaîna :

— Seulement voilà : il y a un type dans la nature qui a tué un homme avec une grande sauvagerie et qui s'apprête certainement à commettre d'autres crimes. Vous pouvez peut-être l'en empêcher.

La psychologue redressa enfin la tête.

— Ah bon ? Je suis utile à quelque chose ?

— Je le crois.

— On m'avait pourtant laissé entendre que je ne servais à rien, que je n'avais pas ma place au milieu d'enquêteurs de terrain. C'est bien ça, n'est-ce pas ?

Le commissaire Pourson soupira.

— Écoutez, si vous espérez que je vous présente des excuses, vous pouvez toujours attendre.

— Ça a dû vous coûter cher, non ?

— Quoi donc ?

— De venir me voir.

— Je ne suis pas venue spontanément, je l'avoue.

— Je vous imagine dans votre grand bureau, à vous demander comment vous alliez me présenter la chose. Sans me faire d'excuses, naturellement. Vous êtes au-dessus de ça.

— Je vous offre la possibilité de me prouver que j'ai eu tort. Vous pouvez la saisir.

Les deux femmes échangèrent un regard pesant. La psychologue baissa les yeux la première.

— Bien, commissaire. Laissez-moi votre dossier, je verrai ce que je peux faire, concéda-t-elle avant de faire mine de replonger dans la lecture de son document.

— C'est urgent.

— Très bien, je le traiterai dès que je pourrai.

— J'en ai besoin maintenant.

— Vous voulez rire ? s'étonna-t-elle en levant la tête.

L'expression du visage de Pourson portait si peu à rire que la psychologue fut déstabilisée :

— Bon, eh bien. Bon… d'accord. Si vous me le demandez, c'est que ça doit être important.

— Ça l'est, confirma Pourson en lui tendant le dossier.

La psychologue le saisit, l'ouvrit et consulta un à un les éléments qu'il contenait, tandis que Cannelle Pourson tirait un siège et s'asseyait en face d'elle.

La psychologue tournait nonchalamment les pages, comme elle l'aurait fait avec un magazine féminin, se donnant beaucoup de mal pour feindre l'indifférence. Pourtant, au fur et à mesure de sa lecture, sa fausse désinvolture disparaissait.

Elle survola les comptes rendus d'interrogatoires et s'attarda sur la description de la scène de crime qu'elle étudia attentivement. Lorsqu'elle découvrit les photos prises sur place, elle fronça les sourcils et son visage devint soudain lugubre. Plus elle avançait, plus elle blêmissait. Elle enchaîna avec le rapport d'autopsie, qui acheva de lui donner la nausée.

Quand elle en eut enfin terminé, elle ferma le dossier, posa ses deux mains dessus, à plat, et prit quelques secondes pour recouvrer son sang-froid.

— Qu'en pensez-vous ? demanda le commissaire.

La psychologue regarda fixement Pourson sans mot dire. Le temps sembla s'arrêter. L'étrange expression sur son visage – sans doute les séquelles de la découverte des images morbides – lui faisait une sorte de masque.

— Comment peut-on commettre un crime pareil ? finit-elle par lâcher d'une voix peu assurée.

— Voilà pourquoi je me suis résolue à faire appel à vous.

— Je comprends.

— Que pouvez-vous me dire ?

— C'est un homme qui a fait ça.

Pourson ne put s'empêcher de lever les yeux au ciel. *Un homme de race blanche, d'environ 35 ans.* Elle connaissait ce refrain par cœur ! Mais si elle s'était donné la peine d'aller consulter la psy, ce n'était pas pour la railler dès le premier commentaire. Aussi ravala-t-elle ses sarcasmes pour l'interroger :

— Selon vous, quel genre de psychopathe peut commettre un crime aussi abominable ?

— Eh bien, on peut effectivement imaginer une forme de psychose conduisant à un meurtre suivi d'une mutilation. Cela reste exceptionnel, mais nous avons été témoins de plusieurs cas de ce type, en France et à l'étranger. Cependant…

— Oui ?

— C'est étrange… Je vais sans doute vous surprendre… Pour moi, ce n'est pas l'œuvre d'un sociopathe.

— Ah bon ? s'étonna Cannelle Pourson.

— Ne vous méprenez pas : manifestement, il y a une forme de psychose si l'on considère la nature du crime et le simple fait que, dans une société moderne, on ne tue pas son prochain. Pourtant, quelque chose me gêne.

— Quoi donc ? demanda Pourson soudain intriguée.

— En premier lieu, un sociopathe qui commet un crime aussi violent est dans un délire, une forme de schizophrénie ou de paranoïa. Or, c'est incompatible avec une scène de crime aussi ordonnée, où aucune place n'a été laissée à l'improvisation. Par ailleurs, il ne s'agit pas d'une personne motivée par une pulsion morbide qui aurait soudain ressenti le besoin irréfrénable de tuer, peu importe qui. Les éléments que je viens d'examiner montrent qu'il voulait assassiner le professeur Toussant et personne d'autre.

— C'est aussi ce que je pense.

— Il ne semble pas avoir suivi de rituel ni de fantasme. Il a été très méthodique. D'ailleurs, il s'est donné un mal fou pour ne laisser aucune trace.

— D'accord, mais je ne comprends pas pourquoi ce ne serait pas un psychopathe. Il y a des tueurs capables de s'organiser, non ?

— Regardez, dit-elle en rouvrant le dossier et en lui tendant la photo en gros plan du crâne de Toussant. Vous ne remarquez rien ?

Le commissaire s'approcha du cliché qu'elle connaissait bien pour l'avoir longuement examiné et, après quelques secondes, fit la moue.

— Le crâne a été ouvert… Le cerveau a été prélevé… Je ne vois pas ce qu'on peut dire de plus…

— Chaque coup a été utile.

— Que voulez-vous dire ?

— Le meurtrier savait parfaitement ce qu'il faisait. Chacune de ses attaques lui a permis d'ouvrir davantage la tête de ce pauvre homme.

Pour accentuer son propos, elle laissa courir son doigt sur la photo en suivant le contour de l'ouverture crânienne. Certes la fracture circulaire n'était pas nette, mais elle était relativement régulière.

Pourson observa de nouveau la photo, comme si quelque chose était apparu entre-temps.

— Bon sang ! Vous avez raison.

— Contrairement à ce que l'on pourrait penser de prime abord, le tueur ne s'est pas acharné sur sa victime. Une agression commise sous l'empire de la colère n'aurait jamais fait une brisure aussi franche qu'ici. Non, il l'a frappée en sachant exactement ce qu'il faisait. L'homme que vous recherchez a exécuté sa tâche avec un aplomb qui fait froid dans le dos.

Pourson s'avança sur sa chaise et se pencha vers le bureau pour feuilleter le dossier. Les feuilles étaient dans le mauvais sens, mais pour ce qu'elle cherchait, elle n'avait pas besoin de pouvoir lire. Elle s'arrêta sur une photo et posa son index dessus.

— Et ce dessin que nous avons retrouvé dans la bouche de la victime. Qu'en dites-vous ?

— Oui, ça m'a interpellée lorsque je l'ai vu. C'est très étrange.

— Que signifie-t-il ?

— Je suis psychologue, pas cartomancienne.

— C'est le tueur lui-même qui l'a placé dans la bouche de sa victime. Cela ne figure pas dans le rapport, mais le légiste est convaincu que Georges Toussant était encore en vie quand son agresseur le lui a mis dans la bouche. Comment cet acte doit-il être interprété, selon vous ?

La psychologue inclina la tête en réfléchissant à sa réponse.

— Il y en a peut-être davantage, mais je vois deux raisons possibles. La première est de signer son crime. De cette manière, il l'authentifie, il laisse sa marque.

— Un peu comme le tueur du Zodiaque qui sévissait dans les années 1960 aux États-Unis.

— Voilà. Cette option me dérange un peu car elle relève du registre des troubles mentaux et, je vous le répète, ce n'est pas ce que je privilégierais, si j'étais vous. En outre, une signature a pour but de parachever un acte. Or, si j'en crois ce que vous me dites, Toussant n'était pas encore mort. La seconde option me semble plus plausible, mais elle va faire naître de nouvelles questions au lieu de vous apporter des réponses.

— C'est-à-dire ?

— Il se peut que ce symbole laissé sur le cadavre soit une forme de message. Cela doit avoir un sens pour quelqu'un.

— Pour qui ?

— Eh bien, pour la victime, déjà. J'y vois une sorte de revanche ou de punition dont le point d'orgue est le vol de son cerveau. Si l'on suit cette logique, dans un premier temps, le criminel signifie son arrêt de mort à sa victime et, seulement ensuite, il l'exécute. Vous le voyez, c'est un peu trop élaboré pour être l'œuvre d'un simple dément.

Cannelle Pourson se félicitait d'avoir pris son courage à deux mains pour recueillir ces remarques. Elle avait le sentiment que la psychologue voyait bien au-delà des pièces concrètes réunies dans ce dossier.

— Mais, reprit la psychologue, si l'on y réfléchit bien, ce message n'est pas simplement destiné au professeur Toussant. Je pense que le meurtrier cherche à s'adresser à quelqu'un d'autre.

— Vous pensez qu'il m'est destiné ? Enfin, je veux dire, qu'il est adressé aux enquêteurs ?

— Oui, c'est tout à fait possible. À vous ou à quelqu'un dont il sait qu'il aura connaissance du message.

Cannelle Pourson prit une grande inspiration, puis soupira longuement. Son interlocutrice esquissa enfin un sourire.

— Je vous avais prévenue, commissaire : en cherchant des réponses, on trouve souvent de nouvelles questions.

— Revenons au criminel. Pourrait-on avoir affaire à un tueur en série ?

— C'est possible.

À ces mots, le commissaire eut un frisson d'excitation. Au moment où elle pensait en perdre le contrôle, voilà que l'enquête prenait un nouveau tournant. En manœuvrant avec habileté, elle parviendrait à se distinguer favorablement.

Prenant soudain conscience de son égocentrisme, elle eut honte de sa réaction. Comment avait-elle pu penser à sa carrière alors que d'autres victimes seraient peut-être à déplorer ?

La psychologue poursuivit :

— En tout cas, je pense que c'est quelqu'un qui a déjà tué.

— Qu'est-ce qui vous fait dire ça ?

— Vous avez une idée du temps que cela prend de frapper un homme pour obtenir… ça ? demanda-t-elle en désignant la photo du crâne de Toussant. Vous imaginez la quantité de sang, les bruits d'os qui se brisent, l'odeur, le contact des doigts avec la texture spongieuse du cerveau ? Ce n'est pas à la portée du premier venu, même schizophrène. Il faut être familier du sang, des organes, du démembrement, pour commettre un acte aussi atroce. Ça ne s'improvise pas. Typiquement, lors des meurtres les plus sauvages perpétrés par des schizophrènes, on a pu constater que, avant de commettre leur premier crime, ils se livraient déjà à des actes de torture sur des animaux. Pour « se faire la main », si je puis dire.

— Je suis désolée, mais… je ne suis pas sûre de bien comprendre : d'un côté vous me dites qu'il a probablement déjà tué, de l'autre vous me répétez que ce n'est pas un fou… C'est un peu contradictoire, non ?

— Pas du tout. Je peux me tromper – la discipline dans laquelle j'exerce est loin d'être une science exacte et une grande partie de mon travail relève de l'interprétation des faits –, mais, puisque vous m'avez sollicitée, je vous donne mon avis : je suis convaincue qu'il s'est donné beaucoup de mal pour que vous le preniez pour un fou. Pour moi, il ne l'est pas. Tout au moins pas au sens où vous l'entendez. Il est au contraire remarquablement intelligent. Il voulait tuer cet homme et il l'a tué. Puis il voulait lui enlever le cerveau et c'est ce qu'il a fait. Il n'y a aucune confusion dans son esprit, tout est parfaitement clair. Et il savait exactement comment s'y prendre. Pourquoi a-t-il fait ça ? Impossible à dire. Mais il a une raison. Selon moi, tout est très rationnel.

Elle baissa la tête et réfléchit, les yeux plissés, avant de poursuivre :

— Au risque de m'aventurer un peu loin, je dirais que ce n'est pas quelqu'un qui a éprouvé du plaisir en commettant ce crime. Il n'a pas obéi à ses pulsions, ni satisfait un instinct criminel. Il a juste exécuté un travail. Il l'a fait parce que…

— Parce que ?

— C'était nécessaire.

Elle marqua une nouvelle pause pour chercher ses mots.

— Ce qui le caractérise surtout, c'est son extrême détermination. L'homme que vous recherchez se sent investi d'une mission. Pour lui, il n'y a rien de plus important. Et il l'accomplira coûte que coûte.

— Quitte à tuer de nouveau ?

— L'assassinat de ce savant n'est pas une finalité, c'est une étape.

— Qu'est-ce qui vous fait dire ça ?

— Celui à qui est destiné le dessin – qu'il s'agisse de vous ou d'un autre – doit être en mesure de le comprendre. Sinon, à quoi bon le laisser là ?

— Exact.

— Par conséquent, cela implique qu'il y a eu quelque chose avant et qu'il y aura quelque chose après. Quelque chose de si capital que cela justifie ce meurtre. Tout cela fait partie d'un plan et s'inscrit dans un ensemble plus grand. Beaucoup plus grand.

– 17 –

À peine avaient-ils appris la nouvelle que Simon et Emmanuel s'étaient précipités à l'appartement de Jean-Édouard Haineteaux. En chemin, ils n'avaient pas échangé un seul mot.

D'après le rapport de gendarmerie, le scientifique avait été retrouvé dans l'après-midi, aux environs du village d'Ampuis, au sud-ouest de Vienne, à une quarantaine de kilomètres de Lyon. Il faisait du stop le long de la D386 et, lorsque quelqu'un s'était arrêté, il avait demandé que l'on prévienne sa fille ainsi que la police. Après avoir vérifié son identité, les gendarmes avaient constaté qu'il faisait l'objet d'un avis de recherche. Ils avaient alors contacté la police de Lyon qui centralisait cette affaire.

En arrivant aux abords de l'immeuble du professeur Haineteaux, Simon scruta les alentours. Pas de motard.

Il avait toujours l'échec de sa poursuite en travers de la gorge et comptait bien prendre sa revanche si l'occasion se présentait. Mais la rue était pratiquement déserte. Ils n'avaient plus personne à leurs trousses. En apparence en tout cas, car Simon était bien placé pour savoir que si une filature complexe était déployée, la repérer serait extrêmement difficile.

Probabilité que… Ah ! Peu importe, on a retrouvé Haineteaux.

Au cours de leur enquête, les deux hommes avaient lu et relu son dossier jusqu'à en connaître chaque détail par cœur, et voilà qu'ils s'apprêtaient à rencontrer Haineteaux en personne !

Les deux enquêteurs gravirent les marches quatre à quatre jusqu'au deuxième étage. Emmanuel Anderssen sonna à la porte et… Haineteaux ouvrit. Les circonstances étaient aussi incroyables qu'insensées : l'homme qu'ils cherchaient avec tellement d'ardeur et au sujet duquel ils avaient échafaudé toutes les théories – y compris les plus sombres – se tenait devant eux, simplement, en peignoir de bain, comme si cette histoire n'avait jamais existé, comme s'il n'avait jamais disparu.

Le visage du professeur était très fidèle à la photo du dossier ainsi qu'à celles qu'ils avaient trouvées sur Internet, si ce n'était sa barbe mal taillée, ses cheveux hirsutes et de profonds cernes sous ses yeux. Ce portrait-ci, au lieu de demeurer désespérément muet, s'anima :

— Bonjour. Vous êtes de la police, n'est-ce pas ?

— Bonjour. Effectivement. Voici le brigadier Anderssen et je suis le lieutenant Vairne. Pouvons-nous entrer, professeur ? Nous aurions quelques questions à vous poser.

— Entrez, entrez. Vos collègues m'ont averti de votre venue, répondit-il en ouvrant largement la porte et en s'écartant pour les laisser passer, après quoi il verrouilla la porte à double tour derrière lui.

Les deux policiers traversèrent le vestibule, suivis d'Haineteaux qui leur proposa de prendre place dans le canapé du salon.

Une rencontre totalement surréaliste : les deux enquêteurs étaient à nouveau dans cet appartement qu'ils avaient fouillé de fond en comble dans l'espoir de dénicher un indice leur permettant de retrouver l'homme qui, face à eux, s'apprêtait à leur dévoiler les raisons de son absence.

Haineteaux s'assit lourdement dans le fauteuil face aux enquêteurs. Il croisa les jambes, puis les décroisa aussitôt et fronça les sourcils. Mais ce qui attira surtout l'attention de Simon, c'était cette façon bien particulière de joindre les mains en les comprimant l'une contre l'autre avec force. C'était le réflexe des gens qui tentaient de dissimuler un tremblement. Le scientifique était nerveux. Ou inquiet. Les lèvres pincées, le buste en retrait, le cou légèrement enfoncé entre les épaules, tout indiquait un état de stress inhabituel.

— Je... Désolé de vous recevoir dans cette tenue, dit-il en désignant son peignoir. Après ce qui m'est arrivé... c'est stupide, mais j'ai eu envie de prendre une bonne douche. Je pensais que ça me ferait du bien...

— C'est bien normal, ne vous excusez pas.

— Pour être honnête, je pensais finir au poste.

— Au poste ? Pourquoi ? Vous n'avez rien fait, s'étonna Simon.

— Je le sais bien, mais je suppose que ma disparition a dû susciter quelques interrogations.

— On peut dire ça, oui, confirma Emmanuel Anderssen. Et des interrogations, nous en avons toujours.

Soudain, le malaise s'accrut chez Haineteaux dont le visage s'était assombri.

— Je… j'ai bien peur de ne pas être en mesure de satisfaire votre curiosité.

— Que voulez-vous dire ? demanda Anderssen, qui avait perçu le changement de ton.

— Eh bien… Je ne sais pas comment vous dire ça… Voilà : je ne me souviens de rien. De rien du tout !

Incrédules, les deux policiers échangèrent un regard. Le professeur écarta les bras en signe d'impuissance.

— C'est très étrange, je ressens… un grand vide dans mon esprit.

— Comment ça ? balbutia Simon.

— Un trou noir. C'est ça… Le vide absolu. Je n'ai aucune idée de ce que j'ai bien pu faire ni de l'endroit où je me trouvais pendant que vous étiez à ma recherche.

— Vous ne vous souvenez vraiment de rien ?

— Non, de rien. De rien du tout. C'est difficile à expliquer… J'ai beau me concentrer, c'est comme si ces derniers jours n'avaient jamais existé. C'est tout juste si j'ai conscience d'avoir été enlevé.

— De quand date votre dernier souvenir ?

— Je suis à mon bureau, dit-il en désignant la pièce voisine, ici même, dans cet appartement. Ça, je m'en souviens très distinctement. Je fais du tri dans mes papiers, je peux même vous dire lesquels, tout est clair. Mais, ensuite, c'est le trou noir.

— Mais enfin, professeur, vous vous souvenez bien de quelque chose ! Un indice, un visage, une voix, un lieu ? Ou même un bruit, une odeur ? Vous ne pouvez pas avoir tout oublié !

— Je regrette. C'est terriblement frustrant ! Je ne comprends pas ce qui m'est arrivé. Plus je cherche, plus je me sens perdu.

Simon dévisageait le professeur avec autant d'ingénuité qu'un enfant devant un tour de prestidigitation. La pièce était dans la main, elle venait de se volatiliser. Mais où était-elle passée ? Était-elle dans l'autre main ? Non, elle avait disparu complètement. Son visage exprimait un mélange de stupeur et de désarroi. Il s'attendait à tout sauf à cela. Il se tourna vers Anderssen dans l'espoir que ce dernier puisse prendre la relève, qu'il ait une idée, une piste à suivre ou tout simplement une question. Mais le manque d'expérience pesait de tout son poids sur le jeune brigadier qui regardait Simon avec des yeux ronds emplis de perplexité.

Se levant avec peine, comme si ses épaules étaient soudain accablées d'une charge invisible, Simon se dirigea vers la fenêtre. Était-il possible qu'au moment de s'éclaircir, cette affaire s'assombrisse encore davantage ? Il fixait l'immeuble d'en face sans le voir et se perdit dans les méandres de ses réflexions. Plus il avançait dans son enquête, plus elle se complexifiait. Qu'allait-elle finir par révéler ? Quel étrange secret se cachait derrière cet imbroglio ? Et, tout simplement : quelles questions poser à un homme qui a perdu tout souvenir ?

— Je suis navré, lieutenant, dit Haineteaux en se tournant vers lui. Vous vous doutez bien que si je pouvais vous aider, si je me souvenais de quoi que ce soit, je vous le dirais.

Le comportement du professeur avait changé. Il était passé du stress au désarroi.

— Aidez-moi, lieutenant. Je… J'ai l'impression que… Je ne sais pas comment vous expliquer ça… Quelqu'un a volé une semaine de ma vie. Je ne sais pas… Il faut que vous m'aidiez.

Simon, qui était resté immobile devant la fenêtre, se retourna et regarda le professeur.

— Bon. Concentrons-nous sur ce que nous avons. Dites-nous comment vous êtes réapparu.

— J'ai repris conscience au bord d'une route, près d'un bois, dans un endroit que je ne connaissais pas. J'étais seul, déboussolé. J'ai appris plus tard que je me trouvais non loin d'Ampuis.

— Ce village vous est familier ?

— Pas du tout.

— Vous aviez quelque chose à faire là-bas ?

— Absolument rien ! Je connais mal ce coin. Je n'y ai aucune relation.

— Il n'y a pas un laboratoire ou un institut scientifique ?

— À Ampuis ? On voit que vous n'y êtes jamais allé ! C'est un minuscule village niché au milieu des vignes. J'ai bien dû marcher dix minutes avant de rejoindre une route.

— Comment vous sentiez-vous ?

— J'étais un peu étourdi. Comme si je m'étais réveillé en sursaut au beau milieu de la nuit dans un endroit inconnu. Vous connaissez peut-être ce sentiment : on regarde tout autour de soi et on se demande où on est et ce qu'on fait là. Tout était franchement brumeux.

— Et vous n'aviez mal nulle part ?

— Non. J'étais seulement un peu engourdi. Comme lorsqu'on reste couché trop longtemps dans la même position.

— Rien à la tête ?

— Une légère migraine. Ça m'arrive souvent.

Simon s'approcha du professeur.

— Vous permettez ? demanda-t-il avant de palper le crâne d'Haineteaux du bout des doigts. Vous ne sentez rien ?

— Non.

— Je ne vois aucune trace de coup. Pas de plaie, pas de bosse.

— Je n'ai rien remarqué non plus.

— Quelle heure était-il ? demanda Simon en regagnant le canapé.

Machinalement, Haineteaux regarda sa montre en répondant :

— 7 h 05. Je le sais, je portais ma montre, dit-il en tapotant le cadran. J'ai regardé l'heure pour… je ne sais pas… avoir un repère. Mais je n'avais aucune idée du jour qu'il était, ni de ce qui m'était arrivé.

— Vous aviez l'impression d'avoir disparu longtemps ?

— Étrangement, oui. Je sentais que plusieurs jours s'étaient écoulés. En revanche, je ne parvenais pas – et je ne parviens toujours pas – à savoir ce qui a bien pu se passer pendant tout ce temps. Je suppose que les gens qui sortent brutalement du coma doivent éprouver à peu près la même chose.

Accroche-toi, Simon. Il y a quelque chose, ici, c'est sûr. Il y a quelque chose sous tes yeux.

— Vous n'aviez plus votre portable ?

— Non. J'ai été obligé de faire de l'auto-stop.

— Vos vêtements, professeur.

— Eh bien quoi, mes vêtements ?

— Je vois que vous avez pris une douche. Où avez-vous mis vos affaires sales ?

— Suivez-moi.

Haineteaux se leva et les conduisit dans la salle de bains. Il ouvrit le lave-linge et en sortit quelques affaires qu'il tendit à Simon.

— Voilà.

— C'est bien ce que vous portiez au moment où vous vous êtes fait kidnapper ?

— Oui.

Simon inspecta scrupuleusement le manteau, le pull, la chemise et le bas du pantalon.

— Aucune trace de sang. Pas de boue, ni de terre non plus. Où sont les chaussures que vous portiez ?

Le scientifique sortit puis revint avec une paire de boots marron.

— Les voici.

— Rien non plus, constata Simon en les examinant sous toutes les coutures. Les semelles sont propres. Le cuir n'est pas abîmé.

— Que cherchez-vous ?

— Si vous vous étiez débattu, ça aurait certainement laissé des traces : des boutons arrachés, une poche déchirée, des taches de sang trahissant une lutte, le cuir de vos chaussures rayé à cause des coups de pied que vous auriez donnés pour vous défendre ou lorsque vos ravisseurs vous auraient traîné… Mais il n'y a rien de tout cela. Elles sont impeccables.

— Et qu'en concluez-vous ?

— Je suis bien loin de conclure quoi que ce soit dans cette affaire, professeur ! soupira-t-il. Mais on peut supposer que vous n'avez pas été emmené de force. Soit vous connaissiez vos ravisseurs, et vous n'imaginiez pas qu'ils puissent représenter une menace, ce qui leur a permis de vous surprendre ; soit l'enlèvement a été si rapide et si efficace que vous n'avez pas eu le temps de réagir.

Les trois hommes retournèrent dans le salon où ils reprirent leurs places initiales. Bien que bredouille, Simon était relancé. Il devait s'accrocher au peu qu'il avait sous la main, car il savait qu'il n'obtiendrait rien de plus.

— Votre fille nous a dit que vous aviez un porte-documents, lança Simon.

— C'est exact.

— Vous l'aviez quand on vous a retrouvé ?

— Oui.

— Je peux le voir ?

— Certainement.

Sans se lever, le professeur attrapa en tendant le bras un cartable râpé, sans âge, qu'il posa sur ses genoux, et ouvrit l'attache en laiton. Il en tira trois livres qu'il posa à terre. Simon ne fut pas étonné de voir dépasser de chacun d'eux les petits marque-pages si chers au professeur. Cela l'amusa. Le scientifique ne pouvait pas soupçonner à quel point Emmanuel et lui avaient scruté son intimité. Ils étaient en mesure de citer le titre de ces livres, d'indiquer leur prix, le lieu et l'heure exacte de leur achat, et pourtant, ils n'avaient pas la moindre idée de ce qui lui était arrivé au cours des six derniers jours ! Ils pouvaient inventorier le contenu de chacun de ses placards, savaient où étaient rangés ses slips, ils connaissaient le nom et la posologie de ses médicaments, mais ils n'avaient aucun indice sur l'endroit où il s'était trouvé une semaine durant. La situation ne manquait pas de piquant.

Haineteaux sortit également une épaisse chemise bleue.

— Qu'est-ce que c'est ? s'enquit Simon.

— Ce sont les comptes rendus des dernières réunions que nous avons eues au CRSDI. Je me souviens de les avoir emportés pour les lire, mais… cela remonte à plusieurs jours.

— Sur papier ? C'est étrange. Vous ne les aviez pas dans votre ordinateur ?

— Si, bien sûr que si. Seulement, je préfère éviter de trimbaler mon ordinateur partout. Ce n'est pas pratique. Et puis, je trouve qu'on a une perception différente quand on lit des documents imprimés plutôt que sur un écran. Vous allez me trouver dingue, mais je suis comme ça : plein de petites manies.

— Tout est dingue dans cette histoire, coupa Anderssen.

— Ces documents sont confidentiels ? reprit Simon.

— Naturellement.

— Est-ce qu'ils pourraient avoir un intérêt pour… disons des gens mal intentionnés qui voudraient mettre leur nez dans les recherches menées par le CRSDI ?

— Oui, ces papiers contiennent des informations sensibles qui ne doivent pas être divulguées, c'est évident. Toutefois, il aurait été plus simple de voler mon ordinateur. Il contient beaucoup plus de documents importants que ce simple dossier. Et, sous la menace d'une arme, je vous l'avoue, je n'aurais sans doute pas joué les héros et aurais livré mes codes d'accès. Or, il n'a pas bougé d'ici.

Haineteaux arrivait donc à la même conclusion que Simon. Les connaissances techniques du professeur et les travaux du CRSDI n'étaient probablement pas la cible des ravisseurs.

— Aviez-vous des rendez-vous importants cette semaine ? Ou bien une échéance à ne pas manquer ?

— Rien de particulier, non. J'avais des réunions de travail. Nombreuses et importantes, mais pas au point de vouloir m'empêcher d'y participer. Vous savez, il nous arrive d'avoir des séminaires stratégiques vraiment décisifs, avec des officiers supérieurs de la Défense nationale, des gens du ministère, des cadres de grands groupes industriels, d'autres scientifiques, et l'on peut imaginer qu'empêcher ou même retarder la tenue de tels séminaires soit dans l'intérêt de certaines personnes. Mais cette semaine et dans les jours à venir, aucun n'est programmé.

— Nous avons rendu visite au professeur Aillet, votre bras droit. Il estime que l'espionnage industriel est une fausse piste. Vous partagez cette opinion ?

Haineteaux se mit à réfléchir. Machinalement il se frotta le front avec son index, avant de répondre :

— On ne peut rien exclure. Mais je suis d'accord avec Michel. J'imagine mal un consortium concurrent employer de telles méthodes. Et même si quelqu'un en était capable, pourquoi me faire disparaître puis réapparaître ? Pourquoi ne pas cambrioler le CRSDI ? Bien qu'il soit très sécurisé, je suppose que c'est faisable. Si quelqu'un a pris tant de soin pour m'enlever, me retenir pendant plusieurs jours et trouver une façon de me faire perdre la mémoire, c'est qu'il dispose de moyens considérables et d'une sacrée organisation. Il aurait eu plus vite fait de cambrioler le centre.

En quelques phrases, le chercheur venait de résumer tout le problème qui se posait à Simon.

— Vous avez des ennemis, professeur ?

— J'ai la prétention de ne pas en mériter.

— Ce n'était pas ma question.

— Non, je n'ai pas d'ennemis. Au cours de ma carrière, il m'est arrivé de me fâcher avec des confrères, de me brouiller avec des amis, mais, à ma connaissance, personne d'assez déséquilibré pour fomenter un enlèvement et me rendre partiellement amnésique.

— Avez-vous remarqué quelque chose d'anormal dans cet appartement depuis que vous êtes rentré ?

— Je m'en serais rendu compte très vite. Je sais que tout semble en désordre, mais chaque objet a une place bien définie et je m'y retrouve parfaitement.

— Une dernière question : connaissez-vous Georges Toussant ?

— Le chimiste ?

— Oui.

— Je ne le connais pas personnellement, mais, oui, c'est une sommité dans son domaine. J'ai lu plusieurs de ses articles dans des revues scientifiques. Et il a reçu le Nobel.

— C'est exact. Vous ne l'avez jamais rencontré ?

— Non, jamais. Pourquoi me demandez-vous ça ?

— Il a été assassiné il y a trois jours.

À ces mots, Jean-Édouard Haineteaux devint livide. Les mâchoires crispées, le savant était manifestement troublé.

— Ça ne va pas, professeur ?

— Si, si, ça va.

— Je vois bien que non. Qu'y a-t-il ? Vous êtes certain que vous ne connaissez pas Georges Toussant ?

— Mais puisque je vous le dis ! s'emporta-t-il avec une virulence aussi inattendue que disproportionnée qui trahissait une nervosité excessive.

Simon ainsi qu'Emmanuel, qui lui aussi avait remarqué le changement de comportement du scientifique, regardèrent Haineteaux sans dire un mot. Il fallait l'inciter à continuer. Ils savaient l'un et l'autre qu'en le fixant du regard, sans rien ajouter, il se sentirait obligé de parler. Le silence est si pesant quand on a quelque chose à cacher.

— Je… Écoutez, je vous jure que je ne connais pas cet homme, d'accord ? dit-il d'un ton plus calme. Je ne l'ai jamais vu de ma vie. Je vous le jure sur la tête de ma fille. Sur la tombe de ma femme, ça vous va ?

Probabilité qu'il dise la vérité : 95 %.

Son langage corporel, son intonation, le choix de ses mots indiquaient un désir de convaincre plutôt que de tromper. Conformément à ce qu'il affirmait, il ne connaissait certainement pas Toussant.

— C'est juste que… rétrospectivement, je me dis que j'ai peut-être échappé à un meurtre. À l'évidence, j'ai frôlé la mort, alors ça m'a mis un coup. J'ai pris peur, voilà tout.

L'intonation avait changé. Ses paroles manquaient de conviction et donnaient le sentiment qu'il s'était accroché à la première justification qui lui était venue à l'esprit.

Probabilité que, sur ce point-là, il mente : 50…

Haineteaux se gratta nerveusement la main.

Plutôt 55 %.

Simon tenait enfin quelque chose. Un petit fil dépassait de cet écheveau de mystères et il allait tirer dessus, patiemment, jusqu'à le dérouler en entier. Cela prendrait sans doute des jours, des semaines, peut-être davantage, mais il irait jusqu'au bout.

— Je ne comprends pas, professeur : je ne vous ai jamais dit qu'il y avait un lien entre ce meurtre et votre disparition.

— S'il n'y avait aucun lien, vous ne m'en auriez pas parlé, lieutenant.

Touché ! songea Simon. Effectivement, le traquenard était grossier et bancal, mais il fallait le tenter.

— Pardonnez-moi d'insister, professeur. Vous avez semblé affecté par l'annonce du décès de Georges Toussant : pourquoi cette réaction si vous ne le connaissez pas ?

Haineteaux se montra rasséréné. Il reprit le ton qu'il avait au début de la conversation et sembla plus sincère.

— Je ne saurais vous le dire exactement. Quelque chose en moi a pris peur. Quelque chose de profondément enfoui.

Simon fouilla dans sa poche pour sortir son portable, sur lequel il afficha une photo, puis tendit l'appareil au savant.

— Est-ce que ceci vous évoque quelque chose ?

Haineteaux plissa les yeux en découvrant le dessin étrange que Simon lui montrait. Un mystérieux symbole où trois cercles se mêlaient au chiffre 7. Pendant que le savant regardait, Simon l'observait attentivement pour guetter sa réaction. Mais il ne décela rien de suspect.

— Non, je ne vois pas, dit Haineteaux. C'est assez curieux. Qu'est-ce que c'est ?

— Si je le savais…

— Ça ressemble vaguement à la rosace d'une église, vous ne trouvez pas ?

— Possible, répondit-il sans conviction.

Simon rangea son smartphone dans sa poche.

— Merci, professeur. Nous n'allons pas abuser de votre temps. Voici ma carte. Inutile de vous demander de m'appeler si la mémoire vous revenait.

— Je le ferais, ne vous inquiétez pas, répondit Haineteaux.

Le savant se leva, raccompagna les deux policiers jusqu'à la porte et leur tendit la main. Simon lui rendit sa poignée de main puis s'immobilisa soudain. Le regard rivé sur le poignet droit d'Haineteaux dont la manche s'était légèrement relevée lorsqu'il avait levé le bras. Il distingua dans le prolongement de sa main un très léger hématome, et surtout une fine croûte de sang.

La trace d'un cathéter.

– 18 –

Gloria Battellino était une jeune femme pétillante et pleine de charme qu'une foule de petits plaisirs simples suffisaient à rendre heureuse. Elle n'était pas – et de loin – la meilleure journaliste de France, mais sa jovialité et son enthousiasme avaient contribué à son ascension professionnelle rapide. En à peine deux ans, elle avait été nommée présentatrice du journal télévisé de France 3 Grand Est. Dans ce milieu réputé impitoyable, elle était parvenue à faire carrière sans pour autant provoquer de rancœur, tant il était difficile de ne pas l'apprécier.

Aujourd'hui, si Gloria avait le sourire, c'était pour l'une de ces raisons futiles qui faisaient facilement son bonheur : elle venait de recevoir un colis contenant une paire de chaussures achetées sur Internet. Des escarpins d'une grande marque qui susciteraient chez ses amies, elle le savait, une légère et délicieuse jalousie. Ce n'était pas un achat très raisonnable, mais n'était-ce pas ce qui le rendait si plaisant ?

Le sourire aux lèvres, Gloria Battellino traversa la salle de rédaction, son carton à la main. Elle le posa sur son bureau, attrapa une paire de ciseaux qui dépassait d'un pot à crayons et découpa le ruban adhésif dans le sens de la longueur. Puis elle écarta les pans du carton.

La paire de ciseaux tomba à ses pieds, sur la moquette. Son sourire s'envola, comme emporté par une bourrasque.

Aucun de ses collègues ne remarqua qu'elle était devenue pâle comme du salpêtre, ni qu'elle tremblait. Tous, en revanche, entendirent le cri qu'elle poussa. Un hurlement à ce point empli de terreur qu'il suscita immédiatement l'effroi général.

Plusieurs de ses collègues accoururent pour lui venir en aide. Ils s'approchèrent du colis. Un premier journaliste eut un mouvement de recul, le deuxième porta sa main à la bouche, le troisième n'eut pas ce réflexe et ne put se retenir de vomir.

Quelques instants furent nécessaires pour que chacun puisse recouvrer ses esprits. Alors seulement, l'un des journalistes saisit un téléphone et composa le 17.

Il fallut moins d'une dizaine de minutes au commissaire Cannelle Pourson accompagnée de deux adjoints pour faire irruption dans la salle de rédaction. Le visage fermé, elle se dirigea vers Gloria qui s'était recroquevillée sur une chaise, les yeux emplis de larmes, prise de convulsions.

Cannelle Pourson jeta un coup d'œil au colis.

— Putain ! C'est pas vrai !

Elle prit une grande inspiration et s'approcha avec beaucoup de délicatesse de la jeune femme. Elle s'accroupit à sa hauteur, puis lui posa délicatement la main sur le bras.

— Mademoiselle, je sais que vous venez de vivre un événement traumatisant et que le moment est mal choisi, mais j'ai besoin de vous poser une question. Une seule.

Gloria Battellino demeurait cloîtrée dans son mutisme, le regard vide.

— Connaissiez-vous personnellement le professeur Georges Toussant ?

La jeune femme eut tout juste la force de faire « non » de la tête.

Aussitôt, Pourson se redressa et se tourna vers les deux agents en uniforme qui étaient arrivés les premiers et qui l'avaient prévenue.

— Conduisez-la immédiatement à l'hôpital !

— Bien, commissaire.

Les deux policiers s'approchèrent de la journaliste qui se laissa emmener. Ils durent la soutenir tant ses jambes étaient vacillantes. Dans la salle de rédaction, tous la regardèrent partir en silence.

Cannelle Pourson revint lentement au carton, comme si un diable allait en surgir.

Il contenait un cerveau humain, emballé dans un sachet en plastique scellé, à l'intérieur duquel s'étaient formés, çà et là, de petits caillots de sang. Il était curieusement jaune, hormis quelques taches rouges. Au fond du sac, deux globes oculaires attachés à leur nerf optique ensanglanté.

Le nom de la jeune journaliste et l'adresse de France 3 étaient imprimés sur une étiquette collée sur le côté du colis. Il n'y avait pas d'affranchissement.

— Qui a réceptionné ce paquet ? demanda-t-elle à la cantonade.

— C'est moi, répondit un homme qui se tenait dans le hall.

Cannelle Pourson se dirigea vers lui, tandis que la salle de rédaction restait plongée dans le silence. Personne n'osait faire le moindre mouvement.

— Quand l'avez-vous reçu ?

— Il se trouvait devant la porte avant-hier, répondit-il en pointant du doigt les quelques marches à l'entrée. Je l'ai découvert en prenant mon poste, tôt le matin.

— Ça ne vous a pas plus étonné que ça ?

Le jeune homme était mal à l'aise.

— Non, je… Comment aurais-je pu deviner ? Vous savez, on reçoit beaucoup de colis, ici. Chaque jour, il y a des dizaines de livraisons, en plus du courrier classique.

— Et pourquoi avoir attendu trois jours pour le donner à Mlle Battellino ? demanda Pourson sur un ton toujours plus inquisiteur.

— C'est que… elle était en congé. Et encore, elle ne devait revenir que demain. Elle est passée en coup de vent, je lui ai donné son carton, elle avait l'air contente. Voilà.

— Ça lui arrive souvent de recevoir des paquets ?

— Oui, régulièrement. Ce n'est pas vraiment autorisé, mais tout le monde se fait livrer ici. C'est plus pratique que chez soi où on est souvent absent la journée. Et comme il y a beaucoup de salariés, ça fait pas mal de colis chaque jour.

Le commissaire Pourson leva les yeux et remarqua une caméra de surveillance au-dessus du comptoir de l'accueil. Elle se tourna pour voir quel angle elle couvrait et grimaça en constatant qu'elle filmait le hall, mais pas l'entrée du bâtiment.

— Merci pour votre aide. Si quelque chose vous revient, n'hésitez pas à nous contacter.

Le réceptionniste poussa un soupir de soulagement.

Pourson tourna les talons et revint dans la salle de rédaction. Tous les regards étaient braqués sur elle.

— Qui est le responsable ici ?

— Je suis le directeur de la chaîne, répondit un homme d'une cinquantaine d'années.

— Je sais que je vous en demande beaucoup, mais je vous interdis de communiquer sur cet incident jusqu'à nouvel ordre. Je n'ai pas le temps de requérir une ordonnance au juge, mais je vous jure que si j'apprends que ça a fuité, j'en référerai directement au procureur et même au ministère de l'Intérieur. C'est bien compris ?

— Inutile de nous menacer, commissaire. Nous savons nous mettre en retrait lorsque l'intérêt de la justice est en jeu. Si vous pensez qu'en gardant le secret nous vous permettrons de trouver plus facilement celui qui a fait ça, je vous promets que nous ne diffuserons rien.

Cannelle Pourson comprit qu'elle se montrait trop cassante et autoritaire. Ces pauvres gens étaient, eux aussi, des victimes. Mais elle était excédée. Cette affaire lui échappait de plus en plus.

— Pouvez-vous me parler de Gloria Battellino ? demanda-t-elle sur un ton plus posé.

— Elle travaille avec nous depuis cinq ans environ et présente le JT depuis à peu près deux ans. C'est une fille sérieuse, sans histoires et appréciée de tous. Elle ne mérite pas ça.

— Elle m'a dit ne pas avoir de lien avec le professeur Georges Toussant, c'est exact ?

— À ma connaissance, oui.

— Alors pourquoi lui a-t-on envoyé ce… colis ? Pourquoi à elle ?

— Peut-être pour se faire de la pub ! Gloria est une figure dans la région. Et puis, vous n'avez pas idée du nombre de détraqués qui nous contactent pour qu'on parle d'eux.

Son hypothèse était intéressante. L'assassin ne visait pas une journaliste en particulier, mais simplement quelqu'un d'influent à la rédaction. Il voulait médiatiser son crime.

Cannelle Pourson se dirigea de nouveau vers le poste de travail de Gloria Battellino et se planta devant le carton. Puis elle s'adressa à l'un de ses adjoints :

— Emmenez-moi ça au labo. Qu'ils y passent la nuit s'il faut, mais je veux qu'ils me…

Elle s'interrompit en remarquant quelque chose d'autre, au fond de la boîte. Une feuille de papier pliée en deux.

Elle tira une paire de gants en latex bleu de sa poche et, par commodité, n'enfila que la main droite. Elle tendit ensuite sa main gantée vers la boîte. Elle ne put éviter de toucher le cerveau. Elle parvint à saisir l'une des extrémités de la feuille et la tira lentement.

En sortant du carton, la feuille se déplia et révéla un étrange symbole que les enquêteurs ne connaissaient désormais que trop bien.

– 19 –

Marion Mastereaux n'aimait pas perdre de temps, aussi avait-elle rapidement pris congé des gendarmes de Bonnieux après s'être assurée d'avoir en sa possession toutes les informations qu'elle jugeait utiles pour avancer seule. Elle avait regagné son bureau à Aix-en-Provence, non sans s'être posé mille questions tout au long du trajet. Il lui restait à interroger le fichier automatisé d'empreintes digitales. Mais elle présageait que cela ne donnerait rien. Les statistiques nationales étaient sans appel : déjà en temps normal, 70 % des relevés d'empreintes ou d'ADN ne menaient nulle part. Et, dans une affaire aussi délicate ayant probablement fait l'objet d'une préparation minutieuse, la recherche d'empreintes était une formalité nécessaire, mais resterait stérile.

Henri Vastine avait disparu sans laisser de traces. Elle se sentait plus impuissante que jamais.

Les gendarmes de Bonnieux lui avaient transmis leur rapport, dont les photocopies jonchaient à présent son bureau. Elle se perdait dans ce fatras, tentant de dénicher une piste.

Bien que manifestement dépassés par les événements et peu habitués à ce type d'investigations, ses confrères de la maréchaussée avaient fait du bon travail. Ils avaient scrupuleusement consigné l'intégralité du compte rendu de l'audition d'Ève Vastine – et leurs questions étaient pertinentes –, effectué une enquête de voisinage, contacté les gendarmeries voisines et invité à les prévenir si le savant réapparaissait.

Malgré le soin apporté à cette enquête, il manquait l'essentiel : le petit détail, l'information en apparence anodine qui pourrait ouvrir une brèche.

Marion Mastereaux était passionnée par son travail et persévérante. Deux qualités qui la conduisaient régulièrement à faire des heures supplémentaires. Alors qu'elle avait terminé son service depuis plus d'une heure, elle était toujours en train d'éplucher ce dossier. La tête appuyée contre son poing, une mèche noire couvrant une partie de son visage, ses yeux très bleus scrutant chacune des lignes du rapport, elle relisait encore et encore ces témoignages qu'elle connaissait déjà par cœur.

À défaut d'être très appréciée dans le service, elle bénéficiait tout de même de la confiance de sa hiérarchie. C'était la raison pour laquelle elle avait obtenu l'autorisation de mener cette enquête librement. À condition toutefois que les résultats ne se fassent pas trop attendre. Sur ce point, elle faisait un pari risqué puisqu'elle avait totalement lâché les affaires courantes pour se concentrer sur cette énigme plus complexe. Le temps jouait contre elle tandis qu'elle ne progressait guère.

Elle demeura à son bureau un long moment, perdue dans ses pensées, parcourant pour la millième fois les déclarations, les rapports, les témoignages.

Puis elle redressa la tête, marqua une courte pause et rangea consciencieusement les feuilles une à une dans leur chemise qu'elle referma et posa devant elle. Elle était résignée. Puisqu'elle n'avançait pas, puisque l'obstacle semblait insurmontable, il lui fallait se résoudre à demander de l'aide.

Mais elle refuserait de faire profil bas, de suivre, de subir. Elle avait des atouts et elle comptait bien s'en servir. Elle ne lâcherait rien. C'était dans sa nature. Ce qu'elle s'apprêtait à faire comportait une part de risque. Elle pourrait le regretter amèrement.

À contrecœur, elle décolla le Post-it jaune fixé sur le bas de son écran d'ordinateur. Un numéro de téléphone portable y était inscrit. Celui d'un officier de la DGSI. Un certain Simon Vairne.

– 20 –

Simon faisait les cent pas dans la salle d'attente du cabinet médical, à la fois nerveux et excité. Il tenait enfin quelque chose. L'histoire commençait lentement à prendre forme, à force de persévérance.

Jean-Édouard Haineteaux avait consenti à se soumettre à un examen médical. Son médecin de famille avait accepté de le recevoir en urgence, le soir même, une fois ses consultations terminées. Bien que peu académique, cette démarche permettait à Simon d'éviter une demande officielle auprès de l'institut médico-légal.

Son cerveau fonctionnait à plein régime. Tout en déroulant le fil de cette étrange affaire, il tournait autour d'une petite table basse où étaient empilés des magazines sans âge. Après des jours de questions sans réponses, il élaborait désormais des scénarios où Haineteaux aurait été enlevé puis soumis à un interrogatoire pour lui soutirer des informations confidentielles. Aillet avait tort. Il existait dans le milieu scientifique, comme partout ailleurs, des hommes prêts à tout, pour l'argent ou pour le pouvoir, ou pour les deux. Et c'était certainement pire encore lorsque la Défense nationale était impliquée.

Pourquoi n'avait-on pas volé l'ordinateur de Haineteaux ? Ni touché à ses papiers ? Pourquoi ne pas l'avoir éliminé ? Pourquoi le CRSDI n'avait-il pas été cambriolé ? Il le découvrirait tôt ou tard.

La porte s'ouvrit enfin et Haineteaux apparut, suivi du médecin.

— Alors, docteur ? demanda Simon avec autant d'empressement qu'un futur père lors de l'accouchement de sa femme.

— Eh bien, j'ai procédé à un examen complet de M. Haineteaux, comme vous me l'aviez demandé. Puisque l'intéressé m'y a autorisé, je puis vous en communiquer le résultat.

Jean-Édouard Haineteaux approuva en hochant la tête.

— M. Haineteaux est en bonne santé et, malgré une tension un peu élevée, il n'y a rien de particulier à signaler. Cependant, je vous confirme que la petite marque sur laquelle vous avez attiré mon attention est bien celle d'un cathéter, cela ne fait aucun doute. Autour, j'ai remarqué une légère coloration de la peau à la suite de l'utilisation de la Bétadine dermique employée comme antiseptique. Et on voit nettement que certains poils ont été arrachés et que d'autres sont encore collés, ce qui indique qu'on a utilisé de l'adhésif pour fixer le tube de la VVP.

— La VVP ?

— La voie veineuse périphérique. C'est le dispositif médical consécutif à la pose du cathéter.

— Quelqu'un a donc bien injecté un produit dans le corps du professeur Haineteaux ?

— J'en ai l'impression, effectivement.

— Pouvez-vous me dire lequel ?

— Non, je regrette.

— Mais avec certaines substances, vous auriez pu ?

— Que voulez-vous dire ?

— Eh bien, vous ne savez pas ce que c'est, mais peut-être pouvez-vous me dire ce que ce n'est pas ?

Le médecin éclata de rire.

— Lieutenant, je peux vous dire que ce n'est pas du chlorure de potassium, sinon il ne serait pas devant nous en ce moment !

Simon prit conscience qu'il voulait tout, tout de suite, et que la nature de ses questions trahissait son impatience.

— Oui, pardonnez-moi, docteur. J'essaie de comprendre.

— Tout ce que je peux vous dire, c'est que je ne constate pas de symptôme signalant qu'il soit sous l'emprise d'une drogue.

— Voilà, c'est ce que je voulais vous demander. Vous en êtes sûr ?

— Il existe une multitude de produits psychoactifs avec autant d'effets. Toutefois, ses pupilles ne sont pas dilatées, son pouls est régulier et sa tension, bien qu'un peu élevée, ne présente aucun signe alarmant.

— Donc il n'a pas été drogué.

— Oh là ! Je n'ai pas dit ça ! Simplement je n'ai pas décelé de signes extérieurs indiquant l'usage d'une drogue. Mais je n'ai fait qu'un examen très sommaire. Les psychotropes ont des effets dont la durée varie énormément. Il se peut qu'il ait été drogué, mais que les effets se soient dissipés depuis. Je vous recommande un bilan complet, en particulier des examens d'urine et de sang.

Simon se tourna vers Haineteaux qui acquiesça d'un signe de tête.

— Si ça peut faire la lumière sur ma disparition, je suis disposé à collaborer, dit-il.

— La plupart des psychotropes laissent des traces dans les urines, reprit le médecin, et restent décelables pendant plusieurs jours, voire plusieurs semaines.

— Dans quel cas utilise-t-on une voie veineuse périphérique ?

— C'est très courant, surtout lors d'une hospitalisation. On y recourt pour injecter des liquides dans la circulation sanguine générale. Les raisons sont multiples : l'administration d'un médicament intraveineux, d'un soluté d'hydratation, de correction de volémie ou encore de produits de contraste aux rayons X avant une radiographie.

— Quelle est la différence avec une piqûre classique ?

— On utilise la VVP lorsque l'injection doit être répétée souvent, ça évite de piquer le patient chaque fois. Il se peut aussi que le médicament doive être injecté de manière constante. Il y a plein de cas ! Si le patient est incapable de s'hydrater, par exemple.

— Est-ce que la pose d'un cathéter est soumise à une durée particulière ?

— Cela fait bien des années que je ne suis plus interne, mais en général on évite de le garder plus de soixante-douze heures. Cela dit, je ne crois pas que le conserver plus longtemps puisse engendrer des complications.

— Donc, il peut avoir été sous perfusion pendant plusieurs jours.

— Oui, absolument.

— Docteur, j'ai le sentiment que le professeur Haineteaux a été drogué afin de lui soutirer des informations. Est-ce que cette hypothèse vous semble crédible ?

— Ce n'est pas exclu.

— On aurait pu lui administrer un sérum de vérité par exemple ?

— Oui, le fameux Pentothal ! Il s'agit en réalité d'un barbiturique à effet rapide, le thiopental sodique. On utilise aussi la scopolamine. Pendant la guerre froide, les Américains ont expérimenté le LSD à ces fins, sans grand succès, me semble-t-il. Ces produits ont pour effet de désinhiber le patient… enfin, je veux dire… la victime. De ce fait, elle répond naturellement aux questions qui lui sont posées.

— Et on obtient ce que l'on veut ?

— En théorie. Les films de guerre ou d'espionnage ont largement exagéré l'efficacité de ces produits. En réalité, il y a de nombreux effets parasites comme des délires, des hallucinations.

Simon sentit son téléphone vibrer dans sa poche. Il le sortit. Le numéro qui s'affichait lui était inconnu.

— Je vous prie de m'excuser, j'ai un appel, dit-il en s'éloignant de quelques pas.

Simon décrocha et entendit une voix de femme :

— Lieutenant Vairne ?

— Lui-même.

— Bonsoir. Je sais qu'il est un peu tard. J'espère que je ne vous dérange pas ?

— Tout dépend de ce que vous me voulez.

— Je suis le lieutenant Marion Mastereaux, de la police d'Aix-en-Provence. Vous enquêtez sur la disparition du professeur Haineteaux, n'est-ce pas ?

— Qui vous a dit ça ?

— C'est une longue histoire.

— J'aime écouter les belles histoires.

— Je n'ai pas dit « belle », j'ai dit « longue ».

— Attendez, à quel numéro est-ce que je peux vous rappeler ?

— Au 04 42 93 97 97.

Simon raccrocha, puis saisit sur le site des Pages jaunes le numéro que la femme venait de lui donner. Il correspondait bien au commissariat de police d'Aix-en-Provence. Il le composa et demanda à parler au lieutenant Mastereaux. Quelques instants plus tard, la même voix lui répondait.

— Vous êtes rassuré ? demanda-t-elle.

— Désolé, mais j'aime bien être sûr de savoir à qui je m'adresse. Comment avez-vous eu mes coordonnées ?

— On m'a transmis un avis de recherche émis par la police de Lyon à propos de Jean-Édouard Haineteaux. J'ai contacté le commissariat de la Croix-Rousse où le brigadier Emmanuel Anderssen m'a communiqué votre numéro.

— Je vois. Que puis-je pour vous ?

— C'est moi qui peux quelque chose pour vous.

— Tiens donc ! s'exclama Simon, surpris de l'arrogance de son interlocutrice.

— Je pense pouvoir vous aider dans votre enquête.

— Vous arrivez trop tard. On vient de retrouver le professeur Haineteaux. Il est juste en face de moi.

— Laissez-moi deviner : il a perdu la mémoire ?

Cette phrase eut l'effet d'un uppercut. Il fallut plusieurs secondes à Simon pour recouvrer ses esprits.

— Vous êtes toujours là ? demanda la voix féminine.

— Mais comment le savez-vous ?

— Eh bien, je suis déjà passée par là.

— Ah bon ? Vous aussi vous enquêtez sur un scientifique qui a disparu ?

— Pas un. Trois !

– 21 –

Cannelle Pourson se leva et quitta son bureau d'un pas décidé. La journée commençait bien. Elle venait de raccrocher avec le procureur et le subterfuge avait fonctionné à merveille : le « fiasco Stanislas Frelet » avait été rapidement balayé par l'établissement du portrait psychologique de l'assassin. Elle était désormais officiellement sur la piste d'un individu machiavélique prêt à tout pour accomplir un sombre dessein sur lequel elle comptait faire toute la lumière.

Et puis, ce cerveau qui avait été retrouvé la veille relançait, lui aussi, l'enquête. Pourson n'avait-elle pas évité un raz-de-marée médiatique ? La dessaisir à ce stade aurait été pour le moins maladroit.

Il lui restait néanmoins une tâche : remobiliser son équipe.

Depuis l'embrasure de la porte, elle s'adressa à tous ses hommes qui s'affairaient dans l'open space.

— On fait le point. Tout le monde en salle de réunion. Maintenant !

Elle avait parlé trop fort, d'un ton trop sec. Elle se promit de faire plus attention à l'avenir. Assumer son erreur, c'était une chose ; perdre le contrôle, c'était beaucoup plus grave. Surtout en public.

Les policiers se levèrent et quittèrent progressivement leurs postes de travail pour se rassembler dans la salle de réunion. Il n'y avait pas de sièges pour tout le monde et certains d'entre eux durent rester debout, adossés aux murs. En pénétrant dans la pièce, Cannelle Pourson renonça à s'asseoir. Lorsqu'elle fut certaine d'avoir l'attention de tous, elle commença :

— La piste de Stanislas Frelet méritait d'être explorée et nous devions lui donner la priorité. Malgré les apparences, c'était une impasse. Tant pis pour nous, on se remet au travail.

Elle n'était pas mécontente d'avoir soldé, en trois phrases, une journée d'enquête perdue. Son ton était plus juste, elle avait repris confiance.

— Dites-moi que l'analyse du carton a donné quelque chose.

Un des adjoints qui l'avaient accompagnée la veille au siège de France 3 prit la parole :

— Commençons par le cerveau : c'est bien celui du professeur Toussant.

— Oui, ça, je m'en doutais.

— Au moins, on n'a pas un second meurtre sur les bras !

— On a trouvé des empreintes quelque part ?

— Si l'on exclut celles du réceptionniste et celles de la journaliste, non, aucune. Par contre, le labo a trouvé des traces d'ADN animal et de teinture noire sur le ruban adhésif. *A priori*, il s'agirait de microparticules laissées par des gants en cuir.

— Et on peut en tirer quelque chose ?

— Euh… non.

— Super ! Autre chose ?

— Oui, le plastique dans lequel se trouvait le cerveau est un peu particulier. C'est un sachet hermétique que l'on utilise couramment dans le milieu médical. C'est pour cette raison qu'il n'y avait aucune odeur alors que le cerveau était emballé depuis plusieurs jours.

— Ce sachet provient du laboratoire de Georges Toussant ?

— Non, commissaire. La faculté de chimie n'en utilise pas. Le criminel est venu avec.

— La préméditation ne fait vraiment plus aucun doute.

— Ce modèle n'est pas disponible en grandes surfaces, par exemple. C'est en vente libre, mais uniquement auprès de fournisseurs spécialisés.

— Intéressant. Procurez-vous la liste de ceux qui ont acheté des sachets de ce type. À Strasbourg et dans les environs, pour commencer. Ensuite, regardez si un nom vous dit quelque chose.

— Très bien.

— On a pu récupérer des images de caméras de sécurité, dans la rue ?

Un autre de ses adjoints se leva et tendit une feuille à sa patronne.

— Tenez, c'est la photo du livreur du paquet. Il y a effectivement une caméra au bout de la rue de l'Île-de-Jars qui couvre la place de Bordeaux et l'entrée de France 3.

— On ne voit rien ! Vous n'avez pas mieux ?

— La caméra est à cent cinquante mètres et il faisait nuit.

— Ça pourrait être n'importe qui. *Next ?*

— J'ai interrogé les journalistes pour essayer d'établir un lien avec Toussant. Ils ont fait plusieurs sujets sur lui, notamment lorsqu'il a obtenu le Nobel et, bien sûr, à sa mort. En dehors de ça, rien de bien consistant.

— Il n'y a pas de lien. Le criminel a juste mis la télé dans le coup pour se faire un coup de pub.

— Dans quel but ? demanda un policier qui n'avait pas encore pris la parole.

Pourson fit la moue.

— Je n'en ai aucune idée.

— Je pense que le meurtrier est quelqu'un d'âgé, tenta un jeune brigadier qui venait tout juste d'intégrer le service.

Elle parut surprise.

— Qu'est-ce qui vous fait dire ça ?

— Franchement, qui regarde France 3 Grand Est ? Des vieux !

Le commissaire ne put réprimer un sourire. Elle aurait été curieuse de savoir ce que ce jeune enquêteur entendait par « vieux ». Elle craignait un peu de faire partie du lot.

Ne remarquant pas le rictus sur le visage de sa patronne, il poursuivit :

— Et même la télé, c'est dépassé. Aujourd'hui, si un jeune veut commettre un crime, il peut tout filmer en direct, diffuser sa vidéo sur les réseaux sociaux ou sur des sites trash. Sans parler du dark web. Le journal régional de France 3, au secours !

Cette dernière remarque et surtout le ton employé provoquèrent quelques rires dans la pièce. L'atmosphère se détendait un peu.

— Ne rigolez pas, reprit-il. Imaginez que vous ayez commis un crime et que vous vouliez en faire la publicité : ça vous viendrait à l'idée de contacter une chaîne régionale ?

Comme il guettait la réaction de ses collègues, il observa que plusieurs d'entre eux semblaient partager son point de vue.

— Vous voyez ! Ce n'est pas anodin. Moi, j'exclurais les étudiants de la liste des suspects. Pour eux, Internet est un réflexe, une évidence. Pas la télé, et encore moins France 3 !

— C'est intéressant, concéda-t-elle. Vous avez d'autres hypothèses du même genre ?

— Pas pour l'instant.

— Sinon, où en est-on avec le symbole ?

— Eh bien, répondit un autre policier, nous n'avons pas beaucoup progressé, nous sommes…

— Bon, coupa-t-elle. On va réduire la voilure. Je ne veux qu'une seule personne pour enquêter là-dessus. Qui a le plus avancé ?

Les policiers échangèrent quelques regards. Celui qui avait présenté son long exposé la veille leva timidement la main.

— Bien, reprit-elle en s'adressant à lui. Les deux pistes que nous privilégions pour l'instant sont d'ordre scientifique et surtout religieux, c'est bien ça ?

— Oui, patron.

— Vous continuez dans cette direction. Mais seul.

— Si je peux me permettre, patron, le criminel vient de nous faire parvenir, pour la seconde fois, ce symbole. Ça veut dire que c'est réellement important. Vous ne trouvez pas dommage de réduire les effectifs ?

— Nous n'avons pas de quoi le décoder pour le moment. Il nous manque une clé. Le meurtrier a préféré répéter son message plutôt que nous expliquer à quoi il correspond. Donc, je ne peux pas mettre trop d'hommes sur cette piste.

Le policier acquiesça d'un signe de tête.

— Patron ? intervint un autre policier.

— Oui ?

— Il y a une piste qu'on n'a pas encore exploitée.

— Laquelle ?

— Eh bien, le professeur Toussant travaillait sur des sujets qui nous dépassent tous et dont nous ne comprenons pas un traître mot. Par contre, pour la communauté scientifique, tout ça est très clair. Est-ce qu'il se pourrait que les travaux de Toussant dérangent quelqu'un au point de commettre un meurtre ?

— Possible, effectivement. Mais ça n'explique pas qu'on lui ait volé son cerveau.

— En fait…

Le policier semblait embarrassé d'exposer sa théorie en public. Mais il poursuivit :

— Ce symbole semble nous conduire sur la piste de la religion, pas vrai ?

— Ce n'est encore qu'une hypothèse, mais elle mérite d'être étudiée, c'est exact.

— Alors, je me suis demandé quel pouvait être le rapport entre la science et la religion et… je sais, c'est un peu farfelu, mais… pour beaucoup de gens, la science n'est pas compatible avec les textes sacrés. Je ne suis pas spécialiste, hein, mais je sais par exemple que Darwin est considéré comme un hérétique par certains chrétiens purs et durs. Il y a sans doute d'autres exemples. Ne peut-on pas envisager une sorte de… société secrète dont les membres auraient souhaité… châtier Georges Toussant pour un acte qu'ils auraient jugé comme criminel au regard de Dieu ?

Cannelle Pourson observa attentivement l'enquêteur. Son instinct lui disait que quelque chose d'intéressant allait sortir.

— Qu'est-ce qui vous a conduit à une telle théorie ?

— Je suis parti de ça... répondit-il en se tournant vers l'un des murs où était scotchée une photocopie du symbole.

— Et ?

— Il est très étrange, ce dessin, poursuivit-il, le regard tourné vers les mystérieuses formes qui avaient fini par devenir familières aux policiers. Je me suis demandé dans quel but un criminel risquant les assises se permettrait de laisser un tel indice. Pour brouiller les pistes ? Soyons honnêtes, on n'en a aucune ! Il a pris un tel soin à ne pas laisser de traces qu'il se doute que nous n'avons rien pour remonter jusqu'à lui. Et puis, s'il avait voulu nous ralentir, il aurait pu semer des cheveux, un mégot, ou n'importe quoi d'autre ramassé à droite ou à gauche. Vous savez très bien à quel point ça nous aurait fait perdre du temps. Pour couronner le tout, il expédie un paquet contenant le cerveau et ce même dessin à une chaîne de télé, en sachant, évidemment, que la police va se précipiter. Donc, pour moi, c'est plus profond que ça.

— Poursuivez.

— Et si ce symbole était un avertissement ? Ou la marque d'une justice divine exécutée par des individus qui s'en croient dépositaires ? Le « sceau de Dieu », ou un truc du genre ? Si Georges Toussant s'était rendu coupable d'une hérésie ?

— Laquelle ?

Le policier haussa les épaules.

— Ça, commissaire, je n'en ai aucune idée.

Cannelle Pourson marqua une petite pause en hochant imperceptiblement la tête. Cette théorie, aussi fantasque fût-elle, donnait un sens à la présence du symbole. Elle permettait aussi d'expliquer la barbarie de ce meurtre. S'il était effectivement l'œuvre d'un illuminé, il prenait une dimension nouvelle.

Les paroles de la psychologue lui revinrent en mémoire. Elle avait également supposé que le symbole était une sorte de message. Alors, pourquoi pas une mise en garde ou une sentence ? N'avait-elle pas évoqué un arrêt de mort ?

— C'est une théorie très intéressante. Comment comptez-vous vous y prendre pour l'étayer ?

Le policier fit une petite moue avant de répondre :

— Nous avons deux extrémités à notre enquête : le criminel et sa victime. Si j'ai vu juste, le criminel fait partie d'une secte secrète sur laquelle nous n'aurons aucune information. Peut-être même qu'il s'agit d'un individu agissant seul. Par conséquent, je pensais plutôt partir de la victime, Toussant. Quels travaux pouvait-il mener qui dérangeraient un fanatique religieux ? A-t-il tenu des propos dans des revues scientifiques qui auraient pu être jugés blasphématoires ?

— Un blasphème… murmura-t-elle.

– 22 –

Avant de monter dans le TGV qui l'emmenait dans le Sud, Simon avait téléphoné à son supérieur hiérarchique pour le tenir informé de l'évolution de l'enquête. Il avait évoqué l'hypothèse que le professeur Jean-Édouard Haineteaux ait pu être drogué afin de lui soutirer des informations confidentielles relevant de la Défense nationale. Il avait aussi fait mention des autres disparitions et de la possibilité que cette affaire cache un complot de grande envergure. Contre toute attente, Simon avait reçu une écoute bienveillante. Il s'était même vu proposer des renforts. Bien que flatté par tous ces égards, il avait poliment décliné l'offre, arguant qu'il aviserait avec sa collègue d'Aix-en-Provence. Elle enquêtait sur trois kidnappings, ce qui faisait d'elle la personne la mieux placée pour résoudre cette énigme – ou, tout au moins, pour lui donner un bon coup de pouce.

Avec un sac de sport et son ordinateur portable pour tout bagage, Simon descendit du train et suivit le quai de la gare ultramoderne.

Au bout de la voie, faisant face au flot des voyageurs, une jeune femme brune arborant le brassard orange de la police l'attendait. Elle avait les cheveux tirés en arrière, mais une grande mèche lui tombait sur le visage, le recouvrant à moitié. Malgré ses vêtements de garçon et ses chaussures de sport, elle avait une allure très féminine. Mais ce qui frappa surtout Simon n'était pas de nature vestimentaire : elle était tout simplement très belle. Ses cheveux d'un noir de jais faisaient ressortir ses yeux bleu électrique soulignés de fines rides qui accentuaient l'intensité de son regard.

— Bonjour. Vous êtes le lieutenant Mastereaux ?

— Bonjour. Vous devez donc être le lieutenant Vairne. Vous avez fait bon voyage ? s'enquit-elle avec un léger accent méditerranéen qu'elle tentait de dissimuler.

— Très bon, et vous ? demanda-t-il avant de prendre conscience de la stupidité de sa question. Euh, enfin, je veux dire… merci d'être venue me chercher.

— C'est tout ce que vous avez comme bagages ? demanda-t-elle.

— Oui. D'ailleurs, il faudrait que je fasse quelques courses. Je suis parti un peu précipitamment. À l'origine, ça ne devait être qu'une enquête de routine.

— C'est tout sauf une enquête de routine !

— Oui. C'est ce que j'ai cru comprendre !

— Suivez-moi. C'est par ici, dit-elle.

Elle ne porte pas d'alliance.

Simon était d'un naturel dragueur, et il connaissait dans ce domaine un certain succès. Affable, curieux et cultivé, il était d'une compagnie plutôt agréable. Sans être vraiment beau, il avait un charme évident. Il inspirait confiance. Mieux, il rassurait. Et puis, face aux plus récalcitrantes, il disposait d'atouts cachés : il était dans la police, il avait été un pro du poker et il vivait sur un bateau. Cela suscitait la curiosité, créait l'étonnement, levait des barrières.

Probabilité de coucher avec elle : hmm... j'ai peu de temps, mais si je sors le grand jeu... 50 %.

— Je suis garée juste là.

Elle désigna d'un geste une Peugeot bleu marine à moitié garée sur le trottoir, juste au pied d'un panneau « Arrêt interdit sous peine d'enlèvement ». Le pare-soleil du côté passager était baissé, laissant apparaître le panonceau « POLICE » qui signifiait clairement : « Je m'en branle, j'suis flic. »

En montant, Simon eut un petit sourire.

— Dites, lieutenant, vous…

— Voilà ce que je vous propose, coupa Marion Mastereaux en bouclant sa ceinture. On arrête de s'appeler « lieutenant » et on se dit « tu ».

— OK, ça me va, lui répondit-il, toujours souriant.

— Maintenant, que tout soit bien clair : ce n'est pas pour autant qu'on va coucher ensemble. Donc le numéro de drague, tu oublies. On est toujours OK ou on repasse au vouvoiement, lieutenant ?

— Eh bien… je suppose qu'on est toujours OK, rétorqua Simon, estomaqué.

Rectification. Probabilité de coucher avec elle : 0,1 %.

— Génial, dit-elle en démarrant.

Le reste du trajet jusqu'au commissariat central se fit dans le silence le plus complet. Simon n'osait même pas quitter la route des yeux, de peur de croiser le regard de sa collègue.

L'hôtel de police d'Aix-en-Provence était un bâtiment récent situé en retrait d'un vaste rond-point en face d'un immense casino qu'il connaissait de réputation. Paradoxalement, il s'agissait de l'un des établissements de jeux les plus fréquemment braqués. Le fait qu'il fût situé si près du commissariat en disait long sur le sentiment d'impunité qui, ici, animait les criminels. Bienvenue dans le Sud !

Marion laissa la voiture sur le parking et conduisit Simon à l'intérieur du commissariat où elle salua sans sourire plusieurs de ses collègues. Elle suivit un long couloir, ouvrit l'une des portes vitrées, laissa Simon entrer, puis referma derrière elle. Il s'agissait d'une petite salle de réunion aux murs marron meublée de chaises dépareillées et d'une table ronde sur laquelle était posée une pile de dossiers.

Elle tira une chaise et prit place. Simon l'imita.

— J'ai obtenu qu'on nous prête cette salle. Tu pourras t'en servir comme bureau, si tu le souhaites.

— Merci infiniment, répondit poliment Simon en posant son sac et la sacoche de son ordinateur sur la table. Elle est très bien cette salle. À Lyon, j'avais un bureau minuscule et vétuste qui me…

Constatant que son interlocutrice ne l'écoutait pas, il s'interrompit et préféra embrayer sur l'enquête :

— Enfin, bref. On commence par quoi ?

— On commence par mettre les choses au clair : c'est mon enquête ! déclara-t-elle en tapant la pile de dossiers de son index. J'étais la première sur le coup, c'est moi qui ai le plus d'informations, j'ai trois enlèvements sur le dos. Je n'admettrai pas qu'on me la retire sous prétexte que tu es un mec qui vient de Paris et que moi je suis une petite provinciale !

Simon prit une longue inspiration. Il était temps de reprendre la situation en main.

— Ça fait beaucoup de complications pour une seule personne !

— Quoi ?

— Depuis que je suis descendu du train, j'ai eu droit, dans l'ordre : à la nana qui en a marre de se faire draguer parce qu'elle considère que son physique est un fardeau, à la petite provinciale qui a du mal à blairer les Parigots, j'ai même peur de ne pas échapper à la comparaison PSG/OM ! Tant qu'on y est, je préfère te prévenir : je ne m'intéresse pas au foot. Ensuite, j'ai droit au couplet sur les inégalités sexistes, et pour finir, la flic qui a peur de perdre son enquête. Alors, que ce soit bien clair : il me suffit d'un coup de fil pour qu'on te dessaisisse et que je récupère les dossiers. C'est d'ailleurs ce que mes supérieurs m'ont invité à faire. Et puis, je tiens à te signaler que tu n'as pas « obtenu » ce local, mais qu'il m'a été attribué par ta hiérarchie. Donc, si tu es ici avec moi, c'est parce que je le veux bien. Pour finir, ne t'inquiète pas, tu es très séduisante, c'est clair, mais si tu as peur que je te saute dessus, je te rassure, je peux encore me retenir !

Le tonnerre fit place à un long silence. Elle le dévisagea avec étonnement : il était rare qu'on lui tienne tête.

— Bien ! Je vois qu'on part sur de meilleures bases…, conclut-il.

Simon ne la quittait pas des yeux. Malgré sa diatribe, il n'était pas très à l'aise ; pas uniquement parce qu'elle lui plaisait beaucoup, mais parce que se dégageait d'elle une intensité presque surnaturelle.

— Ce dossier me tient à cœur.

Elle avait dit cela d'une voix beaucoup plus tempérée, en s'approchant imperceptiblement de lui et sans ciller.

— Il me sort de l'ordinaire, continua-t-elle, des affaires de dealers, de racket, de bandes organisées, de vols de voitures et de tout le reste. C'est la première fois que je me sens vraiment flic. J'ai mis le doigt sur quelque chose d'énorme, peut-être. La preuve : ce n'est pas pour rien que toi, un agent de la DGSI, tu débarques ici. Alors je n'ai pas envie qu'on me dise « Oh, merci, Marion, très bon travail », comme on complimente une jument qui a fait une belle course avant de la reconduire à son box en lui flattant la croupe. Non, moi je veux aller jusqu'au bout. J'ai besoin des informations dont tu disposes, mais cela représente un risque pour moi : celui qu'on me retire tout. Ce ne sont pas des complications, tu te trompes, je suis simplement lucide. Je sais qu'entre une simple nana de province et un mec de la DGSI, je n'ai aucune chance.

Simon la dévisageait toujours, en silence. Sans baisser les yeux, elle poursuivit :

— Le divisionnaire m'a dit : « Marion, je vous laisse l'enquête jusqu'à ce que l'officier de la DGSI se l'approprie. Vous le briefez et il prendra certainement le relais. Allez-y doucement avec lui, c'est lui qui pilote. »

Simon éclata de rire.

— Heureusement qu'il t'a dit d'y aller doucement ! Qu'est-ce que ça aurait été sinon ? Tu m'aurais collé une balle dans la tête à ma descente du train ?

Marion lui concéda un sourire.

— Je vais être très franc, je ne peux rien te garantir du tout. Je ne sais pas ce qui va être décidé par mes supérieurs. Mais, pour l'instant, tu es toujours à bord. Et j'ai besoin de toi, de ce que tu as appris. C'est pour ça que je suis ici. Donc, en ce qui me concerne, je ferai mon possible pour que tu restes dans la course.

— Et tu arriveras vraiment à te retenir…

— Quoi ? demanda-t-il en fronçant les sourcils.

— … de me sauter dessus ?

— Onze ans de yoga. Je suis parvenu à une maîtrise totale.

Ils sourirent ensemble.

— Contrairement aux apparences, cette enquête n'est pas simple, admit-il. Chaque fois que je crois tenir une piste, elle ne conduit nulle part. Donc le flic parisien a besoin d'un peu d'aide de la flic de province.

— Comment tu veux qu'on procède ?

— Ce sont les dossiers des disparus ? demanda-t-il en désignant du menton la petite pile de chemises devant elle.

— Oui. Tout est là.

— J'imagine que tu les connais par cœur.

— J'ai tout épluché mille fois, en effet.

— Fais-moi un topo.

— Très bien.

Elle se redressa sur son siège, tira la dernière chemise de la pile et l'ouvrit.

— On commence par Vincent Boissard. Un biologiste de 58 ans qui a disparu ici même, à Aix-en-Provence.

— C'est pour cette raison que tu t'es retrouvée sur cette enquête ?

— Exactement. C'est avec lui que tout a commencé. Ce n'était qu'une affaire de routine au départ. Tout laissait à penser qu'il avait une double vie et qu'il avait quitté sa femme pour une autre, sans prévenir. Je dois avouer que je n'ai pas concentré tous mes efforts sur lui.

— Qui a signalé sa disparition ?

— Le 11 décembre, son bureau a constaté son absence et vers midi ses collègues ont téléphoné à son épouse. Le soir, il n'était toujours pas rentré et elle a appelé Police-Secours. Comme toujours avec ce type d'affaires, on attend trois ou quatre jours avant de prendre la disparition au sérieux. J'ai alors enquêté pour trouver la trace d'une maîtresse et, de manière générale, j'ai cherché si ses habitudes avaient été modifiées les jours précédant sa disparition.

— Et ?

— Rien. Il a réapparu le 17 décembre. Amnésique. Une semaine entière de sa vie s'est complètement évaporée, comme par magie. Impossible d'obtenir la moindre information sur sa disparition.

Elle enchaîna avec la deuxième chemise.

— Otis Levine…

— Drôle de nom.

— Son père est américain. Prix Nobel de physique. Disparu le 19 décembre et réapparu le jour de Noël. Au moins, il a passé les fêtes en famille ! Mais il n'a pas dû avoir grand-chose à leur raconter, parce que lui aussi a tout oublié.

— Comment as-tu appris sa disparition ?

— Un avis de recherche a été émis. Comme il habite Montpellier et que ce n'est pas très loin, on m'a autorisée à travailler en collaboration avec les collègues de là-bas et j'ai eu les copies intégrales des rapports.

Elle ouvrit la chemise qui restait.

— On termine avec Henri Vastine, cosmologue, disparu à Bonnieux, dans le Vaucluse, le matin du 9 janvier. Il était parti au marché, personne ne l'y a vu. C'est sa femme qui a averti les gendarmes. Ils ont découvert sa voiture sur un chemin de campagne.

— Tu t'es rendue sur place ?

— Naturellement.

— Tu as trouvé quelque chose ?

— Rien de particulier. J'ai relevé des traces de pneus de camion à quelques dizaines de mètres de son véhicule. Impossible de savoir s'il est passé là avant, ou après, ou même si c'est lié. Et, de toute façon, ça ne mène à rien.

— Le dispositif a été déployé pour retrouver Vastine ?

— Ça va de soi. Je ne sais pas pourquoi, mais j'ai l'impression qu'on ne le retrouvera pas.

— Si, on le retrouvera. Dans quelques jours. Amnésique.

— C'est probable, oui.

— Et lui, comment as-tu été informée de sa disparition ?

— J'avais rédigé une note interne aux services pour qu'on me contacte au cas où un adulte s'évaporerait de manière inexpliquée. La gendarmerie de Bonnieux a fait du bon boulot.

— Dans ce cas, pourquoi est-ce que tu n'as pas été prévenue de la disparition de Jean-Édouard Haineteaux ?

— J'ai été prévenue, mais avec un délai anormalement long. J'ai cru que le système d'alerte interne avait mal fonctionné et qu'on avait oublié de me transmettre l'information. Et puis, lorsque j'ai appris qu'un officier de la DGSI était sur le coup, je me suis dit qu'on ne voulait pas que j'interfère dans une enquête en cours. J'ai d'abord hésité à me manifester, car je craignais qu'on me retire le dossier, mais je me suis quand même décidée, vu que je n'avançais plus. J'ai téléphoné à Lyon où l'on m'a donné tes coordonnées.

Marion se leva puis s'assit en tailleur sur sa chaise.

— À ton tour.

— Jean-Édouard Haineteaux, né en 1959, physicien spécialisé en électromagnétique, originaire de Lyon. Il a disparu le 4 janvier pour reparaître hier, le 10, dans un bled paumé. Comme toi, j'ai interrogé les proches, mais personne ne comprend ce qui a bien pu se passer. Le bornage de son téléphone et l'historique de ses dépenses n'ont rien donné. Au lieu d'élucider le mystère, son retour en a rajouté une couche puisque lui aussi a perdu la mémoire sur plusieurs jours.

— Bienvenue dans mon monde. Depuis trois semaines, j'échafaude toutes sortes de théories.

— J'ai quelques questions à te poser, si tu veux bien. Commençons par du lourd : est-ce qu'ils se connaissent ?

— Oui et non. Deux sur les trois ont eu l'occasion d'échanger quelques mots lors de colloques internationaux.

— Lesquels ?

— Levine m'a confirmé avoir participé à une grande conférence à Montréal en 2016 où Vastine était présent. Ils s'étaient aussi croisés en 2013 à Kiev. En dehors de ça, rien. Ils se connaissent peu et n'ont aucun lien d'amitié.

— Et Boissard ?

— Personne ne le connaît. Enfin, non, ce n'est pas ce que je voulais dire. Il est très célèbre, mais dans un domaine vraisemblablement éloigné de la physique. Levine a des connaissances sommaires sur ses travaux, du fait de son intérêt pour la science en général, mais ils ne se sont jamais rencontrés.

— Même pas pendant leurs études ?

— Ils n'ont pas suivi le même cursus ni fréquenté les mêmes universités.

— Oh, quand même, dit-il en s'impatientant, ils ont bien un directeur de thèse ou un maître de stage en commun !

— Désolée de te décevoir.

Simon avait le sentiment de s'obstiner à enfoncer une porte blindée. Il fit une petite grimace. Marion enchaîna :

— À cause des similitudes, j'ai essayé de faire des recoupements. J'ai par exemple vérifié leurs agendas respectifs pour voir s'ils n'avaient pas croisé les mêmes personnes avant leur enlèvement. Je sais que c'est un peu gros, mais il fallait le tenter.

— Et alors ?

— Ça aurait été trop beau. Le ou les auteurs des kidnappings n'ont pas commis cette erreur. Je suis remontée plusieurs mois en arrière, et je n'ai rien trouvé à me mettre sous la dent. J'ai fait pareil avec leurs téléphones, là encore sans résultat.

— On est en présence d'une organisation qui connaît son boulot.

— Je le crains.

Simon était impressionné par cette jeune femme qui avait abattu autant de travail en quelques semaines.

Bien qu'elle semblât aussi susceptible qu'un champ de mines, au moins avait-elle l'énergie propice pour cette enquête. Il avait vu juste : c'était un gros avantage d'avoir à ses côtés l'enquêtrice qui était là depuis le début.

— Ce n'est pas tout, ajouta-t-elle. J'ai aussi suivi une piste qui va te sembler étrange : j'ai vérifié s'ils ne s'étaient pas appelés. Ou s'ils n'avaient pas échangé d'e-mails. Et, puisqu'ils m'ont donné accès à leur agenda, j'ai pu chercher s'ils ne s'étaient pas trouvés au même endroit au même moment.

— Tu les soupçonnes de complicité ?

— Non, non. Mais j'avais tellement peu de prises que j'ai enquêté dans toutes les directions à la fois.

— Et qu'est-ce que ça a donné ?

— Rien du tout. Là encore, je suis remontée jusqu'en septembre de l'année dernière, il n'y a aucun coup de fil en commun, ils ne se sont pas rencontrés. Je pense qu'ils ne se connaissent vraiment pas.

— C'est aussi mon avis. Est-ce qu'il y a eu des mouvements d'argent importants sur leurs comptes en banque ?

— Non, absolument aucun. Juste des retraits en espèces les jours qui ont précédé leur enlèvement, mais uniquement de petites sommes, rien de notable. Pas de changement de leur train de vie, non plus.

— Aucune menace de mort, aucune demande de rançon, rien d'inhabituel ?

— Rien.

— Pourquoi les médias n'ont-ils pas parlé de ces disparitions ?

— Parce qu'ils ne savaient rien, tout simplement.

— L'élite de la science qui s'évapore, ça aurait dû les intriguer, non ?

— Les familles ont tenu à rester discrètes. Et puis, la réapparition de chacun d'entre eux a réglé le problème. Que voulais-tu qu'ils racontent aux médias ? Qu'ils avaient perdu la boule ? Pas évident à assumer. Ils seraient passés pour des dingues.

— Oui, je comprends. Tiens, en parlant de dingue, j'ai un truc à te montrer…

Simon fouilla dans sa poche et en sortit son téléphone portable pour afficher la photo de l'étrange symbole que l'on avait retrouvé sur le cadavre de Georges Toussant.

— Est-ce que tu as déjà vu ceci ? demanda-t-il en lui tendant le téléphone.

— C'est bizarre ! Qu'est-ce que c'est que ce truc ?

— Je n'en ai pas la moindre idée. Aucun de tes « disparus » n'en a fait mention ?

— Non. Tu peux me dire où tu as déniché ça ?

— C'est un dessin qui a été retrouvé dans la bouche d'un autre savant. Assassiné, lui.

— Tu as bien dit « dans la bouche » ?

— Oui. Et encore, je te passe les détails !

— Tu penses que c'est lié à nos affaires ?

— Je le croyais, au début. La responsable de l'enquête à Strasbourg m'assure du contraire, et je commence à me dire qu'elle a raison.

— Il est très curieux, ce dessin.

— Ça te fait penser à quelque chose ?

La jeune femme se mit à réfléchir sans quitter le symbole des yeux.

— On dirait un signe cabalistique. Je ne vois pas trop ce que ça vient faire dans notre enquête.

— Je n'en sais rien non plus, concéda Simon en glissant son téléphone dans sa poche.

— Tu as d'autres questions ?

— Oui. Est-ce que… ?

Simon s'arrêta net. Il voulait lui demander si elle avait eu l'impression d'avoir été suivie ces dernières semaines, à Bonnieux ou ailleurs. Il avait toujours en tête l'épisode de la poursuite à Lyon. Mais il se ravisa car l'évoquer comportait des risques. Elle pouvait prendre peur et se dessaisir de l'affaire. Le renoncement n'avait pas l'air d'être dans son tempérament, mais qu'en savait-il, au fond ? Si elle abandonnait, il perdrait brusquement une précieuse alliée.

— Est-ce que quoi ?

— Non, rien.

— Oh, ne joue pas à ça avec moi ! Tu voulais me demander quelque chose. Alors, est-ce que quoi ?

Il fallait trouver un subterfuge. Vite.

— Est-ce que… tu as remarqué un objet, un nom, un visage, un véhicule ou n'importe quoi qu'on retrouverait dans chacune de ces affaires ?

— Hmm… non. Ça m'aurait frappée.

— Pas seulement dans les dossiers, sur place également. Un truc qui se répète à chaque fois ?

— Je vois ce que tu veux dire, mais non, je n'ai rien remarqué de ce genre.

Simon hocha la tête avant de se lever et de se diriger vers le tableau blanc qui se trouvait dans la pièce. Il saisit un feutre.

— Je te propose de recouper les informations dont on dispose.

Il tourna le dos à Marion et traça des lignes et des colonnes. Son marqueur couinait légèrement en glissant sur la surface blanche. Il inscrivit le nom de chaque disparu sur la première ligne. Sur la suivante, il nota leur âge, puis en dessous leur ville d'origine. Il continua ainsi jusqu'aux informations les plus poussées recueillies lors des enquêtes. Après avoir entièrement rempli son tableau, Simon se recula.

— Commençons par le haut, dit-il en désignant la première ligne. Ils ont entre 58 et 66 ans.

— Rien de surprenant, vu leur niveau d'études et leur expérience, commenta Marion.

— En effet.

— Ligne suivante : ville d'origine.

— Ils sont tous originaires de régions différentes.

— Oui, et leurs cursus universitaires n'ont rien en commun.

— Leur lieu de résidence et, puisque ça coïncide, leur lieu d'enlèvement : Aix, Montpellier, Lyon, Bonnieux. Tiens ! Aucun d'eux n'habite Paris. Étonnant pour des scientifiques de ce niveau, non ?

— Qu'est-ce qui est étonnant ? demanda la jeune femme en fronçant les sourcils. Qu'il puisse y avoir des gens intelligents en province ?

Pas mécontente de sa petite pique, Marion offrit un sourire taquin à son collègue.

— Ce n'est pas de chance. Les quatre seuls types intelligents de province qui disparaissent…

— Je l'ai bien cherchée, celle-là. Je te rassure, Vastine est originaire de Paris.

— Tu m'as dit qu'il avait disparu dans le Vaucluse.

— Il est à la retraite depuis peu et s'est installé à Bonnieux, mais il est parisien et y retourne encore fréquemment.

— Bon. Tous scientifiques. Là encore, ce n'est pas une coïncidence.

— Mais ils ne travaillent pas dans le même domaine. Nous avons trois physiciens, dont un cosmologue, et un biologiste.

— Tu as creusé cette piste ?

— Quelle piste ?

— Leurs compétences. Elles pourraient être complémentaires.

— Non, je n'ai pas cherché dans cette direction.

— OK. Il faudra qu'on avance là-dessus. Autre chose : Haineteaux travaille sur un programme top secret en collaboration avec la Défense nationale. Tu sais si c'est le cas des autres ?

— Non. Ils mènent des recherches dans le domaine civil. C'est très pointu d'après ce que j'ai compris, mais ça n'a aucun rapport avec l'armée.

Simon tapota la ligne suivante avec le feutre.

— Les personnes qui ont déclaré les disparitions. Pas étonnant que ce soit un proche à chaque fois. Je ne vois rien d'exploitable ici.

En disant cela, il effaça cette ligne.

— Au cas où ça te travaillerait, Simon, j'ai vérifié le contexte familial de chacun d'eux et j'y ai trouvé une certaine stabilité. Personne n'avait de raison particulière de les faire disparaître. Boissard est remarié, Levine en instance de divorce, Vastine file le parfait amour depuis plus de quarante ans.

— Haineteaux est veuf.

— Tous les trois ont été retrouvés dans des endroits isolés, mais à proximité de leur domicile. À l'exception de leur téléphone portable, toutes leurs affaires leur ont été restituées.

— Tu as employé le verbe « restituer ». C'est intéressant.

— Ah bon ?

— Oui. Car c'est exactement l'impression que ça donne. On a le sentiment que leurs affaires ont été précieusement conservées, consignées. En exagérant, on pourrait presque se dire qu'ils ont été déshabillés et qu'on ne leur a rendu leurs vêtements qu'au dernier moment. En tout cas, ils ont réapparu comme ils avaient disparu. Tu l'as remarqué aussi ?

— Oui, c'est vrai. Aucun d'eux n'avait de traces de coups, de vêtements déchirés ou abîmés. Certains avaient même encore de la monnaie dans leurs poches !

— C'est troublant quand même, non ?

— Qu'est-ce que tu en déduis ?

— Pour l'instant, je n'en sais rien. Mais ça aura un sens plus tard, j'imagine.

— Je l'espère.

— Ligne suivante : les lieux où on les a retrouvés.

— Pas de vis-à-vis, pas de passage, pas de témoin. Mais toujours à côté d'une route pour que les ravisseurs puissent fuir au cas où les choses tourneraient au vinaigre.

— Ou bien pour que les victimes puissent trouver des secours facilement, avança Simon.

— Possible aussi. Cela corroborerait cette volonté qu'il ne leur arrive aucun mal.

— Et toujours à proximité de leur domicile !

— Moins de quinze kilomètres.

— Trente-huit kilomètres pour Haineteaux.

— Ça reste peu éloigné.

— C'est vrai. C'est étrange, non ? Il a fallu trouver un lieu pour les séquestrer pendant près d'une semaine, à l'abri des curieux, dans chacune des régions où ils vivent.

— Sacrée organisation !

Marion et Simon étaient conscients d'avoir soulevé un autre point obscur de ce mystère, même s'ils n'en comprenaient pas le sens. Aussi restèrent-ils quelques instants silencieux. Ce fut finalement Simon qui reprit la parole le premier :

— Là, c'est intéressant : on leur a vraisemblablement injecté quelque chose pendant leur captivité.

— Oui, peu après avoir été retrouvé, Boissard m'a appelé pour me signaler qu'il avait un hématome et une petite piqûre sur l'avant-bras. Nous en avons déduit qu'il avait reçu une injection intraveineuse. Je lui ai alors immédiatement demandé de procéder à un examen médical complet. Et lorsque Levine est revenu, j'ai examiné son bras. Il portait une marque similaire ; j'ai donc, là encore, demandé une analyse.

— Tu as les résultats des examens de sang et d'urine ?

— Oui, les voici, répondit-elle en lui tendant des feuilles qu'elle venait d'extraire de chaque dossier.

Simon se mit à lire à haute voix :

— Test urinaire BZD (benzodiazépines)… positif… $C_{16}H_{13}ClN_2O$. Qu'est-ce que c'est que ça ?

— Un somnifère puissant. C'est avec cette molécule qu'on fabrique le Valium.

— Ils en prennent, d'habitude ?

— Ni l'un ni l'autre.

— Et les chiffres, ils correspondent à quoi ?

— Quels chiffres ?

Simon lui tendit la feuille en lui indiquant une colonne à droite.

— Ça, ce sont les quantités. C'est exprimé en nanogrammes par millilitre.

Simon regarda Marion, étonné de ses connaissances.

— J'ai fait un master de chimie avant de faire du droit, dit-elle.

— Ah bon ?

— Non, je plaisante. Je n'y connais rien non plus, j'ai juste demandé des explications au médecin.

— Très drôle, admit-il. Bon, et le médecin, il en dit quoi, de ces chiffres ?

— Il dit que les quantités administrées sont très faibles.

— Très faibles… répéta Simon.

— Le médecin de Levine a confirmé.

— Ça signifie qu'on les a à peine drogués.

— Oui. Et d'après les deux médecins, ces quantités sont insuffisantes pour provoquer l'endormissement, surtout sur des sujets en état de stress.

— Pourquoi administrer un somnifère s'il n'a pas d'efficacité ?

— Aucune idée.

Simon fixait le tableau d'un air perplexe. Le mystère de ces disparitions s'épaississait encore. Au lieu d'une énigme à résoudre, il en avait désormais quatre et se sentait aussi impuissant que face à l'Hydre de Lerne. Pourtant, il lui était impossible de baisser les bras.

Devinant le regard de Marion, il se tourna vers elle.

— Je n'y comprends rien ! lâcha-t-il.

— Je sais.

Un éclair de malice dans les yeux, il ajouta :

— À moins que…

– 23 –

Cannelle Pourson se félicitait de voir ses hommes prendre des initiatives. C'était exactement ce qu'elle avait toujours encouragé, et cela fonctionnait à merveille. Personne ne savait ce qui pourrait en découler, mais au moins chaque once d'indice était-elle exploitée.

— Pour le reste, que nous indique l'enquête classique ? demanda-t-elle en s'adressant à un autre de ses subordonnés.

— On a terminé le travail de vérification des empreintes digitales et de l'ADN trouvés à la fac.

— Encore ! s'impatienta la policière, je croyais que c'était réglé depuis longtemps. L'équipe scientifique n'a rien trouvé sur place, on le sait depuis le premier jour.

— Il n'y a rien sur la scène de crime, c'est exact, mais il a bien fallu qu'on élargisse nos recherches aux parties communes. Du coup, on a recueilli une quantité hallucinante de traces diverses. Et relever les empreintes de tout le personnel, étudiants inclus, ça nous a pris un temps fou. On a dû réunir tout le monde et ensuite comparer avec les traces observées sur place.

— Et ?

— Toutes correspondent à des personnes qui travaillent dans le bâtiment de la fac de chimie. Aucune empreinte inconnue. Nulle part ! Le meurtrier avait non seulement prémédité son coup, mais il a pris un soin tout particulier une fois sur place. Les équipes scientifiques ont pourtant cherché partout, en suivant son parcours probable sur les lieux. C'était un travail de titan !

— Impressionnant ! Il a vraiment pris ses précautions.

— J'ai discuté avec les collègues qui ont signé le rapport. Ils m'ont dit que si le criminel a mis des vêtements neufs, recouvert ses cheveux, porté un masque de chirurgien, par exemple, et, bien sûr, des gants, il n'y avait aucune chance de trouver quoi que ce soit.

— Il y a une autre possibilité : l'assassin est peut-être un habitué des lieux, un étudiant ou quelqu'un qui travaille au laboratoire ? Ce qui expliquerait qu'on n'ait pas d'empreintes suspectes.

— Sauf qu'on a auditionné tout le monde, et que personne ne semble avoir eu de raisons de s'en prendre à Georges Toussant.

— Vous avez interrogé son entourage ?

— Bien sûr. Au moment du meurtre, ses plus proches collaborateurs prenaient un pot ensemble et les autres étaient en famille ou chez des amis.

— Vous dites que l'alibi de certains collaborateurs de Toussant, c'est qu'ils buvaient un coup ensemble ?

— Oui, patron. L'un d'entre eux fêtait son anniversaire. J'ai vérifié, tous les témoignages concordent.

— Trouvez-moi quand même des témoins extérieurs. Je ne voudrais pas qu'ils se couvrent mutuellement.

— C'est déjà fait. Ils ont passé la soirée dans un bar du centre-ville. Le patron et une serveuse me l'ont confirmé. Personne ne s'est absenté. Et ils ont quitté les lieux plus d'une heure après le décès du professeur.

— Beau boulot. Quoi d'autre ?

— Le mobile n'est pas l'argent. Nous avons examiné ses comptes et il n'a pas retiré de grosse somme en espèces, ni reçu de virement important. On peut donc exclure une dette ou au contraire un prêt qui aurait mal tourné. D'ailleurs, il n'était pas très fortuné. Et…

— Oubliez ce genre de pistes. Nous avons affaire à quelqu'un qui a volé le cerveau de sa victime, bon sang ! Il faut en tenir compte. Soit il s'agit d'une forme de rituel, soit… ça a quelque chose à voir, d'une manière ou d'une autre, avec son cerveau. Dans les deux cas, ce n'est pas banal. Hier, j'ai fait établir un profil psychologique du tueur. Ça vaut ce que ça vaut, mais il en ressort que le type que l'on recherche est quelqu'un d'intelligent, et surtout de très déterminé. Donc, orientez-vous plutôt vers ce qui est hors du commun. Je vais dire n'importe quoi : la sorcellerie, la religion, une secte, enfin quelque chose qui justifierait un acte aussi extrême et insensé. La clé de cette enquête, c'est le cerveau.

— Entendu, patron.

— Qui s'est chargé d'interroger le SALVAC[1] ?

Un policier leva énergiquement le bras.

— C'est moi, patron.

— J'imagine que si vous aviez trouvé quelque chose de concluant, vous m'auriez prévenue…

1. Système d'analyse des liens de la violence associée aux crimes.

— Oui, bien sûr. Le seul crime qui présente des similitudes avec notre affaire, c'est celui commis par Stanislas Frelet. En dehors de ça, rien d'intéressant. J'ai aussi interrogé Interpol. Là, c'est plus troublant parce que, évidemment, à force de prendre connaissance d'homicides violents, on a tendance à faire des rapprochements. Mais, sincèrement, je n'ai rien trouvé qui puisse être rattaché à notre affaire.

— Ce n'est pas normal, pesta le commissaire.

— Vous pensez qu'il y a eu d'autres victimes ?

— C'est l'avis de la psy. Et je dois dire que je le partage. Pour commettre un crime d'une telle violence, accompagné d'une mutilation si… inhabituelle, il faut avoir un sacré sang-froid. J'ai du mal à croire que ce puisse être l'œuvre d'un novice. Vérifiez une nouvelle fois.

— Si vous y tenez.

— Du côté des coups de fil qu'il a passés, vous avez trouvé quelque chose ?

— J'ai demandé à son opérateur la liste des numéros qu'il a appelés avec son portable les jours précédant sa mort et j'ai identifié chaque destinataire, répondit un autre policier. Ce sont essentiellement des scientifiques et des proches. Je n'ai rien trouvé de particulier.

— Et en ce qui concerne la victime elle-même, on a du nouveau ?

L'un des policiers restés debout se racla la gorge avant d'intervenir :

— On a fouillé les affaires personnelles de Toussant pour voir si on lui avait dérobé quelque chose. On a recoupé les infos avec sa femme et son assistant : il ne manque rien.

— Et pas d'empreintes, non plus ?

— Sur ses clés, ce sont les siennes, et on n'en a pas trouvé sur son téléphone. Son meurtrier, c'est l'homme invisible ! En revanche, j'ai dans l'idée qu'ils se connaissaient.

— Pourquoi ?

— D'abord, le criminel s'est introduit dans la faculté avec des outils rudimentaires, apparemment un pied-de-biche. Ce qui laisserait penser qu'il savait que les portes étaient mal sécurisées. Donc il connaissait les lieux.

— Admettons.

— Il y a mieux : il savait que Toussant serait présent à cette heure-là, et qu'il y serait seul. Il savait aussi qu'il pourrait le tuer et, disons… le mutiler tranquillement sans être dérangé. Enfin, il savait qu'il n'y avait pas de caméra de surveillance. Moi, par exemple, je croyais qu'il y en avait dans un établissement comme celui-là. Ce ne sont pas des preuves, mais je n'imagine pas qu'il ait pu se faire tuer par un inconnu.

Pourson se remémora sa conversation avec le légiste, qui avait fait la même analyse.

— Je pense que vous avez raison. On va creuser dans cette direction.

Le policier hocha la tête. Cannelle Pourson poursuivit :

— J'ai besoin d'un volontaire…

— Pour quoi faire ? demanda l'un des policiers dans l'assistance.

— Merci de vous dévouer ! Vous allez fouiller les archives de la fac. Toussant enseignait depuis des années. Je voudrais que vous recherchiez parmi ses anciens élèves s'il n'y en a pas un qui a mal tourné, du genre crise mystique ou délire paranoïaque, vous voyez ? Stanislas Frelet était peut-être une fausse piste, mais le mode opératoire est quand même troublant. Regardez aussi si Toussant n'a pas brisé la carrière d'un élève, fait virer un de ses confrères ou humilié quelqu'un en public. Vous voyez ce que je veux dire ?

— Parfaitement. Je remonte jusqu'où ?

— Jusqu'au XIVe siècle s'il le faut, mais trouvez-moi quelque chose !

Le policier acquiesça d'un air accablé.

— Il me faut un autre volontaire…

Pourson scruta rapidement le petit groupe d'hommes dans l'attente que l'un d'eux se décide. Chacun demeurait silencieux et tentait de se rendre aussi invisible que possible.

— Bon, Thierry, dit-elle en pointant du doigt l'un des policiers.

— Ça tombe bien, j'allais me désigner, patron, dit-il en souriant.

— Je sais bien, je l'ai lu dans vos pensées ! Je voudrais que vous enquêtiez dans le milieu étudiant afin de savoir s'il y a des fraternités et des sororités.

— Des quoi ?

— Des associations étudiantes qui se comportent parfois comme de vraies petites sectes, avec des bizutages, des rites initiatiques, un langage codé et tout le toutim. C'est très répandu aux États-Unis et je me demande si ça ne s'est pas exporté chez nous. Si c'est le cas, tentez de savoir quels sont leurs coutumes, leurs symboles, et voyez si vous pouvez faire un rapprochement.

Le policier hocha la tête en terminant de prendre en note les tâches que le commissaire lui demandait d'accomplir.

Elle marqua une pause, puis, s'adressant à l'assemblée :

— Autre chose ? Non ? Alors au boulot !

Au moment de quitter la pièce, son smartphone se mit à vibrer. Elle avait reçu un SMS : « Je viens d'arriver. Tu es où ? » Elle fit la grimace. *Merde ! J'avais complètement oublié !* Elle et son ex-mari avaient rendez-vous à l'école de leur fils cadet. C'était un gamin un peu taciturne qui avait du mal à se faire des copains et ses résultats scolaires s'en ressentaient. L'institutrice devrait se contenter du père. « Je suis retenue. Désolée. Je t'appelle dès que je peux », tapa-t-elle à la hâte sur le clavier. *Quelle conne !*

Elle désactiva la sonnerie et, au lieu de ranger le téléphone dans sa poche, le fixa étrangement.

— Attendez une seconde, dit-elle à ses hommes qui retournaient à leur poste de travail.

Cherchant du regard le responsable de l'enquête scientifique, elle s'adressa à lui :

— Vous m'avez bien dit qu'il n'y avait pas d'empreintes sur le téléphone de Toussant ?

— Absolument.

— Aucune ? Même pas les siennes ?

— En effet.

— Pourtant, il a passé et reçu des appels, n'est-ce pas ?

— Oui, comme je vous l'ai dit tout à l'heure, j'ai la liste de toutes ses communications, précisa-t-il en brandissant une chemise.

— Alors par quel miracle a-t-il pu se servir de son téléphone sans laisser d'empreintes ?

– 24 –

— Et s'ils avaient inventé leur enlèvement ? Et si rien de ce qu'ils nous racontent n'était vrai ? Marion, imagine que nos savants aient eux-mêmes orchestré toute cette histoire.

Elle esquissa un petit sourire avant de lui répondre.

— C'est amusant que tu me parles de ça, car je me suis posé la même question, figure-toi. Mais je n'y crois pas du tout.

— Pourquoi ?

— Parce qu'il y a trop d'éléments qui clochent. D'abord, s'ils avaient eu besoin de s'éclipser pendant une semaine, ils pouvaient inventer un tas de motifs qui n'auraient jamais suscité la curiosité de personne : un colloque à l'étranger, par exemple. Ils voyagent assez régulièrement, donc tout le monde aurait trouvé ça normal. Au lieu de ça, ils se retrouvent avec la police et la DGSI sur le dos !

— Pas faux.

— Quand on met en scène un faux kidnapping, on se donne un minimum de mal : on simule des traces de lutte à son domicile, on laisse des vêtements déchirés, on fait une fausse demande de rançon, on effectue des retraits d'argent liquide, etc. Là, rien ! Il n'y a même pas de mobile ! En plus, s'ils nous avaient décrit leurs agresseurs fictifs, on aurait enquêté dans cette direction, non ? On aurait copieusement galéré sur une telle fausse piste. Mais au lieu de ça, ils nous sortent une histoire abracadabrante d'amnésie. Franchement, s'ils ne voulaient pas qu'on les croie, ils ne s'y seraient pas pris autrement. Au final, ils laissent les enquêteurs fouiner dans tous les coins. Non, cette hypothèse est séduisante, mais elle ne tient pas la route.

— Je suis de ton avis, dit-il en hochant la tête.

En fait, Simon s'était déjà posé la question à propos d'Haineteaux et il était parvenu aux mêmes conclusions. L'histoire que racontaient les savants était bien trop extravagante pour être inventée. Il était satisfait de constater que sa jeune partenaire avait déjà considéré cette option et qu'ils étaient au diapason.

— Bon. Changeons de registre, proposa Simon. J'ai remarqué que le dernier souvenir d'Haineteaux est sensiblement antérieur au moment de son enlèvement.

— *Idem* pour les miens. Leur période d'amnésie est plus longue que celle de leur captivité.

— Puisque les ravisseurs semblent disposer de moyens pour effacer la mémoire comme bon leur semble, ils s'assurent de remonter assez loin en arrière pour que leurs victimes n'aient aucun souvenir du kidnapping lui-même.

— Pourquoi pas ? En tout cas, c'est drôlement pratique : de cette façon, ils nous empêchent de déterminer à quel moment précis et à quel endroit ils les ont enlevés.

— Pas facile de savoir où chercher d'éventuels témoins ! conclut Simon.

Marion inclina la tête et fit tourner une mèche entre ses doigts.

— Tu veux bien me refaire voir ton symbole ? demanda-t-elle.

Après avoir affiché la photo sur l'écran de son portable, Simon remarqua à quel point sa jeune partenaire avait l'air absorbé.

— Et leur religion ?

— Eh bien quoi ? s'étonna Simon.

— S'il s'agit d'un symbole religieux, il ne serait pas idiot de connaître la confession de chacun de nos savants.

Elle se dirigea vers le tableau.

— Boissard est catholique, dit-elle en désignant son nom. Sa femme a fait référence à saint Antoine de Padoue. C'est notamment le saint patron des prisonniers. Tu savais ça, toi ?

— Non. Mais je ne suis pas très calé en religion.

— Moi non plus. Et justement, ça a attiré mon attention. Car je me suis dit qu'ils devaient être très croyants pour savoir ça et surtout pour prier ce saint. C'est saint Antoine que l'on invoque lorsqu'on a perdu quelque chose.

— Haineteaux aussi est catholique. J'ai trouvé un évangile dans le tiroir de sa table de chevet et il y a un crucifix accroché au-dessus de son lit ! s'enthousiasma Simon.

— Mince. Otis Levine est juif. Il y avait une mezouzah clouée devant sa porte. Du coup, tout tombe à l'eau.

— Et Vastine ?

— Je n'en sais rien. Mais si un seul d'entre eux ne correspond pas, ça casse tout le raisonnement.

Simon s'approcha du tableau qu'il effaça entièrement. Il dessina alors un calendrier commençant le 11 décembre.

— Revenons à des choses plus terre à terre et penchons-nous sur les dates. Boissard a disparu du 11 au 17 décembre, c'est bien ça ?

— Oui.

— Levine du 19 au 25 décembre et Haineteaux du 4 au 10 janvier. Ça fait exactement six journées de captivité chaque fois.

Simon cocha les dates des disparitions sur son calendrier.

— Il y a un trou de deux jours entre le retour de Boissard et la disparition de Levine, constata-t-il. C'est étrange.

— Les ravisseurs n'ont probablement pas les moyens suffisants pour procéder simultanément à deux séquestrations. Et ils ont peut-être besoin de deux jours de repos pour souffler un peu et préparer un nouvel enlèvement.

— Sauf que ton Vastine a disparu le 9, pendant la séquestration d'Haineteaux.

— Peut-être qu'ils sont de mieux en mieux organisés, ou bien qu'ils ont gagné en confiance.

— Ou qu'ils ont été obligés de forcer la cadence. Si ça se trouve, ils sont pressés.

— Mais pourquoi ?

— Il se peut qu'ils aient craint l'enquête de la police. Ou ils ont paniqué en constatant que nous avions fait le rapprochement entre les affaires. Ou encore, ils ont une échéance qui a été avancée.

— Ça tient debout.

— Mais ce qui me frappe le plus, reprit Simon, c'est cet énorme trou de neuf jours, du 26 décembre au 3 janvier. Pendant cette période, il ne s'est rien passé : pas de savant disparu ni retrouvé. Qu'est-ce qu'il s'est passé durant tout ce temps ?

Les deux collègues réfléchirent un long moment. Puis Marion lâcha :

— C'est la durée d'un kidnapping !

— Hein ?

— Un jour de repos, l'enlèvement, six jours de séquestration puis la libération. Tout cela s'emboîte parfaitement entre le 26 décembre et le 3 janvier, exactement comme pour Boissard et Levine.

— Brillant ! répondit Simon, exalté.

— Ça signifie qu'au lieu de quatre scientifiques disparus, on devrait en avoir cinq !

– 25 –

Pour utiliser le smartphone du professeur Toussant, le meurtrier avait été obligé d'ôter ses gants, puisque l'écran était tactile. Après en avoir terminé, il avait dû effacer ses empreintes, et avec elles celles de Toussant. Il était donc logique qu'aucune empreinte n'ait été retrouvée sur le téléphone du scientifique – pas même les siennes. Ils étaient passés à côté de ce détail.

Les deux policiers qui planchaient sur les indices recueillis sur la scène de crime et, en particulier, sur les empreintes digitales, étaient seuls face à leur commissaire, dans la salle de réunion désormais déserte. Elle avait en effet demandé aux autres de regagner leur poste. L'air un peu piteux, les deux hommes demeuraient silencieux, attendant la réprimande. Mais comment leur en vouloir ? Ils cherchaient des empreintes. Ils n'avaient pas imaginé que c'était précisément l'absence d'empreintes qui était suspecte.

— Merde. On aurait dû y penser, pesta l'un d'eux.

— Ce qui est fait est fait, trancha Pourson. L'important c'est qu'on avance.

— Comment a-t-il activé le téléphone ? Sur ce modèle, l'écran se déverrouille grâce à l'empreinte digitale.

— Le criminel n'avait qu'à mettre le capteur en contact avec le doigt de Toussant et le tour était joué. Toussant étant mort, ça n'a pas dû être bien compliqué. Maintenant, réfléchissons : je vois deux cas de figure… Un : le criminel a voulu consulter des infos contenues dans le téléphone. Les coordonnées de quelqu'un, une photo, un mail ou un document. Si c'est le cas, ça signifie que ce téléphone renfermait une donnée précieuse pour le criminel, et donc pour l'avancement de l'enquête. Il faudra découvrir ce qui ne se trouve que sur ce téléphone et qui n'est pas accessible par un autre moyen.

— Je ne vous suis pas, patron.

— Si le criminel cherchait des données sur ce smartphone, c'est peut-être qu'il ne pouvait se les procurer autrement. On va donc chercher en priorité ce qui est susceptible de se trouver uniquement sur cet appareil.

— Compris.

— Deux : le criminel a effacé quelque chose. Si c'est le cas, je tiens à savoir quoi.

— Patron, s'il a effacé un document qui ne se trouvait que sur le smartphone, je doute qu'on puisse le retrouver.

Pourson grimaça.

— J'en ai peur, en effet. Mais c'est la seule piste sérieuse que nous ayons, alors elle mérite qu'on s'y accroche. Allez récupérer le téléphone de Toussant sous scellés. On verra ce que le labo peut en tirer.

J'aimerais qu'on puisse avoir accès à l'intégralité des informations qu'il contient.

Le second policier, qui avait gardé le silence jusqu'à présent, intervint :

— Il y a quelque chose que je ne comprends pas, patron. Si ce smartphone contient des éléments importants ou compromettants, pourquoi l'assassin ne l'a-t-il pas simplement volé et jeté dans le Rhin ? Il nous aurait ainsi privés de toute chance de récupérer quoi que ce soit. C'était tellement plus simple.

— Excellente remarque.

Le commissaire Pourson baissa la tête et se massa le front en réfléchissant.

— S'il avait fait disparaître le téléphone, suggéra-t-elle, nous l'aurions immédiatement constaté et aurions focalisé toutes nos recherches dessus. Car si le téléphone avait été manquant, on en aurait aussitôt déduit qu'il contenait quelque chose de suspect.

— C'est sûr.

— Tandis que, en se contentant de prendre ou d'effacer des données avant de le remettre discrètement à sa place, il savait que nous aurions peu de chances de remarquer quoi que ce soit. Regardez, nous avons bien failli passer à côté. Et encore ! On ne sait toujours pas ce qu'on cherche.

— D'accord, patron, mais ça vient contredire votre théorie.

— Alors là, c'est moi qui suis larguée, déclara Pourson.

— Eh bien, si l'assassin a utilisé le téléphone sans chercher à s'en débarrasser, c'est précisément qu'il voulait faire disparaître des informations. Mais ces informations sont également disponibles ailleurs.

Pourson le dévisagea sans comprendre son raisonnement. Aussi développa-t-il son explication :

— Si les fichiers ou les informations qu'il a effacés se trouvaient sur le téléphone et uniquement là, rien ne l'empêchait de l'emporter et de le détruire. Plouf, tout s'envolait et on n'aurait jamais su de quoi il s'agissait. Certes, le téléphone aurait disparu et ça aurait éveillé nos soupçons, mais ça nous aurait avancés à quoi puisque nous n'y aurions jamais eu accès ? Vous me suivez ?

— Oui.

— Alors, pourquoi ne l'a-t-il pas fait ? Eh bien, parce qu'il voulait qu'au moment de l'inspection du téléphone, on n'y voie rien. Et pourquoi donc ? Parce que l'information sensible qu'il contenait n'était pas uniquement sur cet appareil. Elle se trouve aussi ailleurs. S'il s'était débarrassé du téléphone, non seulement il n'aurait pas résolu son problème, mais il aurait attiré l'attention précisément là où ça gratouille !

Le commissaire Pourson pointa son collaborateur du doigt en esquissant un petit sourire :

— Pas mal !

– 26 –

Fermement convaincus qu'un scientifique aurait dû disparaître entre le 26 décembre et le 3 janvier, Marion et Simon avaient décidé d'explorer cette piste. Un trou de neuf journées en plein milieu d'une série d'enlèvements parfaitement cadencés, ce n'était pas innocent.

Ils avaient commencé par consulter le fichier de la police judiciaire qui consignait les disparitions. Ils avaient été abasourdis par le résultat : plusieurs centaines de personnes étaient déclarées disparues en France sur la période qui les concernait. Puis, en affinant leurs recherches, ils avaient constaté que plus de 80 % étaient des mineurs soupçonnés de fugue. Et, parmi les 20 % restants, aucun scientifique, hormis Vastine. D'une base aussi large, ils aboutissaient à un résultat nul. Tout ça pour ça !

La consultation du fichier d'Interpol n'avait rien donné non plus.

Cette absence de résultats les avait conduits à l'étape suivante, qu'ils redoutaient à cause de la masse considérable de travail qu'elle représentait. Il s'agissait de contacter chaque campus, chaque centre de recherche, chaque laboratoire important pour demander si quelqu'un manquait à l'appel. L'hypothèse qu'un savant puisse disparaître sans que personne ne le remarque ni ne signale son absence n'était guère plausible. Simon l'avait d'ailleurs évaluée à moins de 15 %. Elle reposait sur quelques cas particuliers : une disparition dont les dates coïncidaient avec un départ en vacances, une personne ayant atteint l'âge de la retraite et vivant seule, éloignée de sa famille… Aussi peu probable fût-elle, cette piste méritait d'être approfondie.

Ils s'étaient réparti les tâches et travaillaient chacun dans une pièce distincte, Marion dans son bureau, Simon dans la salle qui lui avait été attribuée, afin de rester concentrés et efficaces.

Ils passèrent ainsi l'un et l'autre plus de trois heures et demie à contacter tout ce que la France pouvait compter d'établissements scientifiques. Répétant, à chaque nouvel interlocuteur, la même série de questions, inlassablement.

Sans succès.

Ayant terminé la première sa part de travail, Marion rejoignit Simon dans la salle de réunion.

— Ouh, il fait chaud là-dedans ! s'exclama-t-elle en s'éventant avec la main.

— Ce sont mes cellules grises. Mon intelligence produit une énergie incroyable.

— Ah bon. J'en déduis que tu as trouvé notre disparu ?

— Tu veux dire le « manquant manquant » ? Non, j'en ai bien peur, déplora-t-il en bâillant. Et de ton côté, quoi de nouveau ?

— C'est fou le nombre de scientifiques en France qui n'ont pas été enlevés !

— L'ironie, c'est qu'on aurait aimé qu'il y ait un kidnapping de plus !

À cet instant, une notification fit vibrer le portable de Simon.

— C'est le laboratoire médical. Ils viennent de m'envoyer les résultats des analyses d'Haineteaux.

— Qu'est-ce que ça donne ?

Il parcourut le document avant de répondre.

— Tu ne devines pas ? Des traces de Valium en faible quantité. Aucune trace d'autre drogue.

— Toujours le même scénario.

— S'il nous manquait une preuve pour les lier tous les quatre, la voilà.

— On fait quoi maintenant ?

— Tu vas voir.

Simon se pencha sur le clavier de son ordinateur. Il tapait très vite, et, après quelques secondes, l'écran affichait une sorte de page d'accueil ne contenant que deux petits rectangles blancs sur un fond bleu pâle. Dans le premier, il tapa son identifiant à la DGSI. Il hésita un instant avant d'entrer le second. Il s'agissait de son code secret à douze caractères. Tous les officiers du Renseignement devaient en apprendre deux par cœur : l'un permettant de consulter normalement le fichier central, l'autre devant être utilisé au cas où ils se connecteraient sous la contrainte – en cas de menace de mort, par exemple. L'accès était alors limité à des informations sans importance et l'alerte était aussitôt donnée au siège de la DGSI en même temps que l'ordinateur était localisé. Il ne tenait pas à voir débarquer le RAID.

C'était le bon code.

Une nouvelle page s'ouvrit, tout aussi austère que la précédente. Cette fois, il sortit de sa poche un trousseau de clés auquel était attaché un objet de la taille d'un briquet et équipé d'un petit écran. Cette clé RSA générait aléatoirement un code à six chiffres qui changeait toutes les trente secondes. Il saisit les chiffres qui s'affichaient et les compléta par un autre code à huit caractères qu'il gardait en mémoire. Il avait désormais le fichier du Renseignement français entre les mains.

— Eh ben ! fit-elle, on n'est pas logés à la même enseigne ! Moi, dans mon bureau, ce que j'ai vu de plus sophistiqué, c'est la télécommande de la clim.

— J'ai déjà été agréablement surpris que vous ayez le courant !

— Au lieu de te moquer, dis-moi que tu vas trouver quelque chose.

— Je vais essayer.

Il consulta une série de bases de données dans lesquelles figuraient des informations à propos des personnes recherchées. Ces listes étaient très larges et il filtra les résultats afin d'affiner sa requête. La seule enquête en cours impliquant un savant disparu était la sienne. Autrement dit, personne, en France, n'avait constaté la moindre disparition.

Simon poussa un long soupir.

— Très impressionnant ! dit-elle avec cynisme. Si tu veux, je te prête un Minitel.

— Crois-moi, on n'a pas encore abattu notre dernière carte.

– 27 –

Le policier avait râlé pendant tout le trajet. Non seulement il était censé avoir terminé sa journée, mais surtout il s'était vu confier une mission on ne peut plus désagréable. C'était à lui qu'incombait le déblocage du portable du professeur Toussant. Cette tâche, en apparence anodine, prenait un goût nettement plus amer lorsqu'on savait que le propriétaire dudit téléphone, le seul capable de le déverrouiller, résidait désormais dans un frigo.

Alors, il râlait.

Il lui avait fallu prévenir l'institut médico-légal de sa venue tardive, tout expliquer au médecin d'astreinte, lui faire ouvrir le grand tiroir mural contenant le corps, réprimer un haut-le-cœur et, cerise sur le gâteau, saisir le doigt du défunt pour le placer sur le capteur biométrique du téléphone. Il avait ensuite lancé une application qui empêchait le portable de se verrouiller afin d'éviter de devoir retourner à la morgue.

Ce qui l'avait foutu le plus en rogne, c'était qu'il existait un autre moyen. En flashant la puce V-NAND, le technicien du labo pouvait très bien obtenir le code de déblocage du téléphone. Seulement, l'opération durait une vingtaine d'heures et Pourson était pressée.

Il avait continué à grommeler sur le chemin du retour, mais sa journée était enfin terminée. Il avait confié l'appareil à sa patronne, en personne. Elle pourrait bien en faire ce qu'elle voulait, même l'encadrer et l'accrocher au mur, à côté du mystérieux symbole. Pour lui, ce qui comptait, c'était de retrouver femme et enfants, et de prendre une douche bien chaude pour se débarrasser de cette odeur persistante de formol. Demain serait un nouveau jour.

Assise à son bureau, Cannelle Pourson tenait le sachet en plastique contenant le téléphone et le fixait comme s'il s'était agi d'un adversaire qu'elle allait bientôt vaincre. Au bout de ses doigts se trouvait peut-être la clé de l'énigme. Après quelques instants, elle se leva et se rendit au labo.

Elle désirait remettre personnellement l'appareil au préposé, afin de bien lui faire comprendre qu'il s'agissait d'une priorité. Elle avait pris soin d'inscrire « Urgent » sur le bordereau, mais elle savait que sa présence serait bien plus convaincante.

Surpris de voir un fonctionnaire si haut gradé se présenter à lui, le technicien se redressa sur son siège.

— Bonsoir, commissaire.

— Bonsoir. Je souhaite faire analyser ce téléphone, s'il vous plaît.

— Quel type d'informations cherchez-vous ?

— Pour être honnête, je n'en ai aucune idée. Je voudrais avoir accès à tout son contenu. J'aimerais aussi voir ce qui a pu être supprimé.

— OK, ça ne devrait pas poser trop de problèmes.

— Vraiment ?

L'étonnement de Cannelle Pourson n'était pas feint.

— C'est une procédure classique ?

— Oui. Vous savez, de nos jours, les gens stockent de plus en plus d'informations sur leur téléphone. Il est donc assez courant d'en vérifier le contenu complet au cours d'une enquête. On a l'habitude.

— Génial.

— Pour le contenu supprimé, c'est plus compliqué. Il y a des éléments qui ont pu être effacés sans possibilité d'être récupérés. Dans d'autres cas, cela laisse des traces. Pour le reste, nous ferons sauter quelques mots de passe, et nous vérifierons tout ce qui nous semble étrange. Ça vous va ?

— Oui, c'est parfait.

— Vous pouvez m'en dire un peu plus quand même ? Vous cherchez plutôt des photos ? du texte ? des applications ? des historiques sur Internet ? Autre chose ?

Pourson prit quelques secondes avant de répondre :

— Je regrette, j'ai bien peur de ne même pas savoir ce que j'espère trouver.

— Bon, ce n'est pas bien grave. Voilà ce que je vous propose : je vais extraire la totalité du contenu du téléphone, y compris ce qui a été supprimé et qu'on peut récupérer. Vous fouillerez vous-même et peut-être que vous trouverez votre bonheur. Dès demain, ce téléphone sera aussi bavard qu'un mainate.

– 28 –

Malgré des débuts mouvementés, et bien qu'ils ne se connaissent que depuis le matin, Simon et Marion avaient trouvé leur rythme. Une certaine complicité s'était peu à peu installée entre eux. Chacun avait trouvé en l'autre la même détermination à résoudre cette énigme. Ils découvraient aussi, progressivement, que cette affaire n'était pas leur seul point commun. Ils étaient, l'un et l'autre, de gros travailleurs avec une forte personnalité.

Après cette journée harassante, Marion n'avait pas eu le cœur de le laisser passer la soirée tout seul et lui avait proposé de dîner avec elle. Il avait accepté de bonne grâce et s'était laissé conduire dans un établissement assez branché, décoré comme un loft, sur le cours Mirabeau.

Située dans une grande véranda, la salle donnait l'impression de dîner à la belle étoile. La vue sur les vieilles bâtisses provençales et l'alignement de platanes centenaires encore habillés des mille lumières de Noël était un ravissement.

Le restaurant était presque vide et ils profitèrent d'une table ronde qui leur permettait de jouir de la vue.

En s'installant, Simon observa discrètement la rue depuis la véranda afin de repérer un éventuel motard ou, à défaut, toute présence suspecte. Il ne remarqua rien. La rue était déserte.

Le serveur leur apporta les menus et leur proposa un apéritif qu'ils déclinèrent. Marion se mordit les lèvres, puis se lança.

— Écoute, je tenais à m'excuser d'avoir été, disons, un peu agressive avec toi ce matin, commença-t-elle en faisant tourner le pied de son verre à vin entre ses doigts.

— « Un peu agressive » ? Tu plaisantes ? Tu m'as sauté à la gorge !

— À ce point-là ?

— Bon, oublions ça. Excuses acceptées. J'ai un aveu à te faire, de mon côté.

— Lequel ?

— Je peux t'assurer que tu ne seras pas débarquée de cette affaire. Avant de venir, j'ai moi-même demandé à ce qu'on enquête ensemble, toi et moi, plutôt que mes supérieurs me parachutent un collègue de Levallois pour m'assister.

— Sérieux ?

— Oui. Enfin, ça, c'était avant de te rencontrer. Maintenant j'ai changé d'avis, tu t'en doutes.

— Évidemment. Alors, chef, quel est le programme ?

Simon se retourna et fouilla dans la poche intérieure de son blouson. Il en tira deux billets de train et en tendit un à Marion.

— Nous partons demain matin pour Paris.

— Mais il faut que je prévienne mon patron !

— Il est déjà au courant.

— Et il a accepté ?

— Oui, assez facilement, je dois dire.

— Tu m'étonnes ! commenta-t-elle en glissant le billet dans sa poche. Il devait être content de se débarrasser de « l'emmerdeuse » !

— C'est exactement ce qu'il m'a dit ! Il m'a même donné de l'argent pour que tu ne reviennes jamais. Tout le monde s'est cotisé, il paraît !

Marion sourit, mais elle savait qu'il y avait une part de vrai dans tout cela. Elle n'était pas facile et peu de ses collègues l'appréciaient. Au début de sa carrière, tous l'avaient vue comme la fille qu'il fallait sauter. C'était à celui qui y parviendrait le premier. Le machisme primaire était palpable. Avec le temps, à force de les remettre à leur place, elle avait inhibé toute forme de désir chez eux. Elle avait aussi tenté de jouer ce jeu avec Simon, sans y parvenir. Avec lui, c'était un peu différent. Pour une fois, elle avait envie de se sentir fragile.

— Qu'est-ce qu'on va faire là-bas ?

— On doit creuser plusieurs pistes. J'ai pris rendez-vous avec un neurologue spécialisé dans les troubles de la mémoire. J'ai envie de comprendre comment il est possible de programmer des individus pour qu'ils aient un trou noir d'une semaine.

— Un neurologue ? Il doit bien y en avoir ici, ou à Marseille, non ?

— Oui, seulement, mon patron a tendance à s'imaginer que si on s'absente trop longtemps, c'est qu'on est en vacances. Donc, je dois pouvoir débarquer au bureau si je sens qu'il perd patience. Comme il ne te connaît pas, il peut penser qu'il n'a aucune maîtrise sur notre enquête et finir par la confier à quelqu'un d'autre.

— D'accord. On reste combien de temps ?

— Le temps de résoudre cette affaire ou de se décourager. Tu es déjà allée à Paris ?

— Oh ! Alors ça, c'est bien une réflexion de Parisien ! Oui, je suis déjà allée à Paris. Figure-toi que j'ai aussi vu de la neige et une fois j'ai même aperçu un avion !

Simon ne put s'empêcher de rire.

— Mais tu ne baisses jamais les armes, c'est incroyable !

— Bon, passons. Quel est ton plan ? Qu'est-ce qu'on fait quand on arrive là-bas ?

— On verra ça demain, si tu le veux bien. Ce soir, on arrête de parler boulot, d'accord ?

— Ça me va.

Ils consultèrent les menus pour faire leur choix. Marion lut le sien d'un air absorbé. Au lieu de choisir les plats, Simon la regardait discrètement, par-dessus sa carte. La lueur d'une chandelle dansait dans ses yeux bleus, leur donnant des reflets dorés.

Probabilité de craquer pour cette fille…

— Qu'est-ce que tu prends ? demanda Marion en redressant brusquement la tête.

Simon se plongea subitement dans la lecture du menu.

— Hmm. Je ne sais pas encore. J'hésite entre le cochon de lait ibérique et le filet de canette en deux façons. Et toi ? Non, non, non, ne me dis pas ! Laisse-moi deviner… Je dirais… laisse-moi réfléchir… noix de Saint-Jacques ?

— Bah, comment tu sais ? fit-elle, épatée.

— Je dois t'avouer quelque chose, surtout ne le répète à personne : voilà, je suis médium. J'ai un don de voyance que je tiens de ma grand-mère paternelle et qui m'a…

— Oui, bon, sérieusement.

— Sérieusement ? Oh, comme c'est triste ! Bon, d'abord, j'ai suivi ton regard sur la carte, avant que tu la refermes. Dans la zone où tu regardais, il y a deux paragraphes : « les plats de grand-mère », mais je doute que tu t'attaques à une entrecôte de 300 grammes, à un filet de bœuf Rossini ou à une côte de bœuf charolais, surtout qu'elle est pour deux personnes. L'autre section, ce sont les poissons. Beaucoup plus féminin comme choix. Et puis, vu ta ligne, je me dis que tu dois faire attention à ce que tu manges. Alors, il y a quatre possibilités : les gambas et le turbot, mais ils sont à 34 euros. Un peu cher pour une fonctionnaire de police en début de carrière. Restent les Saint-Jacques et les encornets. C'est particulier, les encornets, tout le monde n'aime pas. J'ai donc estimé que les Saint-Jacques avaient 60 % de chances de l'emporter et les encornets 25 %, sachant qu'il était probable à 15 % que je me sois complètement trompé.

— Non, mais tu plaisantes, là ?

— Non.

— Tu raisonnes vraiment comme ça ?

— Oui. Une vieille habitude.

— Oh, la vache, je dîne avec un psychopathe, en fait !

— Au contraire, c'est très carré.

— Et tu fais ça souvent ?

— En gros, je dirais… 90 % du temps, plaisanta-t-il.

— Et ça t'aide en tant que flic ?

— Oui et non. Ça ne fait pas de miracles. C'est comme ça que je réfléchis, c'est tout. J'aime bien poser les choses de façon très pragmatique. Ça me permet d'écarter ce qui relève de l'émotionnel pour me concentrer sur le cœur du problème. Parfois, je peux faire des déductions intéressantes sur les événements ou sur les gens.

— Sur les gens ?

— Bien sûr.

— Alors, qu'est-ce que tu sais sur moi ?

— Je sais que tu es célibataire.

— Parce que je n'ai pas d'alliance ? dit-elle en regardant sa main gauche. Eh bien tu te trompes, je suis en couple. Je suis pacsée depuis près d'un an, maintenant.

— Non, tu es célibataire.

— Je te dis que j'ai un mec !

— C'est faux.

— Il s'appelle Matthias, il a 29 ans, et il est en dernière année de pédiatrie. Nous emménagerons ensemble dès qu'il sera diplômé.

— Non, tu mens.

— Merde, comment tu le sais ? lâcha-t-elle, médusée.

Simon savoura sa victoire. Traçant des arabesques sur la nappe avec les dents de sa fourchette, il daigna lui fournir quelques explications :

— Tu fais partie des filles plutôt jolies…

— Je suis une bombe !

— … donc la probabilité que tu aies un mec est d'environ 80 %. Seulement, l'absence d'alliance exclut la possibilité que tu sois mariée, et on descend à 65 %.

— N'importe quoi ! Je peux être mariée et ne pas porter d'alliance.

— Risque marginal. C'est très rare, surtout pour une femme. Je poursuis : quand tu m'as gueulé dessus pour me mettre en garde de ne pas tenter de te draguer, je t'aurais bien vue dire : « Je te préviens, le passe-temps de mon mec, c'est de crever les yeux des connards de ton espèce » ou un truc sympa de ce style. Mais rien de tout ça, aucune référence à un éventuel conjoint. D'ailleurs, en y réfléchissant, je pense que, si tu étais en couple, tu ne serais pas à ce point sur la défensive. Du coup, on tombe autour de 55 %. Ensuite, tu m'as proposé qu'on dîne ensemble…

— Oh, je l'ai fait d'un air très détaché pour qu'il n'y ait pas d'ambiguïté !

— Oui, mais tu n'as pas téléphoné pour prévenir que tu rentrerais tard.

— Je peux très bien avoir un mec et ne pas vivre avec lui.

— Exact, c'est pour cette raison qu'au lieu de perdre 25 %, tu n'en perds que 15. Et là, ça devient intéressant parce que j'ai moins d'une chance sur deux de me tromper. Dans ces conditions, je me lance.

— Et quand je te soutiens que j'ai un mec, pourquoi tu ne te dis pas que je suis dans les 40 % et que tu t'es trompé ? Comment peux-tu être aussi catégorique ?

— Là, ce n'est plus une question de probabilités, ça relève de la psychologie. Vu ton tempérament, tu m'aurais laissé mariner dans mon erreur, tu aurais joué la comédie en me disant que j'étais formidablement doué et, seulement après, une fois que j'aurais eu l'impression d'avoir réussi mon coup, tu aurais lentement sorti la photo de ton copain pour me la coller sous le nez en ricanant.

— Je suis comme ça ?

— Pire.

— Et tu fais ce type de calculs avec tout ?

— Presque, oui. C'est un réflexe. Je peux aller plus loin si tu veux.

— Vas-y.

— Je pense que ce Matthias existe vraiment. Quand tu as parlé de lui, tu as donné des détails sans réfléchir. Pas si facile de calculer qu'à 29 ans on est en dernière année de spécialisation en médecine. Pas facile non plus d'improviser une discipline en une fraction de seconde, sans hésitation. Tu as donc eu ce réflexe très courant d'aller chercher du vrai pour le coller sur un mensonge.

— Incroyable !

— C'est peut-être un simple ami. Mais, vu la vitesse à laquelle tu as sorti son nom, j'opterais pour un ex. J'évaluerais ma probabilité d'avoir raison à… 70 %.

— 100 % juste. C'est quoi, ton secret ? T'es vraiment médium en fait.

Simon hésita un peu avant de reprendre la parole. Il ne souhaitait pas la soumettre à son test. Marion lui plaisait. Il était séduit par sa forte personnalité, sa repartie, son aisance, qui dissimulaient une vraie sensibilité. Et il n'avait pas envie qu'elle baisse dans son estime à cause d'un jeu stupide qu'il avait mis au point et auquel il soumettait toutes les filles qu'il rencontrait.

Et puis après tout, pourquoi pas ?

— Je suis un ancien joueur de poker professionnel.

Voilà. Le piège était prêt. Le jeu était d'une simplicité déroutante : il suffisait de lâcher cette simple phrase, comme on dégoupille une grenade, et d'attendre. En fonction de leur réaction, il classait les filles dans différentes catégories. Le plus souvent, on lui rétorquait : « Ah bon ! Tu connais Patrick Bruel alors ? » Ces filles-là seraient des aventures d'une nuit, des histoires sans lendemain. D'autres minaudaient en le traitant de bluffeur et en riant de façon irritante. Ces conquêtes-là passaient le week-end. S'ensuivait une foule de clichés évoquant soit l'addiction, soit la chance, soit la superstition. Là encore, il ne pouvait concevoir de relation sérieuse, lui qui détestait la banalité et les lieux communs. Très peu de filles étaient parvenues à le surprendre. Dans quelle catégorie allait-elle se classer ?

— Oui, je suis au courant.

— Ah bon ? fit-il, étonné.

— Qu'est-ce que tu crois ? Je me suis renseignée sur toi, Simon Vairne !

– 29 –

Depuis le début de cette affaire, Cannelle Pourson se levait plus tôt. Elle s'était mise d'accord avec son ex-mari pour la garde des enfants.

Encore trop jeunes pour s'en rendre compte, ses deux enfants étaient les victimes collatérales de l'implication de leur mère dans le travail. Si elle s'entendait parfois dire « Je fais tout ça pour eux », elle savait que c'était faux. Si elle s'investissait autant dans ses enquêtes, c'était pour elle. Pas vraiment par égoïsme, mais parce qu'elle avait défini ses missions professionnelles comme prioritaires, sans penser aux répercussions. Elle avait fait ce choix depuis longtemps. Son travail passait avant tout le reste. L'ambition, l'adrénaline, l'envie de diriger étaient autant de drogues dont elle ne pouvait se passer. Son mariage en avait souffert au point de céder. Pourtant elle avait épousé un flic. Elle avait pensé qu'il comprendrait, mais lui avait besoin d'une femme, pas d'un commissaire.

À son arrivée au commissariat, elle fonça directement au laboratoire où elle tomba sur le même technicien que la veille.

— Bonjour, commissaire. Vous êtes bien matinale.

— Vous avez quelque chose pour moi ?

Après s'être étiré, le technicien se frotta les mains à la manière de ces garagistes qui s'apprêtent à vous dire qu'ils ont tout changé sur votre voiture et que cela va vous coûter un bras.

— J'ai procédé au transfert de toutes les données du portable sur un disque dur. On a craqué quelques mots de passe. On termine l'analyse à l'instant.

— Écoutez, mon problème est le suivant : je soupçonne fortement un criminel de s'être servi de ce téléphone pour une raison ou une autre. J'aimerais découvrir laquelle.

— S'il a simplement consulté des photos, une adresse, un fichier quelconque, il est impossible de le savoir. Seules une modification ou une suppression laissent des traces, et encore, ce n'est pas vrai pour tous les documents.

— S'il avait supprimé une entrée dans un agenda ou dans le carnet d'adresses, ça se verrait ?

— En principe, non. Mais il est possible de récupérer un carnet d'adresses depuis une sauvegarde antérieure. Donc si un nom a été supprimé entre-temps, on peut le retrouver.

— C'est bon à savoir.

— Je peux vous dire qu'il n'est pas allé sur WhatsApp, car la dernière connexion à l'application remonte au 22 décembre. Il ne s'est pas non plus connecté à la boîte mail, puisque la page n'était pas actualisée.

— Quoi d'autre ?

— Le propriétaire du smartphone avait très peu d'applications installées, donc on a vite fait le tour. De toute évidence, il n'utilisait que les fonctions basiques.

— Je peux avoir accès à tout le contenu du téléphone ?

— Tout est sur le serveur, dans votre dossier personnel.

— Examiner ce genre de choses, c'est votre truc, non ?

— Un peu, oui.

— Venez avec moi ! dit-elle d'un ton sans appel.

Avant même d'avoir achevé sa phrase, elle attrapa le spécialiste de l'informatique par le bras et l'entraîna dans son sillage. Elle savait désormais où et quoi chercher. Ce téléphone lui avait fait perdre beaucoup de temps, mais il allait enfin livrer ses secrets.

– 30 –

Le rythme imposé par Simon pour cette première journée de travail à Paris contrastait avec la soirée de la veille. L'ambiance détendue et amicale avait fait place au tumulte de l'enquête.

Arrivés très tôt gare de Lyon, ils sautèrent dans un taxi qui les conduisit à l'hôpital Fernand-Widal, dans le nord de la capitale. La circulation était infernale et leur chauffeur semblait décidé à battre un record de vitesse. Il slalomait entre les files de voitures, empruntait puis quittait aussitôt la voie de bus, accélérait à l'orange, et grommelait quand il était contraint d'attendre au feu rouge. Arrivé à une intersection où un policier en uniforme s'efforçait tant bien que mal de dompter le trafic, le chauffeur marmonna des propos suggérant qu'il se fasse sodomiser plutôt que de faire la circulation, avant de conclure : « Jamais là où il faut, ceux-là ! » Marion et Simon échangèrent un coup d'œil et éclatèrent de rire, avant que le regard noir du chauffeur dans le rétroviseur ne mette un terme à leur euphorie. Il finit quand même par les lâcher sains et saufs rue du Faubourg-Saint-Denis.

— J'ai bien cru que j'allais me retrouver les dents plantées dans le tableau de bord ! plaisanta Simon.

Sans les panonceaux de l'Assistance publique, il aurait été bien difficile de deviner que l'immeuble haussmannien devant lequel ils se trouvaient abritait un hôpital.

Les graviers crissant sous leurs pas, Simon et Marion traversèrent la vaste cour intérieure pour atteindre le bâtiment qui abritait le bureau du docteur Brice Kulick.

Joint la veille par téléphone, le docteur Kulick avait consenti à recevoir Simon en urgence, vraisemblablement intrigué par la curieuse histoire qu'il lui avait sommairement racontée. Diplômé de la faculté de médecine de Paris, interne à Lariboisière puis à Fernand-Widal, Kulick était devenu un neurologue réputé, auteur de plusieurs ouvrages et textes de référence sur la mémoire. S'il n'était pas en mesure de répondre à leurs questions, probablement que personne d'autre ne le pourrait.

Après s'être présentés à l'accueil, Marion et Simon furent rapidement orientés vers le bureau du docteur Kulick. Ce dernier leur ouvrit et les accueillit personnellement. Simon fut surpris de constater qu'ils devaient avoir sensiblement le même âge.

Ils pénétrèrent dans une petite pièce impersonnelle dont le bureau avait été installé dos à la fenêtre. Au mur, des représentations de cerveaux et une étagère avec quelques livres de médecine. Simon s'en amusa.

On est dans un hôpital, on l'appelle « docteur », il a une blouse blanche avec son nom dessus et, au cas où on aurait encore un doute, il affiche des planches anatomiques et ses diplômes !

Le médecin les invita à s'asseoir. Après les présentations d'usage, Simon entra dans le vif du sujet.

— Comme je vous l'ai dit au téléphone, ma collègue et moi-même souhaiterions que vous nous éclairiez sur les moyens permettant de faire perdre la mémoire à un individu. Nous enquêtons sur une personne qui a été enlevée et qui est atteinte d'amnésie. Le trou noir complet !

Marion observait Simon sans rien dire et sans comprendre pourquoi il n'évoquait qu'un seul cas. C'était probablement le type de méthode que l'on employait à la DGSI, par goût du secret et culture du mensonge. Peut-être aussi cela s'inscrivait-il dans sa logique de joueur de poker : maîtriser tous les éléments que l'on fournissait aux autres, sachant qu'ils pouvaient s'en servir contre vous. La veille, au restaurant, elle avait été étonnée de boire ses paroles alors qu'il parlait d'un jeu auquel elle n'avait jamais joué. Il avait disserté sur la maîtrise de l'information incomplète, la manipulation, l'observation, l'exploitation des faiblesses. C'était bien plus qu'un jeu, c'était une véritable intrusion dans le cerveau des adversaires, et, bien qu'il eût affirmé le contraire, il était indéniable que ses facultés l'aidaient au quotidien.

Pour ces raisons, elle le laissa poursuivre.

— En dehors de la période d'amnésie, cette personne se souvient-elle de tout ? s'enquit le médecin.

— Oui.

— Elle ne souffre d'aucun autre trouble mnésique ?

— Non.

— A-t-elle subi un traumatisme crânien ?

— Aucune trace de choc, non.

— Et vous me dites que c'est un trou noir total ?

— Oui, absolument aucun souvenir. C'est déconcertant, n'est-ce pas ?

— Non, pas vraiment, déclara-t-il d'un air blasé. D'après les symptômes que vous me décrivez, il s'agit d'une amnésie lacunaire. C'est assez courant, et ce n'est pas très grave, mais ça nécessite toutefois d'être surveillé.

— Quelle peut en être la cause ?

— Généralement, ce trouble est consécutif à une crise d'épilepsie ou à une perte de conscience. Le patient n'a aucun souvenir concernant cette période, mais ses souvenirs antérieurs sont intacts.

— Et cette période peut durer une semaine ?

— Une semaine ? s'étonna-t-il. C'est très long ! Non, il est presque impossible qu'une telle amnésie soit provoquée par une si petite cause. Êtes-vous bien sûr que votre victime n'a aucune blessure à la tête ?

— Oui, je suis catégorique.

— Bon, alors il faut chercher autre chose…

— Une drogue ?

— Par exemple. L'emploi de certains psychotropes peut maintenir un patient en EMC pendant une durée assez longue.

— Une EMC ? Qu'est-ce que c'est ?

— Un EMC, rectifia le médecin. Un état modifié de conscience. Ça signifie qu'il dévie de l'état de conscience ordinaire. Il en dévie tellement qu'il ne peut pas se souvenir de ce qu'il a fait, même une fois les effets dissipés.

— Comme après une grosse cuite ?

— Oui, c'est exactement le même principe. Dans l'exemple que vous donnez, l'alcool provoque l'EMC. Il est fréquent qu'après une… consommation excessive d'alcool, on ait des souvenirs diffus de ce qui s'est produit, voire une amnésie totale de ladite période.

Même si c'était Simon qui conduisait l'entretien, le médecin s'adressait surtout à Marion. Dès que le policier avait terminé de poser sa question, Kulick se tournait vers elle et lui faisait son exposé. La manœuvre était grossière, mais elle avait fait ses preuves. Simon s'en voulait un peu d'avoir parlé de « grosse cuite » plutôt que de « consommation excessive d'alcool ». Il en voulait encore plus à Kulick de l'avoir repris. Et puis, il ne se sentait pas à l'aise ici, en face de ce jeune médecin, beau gosse, qui semblait doué pour absorber son énergie et sa vivacité. Il avait envie d'en finir au plus vite. Mais il devait d'abord obtenir des réponses.

— Et l'EMC peut-il être provoqué par des piqûres ?

— Par des injections, oui.

Injections, pas piqûres. Simon leva les yeux au ciel en soupirant.

— Par VVP ?

— Oui, pourquoi pas.

— Est-ce que cela laisse des traces dans les échantillons d'urine et de sang ?

— Bien sûr, c'est parfaitement détectable.

— Est-ce que le Valium permet d'atteindre cet état modifié de conscience ?

— Pas vraiment. Le Valium est employé pour ses propriétés anxiolytiques, sédatives, anticonvulsivantes, et également comme hypnotique. Imaginons que vos ravisseurs aient eu pour objectif de maintenir un patient en EMC plus ou moins longtemps, disons une semaine, pour reprendre votre exemple. Il faudra alors employer des psychotropes puissants. Dans ce cas, le sujet ne sera plus susceptible d'avoir de souvenirs de la période en question. Vous aurez, en quelque sorte, gelé le temps. En contrepartie, son comportement sera très éloigné d'un état ordinaire.

— C'est-à-dire ?

— Il sera soit pris d'hallucinations, soit endormi comme lors d'une anesthésie générale, soit hagard et il n'aura aucune indépendance de jugement.

— Il ne serait donc pas capable de travailler ?

— Pas du tout.

— Pourrait-il livrer des informations confidentielles ?

— À la rigueur, oui, on peut l'imaginer, par bribes. Mais il faudrait dans ce cas qu'il soit dans un état suffisamment conscient. Sinon, son délire se mêlerait à l'information et le tout serait un charabia inexploitable. Mais, s'il a conservé un état de conscience, il aura probablement des souvenirs, même diffus. Ce ne sera pas un « trou noir », comme vous me l'avez décrit.

— Docteur, je doute que des ravisseurs aient enlevé un homme simplement pour le maintenir dans un état végétatif, sans rien attendre de lui.

En disant cela, il s'était tourné vers Marion pour obtenir son aval. Celle-ci approuva d'un signe de tête. Il poursuivit :

— C'est courir beaucoup de risques pour rien. Nous privilégions donc une autre option : la victime a été enlevée puis, au terme de son kidnapping, a subi une intervention qui a provoqué l'amnésie. Or, les ravisseurs savaient que la perte de mémoire couvrirait exactement une semaine. Ni plus ni moins. Il fallait que ça coïncide. C'est dans cette direction que je souhaiterais que vous nous éclairiez. Existe-t-il une drogue qui permettrait d'obtenir un tel résultat ?

— Non, c'est presque impossible. Aucune drogue ne peut garantir un tel effet.

— Pourquoi ?

— Parce que chaque individu réagit différemment aux psychotropes et, par conséquent, il n'est pas possible de prévoir combien d'heures ou de jours l'amnésie va couvrir. Le métabolisme, l'âge, l'accoutumance, la fonction rénale, la fonction hépatique, le type de produit employé, la façon dont il est administré sont autant de paramètres susceptibles d'apporter des ajustements à la durée et à l'effet. Sans parler des possibles allergies ou intolérances aux composants.

— Il est très probable que celui ou celle qui a volontairement provoqué cette amnésie se soit renseigné au préalable sur sa victime.

— Peut-être, mais même si vous connaissez parfaitement votre patient, que vous le suiviez médicalement depuis longtemps, ça me semble difficile de prévoir précisément l'étendue de l'amnésie. Vous ne pensiez tout de même pas qu'on pouvait programmer un individu comme on programme un ordinateur, lieutenant ?

Manifestement fier de son petit sarcasme, le médecin se tourna de nouveau vers Marion avec un sourire.

Simon leva les yeux au ciel avant de reprendre :

— Si je comprends bien : soit on obtient une durée d'amnésie complète, mais, dans ce cas, le patient est un légume ; soit il est capable de travailler, mais personne ne peut être sûr de le rendre totalement amnésique, ni de déterminer à quand remontera son dernier souvenir. Les deux options sont incompatibles, c'est bien ça ?

— C'est effectivement ça. Même si je réfute l'emploi du mot « légume », s'agissant d'un être humain, précisa-t-il en pinçant les lèvres.

Le policier poussa un long et bruyant soupir. Il se sentait débordé de toutes parts : par ce mystère qui n'en finissait pas de s'épaissir, par ce médecin qui préférait multiplier les œillades à Marion plutôt que de les aider à trouver une hypothèse convaincante. Malgré une douche à l'aube, il se sentait sale dans ses fringues de la veille. Sale et fatigué.

Heureusement, la jeune femme prit le relais :

— Tout à l'heure, vous avez bien dit que le Valium avait des vertus hypnotiques ?

— C'est exact.

— Ça signifie que l'on peut mettre un individu en état d'hypnose ?

— Non, l'acception médicale du terme « hypnotique » est trompeuse. Cela signifie simplement que le diazépam… enfin, le Valium, si vous préférez, facilite l'endormissement. C'est le synonyme de « somnifère », voilà tout.

— Bien. Je vous remercie, docteur. Je crois que nous avons fait le tour. Tu vois autre chose, Simon ?

— Non, non.

— Merci beaucoup de nous avoir reçus, docteur. Vos réponses nous ont été très utiles, conclut-elle avec un sourire radieux, alors que Simon, dépité, hochait imperceptiblement la tête.

Avant de se lever pour les saluer, Kulick ouvrit un tiroir et en sortit sa carte qu'il tendit à Marion en la regardant droit dans les yeux.

— Il y a mon numéro de portable. N'hésitez pas à m'appeler si vous avez la moindre question. Je serai positivement charmé de pouvoir vous être utile. En quoi que ce soit.

Simon leva les yeux au ciel une dernière fois. Depuis le début de l'entretien, il lui semblait avoir plus souvent fixé le plafond que son interlocuteur.

À peine les deux enquêteurs eurent-ils quitté le bureau de Kulick que la cohue parisienne les submergea de nouveau.

— Il m'a saoulé, lui ! lâcha Simon, excédé.

— Oui, j'ai cru comprendre.

— Mince, j'ai pas été discret ?

— Je pense qu'on devait t'entendre soupirer depuis le bureau voisin…

— Tant pis. On prend un taxi ?

— Bonne idée. J'en serais positivement charmée ! répondit-elle en riant.

Cette remarque arracha un sourire à Simon. Il était soudain de meilleure humeur.

— On passe à mon bureau ? proposa-t-il.

— Pas tout de suite, si tu veux bien. Avant, j'aimerais creuser cette histoire d'hypnose.

— Le toubib vient de dire que ce n'était pas par là qu'il fallait chercher.

— Non, je crois qu'il a plutôt dit un truc du genre : « L'acception du mot "hypnotique" est abusive, c'est le synonyme de "somnifère". »

— Ah oui, tu as raison, c'est davantage son style.

— Tu as remarqué comme il me regardait ?

— Je n'ai pas fait attention.

— Sérieux ? Il n'arrêtait pas de me mater ! C'était même gênant.

— Vraiment ?

Marion eut un léger sourire narquois. Elle n'était peut-être pas joueuse de poker, cela ne l'empêchait pas de savoir déceler certains bluffs.

— Tu ne fumes pas, Simon, n'est-ce pas ?

— Non.

— Moi, j'ai commencé à 16 ans.

— Ah bon ? Je ne t'ai jamais vue allumer une cigarette.

— Parce que j'ai arrêté. Et tu sais comment ?

— Laisse-moi deviner… Te connaissant, tu as dû exécuter tous les buralistes d'Aix et de sa région. Non ?

— L'hypnose, Simon. L'hypnose.

— Tu crois à ces machins-là ?

— En trois séances, fini la cigarette. Je fumais un paquet par jour et ça fait maintenant trois ans que je n'ai pas touché une clope.

— OK, mais où est-ce que ça nous conduit ?

— D'après Kulick, ni un choc ni une drogue ne permettent d'effacer la mémoire pour une durée précise. Si c'est difficile pour un patient, alors j'imagine pour trois !

— Je suis d'accord.

— D'un autre côté, comme tu l'as dit, enlever des scientifiques pour en faire des êtres tout juste conscients, incapables de travailler, susceptibles de délirer, franchement je ne vois pas l'intérêt.

— Surtout s'ils risquent de se souvenir de détails compromettants.

— Alors, lorsqu'il a parlé d'hypnose, même si c'était dans un autre contexte, je me suis souvenue de mes séances, et je me suis dit qu'après tout, ce n'était peut-être pas si stupide.

— Ça me paraît quand même assez mince, non ?

— Il y a un autre élément qui m'intrigue. Jusqu'à présent on s'est focalisés sur les méthodes qui permettaient d'effacer la mémoire, mais on a oublié un détail.

— Lequel ?

— Comment les ravisseurs s'y sont-ils pris pour la leur faire recouvrer, en un rien de temps, comme ça ? demanda-t-elle en claquant des doigts.

— Aucune idée.

— C'est le principe de l'hypnose !

Bien qu'assez sceptique, Simon se souvint avoir eu une longue conversation au cours d'un repas chez des amis avec une formatrice en hypnothérapie qui lui avait semblé sérieuse et surtout très éloignée des poncifs de cette discipline. Il n'avait ni sa carte ni ses coordonnées, mais il se rappelait son nom : Furnier.

— OK, ça mérite qu'on creuse un peu dans cette direction, admit-il.

Il tapa « Furnier hypnose » dans le moteur de recherche de son smartphone. Une seconde plus tard, les coordonnées du cabinet s'affichèrent.

— On a de la chance.

— Pourquoi ?

— C'est pas loin du bureau et à côté de chez moi.

— Tu crois qu'elle pourra nous recevoir ?

— Je n'en sais rien, mais ça se tente. Je l'appelle tout de suite.

Après lui avoir remémoré le repas où ils s'étaient rencontrés, Simon exposa brièvement la raison de son appel à Alice Furnier. Intriguée, et assez excitée de pouvoir intervenir dans une enquête de police, elle leur proposa de les recevoir le jour même.

De peur de renouveler l'expérience qu'ils avaient vécue dans le taxi, Simon fit cette fois appel à la police parisienne pour les conduire à leur prochaine destination : les beaux quartiers, Neuilly-sur-Seine.

Le cabinet se trouvait au rez-de-chaussée d'un bel immeuble du début du siècle précédent. À droite de la double porte, des plaques en laiton briquées indiquaient en lettres noires le nom de plusieurs thérapeutes avec leurs spécialisations respectives.

Alice Furnier était une Martiniquaise d'une cinquantaine d'années, avec des sortes de dreadlocks très longues retenues en arrière par un foulard multicolore assorti à son chemisier à fleurs. Elle les accueillit avec un immense sourire qu'elle conserva en les invitant à prendre place, avant d'entamer la conversation.

— Ce n'est pas tous les jours que je reçois la police ! Je suis bien contente de pouvoir être utile dans une enquête criminelle.

Cette fois, Simon resta silencieux et se tourna vers sa partenaire pour lui indiquer qu'il lui laissait la conduite des opérations. Cette dernière demeura fidèle à la stratégie de départ :

— Voilà : nous enquêtons sur un individu qui a disparu pendant sept jours et qui, lorsqu'on l'a retrouvé, n'avait aucun souvenir de cette période et ne présentait pas de traces de lutte.

— Oh ! fit-elle en écarquillant les yeux. Ce n'est pas banal !

— Nous avons pensé que l'hypnose pouvait répondre à certaines questions, d'où notre venue ici. Pouvez-vous commencer par nous expliquer en quoi consiste l'hypnose ?

— Vous êtes complètement novices ?

— Mon collègue, oui. Moi, j'ai suivi quelques séances thérapeutiques.

— Bon. Ça n'a rien de mystique. En réalité, chaque individu se trouve dans un état d'hypnose plusieurs fois par jour, sans le savoir. Ce peut être le cas lorsqu'on fait un long trajet en voiture, quand on lit, que l'on regarde la télévision ou que l'on écoute de la musique. Nous avons alors parfois le sentiment que notre esprit part à la dérive, qu'il s'évade.

— Et votre travail consiste à provoquer cet état ?

— Exactement. Sans vous faire un exposé, l'hypnose est un procédé conduisant à un état mental qui affranchit une partie des barrières conscientes, ce qui permet de travailler en profondeur sur les automatismes du cerveau. Je m'emploie quotidiennement à combattre des phobies, des douleurs, le trac, à lutter contre les addictions, et même à améliorer les performances d'employés qui font appel à moi dans le cadre de leur profession.

— Et vous pouvez agir durablement sur le comportement d'un individu ?

— Le cerveau, à l'image du reste de notre corps d'ailleurs, prend parfois de mauvaises habitudes. La peur de réussir, la phobie des insectes, des serpents ou des rats, ce n'est pas naturel. Un bébé, par exemple, n'a pas ces craintes-là. Il les acquiert par la suite. On peut donc reprogrammer le cerveau, à condition de désarmer auparavant le chien de garde qui veille sur lui, qu'on appelle le conscient.

— Vous n'avez pas de don particulier ?

Alice Furnier se mit à rire.

— Non, et je ne prédis pas l'avenir non plus. Il ne s'agit pas d'un pouvoir. L'hypnose est une discipline qui s'enseigne. Il y a, comme dans chaque domaine, des gens plus doués que d'autres. Voulez-vous que je vous fasse une démonstration ?

Étonnés et dubitatifs, Simon et Marion échangèrent un regard avant d'accepter.

— Levez-vous. Je vais demander à chacun de vous de joindre ses deux mains en ne laissant dépasser que les index. Voilà, faites pointer vos index, comme ça. Vous laissez un espace d'environ un centimètre entre eux. Maintenant, faites le vide dans votre esprit, ne pensez plus à rien. Respirez. Détendez-vous. Vous allez tout doucement approcher vos index l'un de l'autre.

En disant cela, elle s'avança tour à tour vers Marion puis vers Simon et fit mine de serrer une vis imaginaire entre leurs doigts.

Sans hausser le ton, elle prit une voix emplie d'autorité et d'assurance.

— Vos doigts se rapprochent et se serrent de plus en plus, ils se touchent à présent et ils se serrent de plus en plus fort. Au compte de trois, vos doigts seront soudés. Avec le un vos doigts collent, avec le deux ils sont collés, serrés, avec le trois vous ne pouvez pas les desserrer. Vous essayez, mais vous n'y arrivez pas.

Simon décolla facilement ses doigts et sembla déçu que l'expérience ne fonctionne pas sur lui. Marion en revanche paraissait totalement incapable de décoller ses index.

— Très bien. Vous pouvez décoller vos doigts, il n'y a plus de souci.

À ces mots, Marion sembla libérée de sa propre entrave. Stupéfaite, elle regarda ses mains comme si elles avaient été soudain douées d'une vie propre sur laquelle elle n'avait aucun contrôle.

— Nous allons enchaîner avec quelque chose de plus intéressant. Vos jambes sont lourdes. Lourdes et molles. De plus en plus lourdes et de plus en plus molles. Vos jambes ne vous portent plus et vous tombez.

Marion se mit à chanceler suffisamment pour atterrir entre les bras de la praticienne.

— C'est parfait. Nous allons essayer autre chose.

Elle saisit délicatement le visage de la jeune femme entre ses mains et continua de lui parler :

— Désormais vous ne pouvez plus dire un mot, votre mâchoire est serrée, fermée, vous voulez parler, mais vous en êtes incapable. Comment allez-vous ?

Marion se sentait paralysée. Ses yeux tout ronds trahissaient la surprise et l'impuissance. Elle était parfaitement consciente, pourtant elle ne maîtrisait plus son corps. Ses muscles luttaient vainement contre une mystérieuse force qui maintenait sa bouche close.

— Maintenant, vous pouvez parler. Tout est redevenu normal.

La jeune enquêtrice entrouvrit la bouche et porta la main à sa mâchoire.

— C'est complètement dingue ! s'exclama-t-elle, stupéfaite.

— C'est surtout pratique pour la faire taire ! Vous devriez m'apprendre, plaisanta Simon, provoquant un grand éclat de rire d'Alice Furnier.

— C'est malin, commenta la policière.

— Non, sérieusement, comment faites-vous ça ? reprit-il.

La thérapeute s'illumina d'un large et magnifique sourire avant de répondre.

— Ça n'a rien de magique. Je la plonge dans un état qui s'apparente au sommeil et la suggestion fait le reste.

— Dommage que je ne sois pas réceptif, regretta Simon.

— Tout le monde est réceptif, lieutenant !

— Mais alors pourquoi est-ce que ça n'a pas fonctionné sur moi ? demanda-t-il, frustré.

— Ce que j'ai fait ici est une démonstration d'hypnose de spectacle. J'ai peu de temps devant moi, donc l'échec est fréquent. En revanche, avec l'hypnose thérapeutique que je pratique avec mes clients, le taux de réussite est de 100 %.

— J'ai toujours entendu dire le contraire…

— Ça ne m'étonne pas. On entend beaucoup de bêtises à propos de l'hypnose. En réalité, les seuls que l'on refusera de traiter sont les gens atteints d'une pathologie psychiatrique. Car on peut craindre que l'hypnose n'entraîne des conséquences fâcheuses. Hormis ces cas, je vous confirme que tout le monde y est sensible.

Marion, encore toute chamboulée par l'expérience qu'elle venait de vivre, regagna sa chaise en se tenant toujours la mâchoire.

— Si vous le voulez bien, revenons à notre affaire, suggéra Simon en se rasseyant à son tour.

— Avec plaisir.

— Cette démonstration prouve que n'importe qui peut se retrouver à la merci d'un bon hypnotiseur et lui obéir au doigt et à l'œil. Donc notre homme aurait-il pu se faire enlever de cette façon ?

— C'est possible, oui. Mais il y a tout de même des obstacles. Le premier est l'absence de consentement. Et le second, qui est bien plus insurmontable, est la méfiance. Si j'enlève un inconnu dans la rue et veux le convaincre d'agir contre son gré, mes chances de succès sont infimes.

— Pourquoi est-ce que ça marche dans votre cabinet, alors ?

— Parce que vous étiez consentants !

— C'est exact.

— De même, si je demande à un sujet de faire une chose alors qu'il n'en a pas envie, il va sortir de son état inconscient, reprendre le contrôle et refuser ma suggestion. Par exemple, si j'avais demandé au lieutenant Mastereaux de se déshabiller, elle aurait refusé.

— Essayez quand même, on ne sait jamais, lâcha Simon, goguenard.

Alice Furnier laissa éclater un rire qui résonna dans toute la petite pièce.

— Ah ! Je me doute bien que ça vous aurait intéressé, jeune homme !

Marion fit mine d'être choquée avant de poser une question à son tour :

— Madame Furnier, à la télé, j'ai vu le spectacle d'un hypnotiseur québécois du nom de Messmer. Il prenait le contrôle des spectateurs et leur faisait faire toutes sortes de choses complètement folles. Vous pensez que c'est un charlatan ?

— Non, absolument pas. Vous oubliez quelques paramètres : les spectateurs savent très bien à quel type de show ils assistent, ils sont consentants. Et tous les participants savent à quoi ils s'exposent : ils seront confrontés à « Messmer, le maître de l'hypnose », ça met tout le monde en condition. De plus, vous remarquerez que seules quelques dizaines de personnes finissent sous son influence, ce qui est peu proportionnellement à une salle entière. Il n'a pas assez de temps pour hypnotiser tout le monde, et ce n'est d'ailleurs pas son but. Enfin, comme je viens de vous le dire, vous remarquerez que les spectateurs ne font jamais rien d'humiliant ou de dangereux.

— Votre voix joue un grand rôle, n'est-ce pas ?

— Il faut influencer, suggérer. Donc, oui, le ton et le débit de la voix sont importants.

— Peut-on se faire hypnotiser par téléphone ? demanda-t-elle.

Avant de la laisser répondre, Marion se tourna vers Simon et lui précisa ce qu'elle avait en tête :

— Tu vois, Simon, si notre disparu a reçu un coup de téléphone lui intimant l'ordre de se rendre sagement dans un lieu donné, ça expliquerait l'absence de traces de lutte.

— En effet, acquiesça-t-il. Puis, se tournant vers la thérapeute : C'est possible, ça ?

— Oui et non. Je pratique couramment l'hypnose à distance, par téléphone ou *via* Skype. Ça prend un peu plus de temps, mais les résultats sont plutôt probants. Toutefois, je le répète, il s'agit de patients consentants. Ça ne règle pas votre problème. Si on fait le test en appelant quelqu'un au hasard, je peux vous affirmer qu'il va me raccrocher au nez ! conclut-elle dans un nouvel éclat de rire.

— Il est donc tout à fait exclu que la victime ait été hypnotisée par téléphone, dans la rue ou ailleurs, par quelqu'un dont elle ignorait les facultés ?

Elle dodelina de la tête avant de répondre.

— Eh bien, il y a des mentalistes et des hypnotiseurs de spectacle qui obtiennent des résultats très troublants, même sans le consentement de leur « victime ». C'est ce que l'on appelle la *covert hypnosis* ou « hypnose conversationnelle ». Il y a cet Anglais, Derren Brown, qui obtient des résultats étonnants avec des inconnus. Mais, à ma connaissance, cela relève plus de la magie et de la manipulation que de l'hypnose.

— Ce n'est donc pas complètement exclu ?

— C'est faisable, mais cela nécessite beaucoup de pratique.

— OK, mais c'est possible ?

— Je vois que cela vous tient à cœur. Malheureusement, il est inutile de débattre, car il y a un plus gros obstacle.

— Lequel ?

— La durée ! Une semaine sous hypnose, c'est impossible. Surtout sur un individu retenu contre sa volonté.

— Pas forcément, coupa Marion. Moi, par exemple, j'ai arrêté de fumer grâce à l'hypnose, il y a des années.

— Ce n'est pas la même chose. Dans votre cas, un thérapeute est allé modifier des réglages dans votre cerveau. Ces modifications font toujours effet, pourtant vous n'êtes plus sous hypnose ! Or, dans le cas que vous évoquez, cet homme serait resté en transe pendant sept jours, contre sa volonté. C'est interminable, sept jours.

Simon fit soudain claquer ses doigts pour signifier qu'il venait d'avoir une idée géniale :

— Et s'il s'était fait enlever par des moyens... disons... classiques, mais que ses ravisseurs ne l'avaient hypnotisé qu'à la fin, pour lui faire tout oublier. C'est possible, ça ?

— Peut-être. La *covert hypnosis* peut vous faire oublier jusqu'à votre nom ! Mais la mémoire revient progressivement.

— On ne pourrait pas l'effacer complètement et définitivement ?

— Non, on ne peut pas faire disparaître une semaine entière de souvenirs. Pas sans que des bribes finissent par remonter à la surface.

Simon se leva en poussant un long soupir.

— Eh bien ! Je crois que nous nous sommes jetés dans une belle impasse. Dommage, l'idée était séduisante.

— Désolée de ne pas pouvoir régler votre problème, conclut-elle en se levant à son tour et en leur serrant la main. J'espère tout de même vous avoir été utile.

Après avoir chaleureusement remercié Alice Furnier pour son accueil et son étonnante démonstration, Marion et Simon sortirent et regagnèrent le boulevard.

— Tu es déçu ? demanda Marion.

— Un peu, oui, bien sûr. C'est curieux parce que je n'y croyais pas trop, mais je finissais par me dire que ça pouvait expliquer pas mal de choses. Et pourtant...

j'ai l'impression que tu as quand même vu juste. Je ne saurais pas vraiment dire pourquoi.

— Tu penses que l'hypnose a joué un rôle ?

— Voilà, c'est exactement ça, « joué un rôle ». Je suis convaincu que nous avons trouvé l'une des clés de l'énigme, mais qu'elle ne suffit pas à ouvrir toutes les serrures.

— Tu étais sceptique au début. Qu'est-ce qui t'a fait changer d'avis ? Alice Furnier a pourtant l'air de ne pas trop y croire.

— Suis mon raisonnement : les savants ont été enlevés. Probabilité qu'il y ait des traces de violences : 70 %. Probabilité qu'il y ait des témoins : 40 %.

— Aïe, ça fait 110 % ! grimaça-t-elle, moqueuse.

— Non, ce sont des probabilités indépendantes. Il peut à la fois y avoir des traces de violences et des témoins, comme il se peut aussi qu'il n'y ait ni l'un ni l'autre.

— Oh, si tu pars dans tes trucs de joueur de poker, je ne vais pas te suivre !

— Ça vaut pourtant le coup. Je continue : probabilité qu'ils aient perdu naturellement la mémoire, sans être drogués : 0,0001 %.

— Et encore, t'es large.

— Par conséquent, la probabilité totale que cette enquête puisse être résolue de manière « classique » est proche du miracle statistique. Cela signifie qu'il faut chercher ailleurs. On fait fausse route. Chaque fois qu'on a procédé de manière conventionnelle, on s'est heurtés à un mur. Du coup, je me dis que l'hypnose n'est pas si absurde que ça. Il faut qu'on revoie notre façon de penser.

— Qu'est-ce que tu suggères ? demanda-t-elle en replaçant sa longue mèche brune derrière l'oreille.

— Il faut oublier tout ce qu'on nous a appris à l'école de police et mettre de côté notre expérience, car la solution est… quelque chose de très atypique, d'unique peut-être.

— Je veux bien, mais, concrètement, comment on procède ?

— Au lieu de se concentrer sur ce qui est probable, il faut faire l'inverse : chercher ce qui est improbable et tenter d'y apporter une explication.

— Quitte à ce que cette explication soit, elle aussi, improbable ?

— Exactement. On ne doit rien exclure.

— Bon, alors je commence : tu vois, Simon, ce qui m'interpelle le plus, c'est que les ravisseurs ont eu recours à une méthode très sophistiquée, que nous ne comprenons pas, pour effacer la mémoire des savants, et je ne vois pas dans quel but. Dans une affaire de kidnapping classique, soit les victimes sont vivantes et témoignent, soit elles sont mortes. Ce qui m'amène à me demander pourquoi les savants sont encore en vie et amnésiques ? Pourquoi n'ont-ils pas été exécutés ? Ça, c'est improbable.

— Je me suis posé la même question. Dès que j'ai commencé à enquêter sur la disparition du professeur Haineteaux, j'étais persuadé qu'il avait été assassiné. Pourquoi les garder en vie, lui et les autres ? Si on les a capturés pour leurs connaissances, pourquoi ne s'est-on pas débarrassé d'eux ensuite ?

— Leurs ravisseurs n'ont peut-être pas jugé utile de les tuer.

— Ils prennent des risques ! s'exclama Simon. Si l'un des scientifiques se souvient de quoi que ce soit, toute la machination tombe à l'eau. Je te rappelle qu'enlèvement et séquestration, selon l'article 224-1 du Code pénal, c'est vingt ans de réclusion. Ça fait lourd comme peine, non ? En définitive, tu ne prends pas beaucoup plus cher pour homicide volontaire.

— Exact, approuva-t-elle.

— Poursuivons notre raisonnement : si on les a bien enlevés pour leur voler leurs connaissances, autant se débarrasser d'eux une fois que c'est fait !

— De cette façon, ils ne risquent plus de parler, ni pour échanger leur savoir avec d'autres ni pour révéler des indices aux enquêteurs.

— Et, en plus, ça évite aux ravisseurs de chercher un moyen d'effacer leur mémoire.

— Tu veux encore de l'improbable, Simon ?

— Puisqu'on y est…

— Pourquoi n'ont-ils pas été enlevés tous en même temps ? Hein ? Pourquoi toute cette opération est-elle aussi bien cadencée, avec un enlèvement par semaine ?

— Chacun son tour. Au même rythme. En respectant toujours le même protocole.

— Oui. Et le soin avec lequel ils ont été traités ? Aucun coup, pas de trace de menottes ou d'entraves.

— Haineteaux avait même son attaché-case avec lui quand on l'a retrouvé ! Et rien ne manquait ! Tu en connais beaucoup des ravisseurs qui prennent autant soin de leur victime ?

— Tu as raison. Ça aussi, c'est improbable. Pour une raison ou pour une autre, chaque scientifique devait rester en vie et ne pas être traumatisé par ce qui s'est passé.

— Bien joué ! s'exclama Simon. « Pas traumatisé », c'est exactement ça. Les ravisseurs les ont particulièrement bien préservés parce que…

— Parce qu'ils ont encore besoin d'eux !

– 31 –

À peine était-elle remontée dans son bureau que Cannelle Pourson transféra l'ensemble des fichiers à son équipe. Les données du téléphone du professeur Georges Toussant pouvaient à présent être consultées par tous ses collaborateurs.

Elle délaissa son bureau et s'installa devant l'un des postes de travail de l'open space. Ses coéquipiers se rassemblèrent rapidement derrière elle. Elle s'empara de la souris et, en quelques clics, fit apparaître un répertoire avec une vingtaine de sous-dossiers.

— Tout est là. Tout ce que contenait le téléphone de Toussant, dit-elle, triomphante.

Le technicien, qui n'avait eu d'autre choix que de la suivre, était planté à sa droite. Il se pencha vers l'écran pour examiner ce qui y était affiché.

— Asseyez-vous, lui dit-elle. Je ne vous ai pas fait venir pour que vous restiez debout toute la journée.

— Toute la journée ? Parce que vous pensez que ça va prendre tant de temps que ça ?

— Vous ne partirez pas avant que j'aie mes réponses, dit-elle en plaisantant à moitié.

Il fit rouler un fauteuil jusqu'à lui avant de s'y installer. À l'aide de la souris, il ouvrait et fermait les dossiers à une vitesse proprement impressionnante, mais tous étaient vides.

— C'est normal qu'il n'y ait rien ?

— Oui, mais je préférais vérifier.

— Voilà ce qui devrait vous intéresser : DCIM.

Il cliqua sur le dossier et aussitôt apparurent des photos.

— Les photos d'un laboratoire, constata le technicien.

— De son laboratoire. Vous voyez quelque chose d'anormal ? demanda-t-elle en se tournant vers ses adjoints.

Comme un seul homme, les policiers se penchèrent vers l'écran pour examiner attentivement les clichés.

— Est-ce qu'un détail vous frappe ?

Sans répondre, ses hommes poursuivirent leur observation. Ils retrouvaient, sur les paillasses, les alambics et les racks d'éprouvettes, les machines aseptisées, les balances de précision, les écrans des ordinateurs et des microscopes électroniques. Ils auraient été bien incapables de savoir si tout était à sa place, et pour quelle raison ces clichés avaient été pris. Pourtant, ils scrutaient minutieusement les images, essayant de découvrir le détail qui changerait tout.

Moins familière de la scène de crime, Pourson fut la première à abandonner. Elle se retourna vers ses hommes et les dévisagea quelques instants.

— Bon. On ne va pas perdre davantage de temps. Jeff, je vous charge de comparer ces clichés avec ceux pris sur la scène de crime. Si vous avez le moindre doute, filez sur place. N'hésitez pas à demander leur avis aux laborantins.

— Entendu, patron.

— Qu'est-ce que vous avez d'autre pour nous ? demanda-t-elle au technicien.

— Il n'y a pas de vidéos... pas de dossiers Facebook, d'ailleurs l'application n'est pas installée. Ah, là, il a téléchargé des photos.

— Faites-moi voir ça.

Pourson s'approcha de l'écran et fit défiler les images. Il s'agissait de photos de famille où l'on voyait Georges Toussant entouré d'enfants qui ouvraient des cadeaux au pied d'un sapin de Noël. D'autres clichés montraient un bébé près d'une crèche, dormant dans la même position que le petit Jésus, au grand amusement des adultes qui l'entouraient.

— C'est l'épouse du professeur Toussant, expliqua l'un des adjoints de Pourson, en désignant du doigt une femme aux cheveux gris, coiffée en un élégant chignon. Lorsque je suis allé chez elle, j'ai également vu des cadres avec des photos d'enfants sur la cheminée. Je crois les reconnaître sur ces clichés.

— Ça m'étonnerait qu'on trouve quelque chose là-dedans. Est-ce qu'il y a un dossier avec des dessins ou des logos ?

— Je n'en vois pas, répondit le technicien.

— Vous cherchez quoi, patron ? demanda l'un des enquêteurs.

— Le symbole !

Le technicien prit le temps de faire défiler toutes les photos que contenait l'appareil, sans y déceler le moindre élément susceptible d'attirer leur attention.

— En revanche, commissaire, je pense que vous allez apprécier ceci, dit-il en désignant un fichier intitulé « Contacts.vcf ».

— Qu'est-ce que c'est ?

— Son répertoire téléphonique. Toutes les relations de la victime se trouvent ici.

— Merci infiniment. Maintenant, c'est à nous de jouer !

Satisfait de ne pas avoir à y passer la journée, le technicien libéra le fauteuil qu'un autre policier occupa aussitôt.

— Frédéric, imprimez la liste des contacts et filez chez sa femme. Notez tous ceux qu'elle ne connaît pas. Pareil avec son assistant, à la fac. On verra ensuite ce qu'on peut en tirer.

— OK, commissaire. Mais si l'assassin a eu le téléphone entre les mains, il a certainement effacé ses propres coordonnées.

Au lieu de continuer de répartir les rôles de chacun, Cannelle Pourson resta étrangement muette, quelque chose accaparait sa concentration.

— Ce n'est pas idiot, finit-elle par murmurer pour elle-même.

— Je vous demande pardon ? demanda le policier, intrigué que sa remarque provoque une telle réaction.

Soudain, elle se leva d'un bond de son fauteuil.

— Si, comme nous le supposons, le criminel a supprimé des informations, nous pouvons les recouper avec ce que nous avons, nous !

— Qu'est-ce que nous avons ?

— La liste des appels émis et reçus ! Réfléchissez : si Toussant vous a téléphoné alors que vous projetiez de l'assassiner, vous savez qu'on va éplucher le portable de la victime et que vous serez suspecté. Alors, si vous avez le téléphone entre les mains, vous pouvez effacer tout ça ! Vous faites disparaître votre nom des contacts et vous serez sacrément tenté d'effacer aussi tous les appels que vous avez eus ! Pfiout !

— Mais, patron, on a vérifié la liste des appels dès le premier jour de l'enquête. Son opérateur nous l'a communiquée et il n'y a aucun moyen de la falsifier.

— Justement ! On ne l'a pas comparée au journal d'appels de son smartphone !

— Pardon, mais je ne vous suis toujours pas.

— Il y a deux listes d'appels : celle de l'opérateur, qu'on ne peut pas modifier, et celle du téléphone, qui a très bien pu être trafiquée. S'il y a des appels qui apparaissent chez l'opérateur, mais pas sur son portable, ça signifie qu'ils ont été supprimés du téléphone, sans doute en même temps que les coordonnées dans les contacts. Et si un contact a été supprimé, on tient un suspect.

— Oh putain !

— Je ne vous le fais pas dire.

— OK, je m'y mets tout de suite.

Le policier se leva et fouilla dans une panière où se trouvait une chemise qui contenait des feuilles volantes. Il les parcourut sommairement et en tira une de la pile.

— Voilà. C'est le rapport des appels émis et reçus que nous a transmis l'opérateur.

Le regard du policier faisait la navette entre la feuille de papier et l'écran d'ordinateur.

— Non, commissaire. Tous les numéros correspondent. Rien n'a été effacé.

— Merde ! Mais alors qu'est-ce qu'il a bien pu faire avec ce téléphone ? Vous êtes sûr d'avoir bien regardé ?

— Oui. Rien le jour du crime, ni la veille ni l'avant-veille.

— Continuez. Remontez aux jours précédents.

Le policier se replongea dans l'étude comparative des deux listings. Lorsqu'il eut atteint le bas de la page, il se retourna vers le commissaire, d'un air désolé.

— Commissaire, je suis remonté jusqu'au 31 décembre. Ça fait sept jours avant le crime.

— Continuez, ordonna-t-elle.

Le policier écarta la feuille qu'il venait de vérifier et saisit la suivante. Plus son index descendait sur la feuille, plus le moral du commissaire Pourson dégringolait.

Après quelques minutes, le policier exulta soudain :

— Attendez. Là ! Ce numéro ! Il ne figure pas sur le mobile de Toussant. Là, encore le même numéro !

— OK, fit Pourson. Identifiez-moi tout de suite ce correspondant.

Sans dissimuler son excitation, le policier se précipita sur son clavier pour rechercher le propriétaire du numéro.

Cannelle Pourson et les enquêteurs restaient plantés à côté de lui, impatients de connaître la réponse.

— Je l'ai ! s'écria-t-il d'un ton victorieux.

– 32 –

— C’est un véritable piège à nénettes, ce truc ! s’exclama Marion en posant le pied sur le bateau de Simon.

— Ne me dis pas que tu te sens piégée ?

— Je ne tombe pas dans ce genre de panneau. Il faudra trouver autre chose, Simon Vairne.

— Je ne sais pas pourquoi, mais je m’en doutais ! répondit-il en refermant la porte derrière lui.

— Non, mais sérieusement, qu’est-ce qui t’a pris d’habiter là ?

— C’est un concours de circonstances. Un pote m’a proposé de me louer sa péniche. J’ai eu un coup de foudre. C’est un peu dur de boucler les fins de mois à cause de l’entretien, mais ça me plaît de vivre comme ça.

— Ah oui ? Ça te revient cher ?

— Disons que ce n’est pas un choix très raisonnable quand on a mon salaire.

Malgré les années, Simon ne s’était pas lassé de ce mode de vie. Il avait même du mal à concevoir que l’on puisse passer son existence encellulé dans un immeuble, avec des voisins tout autour. Lui vivait au ras de l’eau, proche des éléments, sensible aux changements de saison. Les canards – et parfois les cygnes – lui rendaient visite, friands de ses restes de pain. Tout cela en plein centre-ville.

— Je n'étais encore jamais montée sur une péniche. Il y en a beaucoup à Paris ?

— Dans toute l'Île-de-France, environ un millier. Bon, on n'en a pas pour longtemps. Je prends une douche, je me change et on est repartis.

Simon jeta son sac sur le canapé et entra dans la salle de bains. Ils continuèrent à discuter à travers la porte fermée, en haussant la voix.

— Allume la télé, si tu veux. Je me dépêche.

— Je préfère découvrir ta bibliothèque. On voit de moins en moins de livres chez les gens.

— Hélas !

— Tu as lu tout ça ?

— Presque.

— Je vais en apprendre beaucoup sur toi en découvrant tes lectures. Tu en es conscient ?

— Je n'ai rien à cacher. Ce que j'ai de plus compromettant, ce doit être *Justine ou les Infortunes de la vertu*.

Simon pénétra dans la douche et fit couler l'eau.

— Tu es drôlement érudit pour un flic.

— Je n'entends pas ce que tu dis. Je suis sous la douche, dit-il dans un bruit d'eau ruisselante.

Marion se promena lentement le long de la bibliothèque, caressant du bout des doigts la tranche des livres.

— Tu habites sur une péniche, tu aimes lire, tu joues au poker, tu as beaucoup de charme… Tu n'es pas un type ordinaire, Simon Vairne.

— Désolé, mais je n'entends rien. Attends que je sois sorti.

— Je me demande si tu fais bien l'amour… Ça me donne envie de vérifier par moi-même.

— D'accord, mais quand on aura bouclé l'enquête.

Marion devint écarlate. Elle porta sa main à sa bouche, comme si ce geste avait pu effacer ses dernières paroles.

— On est sur un bateau, je te rappelle. Il n'y a pas de murs, les parois sont étroites et assez mal insonorisées, lui révéla-t-il alors que l'eau coulait toujours.

— Mais tu m'as dit que tu n'entendais rien !

— J'ai bien peur d'avoir bluffé.

— Tu es vraiment… !

— Je sais.

— Je plaisantais, bien sûr.

— Cela va de soi.

L'eau cessa de couler. Marion était agitée comme une enfant qui a cassé un bibelot et cherchait une excuse. Elle se frotta le front nerveusement. Elle se demandait pourquoi diable elle avait dit une chose pareille.

Simon sortit de la salle de bains torse nu, sans la regarder. Il ouvrit un tiroir de la commode et enfila une chemise puis un pull en laine très épais.

— Ces temps-ci, il est préférable de se couvrir, tu ne crois pas ?

Ignorant s'il s'agissait d'une allusion douteuse à la gaffe qu'elle venait de faire, Marion décida de ne pas relever. Elle renonça aux excuses et aux explications qui, de toute façon, ne seraient pas convaincantes. Elle assumait. Elle espérait seulement que sa relation avec Simon ne serait pas altérée par cette malheureuse bourde.

— Ah ! Je me sens mieux, dit-il en se tournant enfin vers elle.

Marion haussa les épaules. Elle se sentait prise au dépourvu, vulnérable. Elle tenta de reprendre le dessus en évoquant l'enquête :

— Bon, on va où, maintenant ?

— Il reste une piste à explorer, lui annonça-t-il. Une piste qui a commencé à me travailler dès que j'ai appris que plusieurs scientifiques avaient disparu. C'est ce que j'ai appelé le « projet global ».

— Le projet global ?

— Si tous les scientifiques disparus mettaient en commun leurs connaissances, quels travaux pourraient-ils mener ? Et qui pourrait en tirer profit, à ton avis ?

— Aucune idée.

— Moi non plus. Allons à la DGSI. On a un type calé en sciences, là-bas. Il devrait pouvoir nous aider.

— Très bien.

— Tu n'as pas peur à scooter ?

Elle fit non de la tête.

— Tu es plus courageuse que je ne pensais, dit-il en tendant un casque et une paire de gants à sa coéquipière. Ça, c'est parce que tu n'as pas encore vu la gueule de l'engin !

Simon enfila son blouson, ses gants et sortit sur le pont. Marion lui emboîta le pas, heureuse de quitter la péniche et d'être soulagée de son embarras.

Sur le quai, le vieux scooter était attaché à un réverbère.

— Ah ouais ! Tu te déplaces vraiment avec cette épave ?

— *I'm a cowboy, on a steel horse I ride. I'm wanted, dead or alive*… chantonna-t-il avant de démarrer.

À peine une dizaine de minutes plus tard, Simon garait son vieux Piaggio juste en face de l'entrée de la DGSI, à Levallois-Perret. Il l'attacha à l'aide d'une chaîne, même si les risques de vol de sa poubelle roulante étaient plutôt réduits, surtout devant un quartier général de la police. Il passa devant l'un des agents lourdement armés qui en filtraient l'accès, il s'identifia et invita Marion à en faire autant.

Bien qu'elle fût officier de police judiciaire, il fallait que son admission obtienne l'aval du responsable de la sécurité. Celui-ci demanda la carte de Marion ainsi que son arme, puis disparut dans une autre pièce. Quelques minutes plus tard, il ressortait avec un badge et les conduisit dans une petite salle, en précisant que Marion ne pourrait pas accéder aux autres parties du bâtiment.

— Eh ben ! Je ne pensais pas que c'était aussi sécurisé que ça, lâcha-t-elle.

Elle était plutôt déçue de ne pas être autorisée à pénétrer dans ce cénacle, mais elle se résigna et prit place sur l'une des chaises.

Simon décrocha le téléphone mis à la disposition des visiteurs pour appeler son supérieur hiérarchique et l'informer de leur présence.

— Mon chef de service descend, l'informa Simon en raccrochant. Il veut faire ta connaissance. Je te préviens, il est parfois très con et souvent un peu lourd.

— Tout ce que j'aime.

— Telle que je te connais, il n'y a aucune chance qu'il t'apprécie.

— J'ai bien fait de venir !

— Ne fais pas trop d'humour avec lui. Ce n'est pas le genre. Il peut te renvoyer chez toi en un coup de fil et… ça m'embêterait.

La porte de la salle s'ouvrit et le commandant parut.

— Wow ! fit Simon. Vous avez fait drôlement vite ! On était justement en train de parler de vous.

Le commandant grommela quelque chose d'incompréhensible, qui n'avait rien d'une formule de politesse.

— Commandant, je vous présente le lieutenant Mastereaux qui enquête avec moi, dit Simon en désignant Marion.

— Hmm, bougonna-t-il en la dévisageant. Je comprends pourquoi vous insistiez pour qu'elle fasse équipe avec vous.

— Oh, commandant ! Ne me dites pas que vous avez l'esprit mal placé ?

— Moi, non. Mais vous, oui.

— Mes respects, commandant, intervint Marion, d'un ton solennel. C'est moi qui suis à l'origine de cette enquête. Avec trois disparitions à mon actif, je suis l'officier le plus compétent et le plus légitime pour la résoudre.

— Vous avez surtout l'air d'être une belle emmerdeuse, si j'en crois vos supérieurs à Aix. Pas étonnant que Vairne vous ait choisie.

Bien qu'habituée des joutes verbales, Marion demeura bouche bée.

— Mastereaux, laissez-nous un moment, aboya-t-il sèchement en lui indiquant la porte.

Marion accusa le coup, puis quitta la pièce sans un mot. Son regard s'assombrit de colère.

— Vairne, parlons sérieusement. D'après ce que vous m'avez rapporté, il s'agit d'une affaire importante. J'avoue que je n'y croyais pas quand je vous ai envoyé enquêter, mais les choses ont changé ! Alors, je vais vous poser la question de manière directe :

êtes-vous sûr que cette fille soit la personne idéale pour vous assister ?

— Commandant, je vous assure qu'elle est efficace et vraiment déterminée. Elle connaît ses dossiers par cœur, c'est très impressionnant.

— J'ai regardé ses états de service. C'est une flic des affaires courantes, c'est la première fois qu'une enquête aussi lourde lui est confiée.

— Justement, elle n'est pas blasée. Elle a envie d'aller jusqu'au bout, et elle est loin d'être idiote. Elle a de bonnes intuitions, ainsi qu'un raisonnement logique très mature.

— Pour la dernière fois : je peux mettre à votre disposition trois hommes, si vous le souhaitez.

— Puisque vous me proposez de l'aide, j'aimerais que nous mettions en place une surveillance discrète de chacun des savants.

— Pour quelle raison ?

— Mon instinct me dit qu'il va se passer quelque chose dans les prochains jours. Les ravisseurs n'en ont pas terminé avec eux.

— Impossible de déployer un dispositif de filature complet. Je n'ai pas assez d'effectifs pour couvrir les quatre coins de l'Hexagone !

— Il y a six coins dans un hexagone, commandant.

— Vous me faites chier, Vairne.

— Alors, surveillons au moins Jean-Édouard Haineteaux. Après tout, c'est lui qui nous intéresse.

— Si cette enquête foire, Vairne, je vous en tiendrai personnellement responsable, le menaça-t-il.

Simon opina.

— D'accord pour Haineteaux, consentit le commandant. Mais pas plus de huit jours.

— Je vous remercie de votre confiance.

— Ma confiance ? Si j'avais confiance en vous, vous croyez que je vous ferais ce sermon ?

— Je crois discerner, derrière ce côté bourru, une forme de confiance, oui.

— Vous la baisez, au moins ?

— Je… Non, bredouilla Simon qui ne s'attendait pas à une telle réflexion.

— Eh bien vous devriez ! Vous avez vu son cul ?

Cette question n'appelant aucune réponse, il quitta la pièce, laissant Simon seul, pantois. Dans le couloir, il se planta devant Marion, qui patientait toujours.

— Le lieutenant Vairne vous fait confiance. Moi pas. Je vous préviens : si vous merdez, c'est lui qui portera le chapeau. Ses couilles sont entre vos mains.

— Remarquez, avec le froid qu'il fait, ça va le réchauffer.

Le commandant la regarda, interloqué. Quelques secondes lui furent nécessaires pour se remettre de sa stupeur.

— Je ne pensais pas qu'il pouvait exister deux emmerdeurs de la même espèce, finit-il par grogner en tournant les talons.

Marion le regarda partir, puis rejoignit Simon dans la salle qu'elle venait de quitter.

— Il a l'air sympa. Je me demande si je ne vais pas demander ma mutation ici.

— C'est un gros con, je t'avais prévenue. Mais il nous laisse l'affaire, c'est l'essentiel.

Quelqu'un frappa à la porte et ouvrit sans attendre de réponse. Un homme passa la tête dans l'entrebâillement pour s'assurer qu'il ne s'était pas trompé de pièce. En apercevant Simon, il sembla rassuré et entra.

— Vous avez demandé le spécialiste des sciences ? Le type qui parvient à trouver des réponses à vos questions les plus folles ? Le Mac Lesggy de la police ? Tadaaaam !

C'était un homme d'une cinquantaine d'années aux cheveux longs et bouclés, avec un bel embonpoint et des lunettes aux verres si sales qu'ils semblaient avoir été nettoyés avec du gras de jambon. Il était manifestement de bonne humeur.

— On vous a mis en quarantaine ou quoi ? demanda-t-il en regardant autour de lui.

— Philippe, je te présente Marion Mastereaux, dit Simon. On travaille ensemble et elle n'a pas accès à tout le bâtiment.

— Chère pestiférée, soyez la bienvenue.

Elle lui sourit et serra la main qu'il lui tendait.

— Marion, voici Philippe Eisen. Philippe est enquêteur, comme nous, mais son parcours est beaucoup plus atypique puisqu'il est passé par la fac de sciences de Jussieu. C'est à lui qu'on fait généralement appel quand on ne comprend rien.

— À l'école, tout le monde était copain avec moi. Surtout la veille d'un devoir de maths !

— J'aurais été votre meilleure copine, plaisanta Marion.

— Oh, j'en doute ! dit-il en se laissant tomber sur une chaise. J'étais encore plus gros qu'aujourd'hui et couvert d'acné, j'avais des auréoles sous les bras et je ne parlais que de jeux de rôles. Alors, vous savez, les filles étaient pour moi aussi théoriques que le boson de Higgs.

— Bon, Philippe, on ne t'a pas fait venir pour que tu nous fasses le récit de ton dépucelage au lycée, intervint Simon.

— Ah, si seulement je m'étais fait dépuceler au lycée !

Marion se mit à rire, à la grande satisfaction d'Eisen qui se dandina imperceptiblement sur son siège avant de reprendre :

— Racontez-moi tout !

Marion et Simon s'assirent en face de lui.

— Tu as entendu parler de Vincent Boissard, Otis Levine, Henri Vastine et Jean-Édouard Haineteaux ? demanda Simon.

— Tu te moques de moi ?

— Non, répondit-il, un peu surpris que sa question suscite une telle réaction.

— C'est comme si je te demandais si tu connaissais Picasso, Chagall, Manet et Van Gogh !

— Ils sont si connus que ça ?

— Mais oui ! Uniquement dans le milieu scientifique, évidemment. En dehors, j'imagine qu'ils doivent signer moins d'autographes que Lady Gaga !

— Bien. Est-ce qu'ils se connaissent, d'après toi ?

— S'ils se connaissent personnellement ?

— Oui.

— Je n'en ai aucune idée.

Marion intervint :

— Et professionnellement ? Vu les domaines dans lesquels ils exercent, est-ce que vous pensez qu'ils ont pu être en relation ?

— Professionnellement, je ne vois pas pourquoi ils se connaîtraient. Si je ne me trompe pas, ils n'enseignent pas dans les mêmes régions, je crois que Boissard est de Marseille…

— D'Aix, rectifia Marion.

— OK, d'Aix. Levine est directeur de la fac de Montpellier et Vastine faisait récemment une conférence à Paris.

— Mis à part ça, tu ne trouves pas étonnant qu'ils ne se connaissent pas personnellement ?

— Non, je ne vois pas ce que ça a d'étonnant.

— Ce que Marion veut dire, c'est qu'on trouve curieux que des savants de ce niveau n'entretiennent aucune relation entre eux.

— Mais pourquoi en auraient-ils nécessairement ? Quand on achève ses études de sciences, on ne signe pas une charte qui nous oblige à fréquenter les autres scientifiques !

— Philippe, je vais être transparent avec toi, poursuivit Simon, ils nous ont soutenu ne pas se connaître. On veut ton avis.

— Levine et Vastine ont déclaré s'être déjà rencontrés, précisa Marion.

— Oui, voilà, répondit Philippe. Levine et Vastine se sont probablement déjà parlé, ils sont physiciens tous les deux. Pour autant, je ne serais pas surpris d'apprendre qu'ils ne se connaissent pas plus que ça, car leurs disciplines respectives sont très différentes. Quant à Boissard, je ne sais même pas s'ils ont eu l'occasion de le rencontrer. Qu'est-ce qui vous fait croire qu'ils se connaissent ?

— Rien du tout. Ils avaient plutôt l'air sincères. Mais on doit tout vérifier.

— Ils ont des points communs ? demanda Marion.

— Oui : si vous leur demandez d'expliquer la nature de leurs recherches à un auditoire de néophytes, ils parviendront à endormir tout le monde en moins de dix minutes.

— Sinon ?

— Chacun est au top dans son domaine. Si vous m'aviez demandé de vous désigner les meilleurs dans chaque discipline, j'aurais cité leurs noms. Sans hésiter.

— La vache ! J'ai l'impression qu'on parle des Beatles ! lâcha Simon.

— Ce sont vraiment des pointures, confirma Eisen.

— D'accord. Nouvelle question : si on les faisait travailler tous ensemble sur un projet global, qu'est-ce que ça donnerait ?

Philippe Eisen sembla surpris par la question.

— Rien, répondit-il en haussant les épaules.

— Comment ça ? Tu viens de me dire que ce sont des génies !

— Absolument. Chacun dans sa spécialité. Mais ils n'ont rien en commun.

— Attends, on peut bien imaginer qu'ils puissent travailler sur un projet où la spécialité de chacun serait utile, non ? Ça a beau avoir l'air tiré par les cheveux, c'est quand même envisageable.

Philippe prit une profonde inspiration. En contemplant le plafond, il réfléchit à la meilleure façon de répondre.

— Imaginons… imaginons que l'on remplace tes savants par… Van Gogh, Jimi Hendrix, Roger Federer et Victor Hugo. Bon. Tu les mets dans la même pièce, je suis sûr qu'ils vont avoir plein de trucs à se raconter, ça va être passionnant, mais tu vas en tirer quoi ?

Sur quoi tu vas les faire bosser ? Qu'est-ce qui va sortir de concret ?

— Je vois ce que tu veux dire.

— Je ne veux pas trop rentrer dans les détails, Simon, parce que tu vas décrocher. Mais rien que Levine et Vastine, qui sont pourtant tous deux physiciens, n'ont absolument rien en commun. L'un est cosmologue, c'est l'un des meilleurs experts de l'accélération de l'expansion cosmique, son domaine c'est l'infiniment grand. L'autre est spécialisé en mécanique quantique, autrement dit l'infiniment petit. Rien à voir. Pour tout dire, ils travaillent sur des modèles qui ne sont même pas compatibles. Depuis des décennies, des milliers de scientifiques à travers le monde tentent de trouver comment unifier la relativité générale et la physique quantique, et ce n'est pas en une semaine que la solution va être trouvée.

— Je ne savais pas qu'ils étaient aussi spécialisés que ça.

— Tu sais, de nos jours, si tu es compétent dans un domaine, je veux dire, vraiment à fond, eh bien, tu ne peux rien faire d'autre. Jadis, oui, c'était possible, tu pouvais être très fort à la fois en algèbre, en chimie, en physique et avoir pour marotte l'alchimie. Mais, aujourd'hui, avec les connaissances qu'on a, si tu veux avoir un niveau correct, il te faut suivre dix ans d'études dans chaque discipline !

Simon grimaça.

— Tout compte fait, je trouve ça encore plus étrange.

— Qu'est-ce qui est étrange ? lui demanda Philippe Eisen.

— Ça part dans la direction opposée à celle que j'imaginais.

— C'est-à-dire ?

— Je pensais qu'ils étaient complémentaires et que quelqu'un aurait intérêt à les réunir pour aboutir à un grand projet. Et, en réalité, c'est tout le contraire. On dirait... que les ravisseurs cherchent à se constituer une sorte de... « collection ». Bon, je sais que le terme est mal choisi, mais vous voyez l'idée ?

Comme ses deux interlocuteurs le regardaient sans répondre, il poursuivit sa réflexion :

— C'est lorsque tu as fait la comparaison avec des personnages célèbres, Van Gogh et les autres, que j'ai eu le déclic. On dirait que quelqu'un tente de rassembler des pièces maîtresses dans le domaine scientifique, comme un collectionneur le ferait avec des tableaux.

— Bon, dit Philippe Eisen. Admettons. Mais à quoi ça servirait ?

— Faisons un petit exercice, tu veux bien ?

— D'accord.

— Mets-toi à la place d'un ravisseur.

— OK.

— Tu enlèves ces savants, un par un. Tu disposes, pour chacun d'eux, d'une semaine complète. Qu'est-ce que tu peux en tirer ?

— Une rançon !

— Il n'y a pas eu de demande de rançon. Quoi d'autre ?

— Désolé, mais ça ne mène nulle part.

— Explique-nous pourquoi.

— Eh bien, parce qu'ils ont des connaissances tellement vastes et poussées qu'en une semaine, je ne pourrais rien en faire.

— Et si... reprit Marion, et si vous étiez presque à leur niveau. Si vous étiez très fort, mais pas aussi génial qu'eux. En les enlevant, vous pourriez rattraper vos lacunes, non ?

— En une semaine ? Vous voulez rire !

— Une semaine à plein temps, ils peuvent quand même fournir des informations, bon sang ! insista Simon.

— Oui, bien sûr, concéda Philippe en s'impatientant un peu. Ces types sont des mines d'or ! Donc, tu vas combler quelques lacunes, et ensuite ? Tout reste à faire ! Tu ne peux pas t'approprier leurs connaissances comme si tu avais un aspirateur ! Ce serait bien pratique, mais ça ne fonctionne pas. Je sais bien qu'un ou deux hurluberlus ont affirmé que ce serait un jour possible mais, en attendant, ce n'est pas le cas. Et puis, tu sais, on parle de « connaissances », c'est un mot abstrait, qui ne veut pas dire grand-chose et qui t'induit en erreur. Ce n'est pas comme si, après leur avoir demandé d'apprendre l'annuaire par cœur, on était épaté qu'ils aient réussi à le retenir. Si c'était juste ça, alors oui, on pourrait imaginer qu'ils aient été enlevés par quelqu'un qui a besoin de se procurer des coordonnées parce que son annuaire à lui est incomplet. En réalité, ce qui fait qu'ils sont à ce niveau, c'est leur talent, leur instinct, leur sens de l'initiative. Ce sont les meilleurs parce qu'en se fondant sur un savoir considérable, ils parviennent à créer des choses merveilleuses et à repousser les limites de leur science.

Philippe s'interrompit, puis poursuivit en hochant la tête :

— Cette idée de « collection de savants » est marrante, mais elle n'a aucun sens. Non, vraiment, les enlever et les relâcher au bout de si peu de temps, ça ne sert à rien du tout.

— Ça a le mérite d'être clair, conclut Marion.

— Si ça ne sert à rien, insista Simon, pourquoi l'avoir fait ?

— Mes chers amis, je crois que vous êtes confrontés à une énigme des plus coriaces.

— Tu l'as dit !

— Vous avez encore besoin de moi ?

— Non, Philippe. Merci d'être venu nous voir.

— De rien, répondit-il en se levant.

Alors qu'il atteignait la porte, il s'immobilisa soudain, puis se tourna vers eux.

— Il faudrait quand même vérifier s'ils ne sont pas tous membres de Ravenloft.

— Qu'est-ce que c'est que ça ? s'inquiéta Simon.

— Une sorte de société secrète dont les membres sont tous issus du milieu scientifique. À ce qu'on raconte, ils suivent des rites étranges. Leur but serait de prouver que Dieu n'existe pas. Ils se réunissent régulièrement dans des endroits isolés et portent des masques et des toges lors de cérémonies occultes…

Interloqués, Simon et Marion l'observaient avec des yeux ronds. Le visage de Philippe Eisen se déforma peu à peu, puis il éclata de rire.

— Ahaha ! Si vous voyiez vos têtes !

— Oh, c'est malin ! Tu sais que j'y ai cru ?

Quand Philippe Eisen quitta la pièce, il riait encore.

– 33 –

Nom : NATRIN
Prénoms : Axel, William
Date de naissance : 6 février 1966
Lieu de naissance : Paris 16e
Nationalité : française
Domicile : 208 boulevard d'Andilly
Ville : Montmorency
Code postal : 95160
Casier judiciaire : néant

Face à ses hommes, dans le vaste open space du commissariat de Strasbourg, Cannelle Pourson lisait et relisait les informations laconiques qu'elle avait sous les yeux. Le fichier STIC qui enregistrait les infractions commises sur le territoire national était aussi vide que possible. Aucun délit, aucune infraction. Les « clients » des officiers de police judiciaire avaient en principe un passé chargé. Ce n'était pas le cas ici, ce qui rendait le personnage encore plus énigmatique.

— Puisque son numéro figurait sur la liste des appels fournie par l'opérateur téléphonique, pourquoi vous n'avez pas vérifié plus tôt qui était cet Axel Natrin ?

— On n'est pas remontés aussi loin, commissaire, répondit le policier qui avait effectué les recherches. Leurs derniers échanges téléphoniques remontent au 22 décembre. Soit seize jours avant le meurtre. Ça fait long. Et puis, vous vous rendez compte du nombre de suspects que ça représentait ? On s'est focalisés sur les quelques jours qui ont précédé le crime.

Agacée, Cannelle Pourson fit la grimace. Cet indice était à leur portée depuis le début et ils n'y avaient pas prêté attention. Elle savait néanmoins que son adjoint avait raison. Il aurait été compliqué de vérifier l'alibi de chaque personne qui avait eu une conversation téléphonique avec Georges Toussant au cours des trois semaines précédant le meurtre.

Axel Natrin. Elle tenait enfin une piste.

— Qu'est-ce qu'on sait de lui ? demanda-t-elle.

— Venez voir, commissaire, j'ai trouvé des infos sur Internet.

Pourson s'approcha du policier qui l'avait interpellée et se pencha sur son ordinateur. La page Google faisait effectivement apparaître plusieurs centaines de références à Axel Natrin. Le policier cliqua sur le premier lien. Il s'agissait d'une interview en anglais datant de l'année précédente, parue dans une revue scientifique américaine. L'article était accompagné de la photo d'un homme remarquablement séduisant qui, malgré ses cheveux argent, ne semblait pas avoir plus de 45 ans.

— Qui parle bien anglais ici ?

L'un des policiers leva la main comme un écolier, s'approcha et entama sa lecture.

— Alors, déjà le titre : « Les secrets du cerveau ».

— C'est prometteur, commenta le commissaire Pourson.

— Ensuite, le petit texte en gras : « Nombreux sont les médecins qui travaillent depuis des années pour élucider les mystères du cerveau, mais peu d'entre eux peuvent se vanter d'avoir obtenu autant de résultats. Contesté par certains, le Français Axel Natrin n'en est pas moins un pionnier dans le domaine de la neurologie et des neurosciences. Nous l'avons rencontré à Paris. Entretien. »

— Un neurologue ! s'exclama Pourson. Pour un vol de cerveau, il faut reconnaître que ça ne manque pas de piquant !

Réalisant que l'interview était longue et que, vu l'enjeu, il serait contraint de traduire le texte intégralement, le policier attrapa un fauteuil et s'assit avant de reprendre.

« — Pouvez-vous d'abord revenir sur votre parcours ?

« — J'ai étudié la médecine à Paris et je me suis spécialisé en neurologie et neurochirurgie. J'ai fait mon internat à la Pitié-Salpêtrière dans le service du professeur Delong. Puis j'ai exercé en tant que médecin adjoint pendant cinq ans. J'étais membre de la commission médicale d'établissement et du Collège des enseignants de neurologie, je suis toujours membre de la Société française neurovasculaire.

« — Certains de vos travaux ont été contestés, voire décriés par vos confrères. Qu'est-ce qui génère autant de passion autour de vous ?

« — Le corps médical, et ce n'est pas vrai seulement en France, est très fermé aux innovations. Beaucoup de mes confrères ont besoin de se reposer sur des acquis, des techniques, des médications éprouvés de longue date, de peur de mal faire s'ils dévient de ce qui a toujours été pratiqué. Cette prudence, disons même cette frilosité, présente l'avantage de ne faire courir que peu de risques aux patients ; elle a le tort de geler toute innovation. Au regard de certains de mes confrères les plus conservateurs, le fait de m'intéresser aux nanotechnologies, au big data, et, de manière générale, ma volonté de lier l'ordinateur et le cerveau ont été accueillis avec une hostilité disproportionnée.

« — Avez-vous eu l'occasion de démontrer vos propos ?

« — Absolument. J'ai très souvent exposé mes arguments, mais je n'ai récolté que davantage de critiques. À croire qu'il est interdit de faire avancer la science. Toutefois, mes travaux progressent à grands pas et je vais prochainement publier de nouvelles conclusions qui ne manqueront pas de faire taire mes détracteurs.

« — Vous avez obtenu d'excellents résultats dans l'amélioration de la cartographie du cerveau ; vous avez également permis de mieux comprendre le rôle du cortex. Et ces travaux ont été salués par l'ensemble du corps médical. N'est-ce pas frustrant de ne pas parvenir à convaincre au sujet de vos nouvelles théories ?

« — C'est d'autant plus frustrant que, comme vous le rappelez, j'ai auparavant permis à la neurologie de progresser à pas de géant en déterminant de façon beaucoup plus précise le rôle des lobes pariétal, temporal et occipital. J'attendais de la part de mes confrères une plus grande réceptivité.

« — Le souci ne vient-il pas aussi des échéances que vous aviez annoncées pour révéler les résultats de vos travaux, échéances qui ont été repoussées à plusieurs reprises ?

« — Lorsque vous ambitionnez, non pas de faire avancer la science, mais de la révolutionner, il est impossible de fixer une date ! J'ai eu le tort, je l'avoue, de m'estimer capable de tenir des échéances. J'ai péché par excès de confiance et j'ai ainsi donné du grain à moudre à mes détracteurs. J'ai certes été incapable de tenir mon calendrier, mais ça ne signifie pas pour autant que mes découvertes sont infondées. Qu'importe ! Tout ce qui compte, c'est l'avancée de mes travaux.

« — Vous avez collaboré avec plusieurs entreprises américaines et françaises de génie biomédical. Pouvez-vous nous parler de la nature de vos travaux ?

« — Grâce à mes découvertes sur la cartographie du cerveau, j'ai été contacté afin de participer à l'élaboration d'appareils destinés au diagnostic et au traitement des patients. Cette nouvelle génération de matériel rendra obsolète tout ce qui existe aujourd'hui. Toutefois, nos points de vue divergeant sur de nombreux sujets, j'ai préféré faire cavalier seul plutôt que de suivre les injonctions de grands groupes pilotés par des actionnaires.

« — Les interactions entre le cerveau et la machine sont-elles pour demain, comme vous l'affirmez ?

« — Vous seriez surpris de l'état d'avancement de mes travaux et de l'imminence d'une publication à ce sujet.

« — Vous êtes président de la fondation Philomena, pouvez-vous nous en parler ?

« — La fondation Philomena a été créée par Augustinos Criscuola qui m'en a aussitôt confié la présidence. M. Criscuola est un altruiste très érudit, passionné de médecine, qui a toujours eu foi en mes travaux et qui a consenti à les financer. Philomena est une clinique spécialisée en neurologie ambulatoire et qui traite toutes les affections du système nerveux : céphalées, confusions, démences, amnésie, épilepsie, Alzheimer, etc. Notre approche est classique, mais nous sommes ouverts à toutes les techniques et, en particulier, à l'utilisation de l'ordinateur, en nous appuyant sur une cartographie toujours plus précise du cerveau. Nous nous intéressons aussi aux bienfaits de l'hypnose. » Voilà, c'est tout.

Sa lecture terminée, le policier se tourna vers sa patronne.

— Qu'est-ce que vous en pensez, commissaire ?

Le fait que cette piste mène à un chercheur en neurologie ne pouvait laisser personne indifférent. Cependant, la question était plus difficile qu'il n'y paraissait. Certes, Cannelle Pourson trouvait la coïncidence trop curieuse pour être due au hasard. À cet égard, elle avait encore à l'esprit les propos de la psychologue selon qui le meurtrier savait parfaitement ce qu'il faisait. Par ailleurs, elle avait souligné le caractère abject du crime, qui n'était pas à la portée du premier schizophrène venu. S'il n'était sans doute pas évident d'extraire un cerveau, c'était plus facilement réalisable par un médecin. *A fortiori* par un neurochirurgien.

Pourtant, elle gardait en mémoire l'épisode déroutant de Stanislas Frelet, au sujet duquel elle s'était enflammée à tort. Elle ne pourrait se remettre d'un second échec.

— Je trouve ça assez troublant. Il nous faut davantage d'informations. Vous avez autre chose ?

Le policier retourna sur Google et cliqua sur d'autres liens menant à des pages, en français cette fois, qui citaient Axel Natrin. Elles confirmaient ce qui figurait dans l'interview : il s'agissait d'un médecin très réputé, qui se vantait de développer de nouvelles technologies pour faire progresser la recherche en neurologie, et plus spécifiquement sur le fonctionnement de la mémoire.

— Il a fait l'objet de violentes critiques, fit remarquer un des policiers qui avait mené des recherches depuis un autre ordinateur. Il a même été dénoncé au Conseil de l'ordre, qui n'a pas donné suite.

À ces mots, le commissaire Pourson se redressa.

— Il a des ennemis ! s'exclama-t-elle. Et je ne serais pas surprise que le professeur Toussant ait été de ceux-là. Si c'est le cas, alors nous avons notre mobile.

— Regardez ici, reprit le policier, cet article date de moins de six mois. Il indique que Natrin s'est retranché dans sa clinique de Montmorency « pour fuir les quolibets de ses confrères », dit la légende.

— Faites une recherche croisée « Natrin Toussant », dit-elle en se penchant de nouveau vers l'écran.

Le policier saisit la requête dans la barre de recherche, aucune réponse concluante n'apparut. Pourson grimaça.

— Patron, intervint un autre enquêteur, j'ai ici les noms des détracteurs de Natrin. La liste n'est peut-être pas exhaustive, mais Georges Toussant n'y figure pas.

— Faites voir, dit-elle en s'approchant.

Elle parcourut la dizaine de noms, tous médecins, signataires d'articles vigoureusement hostiles aux travaux du neurologue. Aucun chimiste.

— Bon, encore une fausse piste. Quoi qu'il en soit, je veux que l'un d'entre vous appelle l'entourage de

Toussant pour demander si le nom d'Axel Natrin leur évoque quelque chose, et faites de même avec le nom de Toussant et la fondation… Comment déjà ?

— Philomena.

— Philomena. Car si Natrin est bien impliqué dans ce meurtre, alors il est forcément relié à sa victime, et nous devons découvrir comment.

— Entendu, patron.

— Poursuivons. Vous avez des infos sur Philomena ? demanda-t-elle.

— Attendez, je regarde. Alors… voyons voir, reprit le policier. Elle a été créée il y a onze ans. Elle porte le nom de la fille de Criscuola qui était atteinte d'une… amnésie antérograde très sévère. Elle a été soignée par Natrin. Pour le remercier, Criscuola a fondé une clinique. Oui, en fait, si je comprends bien, il a offert un centre de recherche à Natrin en gage de sa gratitude.

— C'est très généreux de sa part, commenta Pourson.

— Commissaire, il y a une vidéo. On la regarde ?

— Avec plaisir.

Quand le policier cliqua sur le lien, une fenêtre s'ouvrit. On y voyait un homme très élégant, au regard gris, répondre à des questions que lui posait une journaliste qui n'apparaissait pas à l'image.

« …La fondation Philomena met à ma disposition les ressources nécessaires à la poursuite de mes recherches. Je serai très prochainement en mesure de faire une démonstration du fruit de mes travaux.

« — Pouvez-vous nous éclairer sur la nature de ces derniers ?

« — D'ici peu de temps, il sera possible de décrypter le cerveau humain avec une telle précision que l'on parviendra littéralement à lire dans les pensées et aussi à les interpréter. Je vous l'affirme : un véritable séisme est sur le point de se produire. Il va toucher des domaines et des industries bien plus vastes que la médecine. C'est toute notre société qui en sera bouleversée. »

Les policiers demeurèrent pensifs quelques instants.

— Qu'est-ce qu'on fait, commissaire ? On le place en garde à vue ?

Pourson s'accorda quelques secondes avant de répondre :

— Pour quel motif ?

— Eh bien, puisque son nom a été effacé de la liste des appels téléphoniques de la victime…

— Et qu'est-ce que ça prouve ? Toussant a pu l'effacer lui-même avant de se faire tuer, ou la veille, ou deux jours avant, ou encore est-ce quelqu'un d'autre qui l'a fait pour incriminer Natrin.

— Patron, avouez que ce n'est pas très crédible.

— Je sais, concéda-t-elle. Mais c'est ce que son avocat nous objectera et on ne pourra pas rétorquer grand-chose. Il nous faut trouver d'autres indices incriminants.

— Comment ?

Pourson prit un peu de temps pour réfléchir.

— Donnez-moi le numéro du standard de Philomena.

Le policier se tourna vers son ordinateur et, après de brèves recherches, obtint le numéro qu'il nota sur un Post-it.

— Tenez.

Pourson décrocha le combiné le plus proche, composa le numéro puis actionna le haut-parleur.

— Fondation Philomena, bonjour, fit une voix de crécelle.

— Bonjour, madame, je travaille au restaurant *La Corde à linge*, à Strasbourg. Nous avons retrouvé par hasard un bloc-notes avec le nom du docteur… Axel Notron.

— Natrin.

— Ah oui, Natrin, pardon. Et il y a votre numéro de téléphone. J'ai pensé que ça lui appartenait et, comme il y a des informations médicales dessus, je me suis dit que c'était sûrement important, donc je voulais vous avertir.

— Le docteur Natrin ne m'a pas parlé d'un carnet perdu.

— Peut-être ne s'en est-il pas encore rendu compte. Il a dû le perdre il y a quelques jours seulement.

— Vous dites que vous êtes où ?

— À Strasbourg.

— Mais le docteur Natrin n'est pas allé à Strasbourg. En tout cas, pas ces dernières semaines.

Pourson et ses hommes échangèrent un regard.

— Vous êtes sûre ?

— Absolument.

— Eh bien… je vous remercie. Ça doit appartenir à quelqu'un d'autre. Au revoir.

Après avoir raccroché, Cannelle Pourson garda la main sur le combiné.

— Merde.

– 34 –

Simon roulait vite. Beaucoup plus vite et moins prudemment que lorsqu'ils avaient rejoint son bureau à Levallois-Perret, et Marion dut souvent resserrer son étreinte de peur de tomber. Il détestait prendre l'autoroute en deux-roues, surtout avec son vieux Piaggio qui manquait de rendre l'âme à chaque instant, mais pour gagner du temps, il avait tout de même emprunté l'A15. Il fallait faire vite. Leur destination n'était qu'à une quinzaine de kilomètres au nord de Paris.

Montmorency était une petite ville bourgeoise, établie sur un relief très accidenté, essentiellement composée de pavillons en meulière et d'hôtels particuliers. Elle était devenue le siège d'un nombre incroyable de maisons de retraite et autres instituts médicaux.

Simon s'arrêta sur le trottoir et ils descendirent à la hâte de son scooter qu'il attacha à un poteau. Il hésita un peu à pénétrer dans la cour, car il avait l'impression de s'être trompé d'adresse. 6 rue de Valmy, c'était pourtant bien là. Il se trouvait face à la grille ouverte d'une maison assez massive, à l'exact opposé de l'idée que l'on peut se faire d'un commissariat de police.

Située dans un quartier huppé, la bâtisse avait des airs de chalet montagnard.

Il n'y avait ni panneau ni drapeau tricolore. Il aperçut néanmoins plusieurs fourgonnettes garées sur le côté du bâtiment.

— C'est ici. Dépêchons-nous.

— Allons-y, dit Marion en ôtant son casque.

Les deux enquêteurs traversèrent la cour au pas de course et furent accueillis par ce qui s'apparentait à une haie d'honneur. Une demi-douzaine de policiers en uniforme était plantée dans le minuscule hall. Manifestement, ce n'était pas tous les jours qu'ils recevaient la visite de collègues conduisant une enquête pour la DGSI. Simon parut surpris et gêné. Il fut également déstabilisé par ce lieu atypique : l'entrée était ornée de moulures et sur chaque mur figuraient des carreaux de porcelaine peinte représentant des canards et des oies sauvages. Dans une pièce voisine, dont la porte était restée ouverte, la lumière froide et triste des néons d'un plafonnier bas de gamme rappelait que l'on était dans un commissariat.

— Peut-on le voir ? demanda-t-il sans autre forme de politesse.

— Par ici, lieutenants, suivez-moi, répondit un brigadier qui sortit du rang.

Comprenant qu'ils étaient pressés, le policier traversa rapidement un couloir, les conduisit à un bureau et les fit entrer.

Le professeur Henri Vastine se trouvait face à eux, assis derrière une table ovale sur laquelle étaient posés des feuilles vierges et un pot à crayons. Il griffonnait distraitement, comme l'aurait fait un gamin attendant le retour de ses parents. En les voyant entrer, il leva les yeux de sa feuille.

— Professeur Vastine ! s'écria Marion, médusée.

Simon fut tout aussi stupéfait de trouver en ces lieux le savant que l'on cherchait à sept cent cinquante kilomètres de là.

— Voulez-vous que je vous laisse ? demanda le brigadier.

— Non, non, restez, répondit Marion. Vous nous serez très utile.

— Bien, dit-il en se postant près de la porte qu'il ferma derrière lui.

Henri Vastine se leva et s'approcha d'elle avec prudence, comme un animal sauvage à qui l'on propose de la nourriture.

— Qui êtes-vous ? balbutia le savant.

— Je m'appelle Marion Mastereaux, je suis lieutenant de police et voici le lieutenant Simon Vairne. Nous sommes… enfin, nous étions chargés d'enquêter sur votre disparition.

Le scientifique sembla soulagé, même si un voile de méfiance recouvrait encore son visage. Ou bien était-ce de la peur ?

— Comment allez-vous, professeur ? demanda Marion avec énormément de tendresse, comme elle l'aurait fait avec un parent proche.

— C'est plutôt curieux, je vais bien. Enfin, je n'ai mal nulle part. Toutefois, je me sens dans un drôle d'état. Je suis tout engourdi. J'ai un peu de mal à me déplacer et j'ai des fourmis dans les membres. Ce n'est pas vraiment douloureux, mais c'est assez désagréable.

Au lieu de lui répondre, Marion et Simon se contentèrent d'observer Henri Vastine comme s'il s'agissait d'une sculpture de glace qu'un mouvement trop brusque risquait de briser.

Dès que les policiers de Montmorency avaient répondu à l'avis de recherche émis au nom d'Henri Vastine, Simon et Marion avaient accouru, enflammés à l'idée de pouvoir l'interroger, tout en craignant d'entendre les réponses déjà connues. Ce fut donc avec une certaine fébrilité que Marion se lança :

— Avez-vous pu contacter votre épouse ?

— Oui, je l'ai prévenue dès que j'ai été en mesure de téléphoner. Elle me rejoint ce soir. J'ai conservé un petit pied-à-terre à Paris, car je m'y rends encore fréquemment.

— Parfait. Professeur, j'imagine que vous devez être éprouvé par ce qui vous est arrivé, mais nous avons un certain nombre de questions à vous poser.

— Je vous écoute.

— Quelles sont les circonstances de votre disparition ?

— Je ne m'en souviens pas, rétorqua-t-il sur un ton qui dévoilait à la fois son impuissance et son incompréhension.

— Il faut que vous fassiez un effort, professeur, vous êtes notre seul espoir pour avancer dans cette enquête.

— Lorsque j'essaie de me rappeler, que je me concentre, c'est le vide absolu. Comme si je me trouvais dans une sorte de coma, comme si… C'est difficile à expliquer. Comme si ces derniers jours n'avaient pas existé. Je suis conscient d'avoir disparu, mais je ne sais pas ce que j'ai bien pu faire pendant cette absence. En fait, je n'ai aucune idée de ce qu'il s'est passé.

Ces paroles, Marion les connaissait par cœur pour les avoir déjà entendues de la bouche de Vincent Boissard et de celle d'Otis Levine. Elles correspondaient aussi à la déclaration d'Haineteaux. Elle reconnut également cette petite croûte de sang qui s'était formée sur son avant-bras, à l'endroit où on lui avait posé un cathéter. Au lieu d'avancer, l'histoire bégayait.

— Vous ne connaissez personne, ici ?

— À Montmorency ? Non, je n'y ai jamais mis les pieds de ma vie. Je ne saurais même pas situer cette ville sur une carte.

— Quelle est la dernière chose dont vous vous souvenez ?

Vastine fit mine de réfléchir, mais la réponse vint immédiatement.

— Je suis en train de dîner avec ma femme.

— À Bonnieux ?

— Mais oui, naturellement.

— Aviez-vous un rendez-vous ce jour-là ?

— Non, aucun.

— Avez-vous croisé quelqu'un que vous auriez eu l'impression d'avoir déjà vu ?

Le savant prit quelques secondes avant de faire non de la tête.

— Est-ce que quelqu'un vous a rendu visite ?

— Non.

— Avez-vous remarqué si on vous suivait ? Qu'un véhicule ou qu'un individu se trouvait souvent au même endroit que vous ?

— Je m'en serais rendu compte ! À Bonnieux, en cette saison, il n'y a pas un chat.

— Vous souvenez-vous de quoi que ce soit d'inhabituel ?

— Non. Nous dînions tranquillement. Mon épouse avait préparé un lapin à la moutarde. C'est quand même fou que je puisse me souvenir de ça et pas du reste, bon sang !

— Vous en avez donc un souvenir très précis ?

— Oui, très précis. Et ensuite…

— Le trou noir, coupa Simon.

— Exactement, acquiesça Vastine, manifestement soulagé de trouver quelqu'un comprenant ce qu'il éprouvait.

— Brigadier ? demanda Simon en se retournant vers le policier en uniforme. Pouvez-vous m'indiquer où vous avez découvert le professeur ?

— Il a arrêté un passant pour lui demander de nous contacter. Lorsque nous sommes intervenus, il se trouvait boulevard d'Andilly.

— Pouvez-vous me montrer où ça se situe ?

— Certainement. Suivez-moi.

Le brigadier conduisit Simon dans la pièce voisine où un plan de Montmorency était punaisé au mur. La ville était divisée en deux parties distinctes, de couleurs différentes. Après une recherche rapide, le policier posa son index sur un point de la carte.

— Voilà, ici, très précisément.

Simon s'approcha pour regarder à quoi pouvait correspondre cet endroit, mais ne vit que des noms de rues et des formes roses figurant des bâtiments.

— Ça m'a l'air d'être une artère assez passante, non ?

— Oui, c'est un axe où il y a pas mal de circulation.

— Donc, s'il a été libéré à cet endroit, il doit y avoir des témoins, conclut-il pour lui-même.

Simon examina de nouveau la carte.

— Et ça, là, c'est quoi ?

— Le chemin du Mont-Griffard.

— C'est minuscule, non ?

— Oui, c'est une venelle en pente.

— Celle-ci aussi, à côté ? demanda-t-il en pointant une rue voisine.

— Le chemin Vieux-d'Andilly ? Oui, c'est peu passant.

— D'après vous, si quelqu'un dépose, disons, un colis suspect ou un corps dans l'un de ces endroits-là, il se fait repérer ?

— Je ne pense pas.

— Si vous deviez libérer un otage sans vous faire remarquer, vous choisiriez cet endroit ?

— Oui, ça me semble être idéal. Il y a peu de chances que quelqu'un passe et, si c'est le cas, on le voit venir de loin. S'il faut fuir, 50 mètres plus loin, on est noyé dans le flot de la circulation.

Simon scruta la carte murale à la recherche d'un détail qui aurait fait basculer l'enquête. Il suivit le tracé des rues, empruntant des chemins, revenant en arrière, caressant la démarcation des maisons. Le plan restait mutique.

Simon fit la moue puis regagna le bureau où se trouvaient sa collègue et Vastine.

— Alors ? demanda Marion en se tournant vers Simon.

— Rien de spécial, répondit-il en se rasseyant. On a probablement relâché le professeur dans une ruelle où nous aurons toutes les peines du monde à trouver un témoin.

— Ça ne m'étonne même plus.

— Oui. Mais c'est étrange, car c'est la première fois que la distance est si grande. Les autres ont toujours réapparu près de leur domicile.

— Les autres ? interrogea Vastine en dévisageant Simon. Quels autres ?

Simon grimaça. Il avait lâché une information déterminante à un témoin. Ce n'était pas une grosse gaffe puisqu'il aurait bien fallu interroger Vastine tôt ou tard à ce sujet, mais il avait perdu le contrôle de la situation l'espace d'un instant. Foutu pour foutu, il décida de jouer la transparence :

— Connaissez-vous Vincent Boissard, Otis Levine et Jean-Édouard Haineteaux, professeur ?

— Boissard de réputation, évidemment. Levine et Haineteaux, bien sûr. Nous nous voyons, je dirais, une fois tous les deux ans, lors de colloques internationaux. Ils ont disparu, dites-vous ?

— Oui, dans des circonstances similaires.

— Et on les a retrouvés ?

— Comme vous, avec la mémoire effacée.

— Mais que nous veut-on ? s'inquiéta-t-il.

— Nous comptions un peu sur vous pour nous l'apprendre, professeur, intervint Marion.

— Je n'en ai aucune idée ! répliqua-t-il avec énergie. Je n'ai rien à voir avec eux, ni avec leurs travaux, d'ailleurs je les connais très peu !

— Eux non plus ne se souviennent d'aucun détail de leur captivité, alors que leur mémoire des faits antérieurs est intacte.

— Troublant, admit Vastine en reprenant machinalement le crayon qu'il avait posé.

Marion se passa la main dans les cheveux pour rabattre sa mèche brune en arrière.

— Je peux te parler, Simon ?

— Bien sûr.

Ils se levèrent ensemble et Simon la laissa sortir la première, après quoi il ferma la porte derrière eux.

Une fois dans la pièce voisine, elle s'approcha de lui en parlant assez bas pour être sûre de ne pas être entendue par Vastine :

— Ce qui est curieux, c'est qu'il constitue un cas à part.

— Il a été retrouvé loin de chez lui, enchaîna Simon. Montmorency au lieu de Bonnieux, ça fait une sacrée distance.

— Oui. Il a aussi disparu moins longtemps.

— Et il est le seul à s'être fait enlever pendant qu'un autre était encore séquestré.

— Il y a un truc qui cloche, dit-elle en mettant les mains sur ses hanches.

— C'est certain.

— Tu as une idée ?

— J'ai bien observé son langage corporel pendant que tu l'interrogeais…

— Un vieux réflexe de joueur de poker, j'imagine ?

— En quelque sorte. Ce n'est pas une science exacte, et je n'aurais aucune chance de confondre un bon menteur, surtout s'il a prémédité son coup, mais parfois un détail permet de considérer les choses différemment.

— Et tu as noté quelque chose ?

— Oui. Il y a eu un contraste énorme entre le moment où il a appris le nom des autres disparus et celui où il a affirmé n'avoir aucun souvenir.

— Je n'ai rien remarqué.

— C'est normal, ça passe inaperçu. Mais avec un peu d'attention et de pratique, c'est flagrant.

— Par exemple ?

— Lorsque nous lui avons révélé les noms des autres savants, il a semblé réellement surpris. Je mettrais ma tête à couper qu'il n'était pas au courant de leur disparition. Mais lorsqu'il a évoqué ses propres souvenirs, ou plutôt son amnésie, le ton de sa voix était lancinant, monocorde, comme s'il récitait un texte.

— Et qu'est-ce que tu en déduis ?

— Je ne sais pas. Mais le « vide absolu », « comme si ces derniers jours n'avaient pas existé », le « trou noir », ce sont les paroles exactes d'Haineteaux, au mot près, je pourrais le jurer !

— Tu penses qu'il mentait ?

— Difficile à dire… En fait, je ne vois pas pourquoi il mentirait, dit Simon en écartant les bras en signe d'impuissance. Je vais te répondre à ma manière : la probabilité qu'il mente est de l'ordre de 60 %. Après tout, j'ai quand même repéré quelque chose d'anormal dans son langage corporel. Ce qui rend le mensonge moins probable, c'est qu'il n'a aucune raison de nous mentir. Donc je donne un malus à cette hypothèse. On tombe à 50 %. D'une manière ou d'une autre, cela impliquerait qu'il ait bidonné son kidnapping ou qu'il connaissait ses ravisseurs. Là, on franchit la barre du « vraiment peu probable ». On est maintenant autour de 25 %. Mais il reste du lourd : de toute évidence, il a été sincèrement surpris d'apprendre le nom des autres savants enlevés. Il faudrait donc qu'il ait manigancé un truc sans les connaître. Et dans quel but ? Parce que je ne vois pas ce qu'il avait à gagner dans cette opération. Il a juste perdu une semaine de sa vie. Et là, ma chère Marion, on ne vole pas bien haut. 5 %, pas davantage.

— On est à 95 % dans la merde !

— Il y a autre chose au sujet de son attitude…

— Quoi donc ?

— Eh bien, sa posture générale. Au-delà des mots ou des gestes, il a l'attitude d'une victime, de quelqu'un qui subit les événements. Et ça, c'est impossible à simuler.

Les deux enquêteurs échangèrent un regard alors qu'ils tentaient d'échafauder une théorie.

— Il y a bien une explication, dit Simon, sur un ton soudain plus enjoué.

— Laquelle ?

— Supposons qu'en effaçant les souvenirs de Vastine, ses ravisseurs aient également « enregistré » un message prêt à l'emploi. Lui, et chacun des scientifiques, nous a régurgité ce qu'on lui avait mis dans le crâne.

— Une réponse automatique, en quelque sorte ?

— Voilà. Sachant que nous allions obligatoirement poser certaines questions, ils les ont « programmés » pour nous donner des réponses toutes faites, dénuées d'informations compromettantes.

— « Programmés » ? Tu penses qu'il est possible de programmer un individu ?

— Au moins autant que d'effacer sa mémoire, non ?

Ce dernier point en suspens les laissa perplexes quelques instants.

— On y retourne ? demanda Marion, consciente que leur aparté devenait incongru.

Ils interrompirent là leurs analyses pour rejoindre Vastine resté avec le brigadier. À peine dans la pièce, ils s'arrêtèrent net. Plantés là, incapables d'avancer, ils sentirent leur sang se glacer.

– 35 –

Cannelle Pourson tenait sa piste la plus sérieuse depuis le début de cette enquête. Elle allait devoir jouer serré. Désormais, chaque coup devait faire mouche.

Si elle était convaincue que cette histoire de fondation et de recherches nébuleuses dissimulait des informations capitales pour l'enquête, elle savait aussi que ce n'était pas suffisant pour justifier le meurtre de Georges Toussant.

En effet, pourquoi un médecin parisien réputé et talentueux irait assassiner un chimiste strasbourgeois ? L'hypothèse de la vengeance avait les attraits de la facilité mais était d'une affligeante banalité, dont Georges Toussant n'était peut-être finalement que l'une des ombres défigurées. La banalité pour justifier l'insoutenable ? Pourson n'y croyait guère. Elle imaginait derrière cette mutilation un motif atroce et abject que la vengeance peinait à expliquer. Et puis, restait cette dernière question préoccupante : pourquoi tuer Toussant alors qu'il ne faisait pas partie des détracteurs de Natrin ?

Conformément à ce qu'elle avait déclaré à l'un de ses collaborateurs, la garde à vue, bien qu'étant une option, n'était pas privilégiée. Trop de zones d'ombre restaient à éclaircir. Il fallait poursuivre l'enquête.

Elle fut interrompue dans ses réflexions par l'un de ses adjoints.

— J'ai de mauvaises nouvelles, commissaire.

— Je vous écoute.

— Bon, je commence par la rédaction de France 3 que j'ai interrogée à propos du docteur Natrin. Inconnu au bataillon. Je leur ai demandé s'ils n'avaient pas diffusé un reportage ou une news à propos de ses travaux. Rien. Ils ne voient même aucune raison de parler d'un neurologue de Montmorency dans un JT alsacien.

— Je ne suis pas étonnée. Je reste persuadée que le cerveau a été envoyé à France 3 dans le but de se faire un coup de pub. Il n'y a rien de personnel.

— J'ai aussi téléphoné à l'ensemble des personnes que nous avions interrogées à propos de l'assassinat de Toussant, ses proches, ses collaborateurs, ses étudiants, etc. Personne n'a jamais entendu parler de Natrin.

— Il a pu utiliser un faux nom…

— Non, car j'ai systématiquement montré sa photo pour voir si son visage était familier à quelqu'un. À part une laborantine qui lui a trouvé une vague ressemblance avec un prof de géographie au lycée, ça n'a rien donné.

— Est-ce que Toussant aurait pu être le patient de Natrin ? demanda-t-elle. Pas forcément ces dernières semaines, mais peut-être quelques années en arrière.

— Vous pensiez me prendre en défaut, n'est-ce pas, commissaire ? Eh bien, figurez-vous que j'y ai songé ! Hélas, Toussant n'a jamais consulté de neurologue, ni Natrin ni aucun autre, sa femme est formelle.

— Et Philomena, ça leur parle ?

— Même résultat.

— C'est vraiment dommage. Dites-moi que vous avez quand même découvert un lien, aussi mince soit-il, entre les deux hommes.

— J'aimerais bien.

Pourson se leva en s'étirant. La soirée ne faisait que commencer, mais la fatigue était déjà là. Elle reprit son analyse :

— Il existe forcément un lien entre eux. S'ils se sont appelés à plusieurs reprises, c'est qu'ils se connaissaient. Et puisque le numéro de Natrin a été effacé, ça prouve que leur relation ne devait pas être découverte.

Le regard de Pourson fut attiré par le symbole scotché au mur.

— Est-ce que Natrin a un lien quelconque avec la religion, une secte, quelque chose d'occulte ?

— Je n'ai rien trouvé de ce genre.

— Et celui qui a fondé Philomena ? Que savez-vous sur lui ?

— Criscuola ?

— Oui. A-t-il un lien avec Toussant ?

— Ce sera difficile à dire, patron.

— Pourquoi ?

— Il est décédé il y a deux ans.

— De quoi ?

— Accident vasculaire cérébral, fit-il en se tapotant la tempe avec son index.

— Décidément, on n'en sort pas !

À cet instant, le téléphone portable de Pourson se mit à sonner. Son collaborateur quitta la pièce pour la laisser seule.

— Pourson, fit-elle d'un ton sec.

— Bonsoir, commissaire. Lieutenant Vairne de la DGSI, je vous avais appelée…

— Je me souviens très bien de vous, lieutenant, l'interrompit-elle.

— Ah. Parfait. Pouvez-vous me donner un maximum d'informations sur l'auteur du meurtre du professeur Toussant ?

— J'ignore encore de qui il s'agit.

— Mais, la dernière fois que…

— Je sais bien, lieutenant, répondit Pourson d'un ton crispé, mais c'était une fausse piste.

— Vraiment ?

Le souvenir de son échec était encore vivace. Elle resta silencieuse.

— Bien, reprit Simon qui avait perçu le malaise, je voudrais savoir si vous avez des éléments à me communiquer à propos de cet étrange… dessin que vous avez retrouvé sur la scène de crime.

— Je n'ai pas grand-chose. Comme je vous l'avais dit, il me semble, j'ai désigné une équipe pour faire des recherches sur ce symbole. Malheureusement, elle ne m'a pas transmis de résultats concluants. Nous avons des hypothèses, rien de plus.

— Quelles sont les pistes que vous avez envisagées ?

— Nous avons trouvé des liens avec la religion. Les cercles, le chiffre 7 nous incitent à penser qu'il s'agit d'un crime commis par un illuminé. Ça corrobore d'ailleurs le portrait psychologique du tueur : un individu intelligent, déterminé à accomplir une mission.

— Une sorte de rituel ?

— Tout à fait. Mais pourquoi me posez-vous ces questions, lieutenant ? Vous avez de nouveaux éléments ?

— Cette fois, j'ai la preuve formelle que le meurtre de Georges Toussant est lié à mon enquête.

— Quelle preuve ?

— On a retrouvé le professeur Henri Vastine et, pendant son interrogatoire au commissariat, il a griffonné machinalement un dessin…

— Le même symbole ?

— Exactement.

— Vous pensez qu'il pourrait être le coupable ?

— Non. J'ai beaucoup de mal à y croire. À quelle heure Toussant a-t-il été tué ?

— Vers 21 h 30.

— Alors, ça innocente Vastine. Des voisins ont attesté être avec lui à 21 heures. Or, entre son domicile et Strasbourg, il y a sept heures de route ou plus de deux heures de train.

— Et puis, ça n'aurait pas été bien malin de dessiner un indice incriminant devant les enquêteurs.

— Oui, je suis de votre avis.

— D'ailleurs, qu'est-ce qu'il vous a dit, à ce sujet ?

— Il ne sait pas. C'est confus. Il semble perturbé. Il a soudain éprouvé le besoin de dessiner. Il a juste déclaré que c'était plus fort que lui.

— Il doit bien savoir à quoi ça correspond.

— Il n'en a pas la moindre idée !

— C'est complètement dingue.

— C'est exactement ce que je me répète depuis que je travaille sur cette affaire.

— Comment s'appelle-t-il, déjà, ce savant que vous venez de retrouver ?

— Vastine. Henri Vastine.

— Ce n'est pas le nom que vous m'aviez donné l'autre jour, si ?

Elle entendit son interlocuteur pousser un long soupir avant de répondre.

— Eh non ! Je vous avais parlé de Jean-Édouard Haineteaux. Mais, depuis, j'ai découvert qu'il y avait d'autres disparus. Quatre au total.

— Un homicide et quatre disparitions ! s'exclama-t-elle. Et les disparitions se sont produites à Lyon ?

— Non, un peu partout. Aix-en-Provence, Montpellier, Lyon et enfin Bonnieux.

— Bonnieux ? Je ne connais pas.

— C'est un petit village du Vaucluse.

— Eh ben ! Cette affaire prend de l'ampleur.

— Commissaire, que pouvez-vous me dire d'autre qui soit susceptible de m'aider ?

— C'est encore tout frais, mais nous sommes sur la piste d'un neurologue du nom d'Axel Natrin. Ce nom vous évoque quelque chose ?

— Non, rien du tout. Qu'est-ce que vous avez sur lui ?

— Son numéro de téléphone a été effacé du portable de Toussant.

— C'est suspect, en effet.

— Il conduit des recherches d'avant-garde et assez controversées en neurosciences au sein d'une clinique privée, la fondation Philomena, dans le Val-d'Oise, à Montmorency.

Il y eut un silence.

— Où ça ?!

– 36 –

Après avoir été entendu, le professeur Vastine fut conduit devant son pied-à-terre parisien du 10e arrondissement où sa femme était venue le rejoindre. Il était encore secoué, mais pas autant que les enquêteurs. Ces derniers avaient été estomaqués de découvrir entre les mains du savant le dessin du mystérieux symbole qu'il avait crayonné machinalement.

Bien que son innocence ne fît aucun doute, il restait « à la disposition de la police », comme le voulait la formule consacrée.

Le meurtre de Toussant, les disparitions des savants, tout convergeait vers la fondation Philomena. Elle se situait boulevard d'Andilly. La rue où l'on avait retrouvé Vastine.

Probabilité qu'il s'agisse d'une coïncidence : un beau 0 %.

Avant de déposer Marion à son hôtel, Simon avait fait un rapide passage devant la clinique ; il avait observé le bâtiment comme on jauge un adversaire. Il tenait enfin une piste tangible.

Le lendemain matin, Simon ouvrit les yeux avant que le réveil ne sonne. La journée qui débutait allait avoir une saveur particulière. Il lui semblait enfin que la brume se dissipait et il commençait à entrevoir le visage d'un coupable. L'étau se resserrait autour du docteur Natrin.

Il avait décidé de travailler au chaud dans son bateau. En attendant l'arrivée de Marion, il observait les traits droits et le visage sec d'Axel Natrin. Des yeux gris, froids. Il tentait de percer son regard au travers de la photo qui s'affichait.

Simon avait désormais un adversaire. La partie de cache-cache s'était transformée en partie de poker. Simon Vairne contre Axel Natrin. Or, Natrin aurait beau être brillant, avoir une excellente connaissance de la stratégie et de la tactique, et pouvoir dissimuler son jeu à merveille, il s'aventurait sur le terrain de Simon. *Shuffle up and deal*. Les cartes venaient d'être distribuées.

Il fut tiré de ses pensées par un cri diffus provenant de l'extérieur. Il se leva, ouvrit un hublot pour regarder dehors. Sur le quai, devant la grille qui barrait l'accès à la passerelle, Marion se dandinait, pétrifiée par le froid.

— Tu peux m'ouvrir ? Je vais geler sur place, dit-elle d'une voix chevrotante.

Simon monta aussitôt sur le pont et lui ouvrit la grille.

— Si tu regardes attentivement, lui expliqua-t-il avec un grand sourire, tu vois, il y a une sonnette, là. C'est une invention très pratique, tu sais ?

— Une sonnette noire sur un montant métallique noir, tu te fous de moi ? Personne ne doit la voir, ta sonnette.

— J'avoue. Les Témoins de Jéhovah et les livreurs de pizzas me détestent !

Marion avait hésité avant d'accepter de venir travailler chez Simon. Elle n'aimait pas l'ambiguïté qu'elle avait elle-même contribué à installer entre eux. Il l'attirait, c'était certain, mais elle se sentait piégée par les propos qu'elle avait tenus lors de leur première rencontre. Par-dessus tout, elle était toujours gênée par l'allusion qu'elle avait faite ici même. Professionnellement, venir à la péniche ne se justifiait pas non plus ; il aurait sans doute été beaucoup plus pratique de travailler à la DGSI, avec toutes les ressources à leur disposition. Bref, elle avait toutes les raisons du monde de refuser.

Elle avait accepté.

— Installe-toi. Tu veux un café ?

— Tu n'as pas du chocolat chaud plutôt ?

— Du chocolat chaud ? Et après tu voudras regarder des dessins animés ? ironisa-t-il.

— Je ne bois jamais de café. Et puis, si tu as une tartine ou un croissant, je suis preneuse.

— Tu n'as rien mangé, ce matin ?

— Non, la salle du petit déjeuner de mon hôtel m'a foutu une crise d'angoisse, j'ai préféré filer directement ici.

Simon ouvrit un placard de la cuisine et en sortit une boîte de chocolat en poudre. Il versa deux cuillerées dans une grande tasse qu'il remplit de lait avant de mettre le tout au micro-ondes. Il trancha également quelques parts d'un quatre-quarts qu'il disposa sur une petite assiette. Lorsqu'il revint dans le salon, Marion était déjà au travail. Elle avait investi le canapé et ses dossiers étaient étalés sur une bonne partie de la table basse.

— Fais attention, c'est très chaud, l'avertit Simon en déposant la tasse près de Marion.

— On commence par quoi ?

— Par le neurologue. C'est notre principal suspect.

— On écarte l'hypothèse qu'une tierce personne ait effacé son numéro pour lui faire porter le chapeau ?

— Oui, lui répondit Simon. C'est trop improbable. Ce serait une perte de temps.

— Je suis d'accord avec toi. Donc, on se focalise sur ce Natrin.

— Bien. Commençons par le commencement. Est-ce qu'il connaissait les quatre savants enlevés ?

— Hier, Vastine a affirmé que lui ne le connaissait pas, rappela Marion.

— Pour m'en assurer, avant que tu arrives, j'ai épluché les dossiers, et en particulier, les relevés téléphoniques de chaque disparu, pour tenter de trouver la trace de Natrin.

— Tu es remonté loin ?

— Carrément ! Plusieurs mois en arrière.

— Et ?

— Rien. Chez aucun des scientifiques. Son numéro n'apparaît nulle part. Je ne comprends pas pourquoi on a des communications entre lui et Toussant.

— Attends, c'est différent, c'est lui qui a appelé Natrin, pas l'inverse.

— Qu'est-ce que ça change ? demanda Simon en fronçant les sourcils.

— Tout ! On peut supposer que Toussant ait appelé Natrin pour le faire chanter, par exemple. Et que ce dernier l'ait tué. Un grand classique.

— Pas logique.

— Pourquoi ?

— Parce que s'il avait voulu se débarrasser d'un maître chanteur, il l'aurait tué sur un parking désert en faisant croire à une agression crapuleuse, par exemple. En tout cas, il ne lui aurait pas volé son cerveau, et encore moins laissé un papier avec le symbole qui le relie à Vastine, donc aux autres.

— Ça m'agace, mais tu as raison, admit-elle en croisant les bras.

— Je te rassure, ça m'agace aussi d'avoir raison, parce qu'on est dans une nouvelle impasse.

— On n'a pas que ça à voir, quand même ?

— Oh non ! J'aimerais que l'on se penche sur le motif. Pour quelles raisons Natrin s'en prendrait-il à des savants de ce niveau ?

— J'ai lu qu'il n'avait pas que des amis dans la communauté scientifique. Il a notamment fait l'objet de critiques très virulentes. Ça n'a pas dû être facile à vivre. Il a pu vouloir éliminer d'encombrants et préjudiciables confrères.

— Oui, c'est ce que je me suis dit. Seulement, j'ai relevé les noms de ces principaux contradicteurs, et ils vont tous bien. Par ailleurs, ce sont essentiellement des médecins. Aucun chercheur, aucun physicien, aucun chimiste.

— Ça écarte la piste de la vengeance.

— C'est ce que je t'ai dit hier : nous devons chercher dans l'improbable, l'étonnant. Ce n'est pas une affaire classique.

— Exact.

— Ce qui m'étonne, c'est que d'un côté on a quatre savants enlevés sans aucun signe de violence, et, de l'autre, un meurtre d'une sauvagerie extrême. On a le sentiment que ce n'est pas la même personne qui a fait ça.

— Étrange, en effet.

— Ce ne sont pas les choses étranges qui manquent dans cette histoire, acquiesça-t-il. La responsable de l'enquête à Strasbourg est convaincue qu'il y a un lien avec une secte ou quelque chose du genre.

— Et si Vastine, Boissard, Levine, Toussant et Haineteaux faisaient partie d'une société secrète ?

— Ravenloft ? Tu as bien compris que c'était une plaisanterie, non ?

— Et si c'était sérieux, Simon ?

— Ce ne serait pas une bonne nouvelle, car ce serait difficile à démontrer.

— Ça expliquerait la présence de cet énigmatique symbole à la fois dans la bouche d'une victime et dans les dessins obsessionnels de Vastine.

— C'est vrai. Mais ça ne va pas plus loin.

— Qu'est-ce que tu veux dire ?

— Ça n'explique pas pourquoi Toussant a été tué.

— Un règlement de comptes interne, une rivalité. Impossible à comprendre tant qu'on n'a rien sur cette secte hypothétique.

— Pourquoi alors les faire enlever ? Pourquoi et comment leur ôter la mémoire ? Pourquoi expédier le cerveau à une chaîne de télé ?

— Hmm. Toujours les mêmes questions !

— J'ai tourné le problème dans tous les sens et je suis incapable d'échafauder une théorie qui tienne la route, c'est insensé !

— Reprenons depuis le début, tu veux bien ? De quoi est-on sûrs ?

— De deux choses : premièrement, les savants ne se connaissent pas entre eux. Deuxièmement, ils ne connaissaient pas le nom des autres savants enlevés. J'irai même plus loin : Vastine ne savait pas que Toussant avait été assassiné. Tu as vu la tête qu'il a faite quand je le lui ai appris ?

— Attends, il peut jouer la comédie !

— Oui, bien sûr. Mais si c'est le cas, je te dis tout de suite qu'il mérite un Oscar ! Non, franchement, je n'y crois pas un seul instant.

— Un petit 5 % quand même ? demanda Marion, amusée.

— 0,5 % pour te faire plaisir !

— Par conséquent, ça élimine la piste d'une société secrète. Dommage, c'était drôlement sexy.

Comme ils butaient sur un nouvel écueil, les deux enquêteurs marquèrent une pause. L'un et l'autre épluchèrent la pile de documents un peu au hasard.

Ce fut finalement Marion qui rompit le silence.

— Tu as remarqué un truc ? demanda-t-elle en ouvrant l'application calendrier de son téléphone.

— Quoi ?

— Lorsqu'on a débriefé à Aix, on avait trouvé un « trou » dans le calendrier. On en avait déduit qu'un scientifique avait dû se faire enlever, tu te souviens ?

— Oui, très bien. Mais on n'a rien trouvé.

— Eh bien justement, dit-elle en tapotant son agenda, la semaine du 27 décembre au 2 janvier, c'était peut-être Toussant qui aurait dû être enlevé et séquestré…

— Et au lieu de l'enlever, on l'aurait assassiné ? Intéressant. Mais pourquoi avoir attendu le 7 janvier pour le tuer ?

— Parce que, entre-temps, il a fallu procéder à l'enlèvement de Jean-Édouard Haineteaux !

— Pas mal ! Le temps que les ravisseurs préparent l'enlèvement d'Haineteaux, puis s'assurent que la séquestration se déroule sans anicroche, ils remontent à Strasbourg et tuent Toussant. Ça se tient.

— Ça ne nous dit pas pourquoi, mais au moins ça explique qu'il y ait une rupture dans le rythme des disparitions.

— Donc, le savant manquant pourrait bien être Georges Toussant. On progresse, Marion ! s'enthousiasma-t-il en tapant dans ses mains. On progresse.

— Revenons à Natrin. Qu'est-ce qu'on sait sur lui ?

— En t'attendant, j'ai fouillé sur le Web. Je te résume en deux mots : il est à la tête d'une fondation…

— … là où tu t'es arrêté hier soir.

— Exactement. Cette fondation mène des recherches en neurologie et en ingénierie biomédicale. Natrin donne peu de détails sur la nature de ses travaux, mais à force de fouiner, j'ai quand même découvert quelque chose : son grand projet est de sonder le cerveau, d'en déchiffrer le langage et d'y lire aussi facilement que dans un livre. Il est convaincu qu'il est possible de se connecter au cerveau, un peu comme s'il était doté d'un port USB, pour en extraire le contenu.

— Il est sérieux ?

— Très.

— Tu penses que c'est possible ?

— Je n'en ai pas la moindre idée. Ce que je peux te dire, c'est que ses confrères n'ont pas l'air de partager son avis.

— Ah ! s'exclama-t-elle, c'est pour cette raison qu'il a subi de telles attaques. Je comprends mieux. Mais ils ont peut-être tort. Et si c'était un génie ?

— Je ne vois pas ce que ça change.

— Mais si ! Il aura enlevé nos savants pour accaparer leurs connaissances ! C'est ça, le mobile.

— Ça expliquerait qu'il ne s'agisse que des pontes dans chaque discipline. Quitte à voler du savoir, autant que ce soit le top !

— Exactement.

— Même si ça passe par le meurtre et la séquestration… Ça expliquerait aussi qu'ils aient perdu la mémoire. Car, si Natrin est réellement en mesure de fouiller dans leur cerveau comme dans un disque dur, il peut probablement y effacer ce qu'il veut. Et du coup, il n'avait pas besoin de les éliminer.

— Ça expliquerait beaucoup de choses, tu ne trouves pas ?

Simon se redressa et s'adossa à son siège.

— Attends, Marion, ça va trop loin, là. On nage en plein délire !

— Tu m'as dit toi-même qu'il fallait sortir des sentiers battus pour chercher quelque chose d'improbable.

— D'accord, mais quand même…

— Je sais bien, concéda-t-elle.

— Ce n'est plus une enquête, c'est de la science-fiction, tu t'en rends compte ?

— Du calme ! Je n'ai pas dit que c'était faisable. Je dis simplement que si Natrin est assez dingue pour y croire, alors nous avons un mobile.

— Ah, je vois ce que tu veux dire : peu importe qu'il soit capable ou non d'accomplir des miracles avec le cerveau de ses victimes, ce qui compte c'est qu'il en soit réellement persuadé !

— Oui. Si c'est le cas, alors il n'aura pas de limites et il voudra aller jusqu'au bout de l'expérience.

— Ce n'est pas idiot.

— Ça sent la garde à vue… jubila-t-elle en se frottant les mains.

— Ne t'emballe pas. On doit préparer le terrain. Pour le moment, on n'a rien d'autre qu'une théorie complètement fantaisiste. Et je doute que le procureur soit réceptif à nos arguments. Je ne te parle même pas de l'avocat de Natrin !

— « Monsieur le procureur, nous sommes convaincus que le docteur Axel Natrin a enlevé des scientifiques pour télécharger leurs connaissances sur une clé USB… » Mouais, j'avoue, c'est pas terrible.

Simon la regarda en souriant. Sans le vouloir, il avait trouvé la partenaire idéale : intelligente, perspicace, pugnace, drôle et complice.

Et jolie.

Probabilité de tomber amoureux…

— Pourquoi tu me regardes comme ça ?

— Oh, je réfléchis, bredouilla Simon en reprenant ses esprits. Je vais me connecter au réseau de la DGSI. Attends une minute.

Il avait déjà saisi sa succession de codes. Il tapa le nom d'Axel Natrin dans la barre de recherche.

— Tiens, tiens, dit-il en fronçant les sourcils.

— Quoi ?

— Axel Natrin est fiché par nos services.

— Ah bon ? Qu'est-ce qu'il a fait ?

— Il s'est rendu à l'ambassade de Russie le 29 novembre, puis de nouveau le 2 décembre dernier. C'est consigné ici, précisa-t-il en désignant la fiche de renseignements à l'écran. Dès que quelqu'un entre dans un lieu « sensible », il est photographié et son portrait est conservé dans un registre national.

— À son insu ?

— Non, on lui demande s'il accepte d'être fiché par le contre-espionnage français, auquel cas on lui fait signer une décharge, on lui offre un T-shirt de la DGSI et on l'invite en week-end à Disneyland... Pfff... Évidemment, à son insu !

— C'est légal, ça ?

— Absolument pas.

— Et à quoi ça sert ?

— Jusqu'à l'année dernière, à pas grand-chose. Mais, depuis que nous avons mis en place un système d'identification biométrique, c'est devenu beaucoup plus utile. La photo de Natrin a été soumise au logiciel « one-to-many » qui a trouvé une similitude avec la photo de son passeport.

— C'est dingue.

— Pour que tout ceci reste confidentiel, je vais devoir t'éliminer.

— Mince, ça ne m'arrange pas. J'ai déjà booké mes vacances d'été.

— Sérieusement. Je ne t'ai rien montré, OK ?

— OK. Et qu'est-ce que les Russes viennent faire là-dedans ?

— Au début de l'enquête, j'ai soupçonné une puissance étrangère ou une organisation internationale de se livrer à de l'espionnage, mais comme rien ne collait, j'ai vite abandonné cette piste.

— Tu veux rire ? Tout colle ! Écoute bien : Natrin a passé un accord avec les Russes et, moyennant finances, leur fournit des informations qu'il a arrachées à nos savants. Le summum de la recherche française entre les mains d'une puissance étrangère, je ne sais pas ce qu'il te faut de plus !

— Il me faut une réponse pour le symbole, pour commencer.

— Ils ont pu vouloir faire diversion, nous induire en erreur pour nous faire perdre du temps.

— Les Russes ? Non, ce n'est pas du tout leur genre.

— Ce serait quoi, leur genre ?

— Ce serait plutôt de découper les scientifiques à la tronçonneuse et de les dissoudre dans l'acide, puis de les faire disparaître à jamais dans la mer.

— Effectivement, c'est une autre école…

— Le but des services d'espionnage – et en particulier des Russes –, c'est d'être discret, de ne laisser aucune trace. Là, c'est tout le contraire. Ce petit jeu du chat et de la souris, un coup je me souviens, un coup j'ai tout oublié, le vol du cerveau de Toussant, ce symbole, toute cette affaire, c'est nettement trop tarabiscoté pour être l'œuvre d'un service secret.

— On est de retour à la case départ, j'en ai peur.

— Je ne crois pas. Je sens qu'on a la solution, simplement elle est dans le désordre. On ne comprend pas encore la logique qui rassemble les pièces du puzzle, mais je suis certain que toutes les pièces sont là, devant nous.

— Alors, quelle est la prochaine étape ?

— J'ai bien une idée… répondit Simon en laissant sa phrase en suspens.

— Je crains le pire…
— Tu as quelque chose de prévu ce soir ?
— Non, pourquoi ?
— Que dirais-tu de rendre une petite visite à Axel Natrin ?

– 37 –

L'équipe qu'elle avait désignée pour mener les recherches sur le mystérieux symbole s'était désormais recentrée sur le docteur Axel Natrin et ses liens éventuels avec des sectes sataniques et autres cultes païens. Cannelle Pourson n'était pas convaincue que ce fût une piste viable, mais il fallait l'explorer.

Être loin de Natrin et de sa fondation n'arrangeait pas les affaires du commissaire Pourson. Elle aurait aimé le faire suivre, demander une mise sur écoute, interroger discrètement des voisins, mais ces options ne lui étaient pas accessibles. Il y avait fort à parier que l'enquête relèverait bientôt de la police parisienne, voire de la DGSI elle-même. On ne pouvait pas rivaliser avec la DGSI, surtout pas depuis la province. Quels que soient son grade, son talent, son antériorité dans l'enquête et sa détermination, elle pouvait se voir retirer l'affaire d'un instant à l'autre. Chaque fois que le téléphone sonnait, elle redoutait de s'entendre signifier son dessaisissement. En attendant, elle savourait chaque minute de sursis qui lui était accordée et ne lâchait rien.

— Qu'est-ce que vous en pensez, Jeff ? demanda le commissaire à l'un de ses adjoints qu'elle venait de convoquer dans son bureau.

— Patron, c'est vous qui décidez, mais si vous voulez avancer, il faut mettre Natrin en accusation et prévenir le juge. On ne lèvera pas le secret bancaire en demandant gentiment.

Elle projetait d'éplucher tous les comptes de Natrin, mais la procédure pour y avoir accès était longue et son issue hasardeuse. Aucun juge n'accepterait de la laisser faire avant qu'Axel Natrin soit clairement mis en cause dans l'affaire. Elle n'avait pas le pouvoir de passer outre et se préparait à être privée d'une source d'informations potentiellement cruciales.

— Je n'ai pas beaucoup de latitude et encore moins de temps ! lâcha-t-elle. On doit retracer le parcours de Natrin. Suivre ses dépenses, c'est primordial.

— Vous avez raison, mais on ne peut rien faire sans l'autorisation du juge. Sans compter que Natrin a peut-être plusieurs comptes, donc plusieurs cartes de crédit. Il en a même certainement une au nom de sa fondation.

Pourson pointa du doigt son adjoint.

— Mais oui ! dit-elle, avec un regain d'énergie.

— Quoi ? Qu'est-ce que j'ai dit ?

— On va fouiller les comptes de Philomena, au lieu de ceux de Natrin !

— En quoi ce sera plus facile ?

— Tracfin, mon cher !

Tracfin, ce service d'enquête administrative destiné à lutter contre l'argent sale, les trafics, la corruption, le financement du terrorisme et la fraude fiscale.

Autant il était difficile d'accéder aux informations financières d'un particulier, autant les entreprises ou les associations ne bénéficiaient que d'une protection très relative de leurs données. Le verrou sauterait plus facilement et plus rapidement.

Elle avait fait ses études de droit avec un ancien procureur devenu haut fonctionnaire à Tracfin. Cela faisait une éternité qu'elle ne lui avait plus donné de nouvelles, mais ils étaient restés en bons termes et elle pourrait probablement obtenir de lui l'information qu'elle désirait.

Elle demanda à son adjoint de sortir du bureau, puis chercha dans son répertoire le numéro de cet ancien ami qui tombait à pic.

Après s'être souhaité une bonne année, ils échangèrent quelques banalités d'usage. Pourson et lui ne s'étaient pas vus depuis près de vingt ans. Déménagements, naissances, divorce, changements de carrière, tout cela fut balayé en une poignée de minutes. Elle aurait souhaité que la démarche fût plus subtile, elle ne se sentait pas parfaitement à l'aise alors que son interlocuteur se doutait certainement qu'elle avait quelque chose à lui demander. À l'autre bout du fil, la question libératrice tomba enfin :

— Que puis-je pour toi ?

La suite de la conversation fut finalement moins indigeste. Elle retrouvait son élément : cette enquête qui lui tenait à cœur. Sans surprise, elle fut convaincante. Il obtiendrait l'information qu'elle souhaitait. Elle le remercia avec sincérité, espérant qu'il ne lui en voulait pas de cet appel intéressé. Ils se promirent, sans trop y croire, de rester en contact et de se voir bientôt.

Deux heures plus tard, Cannelle Pourson recevait un mail avec les renseignements attendus. Ce document n'avait rien de réglementaire et pouvait la mettre dans un certain embarras si le juge d'instruction posait trop de questions sur son origine. Mais il lui permettait de poursuivre l'enquête en attendant que la requête officielle aboutisse. Elle le transféra à deux de ses collègues qu'elle alla rejoindre dans l'open space.

— Je viens de vous envoyer un e-mail avec les dernières transactions bancaires de la fondation Philomena. Organisez-vous comme vous voulez, mais je veux que vous me trouviez quelque chose. Dans une heure, l'un de vous frappe à ma porte et me dit qu'il a la preuve de la culpabilité de Natrin. Allez, au boulot !

Sur ce, elle regagna son bureau pour rédiger un compte rendu au substitut du procureur. Elle s'y mit à contrecœur.

À peine avait-elle réussi à se concentrer qu'on frappa à la porte de son bureau.

— Entrez.

— Vous nous aviez laissé une heure, patron ? Eh bien c'était beaucoup trop ! Des enquêteurs comme nous, on n'a pas de temps à perdre, on est la crème de la crème. On a déjà des infos.

— Je vous écoute.

— Bon, malheureusement Natrin n'a jamais mis les pieds à Strasbourg. Pourtant, il a sillonné la France dans tous les sens, mais pas de traces de lui ici.

— Comment ça, « il a sillonné la France » ?

— Alors, dit le policier en consultant la feuille qu'il tenait, il a payé un péage à Aix-en-Provence, où il a également réglé une note d'hôtel. Ensuite on le retrouve à Montpellier. Pareil, péage puis Novotel. Lyon, même chose. Et enfin, Avignon.

— Avignon ?

— Oui.

Pourson se tourna vers le clavier de son ordinateur et tapa « Bonnieux » dans Google Maps. Les contours de la petite ville apparurent en rose. Elle élargit la carte. Sur l'écran, elle suivit le tracé de l'autoroute qui descendait de la région parisienne. L'A6 puis l'A7 conduisaient à la sortie « Avignon sud ».

— On a le quarté dans l'ordre !

— Pardon ?

— On croise une autre enquête. Et je crois bien qu'on vient d'identifier le criminel. Des enlèvements ont eu lieu dans chacune de ces villes.

— Ah bon ?

— En revanche, je ne comprends pas qu'il n'y ait pas de traces de lui à Strasbourg, dit-elle d'un air songeur.

— Dans toutes les villes que je vous ai citées, il a séjourné à l'hôtel. Je vais les contacter pour recueillir des témoignages. Si Axel Natrin est identifié, il est dans la merde.

— OK. Et…

Elle n'eut pas le temps de terminer sa phrase que l'un de ses hommes fit irruption dans le bureau.

— Patron ! Vous n'allez pas en croire vos oreilles. C'est un truc de dingue ! Figurez-vous que quelqu'un a tenté de cambrioler le domicile du professeur Toussant.

— Quoi ?!

– 38 –

Surplombant Paris et ses lumières éternelles, Montmorency dormait profondément. Bien que située à moins de vingt kilomètres de Paris, la petite ville contrastait singulièrement avec la capitale ; on était déjà à la campagne.

Le silence nocturne fut troublé par les pétarades du scooter de Simon qui montait laborieusement la côte. Il avait jugé utile de passer trois fois devant la fondation Philomena avant de se garer un peu plus loin, afin de se prémunir contre de mauvaises surprises et de s'imprégner des lieux.

— Et s'il y a un gardien ? s'enquit Marion dont le visage trahissait une anxiété évidente.

— Il y en a un.

— Quoi ? s'exclama-t-elle. Et tu comptes faire comment ?

— Ça m'étonnerait qu'il nous dérange, il est au poste. Une sombre histoire de scooter volé dans lequel on a trouvé des stupéfiants…

— On a de la chance qu'il se soit fait arrêter justement ce soir !

Simon se tourna vers Marion en souriant.

— Oh ! Tu l'as fait coffrer alors qu'il n'a rien fait ? s'offusqua-t-elle.

— La fin justifie les moyens. Il sera sorti demain matin. En attendant, je serais surpris qu'ils lui aient trouvé un remplaçant en si peu de temps.

L'acte qu'ils s'apprêtaient à commettre était parfaitement illégal, ils en avaient conscience. Ils savaient aussi que si les choses tournaient mal, leur hiérarchie refuserait de les couvrir.

— Écoute, Marion, dit-il en posant ses mains sur les épaules de la jeune femme. Tu peux encore renoncer.

— Tu crois vraiment que je vais laisser tomber maintenant ?

— Je te jure que je ne t'en voudrai pas si tu changes d'avis. Tu as déjà fait ta part dans cette affaire.

— *Ma part* ? Tu plaisantes ? J'ai tout fait !

Il lui sourit.

— OK. On y va.

Simon ouvrit son blouson, sortit son semi-automatique et en arma la culasse.

— T'es sérieux, là ? demanda-t-elle, inquiète.

— On ne sait jamais.

Marion hésita un instant à faire de même. Elle n'avait encore jamais fait usage de son arme en service et comptait bien achever sa carrière sans y avoir recours. Elle laissa son Sig Sauer là où il se trouvait. Mais le geste de Simon lui avait fait prendre conscience de la gravité de la situation. Elle n'était pas une adolescente en colonie de vacances en train de faire le mur du dortoir des filles. Elle s'apprêtait à commettre un acte qui pouvait mettre en danger sa carrière et peut-être même sa vie.

Il était trop tard pour renoncer. Et puis le besoin de découvrir la vérité était plus fort que la raison.

À pas de loup, les deux complices s'approchèrent du mur d'enceinte de la fondation Philomena, coiffé de pointes qui saillaient comme autant de sentinelles.

Lors de son premier passage, Simon avait remarqué une porte latérale. Sans ralentir le pas, il tira de sa poche un étrange objet de la taille d'un couteau suisse. Il jeta un coup d'œil alentour avant de se pencher pour introduire l'outil dans la serrure qui s'anima avec un cliquetis. À peine entré dans l'enceinte, Simon découvrit un parc assez vaste planté d'arbres centenaires qui, dans l'obscurité, ressemblaient à d'inquiétantes colonnes d'onyx. Il fit un pas de côté pour marcher dans l'herbe. Marion l'imita.

Le cœur battant, redoutant que chaque bruissement ne donne l'alerte, ils progressèrent jusqu'à ce que se dessinent devant eux les contours du bâtiment. Il s'agissait d'un petit château du XIXe siècle, en briques rouges et pierres de taille, que la nuit rendait sinistre et inquiétant. Une construction récente y était accolée, formant une verrue disgracieuse. Aucune lumière ne filtrait. Les fenêtres formaient des yeux noirs qui semblaient les épier.

La bâtisse, ceinturée par une large bande de gravier, n'était plus qu'à quelques mètres. Marion s'efforçait de synchroniser ses pas avec ceux de Simon. Ils avancèrent ainsi jusqu'à une vieille porte en bois peint située à l'arrière de la bâtisse. De nouveau, Simon introduisit son outil dans la serrure, avec le même succès. Malgré toutes les précautions prises, elle s'ouvrit en grinçant.

Les deux policiers débouchèrent dans une cuisine rustique, au sol de tomettes serties de cabochons plus foncés. Simon se dirigea immédiatement vers la porte située en face et y colla son oreille, inquiet à l'idée que le grincement ait pu donner l'alarme. Il demeura dans cette position une dizaine de secondes avant de se tourner vers Marion en faisant la moue. Il s'accroupit et colla son œil au trou de la serrure. De l'autre côté, il parvint à distinguer un couloir plongé dans la pénombre dont le carrelage reflétait la maigre lumière extérieure. Il fit tourner la poignée à deux mains. Le couloir formait un « T » dont l'une des extrémités donnait sur l'entrée principale.

Après quelques pas, ils passèrent derrière le comptoir d'accueil en bois clair dont la découpe épousait parfaitement les formes biscornues du mur. La pièce, grande et haute de plafond, qui servait d'entrée était partiellement éclairée par la faible lueur d'un écran d'ordinateur sur lequel défilait l'inscription « Philomena ». Au mur, une large démarcation rectangulaire indiquait qu'un tableau avait été décroché.

S'il avait dû y avoir un gardien, il se serait trouvé là. Le stratagème de Simon avait fonctionné, ils étaient seuls. Il s'approcha de l'ordinateur et, en quelques clics, afficha le planning de la fondation. Il ouvrit celui du docteur Axel Natrin. Aucun rendez-vous le 11 décembre, ni le 12, ni les jours suivants. Natrin était absent de son bureau chaque fois qu'un scientifique avait été kidnappé. Il n'avait d'ailleurs été que très rarement présent au cours des quatre dernières semaines.

Probabilité qu'il soit impliqué : 90 %.

En revanche, Simon fut frappé de constater que l'agenda de Natrin était plein pour la journée du 7 janvier. Son dernier rendez-vous était à 16 h 30. Il avait parfaitement pu se rendre à Strasbourg pour assassiner

Toussant. L'heure correspondait à peu près. Simon avait tout de même du mal à imaginer ce médecin quitter précipitamment son cabinet pour commettre un meurtre particulièrement abject dans la foulée. Sans compter que le trajet aller-retour nécessitait près de dix heures de conduite. Cela demeurait possible, mais peu probable.

Simon ouvrit la boîte mail de la fondation, mais n'y trouva rien de particulier. Il saisit les noms des savants disparus afin de vérifier s'ils apparaissaient quelque part. Ses requêtes restèrent sans réponse. Il eut alors l'idée d'explorer les contacts. Là encore, ni Boissard, ni Haineteaux, ni les autres n'y figuraient.

Marion, quant à elle, examina le contenu des tiroirs. Dans celui du bas, elle mit la main sur une pile de feuilles dont elle s'empara le plus silencieusement possible. Il s'agissait de documentations diverses, sans lien évident avec l'enquête, et de brochures de la fondation. Elle en glissa un exemplaire dans la poche arrière de son pantalon.

Soudain, un bruit venant de l'extérieur attira leur attention. Un grondement indéfinissable. Ils s'immobilisèrent. Le son se rapprochait. Ils s'accroupirent en un clin d'œil, mais l'écran projetait sa lumière sur eux. Marion se redressa et l'éteignit d'un geste. Leurs silhouettes se fondirent aussitôt dans l'obscurité retrouvée. Simon se leva juste assez pour voir au-dessus du comptoir. Le son s'intensifia, puis ils comprirent. Il s'agissait seulement d'une camionnette en train de se garer. Ce bruit avait pris dans leur esprit des proportions déraisonnables. Deux portières claquèrent et le silence revint. Ils poussèrent ensemble un soupir de soulagement et se redressèrent lentement.

Sur leur droite se trouvait une salle d'attente à laquelle ils ne jetèrent qu'un coup d'œil rapide avant de revenir sur leurs pas. Ils ouvrirent chacune des portes du rez-de-chaussée, y compris celle du bâtiment plus récent. Toutes donnaient sur des salles de soins que la pénombre rendait particulièrement inquiétantes. Le bureau d'Axel Natrin, lui, était introuvable.

L'attention de Marion fut attirée par une porte derrière le comptoir d'accueil qui se fondait dans le décor du mur. L'une de ses extrémités supérieures était légèrement biseautée pour épouser l'angle de l'escalier. Marion saisit Simon par le bras et, sans un mot, lui désigna la porte d'un mouvement de menton. Puis elle tourna délicatement la poignée. La menuiserie était ancienne, l'huisserie avait joué. Ils ne purent réprimer une grimace lorsque la porte s'ouvrit dans un grincement atroce. Craignant de faire davantage de bruit, ils s'engagèrent dans l'obscurité sans refermer la porte. Ils se retrouvèrent en haut d'un escalier de pierre dont chaque marche était creusée par l'usure. Le noir était total, au point que, après seulement trois marches, ils étaient incapables de voir où ils mettaient les pieds. Ils allumèrent la lampe de leur téléphone portable. À chaque pas, le stress grandissait. Simon songea un instant à dégainer son arme. Il l'aurait probablement fait s'il avait été seul.

Contrairement à leurs attentes, la cave était parfaitement entretenue : les murs avaient été peints en blanc et le sol en lino gris était impeccable. Marion repéra un interrupteur. Elle s'en approcha pour allumer, puis se ravisa. Sans être vraiment angoissant, ce sous-sol avait quelque chose de lugubre. Elle balaya la pièce avec sa torche.

Ils se trouvaient dans une sorte de couloir coudé desservant plusieurs portes. Le plafond semblait très bas, et en devenait écrasant. Devant eux, un chariot en Inox destiné à des ustensiles médicaux obstruait en partie le passage. La première porte s'ouvrait sur une vaste pièce. Aux murs, de hautes étagères remplies de dossiers classés par ordre alphabétique. Sans avoir besoin de prononcer un mot, l'un et l'autre savaient ce qu'ils cherchaient : B comme Boissard, H comme Haineteaux, L comme Levine, V comme Vastine et… T comme Toussant. Ils ouvrirent une à une les boîtes susceptibles de contenir les dossiers médicaux des scientifiques. Mais, après quelques minutes, ils durent se rendre à l'évidence : il n'y avait rien. Soit les savants n'étaient jamais venus ici, soit les archives avaient été prudemment expurgées.

Simon et Marion poursuivirent leur exploration du sous-sol : à côté de la double porte métallique d'un vaste monte-charge se trouvait une pièce contenant du matériel médical. La pièce voisine débordait d'écrans d'ordinateurs et de fournitures de bureau. La dernière salle, nettement plus grande, était complètement vide. Intriguée, Marion y pénétra en fronçant les sourcils. D'un signe de tête, elle invita son collègue à la suivre.

— Étrange, non ? murmura-t-elle.

— Si c'est à ça que tu penses, je te le dis tout de suite, personne n'a été détenu ici. L'escalier de la cave donne sur l'accueil. Pas super discret comme cachette. Et puis, la cave n'est pas insonorisée, il n'y a pas de toilettes et…

Simon fouilla les lieux du regard avant de continuer :

— … pas de point d'eau. Non, ce n'est pas ici qu'ils ont été retenus.

— Tu as sans doute raison. On remonte ?

— Je te suis.

Marion revint vers l'escalier. Ils regagnèrent le rez-de-chaussée en prenant soin d'éteindre la torche de leur smartphone avant d'atteindre les dernières marches.

De retour dans le hall, Simon pointa son index vers le haut : il était temps d'explorer l'étage supérieur. Ils gravirent l'escalier avec d'infinies précautions. Quelques marches malicieuses manifestèrent leur courroux avec un craquement qui résonna jusque dans le hall.

Arrivés sur un palier sans fenêtres, ils se retrouvèrent dans l'obscurité la plus totale. Ils progressèrent à la lueur de leurs téléphones jusqu'à une imposante double porte sur laquelle une plaque en laiton portait l'inscription : DR NATRIN. Après que Simon eut une nouvelle fois fait usage de son outil de cambrioleur, ils pénétrèrent dans un bureau très luxueux qui devait mesurer quarante mètres carrés. Le parquet ciré était, çà et là, couvert de tapis persans et de kilims. Sur la droite, une cheminée en marbre gris surmontée d'un miroir au cadre doré. Sur le mur opposé, une vaste bibliothèque contenait, outre de nombreux ouvrages spécialisés, quelques bibelots hétéroclites. Parmi des masques africains et des objets de maîtrise se trouvait un grand bocal cylindrique rempli d'un liquide verdâtre dans lequel baignait un cerveau humain. En l'apercevant, Simon se figea. L'idée qu'il pourrait s'agir d'une autre victime était séduisante, mais le bocal et son occupant étaient sans doute là depuis des décennies, comme en attestaient l'étiquette jaunie et l'inscription à demi effacée. À côté, sur le même mur, une autre trace, semblable à celle du rez-de-chaussée, d'un tableau décroché. Face à eux, derrière le bureau, un large oriel donnait sur le parc.

Tandis que Marion se dirigeait vers la bibliothèque, Simon fit le tour du bureau Louis XVI et s'installa à la place du docteur Natrin. L'ordinateur invitait à saisir un mot de passe. Simon grimaça. Il n'y avait que dans les mauvais films que l'on parvenait à deviner les codes de connexion. Axel Natrin n'était pas idiot au point d'avoir laissé traîner des indices permettant d'accéder à ses informations personnelles. En fait, Simon pensait que l'ordinateur était probablement vide de tout élément compromettant. Les documents qui traînaient sur le bureau ainsi que ceux rangés dans les tiroirs ne leur fournirent aucune information utile.

— Qu'est-ce que tu en penses ? chuchota Simon.

— Ils ont des problèmes d'argent chez Philomena, répondit Marion en désignant le rectangle sur le mur. Regarde la brochure de l'établissement.

Marion sortit le fascicule qu'elle avait pris à l'accueil et le tendit à Simon.

— Tu vois, dit-elle, toujours en chuchotant, là c'est une photo du hall d'entrée. Tu ne remarques rien ?

— Il manque le tableau.

— Exactement. Et ici, il y en avait un autre. Un tableau manquant, je veux bien, admettons qu'il soit en cours de restauration, mais deux…

— Oui, ça fait beaucoup.

— Probabilité que ce soit louche : 75 %.

— Au moins ! dit-il en souriant.

— Et sinon ?

— Inspectons le reste de l'étage.

Marion hocha la tête. Sur le palier, elle tourna à droite et ouvrit précautionneusement une autre double porte. Elle pénétra dans une grande salle de réunion équipée d'une gigantesque table rectangulaire dont le bois brillait malgré la faible luminosité.

Les quatre autres portes de l'étage s'ouvraient sur des bureaux plus petits, probablement ceux des autres médecins de la fondation.

— Je crois qu'on a fait le tour. Pas la peine de traîner inutilement, décréta Simon.

Ils redescendirent l'escalier bien plus rapidement qu'ils ne l'avaient gravi, puis suivirent le chemin inverse jusqu'à la porte de la cuisine par laquelle ils étaient entrés.

Simon s'engagea sur le gravier, suivi de Marion. Dans un faible crissement régulier, les deux enquêteurs approchaient de la grille salvatrice lorsque Simon s'arrêta net. Une forme singulière dans le ventre du parc avait attiré son attention. Il bifurqua alors et s'enfonça dans les ténèbres. Marion plissa les yeux et scruta le parc dans la direction de Simon avant de le suivre.

Le gravier fit bientôt place à de la pelouse. Là, à une vingtaine de mètres, à demi dissimulé par une rangée de bambous, était garé un camion. C'était un 19 tonnes, équipé d'un système de climatisation. En s'approchant, Simon constata qu'un câble noir aussi épais que son avant-bras était branché sur le flanc droit du véhicule, lequel émettait un très léger bourdonnement. L'autre extrémité du câble se perdait dans l'obscurité.

Simon n'eut aucun mal à déverrouiller la porte arrière du camion qu'il maintint entrebâillée pour éviter qu'un coup de vent ne la projette bruyamment contre le flanc.

— Suis-moi à l'intérieur, je fermerai derrière nous.

Simon grimpa le premier, puis se retourna pour tendre la main à sa partenaire. Elle la saisit et, prenant appui du pied sur le pare-chocs, se hissa à l'intérieur de l'espace de chargement. Dès que Simon eut refermé la porte, ils se retrouvèrent à nouveau plongés dans les ténèbres et allumèrent les torches de leurs téléphones.

— Mais qu'est-ce que c'est que ça ?!

– 39 –

Avec la tentative de cambriolage de la maison des Toussant, cette enquête prenait une tournure inédite. Cette fois, c'était dans son bureau que Cannelle Pourson avait réuni ses hommes. Elle n'avait gardé auprès d'elle qu'un petit groupe d'enquêteurs. Étant donné l'heure tardive, elle avait jugé bon d'envoyer le reste de son équipe se reposer.

Personne n'avait allumé le plafonnier. La pièce était plongée dans la pénombre, seulement éclairée par les lampes de bureau et un réverbère dont le halo perçait à travers le store à lattes. La scène avait des airs de film noir des années 1950.

— On est sûrs que le cambrioleur n'était pas Axel Natrin ?

— Catégorique ! Mme Toussant l'a vu distinctement. Il s'agirait d'un homme d'environ 35 ans, grand et très baraqué. Rien à voir avec Natrin.

— Et puis, le mode opératoire n'a aucun rapport, enchérit un autre enquêteur. Natrin, si c'est bien lui, a pénétré dans la fac de chimie comme un bourrin. Là, on est dans un autre registre : c'est tout juste si on devine les traces d'effraction. Ce type est un pro.

— Elle l'avait déjà vu avant ? demanda Cannelle Pourson.

— Elle n'en a pas le souvenir.

— Bon. Convoquez-la demain à la première heure. Il faut qu'on établisse un portrait-robot.

— Entendu.

— Mais qu'est-ce qu'il cherchait chez Toussant ?

— Ça, patron, c'est la grande question. Mme Toussant est formelle, on ne lui a rien volé.

— Cette histoire va me rendre dingue !

— C'est peut-être un complice de Natrin ?

— Non, rétorqua le commissaire. Ce n'est pas logique. Si Natrin a un complice assez adroit pour pénétrer dans un bâtiment sans laisser de traces, pourquoi alors ne pas s'être servi de lui pour entrer dans la fac ? Et pourquoi aller chez Toussant si longtemps après le meurtre ? Et puis même, ça ne colle pas. Natrin est neurologue, je l'imagine mal avoir des connexions avec la pègre. On ne peut jamais rien exclure, évidemment, mais je pense que ce type n'a rien à voir avec Natrin.

— Vous pensez que ça peut être une simple coïncidence ?

Cannelle Pourson se mit à rire avant de répondre :

— S'il y a bien une chose que ce métier m'a apprise, c'est que ce genre de coïncidence n'existe pas. Non, ce cambriolage est lié à notre affaire de meurtre, mais je suis convaincue que Natrin n'en est ni l'auteur ni le commanditaire.

— Qu'est-ce qu'on fait, commissaire ?

— Vous avez procédé à une enquête de voisinage ? Quelqu'un l'a vu s'enfuir ?

— Oui. Un voisin dit avoir vu un grand gaillard monter dans une camionnette garée un peu plus loin dans la rue des Toussant. La description de ce type correspond à peu près à celle du cambrioleur.

— Il a relevé le numéro de la plaque ?

— Non, évidemment. C'est probablement le type qu'on recherche, mais ça ne nous avance pas à grand-chose.

Cannelle Pourson fronça les sourcils.

— La camionnette en question, elle ne serait pas blanche avec une bande horizontale bleu clair sur le côté ?

— Bon sang ! Comment vous avez deviné, patron ?

— Je l'ai déjà vue. Et plusieurs fois !

– 40 –

Ils découvrirent devant eux une imposante machine tenant à la fois du fauteuil de dentiste et du tunnel d'IRM. Quel que fût son usage, sa place était dans un laboratoire, pas dans un camion. Ils avancèrent de quelques pas. De près, la machine était encore plus impressionnante : une multitude de fils et de câbles multicolores s'échappaient de trois grands bras articulés, terminés par une sorte de tube semblable à un long doigt blanc. Sur le côté droit, Simon n'eut aucune peine à reconnaître une baie informatique accueillant de nombreux disques durs, ainsi qu'un poste de travail équipé d'un PC. Le tout était relié à la machine par un faisceau de câbles.

Simon et Marion échangèrent un regard, à la fois excités par leur découverte et incrédules face à cet engin dont ils ignoraient l'usage. Sur le côté gauche, derrière l'un des gigantesques bras de la machine, se trouvait un dispositif de perfusions avec, à son extrémité, un cathéter.

— Bordel de merde ! s'exclama Simon, plus fort qu'il ne l'aurait voulu.

Les mots étaient sortis tout seuls.

Il continuait de s'approcher de la machine. Il

l'effleura du bout des doigts. Il semblait craindre qu'un geste brusque ne la fasse s'évaporer.

Au fond, à demi dissimulé par l'imposant corps de la machine, un câble électrique était relié à une série d'onduleurs sur batteries.

Il prit place sur le siège et le fit basculer doucement jusqu'à se retrouver en position quasi horizontale. Si le fauteuil était remarquablement confortable, la situation, elle, ne l'était guère.

— Marion, chuchota-t-il. Tu peux m'aider, s'il te plaît ?

Il voulait être installé à l'instar des savants qui s'étaient succédé ici.

— Tu ne vas quand même pas faire fonctionner cette machine infernale ? objecta-t-elle à voix basse.

— Non, je veux juste me rendre compte.

Marion fit pivoter un à un les bras vers la tête de Simon. Lorsque le dispositif fut en place autour de lui, il éclata de rire.

— Mais qu'est-ce qui te prend ? demanda Marion d'un ton autoritaire.

Sans dire un mot, riant toujours, Simon repoussa les trois bras, se redressa et quitta le siège.

— Viens, allonge-toi. Tu vas comprendre, dit-il en prenant sa partenaire par les bras pour l'installer dans le fauteuil.

Intriguée, Marion le regarda en fronçant les sourcils, mais obtempéra. Elle s'étendit et il replaça le dispositif. Autour de sa tête, les extrémités des bras formaient trois cercles entrelacés. De chacun des bras dépassait un câblage qui formait un coude ressemblant à une sorte de L ou de 7.

Le symbole était là, sous ses yeux.

– 41 –

De retour chez elle, Cannelle Pourson était perplexe et préoccupée : cette camionnette, elle l'avait déjà vue à plusieurs reprises depuis le début de l'enquête. Cela non plus, ce n'était pas une coïncidence.

Sans même prendre la peine d'enlever son blouson, elle se laissa tomber dans son canapé et resta de longues minutes à réfléchir. Quelqu'un d'autre s'intéressait de près à cette enquête. Mais dans quel but ? Si, comme elle le pensait, Axel Natrin avait assassiné Toussant, qui d'autre pouvait être impliqué ?

Elle décida d'aller courir. Un footing nocturne lui ferait du bien. Certes, le froid de cette nuit d'hiver était mordant, mais elle avait besoin de s'aérer, de prendre du recul. Malgré la fatigue, il fallait décompresser. Ensuite seulement, elle prendrait une douche très chaude et enfin elle se glisserait dans ses draps. Satisfaite de son programme, elle quitta le sofa. Elle ouvrit un placard et accrocha son blouson. Le cintre se balança, puis le blouson tomba sur la moquette. Elle soupira. Lorsqu'elle se baissa pour le ramasser, elle remarqua un petit objet sur le sol.

On aurait dit une de ces piles plates que l'on trouve dans certains appareils électroniques. L'une des faces était recouverte d'une matière adhésive.

Un micro espion.

– 42 –

L'esprit encore chamboulé par leur découverte, Simon et Marion sautèrent du camion. Reprenant leur progression l'un derrière l'autre, ils se dirigèrent vers la lueur rassurante d'un réverbère.

À quelques mètres de la porte d'entrée du parc, Simon entendit derrière lui un bruit sec accompagné d'un petit cri étouffé. Il se retourna et sursauta. Marion était prisonnière d'un homme surgi de nulle part. Il la maintenait contre lui grâce à une clé de bras qu'il avait dû exécuter à une vitesse prodigieuse. Dans sa main libre, il tenait un pistolet prolongé par un silencieux qu'il braquait sur la tempe de Marion. Il s'avançait vers Simon en le fixant droit dans les yeux.

— Prends-lui son arme, lui ordonna-t-il, en désignant d'un mouvement de tête la ceinture de Marion.

Bien que formé à ce genre de situations, Simon était au bord de la panique. Son cerveau tournait à plein régime. Pour que cet homme soit parvenu à se mouvoir si furtivement, ce ne pouvait être qu'un professionnel. Et puis ce pistolet, un Jericho 941, n'était pas un modèle répandu, on ne le voyait pas dans les films. Ce n'était pas une arme pour faire peur, mais pour tuer.

— Prends-lui son arme, répéta-t-il en détachant chaque mot.

Le cœur battant la chamade, Simon s'approcha de Marion qui laissa échapper un petit gémissement en grimaçant de douleur. Il se pencha vers elle, écarta le pan de son blouson et sortit lentement le Sig Sauer de son étui.

— Chargeur. Culasse.

Simon pressa un bouton sur le côté de la crosse et le chargeur tomba dans les feuilles mortes. Aucune balle n'était engagée, et Simon fit jouer la partie supérieure du pistolet sans quitter des yeux l'agresseur. La culasse et le corps tombèrent à terre.

— Le tien, maintenant.

Simon hésita. S'il faisait un bond en avant pour déséquilibrer l'homme, il aurait le temps de dégainer. *Probabilité d'y parvenir : environ 50 %.* Par chance, il avait pensé à armer son Sig Sauer, et son adversaire ne s'y attendait sûrement pas. *Bonus d'au moins 15 %. On grimpe à 65 %. Mouais, 65 % maximum.* Ensuite, tout serait plus facile, il ne pourrait pas manquer sa cible. Mais Marion avait une chance sur trois d'y rester.

Sa carotide battait si fort qu'il sentait littéralement le sang pulser jusqu'à son cerveau. Il tremblait certainement, il serait plus lent qu'à l'entraînement, moins précis aussi. Il savait qu'au-delà de cent cinquante pulsations minute, il devenait très difficile d'exécuter des gestes complexes. *Je suis à combien ? 160 ?* Et à quand remontait sa dernière séance de tir ? Il fallait être réaliste : contre un adversaire expérimenté, il n'était pas favori.

40 % maximum. Plutôt 35 %.

Alors, d'un mouvement lent et décomposé, Simon saisit son arme et la démonta comme il l'avait fait avec celle de Marion puis lança les pièces au loin.

— Les téléphones. Ici, indiqua-t-il en désignant le sol d'un mouvement de la tête.

Simon saisit son téléphone puis celui de Marion et les jeta aux pieds de leur agresseur qui les piétina allègrement jusqu'à ce qu'il n'en reste qu'un amas de débris.

— On sort. Avance, dit l'homme.

Il parlait d'un ton égal, trahissant un sang-froid incroyable. Ce type n'en était pas à son coup d'essai.

Il libéra Marion de son étreinte et la poussa en avant. Elle porta aussitôt sa main à son épaule endolorie puis fusilla son agresseur du regard.

— Attends, ordonna-t-il à Simon qui s'apprêtait à franchir la porte.

L'homme s'avança pour vérifier que la voie était libre. Simon ne savait pas quoi souhaiter : qu'il y eût quelqu'un ou non.

— OK. Allez.

Qu'allait-il faire d'eux ? Simon comprit qu'il n'avait pas pour but de les interroger, sinon il l'aurait fait dans le parc ou dans les locaux de la fondation. Et s'il avait détruit leurs téléphones, c'était avant tout pour qu'on ne puisse pas les localiser. Simon sentit la peur resserrer son étreinte.

Probabilité de mourir ce soir ?

Et merde !

— À gauche.

À peine avait-il formulé son ordre qu'une détonation déchira le silence de la nuit, immédiatement suivie d'une autre.

Avec un râle, leur agresseur s'effondra lourdement. Simon et Marion se retournèrent vers l'homme qui n'était plus qu'une forme inerte sur le trottoir. Un filet de sang s'écoulait déjà jusqu'au caniveau.

Les tirs reprirent. Une balle siffla à quelques centimètres du visage de Simon. Cette fois, c'était eux que l'on prenait pour cibles.

— Cours ! cria-t-il.

Libérant brutalement toute l'adrénaline qu'ils avaient accumulée malgré eux, ils partirent comme des flèches. Ils représentaient des proies faciles. Ils plongèrent entre deux voitures garées contre le trottoir. Une balle vint frapper la carrosserie, une autre traversa le pare-brise et ressortit par une vitre latérale qui vola en éclats.

Les coups de feu cessèrent.

— On ne peut pas rester là, dit Simon, haletant. S'il vient vers nous, on ne pourra pas se défendre.

Il désigna la rue perpendiculaire qui se trouvait sur leur gauche, à moins d'une vingtaine de mètres.

— On va courir chacun d'un côté des voitures. Il ne pourra pas nous viser tous les deux en même temps.

Sans attendre de réponse, Simon se jeta du côté du trottoir, le plus exposé, et courut aussi vite qu'il put. Marion s'élança aussitôt du côté de la chaussée et partit dans la même direction.

Deux nouveaux coups de feu retentirent au moment où Marion et Simon parvenaient à l'angle de la rue. Ils étaient désormais hors du champ de vision du tireur. Ils remontèrent la rue en forte pente en courant péniblement.

Après avoir couru au hasard des ruelles, ils s'arrêtèrent, à bout de souffle. Ils s'accroupirent sur le trottoir, abrités par les voitures stationnées.

— Tu vas bien ? demanda Simon.

— Oui, juste un peu mal à l'épaule, mais ça va. Et toi ?

— Je crois qu'on l'a échappé belle…

Toujours sur leurs gardes, ils restèrent dans cette position quelques instants. Puis, peu à peu rassurés par le silence, ils se levèrent prudemment avant de se remettre en marche.

– 43 –

Après avoir découvert le micro, gagnée par l'inquiétude, Pourson eut pour premier réflexe d'appeler son ex-mari pour savoir si les enfants allaient bien. Il fut surpris par cet appel au beau milieu de la nuit, mais il la rassura, les enfants dormaient à poings fermés. Elle resta très évasive sur la raison de son appel, le remercia brièvement et raccrocha.

Elle repensa au cambriolage du domicile de la veuve Toussant. Cette dernière avait assuré que l'intrus était reparti les mains vides. Et si, plutôt que de venir dérober quelque chose, il était venu déposer un mouchard ?

Elle prit le micro d'une main tremblante. Quelqu'un avait pénétré son intimité. Il l'épiait. En ce moment même, il était tapi quelque part et écoutait. Percevait-il sa respiration ? Saisie par la peur et la colère, elle jeta le micro par terre et le piétina.

Elle fixa les débris du petit appareil puis composa un numéro sur son portable. La voix enregistrée d'une messagerie lui répondit.

— Lieutenant Vairne, bonsoir. C'est le commissaire Pourson de la PJ de Strasbourg. Je… Pouvez-vous avoir l'amabilité de me rappeler, s'il vous plaît ? C'est urgent. Merci.

Après avoir raccroché, le visage fermé, elle resta immobile, debout au milieu de son salon. Pour la première fois, elle se sentait vulnérable.

Elle reprit le téléphone. Toujours la messagerie.

— Lieutenant Vairne ? C'est encore moi. Le commissaire Pourson. Je ne vous contacterais pas si ce n'était pas grave. J'ai trouvé un mouchard dans mon blouson. Je ne sais pas comment il a pu arriver là ni depuis combien de temps il y est. Il y a aussi une camionnette qui me suit. Une camionnette blanche et bleue… Écoutez, j'ai besoin de votre aide. Je… je suis dépassée. Rappelez-moi, je vous en supplie. Je crois que je suis en danger.

– 44 –

Sans téléphones, *a fortiori* sans GPS, Simon et Marion eurent un peu de peine à retrouver le chemin du commissariat de Montmorency, et, lorsque ce fut fait, ils découvrirent à leur grand dam qu'il était fermé la nuit et renvoyait vers celui d'Enghien-les-Bains. Simon connaissait Enghien pour y avoir un temps fréquenté l'élégant casino en bordure du lac. Une fois sur place, ils donnèrent aussitôt l'alerte et prévinrent également le service de garde de la DGSI.

Moins de vingt minutes plus tard, ils étaient de retour devant la grille de la fondation, accompagnés par des membres du RAID.

L'officier de la brigade d'intervention leur demanda de rester en retrait tant que la zone n'était pas sécurisée. La rue fut bloquée. Quelques riverains, réveillés par les coups de feu, furent invités à se cloîtrer chez eux en attendant que l'on vienne recueillir leur témoignage.

Pas à pas, les policiers lourdement armés et équipés de gilets pare-balles progressaient en formation. Par petits groupes, ils prenaient position dans la rue afin de couvrir tous les angles. Après s'être assurés que le danger était écarté, ils sécurisèrent les abords du parc de la fondation.

Après quelques minutes, l'officier responsable des opérations vint enfin à la rencontre de Marion et Simon.

— Vous pouvez approcher, il n'y a personne, leur déclara-t-il à travers sa cagoule.

— C'est un problème ! répondit Simon en faisant la grimace.

— Qu'est-ce que vous voulez dire ? demanda le policier, interloqué.

— Ce qu'il veut dire, intervint Marion, c'est qu'il devrait y avoir un homme ici. Avec deux balles dans le buffet !

À l'endroit qu'ils lui indiquèrent, une longue tache de sang obscurcissait une partie du trottoir.

— Quelqu'un a traîné le corps, dit Simon en suivant la langue rougeâtre.

— La trace s'arrête là-bas, précisa Marion en indiquant une place libre entre deux voitures. Et il y avait une camionnette garée à cet emplacement, j'en mettrais ma main à couper.

— Ils ont été sacrément rapides ! constata l'officier du RAID.

— Le temps qu'on prenne la fuite, qu'on trouve le commissariat, qu'on reparte à Enghien et qu'on soit de retour sur place avec les renforts, ils ont eu tout le loisir de lui organiser des funérailles en grande pompe. Je m'étonne même de ne pas avoir reçu de faire-part ! ironisa Simon.

— En tout cas, ils n'ont pas pris la peine d'effacer les traces de sang.

— À quoi bon ? bougonna Simon. On n'a rien à se mettre sous la dent.

— Tu oublies l'essentiel, Simon : on a le camion !

Ces mots prononcés, Marion fut prise d'un doute aussitôt transmis à Simon par un léger froncement de sourcils. Tous deux se tournèrent vers le mur du parc. Ils se dirigèrent vers la porte qu'ils avaient forcée et qui était restée ouverte.

— Eh ! Qu'est-ce que vous faites ? Vous n'avez pas le droit ! s'exclama l'officier du RAID en les voyant pénétrer dans le parc.

Pris de court, mais soucieux de la sécurité de ses collègues, il ordonna à ses hommes de les escorter. Cette fois Marion et Simon traversèrent le parc à pas rapides et entourés de quatre hommes armés de fusils d'assaut. Malgré l'obscurité, ils savaient exactement où aller.

Au bout de quelques mètres, ils durent se rendre à l'évidence : le camion avait disparu.

— Merde ! pesta Simon.

— J'en étais sûre ! On a affaire à des individus sacrément organisés, râla Marion.

— Oui. Mais ce qui est nouveau, c'est qu'il y a trois camps. Nous d'un côté, celui ou ceux qui voulaient nous embarquer d'un autre, et enfin le tireur.

— La mauvaise nouvelle, c'est qu'ils veulent tous notre peau !

Ils rebroussèrent chemin jusqu'à l'endroit où ils avaient été contraints de jeter leurs armes. Éclairés par les torches des hommes du RAID, ils retrouvèrent leurs pistolets et les remirent en état de marche. Leurs portables, eux, étaient hors d'usage.

Le petit groupe quitta le parc. Les policiers du RAID rompirent la formation tactique, puis rangèrent leurs armes dans les râteliers de leurs véhicules. La Police nationale allait maintenant prendre le relais et recueillir les témoignages des habitants, relever les empreintes, analyser le sang et les douilles.

— On vous dépose quelque part ? demanda l'officier du RAID.

— C'est gentil, mais on va rentrer à scooter. Merci de votre aide.

Le policier répondit par un petit signe de tête, tandis que Simon et Marion s'éloignaient. Ils allaient devoir répondre à pas mal de questions et justifier leur présence sur ces lieux. Ils firent quelques pas en direction du scooter tout en réfléchissant à haute voix.

— Le type qui m'a fait une clé de bras, dit Marion, je pense qu'il n'était pas venu pour rigoler.

— Je sais. J'ai bien cru qu'on ne s'en sortirait pas.

— Admettons qu'il ait voulu nous éliminer, pourquoi il ne l'a pas fait dans le parc ? Avec son silencieux, personne n'aurait rien entendu et on ne nous aurait pas retrouvés avant demain matin, au plus tôt.

— Il voulait nous supprimer. Sinon, à quoi bon avoir un silencieux ? Il avait sans doute prévu de se débarrasser de nos corps. C'est encombrant, un cadavre, et pas facile à transporter. Alors deux… Je pense qu'il projetait de nous tuer dans un endroit où l'on ne nous aurait jamais retrouvés.

— Il voulait probablement nous emmener jusqu'à sa camionnette où l'attendait un complice. C'est sûrement lui qui a emporté son corps.

— Possible.

— D'accord, mais quelle est la finalité de tout ça ? S'il nous avait collé une balle dans la tête au milieu du parc, qu'est-ce que ça pouvait bien lui faire qu'on nous retrouve ? Personne ne pouvait remonter jusqu'à lui. Tant qu'il n'existe aucun lien avec sa victime, un tueur ne risque pas grand-chose.

Simon s'immobilisa.

— Attends une minute. Peut-être qu'il se moquait qu'on nous retrouve, mais pas qu'on nous retrouve… *ici* !

Marion fronça les sourcils en comprenant où Simon voulait en venir.

— Ce qui signifie qu'il souhaitait éviter d'incriminer Natrin.

— Avoue que ça tient debout, dit-il en reprenant la marche.

— Tu penses que Natrin peut avoir les connexions suffisantes pour se payer un tueur professionnel ?

— Ce n'est pas l'hypothèse que je privilégie, mais ça expliquerait pas mal de choses.

— Ce tueur est peut-être l'assassin du professeur Toussant.

— J'ai du mal à y croire. S'il avait un silencieux, c'était pour s'en servir. Je le vois mal cogner un savant à mort pour lui voler son cerveau.

— Il est peut-être cleptomane.

— Oh, c'est malin !

— Et l'autre ?

— Quel autre ?

— Celui qui nous a tiré dessus.

— Ah, lui ! Je crois qu'il en avait juste marre de ton humour !

Marion esquissa un sourire. Après ce qu'ils venaient de vivre, le besoin de décompresser se faisait sentir.

Elle s'arrêta de marcher et se tourna vers lui.

— J'ai vraiment eu peur, Simon.

Il s'immobilisa. L'expression qu'il lut sur le visage de sa partenaire était très inhabituelle. Ses yeux, sombres comme la nuit, étaient humides. Il la vit fragile, pour la première fois.

— Moi aussi, j'ai eu peur.

— Je peux dormir chez toi ?

— À condition que tu ne prennes pas toute la couverture.

— Tu l'auras même tout entière… puisque tu vas dormir sur le canapé.

– 45 –

Cannelle Pourson avait vainement attendu que le lieutenant de la DGSI la rappelle. Lorsqu'elle s'était entretenue avec lui au téléphone, elle avait ressenti sa détermination, elle avait apprécié la pertinence de ses questions. Et puis, un officier de la DGSI était familier des opérations d'écoutes. Elle aurait été réconfortée de pouvoir s'en remettre à cet homme.

Elle s'était déshabillée et était désormais en sous-vêtements dans son salon. Un à un, elle palpa consciencieusement chacun de ses habits sans rien trouver de suspect. Elle se rhabilla, un peu rassurée.

Après plusieurs heures, elle comprit qu'il était inutile d'attendre plus longtemps. Le lieutenant Vairne était sur répondeur, probablement en train de dormir, et il ne la rappellerait pas avant le lendemain matin. Or, elle avait besoin d'aide. Maintenant. Elle décida alors de filer au commissariat. À cette heure tardive, c'était l'équipe d'astreinte, qu'elle connaissait moins. Mais elle devrait faire avec. Et vu les révélations qu'elle avait à faire, elle pourrait compter sur l'attention de tous.

L'action était souvent le meilleur des remèdes, elle le savait. Aussi résolut-elle de reprendre l'initiative. La police judiciaire de Strasbourg ne pouvait rivaliser avec la DGSI, il faudrait faire avec.

Elle quitta son appartement sans même prendre le soin de se remaquiller. Puis elle sortit de son immeuble et se dirigea vers sa voiture en remontant son col.

La rue déserte et sombre était balayée par un vent froid.

Alors qu'elle cherchait la clé de sa voiture, elle l'aperçut !

La camionnette blanche et bleue était stationnée à une dizaine de mètres sur sa droite.

Son cœur se mit à battre la chamade. Elle devait prévenir les renforts, faire boucler le quartier. Au lieu de quoi elle porta la main à sa ceinture, dégaina son arme et se dirigea vers l'arrière du véhicule, lentement, à demi courbée, tenant fermement son arme de service à deux mains. Elle voulait profiter de l'effet de surprise. Telle une lionne à l'affût, elle comptait s'approcher suffisamment pour surgir du côté passager et braquer le ou les occupants.

Une fois à hauteur de l'habitacle, elle ralentit le pas, puis se courba davantage. Elle se mit à compter mentalement : *un… deux…*

Soudain, elle entendit un bruit derrière elle. À peine s'était-elle retournée qu'elle reçut un violent coup à la gorge qui lui coupa le souffle. Aussitôt, son agresseur lui saisit le poignet et, avec une dextérité incroyable, la désarma d'un geste. Le second coup, au foie, la plia en deux, et elle perdit connaissance.

Lorsqu'elle reprit ses esprits, elle était allongée sur le plancher de la camionnette en marche. Elle n'était ni ligotée ni bâillonnée. Le véhicule était équipé de matériel d'écoute très perfectionné, avec des scanners de fréquences, un récepteur semblable à celui des policiers, et d'autres écrans dont elle ignorait l'usage.

Elle porta la main à son ventre et grimaça. Le coup avait été incroyablement efficace.

Un homme l'observait en silence, assis sur un tabouret. Il tenait un pistolet muni d'un silencieux. Elle tenta de se redresser mais la douleur était encore vive.

— Je ne sais pas qui vous êtes, mais vous faites une énorme connerie. Je suis commissaire à la PJ de Strasb…

— Je sais qui vous êtes, commissaire Pourson. J'ai appris beaucoup de choses sur vous ces derniers jours.

— Ah oui ? Et quoi, par exemple ?

— Je sais que vous avez des enfants charmants.

— Sale fils de pute ! Si tu touches à un seul cheveu de…

— Oui ? Vous ferez quoi ? Je ne crois pas que vous soyez en mesure de me menacer.

Il avait dit cela sur un ton monocorde, sans chercher à faire peur, sans sarcasme.

— Sachez que j'aurais vraiment voulu éviter cette rencontre, reprit-il. D'habitude, nous ne nous faisons pas repérer. Mais voilà, vous êtes là. Vous nous avez trouvés. Je ne sais pas comment vous avez fait. Peu importe. C'est préoccupant, je ne vous le cache pas.

— Vous êtes quoi au juste ? Une sorte d'espion, c'est ça ?

— Voilà.

— Qu'est-ce que vous voulez ?

— Cette rencontre a beau être imprévue, nous allons essayer de la rendre aussi constructive que possible. Dites-moi tout ce que vous savez à propos du docteur Axel Natrin.

À cet instant précis, Cannelle Pourson aurait tout donné pour être naïve. Elle aurait voulu croire que tout allait s'arranger, qu'en collaborant avec son ravisseur, elle serait libérée. Qu'elle devrait juste promettre d'oublier son visage, nier l'existence de cette camionnette. Malheureusement, elle était lucide. Elle comprit que, cette nuit, elle allait mourir.

– 46 –

Incapable de trouver le sommeil, Marion rejoignit Simon sur le canapé où lui non plus ne dormait pas. Ils passèrent la nuit à bavarder, enveloppés dans une couverture de mohair. Ils évoquèrent l'enquête, évidemment, mais prirent surtout le temps de se découvrir. Ils firent défiler leur carrière, leurs études, leur vie privée, leurs coups de cœur et leurs coups durs, le tout émaillé de quelques fous rires.

Bien qu'épuisés et éprouvés nerveusement par les événements qu'ils venaient de vivre, ils continuèrent à discuter jusqu'aux premières lueurs de l'aube qui se levait paresseusement sur la Seine. Le fleuve, jusque-là paisible à cause des écluses encore fermées, commença à s'agiter doucement lorsque la première péniche glissa dans le silence de l'aurore naissante.

Simon se mordit la lèvre.

— Il y a une chose que je ne t'ai pas dite, et je m'en veux terriblement.

— Laisse-moi deviner : tu invites des jeunes femmes sur ton bateau pour les découper en morceaux, puis tu les ranges dans des bocaux avant de les manger ?

— C'est un passe-temps comme un autre.

— Ici, je ne sais pas, mais dans le Sud, c'est mal vu.

— Non, c'est moins pire que ça.

— C'est à propos de ton enfance, n'est-ce pas ?

— Quoi ? s'exclama-t-il, surpris.

— Oui, nous avons parlé toute la nuit, et, chaque fois que j'ai évoqué mes souvenirs d'enfance, tu as changé de sujet ou éludé. Je me dis que tu caches quelque chose. Mais c'est normal, tu as le droit d'avoir un jardin secret.

— Non, non. Il ne s'agit pas de ça. Je… Non… cela ne concerne pas mon enfance.

— Je t'écoute, dit-elle en fronçant les sourcils.

Simon était déstabilisé. Le fait qu'elle tente d'exhumer un passé qu'il préférait oublier avait sur lui un effet dévastateur. De surcroît, il avait le sentiment d'avoir en quelque sorte trahi sa partenaire.

— Non, je… Voilà : lorsque j'ai commencé à enquêter, à Lyon, j'ai été suivi.

— Suivi ? Mais par qui ?

— Je ne sais pas, il a filé à moto. Mais je me demande si ce n'était pas l'un des types de cette nuit.

— Pourquoi ne m'en as-tu pas parlé avant ?

— Eh bien… bredouilla-t-il, gêné. Au début, toi et moi, c'était un peu explosif. J'avais vraiment besoin de tes infos et je craignais qu'en te parlant d'une filature tu prennes peur.

— Que je prenne peur ? À cause d'une filature ?

— Mets-toi à ma place, je ne te connaissais pas. Si tu avais paniqué au point de refuser de t'impliquer dans cette enquête, j'aurais perdu un temps fou.

Elle s'était détournée de lui. Simon se sentit soudain très seul.

— Tu m'en veux ?

— Non.

Elle ne le regardait toujours pas.

— Si, tu m'en veux.

— Non, je t'assure. Tu as fait passer la mission avant l'honnêteté, mais c'était le début, on ne se connaissait pas. Tu as eu raison… J'espère juste que tu ne me cacheras plus rien à l'avenir.

Elle se tourna alors vers lui et il se sentit soudain entièrement submergé par son regard d'un bleu intense.

Il eut une formidable envie de l'embrasser. Il voulait la tenir dans ses bras, la sentir contre lui, elle, l'indomptable. Il sentit son corps s'approcher du sien dans un mouvement qu'il ne maîtrisait pas.

Retenu par la raison, par la timidité, et de peur que la réalité ne fût moins belle que ce qu'il sublimait, il interrompit son geste. Il avait repris ses esprits et se leva subitement.

— Je te laisse la douche. Je prépare le petit déj'. Chocolat ?

— Oui, s'il te plaît, répondit-elle en gagnant la salle de bains.

Ils éprouvaient à présent l'un et l'autre une sensation étrange et assez désagréable. Cette journée débutait avec la saveur aigre de l'inaccompli.

Moins d'une heure plus tard, ils arrivèrent ensemble à la DGSI. Désormais habitués au rituel imposé par la sécurité, ils s'installèrent directement dans la pièce qu'ils avaient occupée la veille.

À la suite de la fusillade devant la clinique, les autorités s'intéressaient de très près au docteur Axel Natrin. Des agents avaient été envoyés le chercher afin de l'auditionner, puis probablement de le mettre en garde à vue. Ils s'étaient rendus à son domicile ainsi qu'à la fondation Philomena et en étaient revenus bredouilles.

Parallèlement, la police avait effectué des prélèvements sur les lieux de la fusillade, là où l'homme s'était effondré. Mais la procédure de traitement et d'analyse durerait plusieurs jours. Aussi, à la demande de Simon, un policier spécialisé dans l'établissement de portraits-robots vint les retrouver dans leur petite salle, muni de son ordinateur. Soucieux d'obtenir le résultat le plus fiable possible, il exigea de Simon et Marion qu'ils procèdent séparément. Chacun leur tour, ils décrivirent avec force détails le visage de l'homme qui les avait menacés la nuit précédente. Ils firent défiler sur l'écran une multitude de nez, d'yeux et d'oreilles, et recomposèrent soigneusement le visage de leur agresseur, ajustant chaque détail. Lorsque l'agent leur permit enfin de comparer les deux portraits-robots qu'il venait d'établir, ils furent satisfaits de constater qu'ils étaient très similaires. Après avoir apporté l'un et l'autre quelques changements, ils se mirent d'accord sur un visage.

— On peut l'utiliser pour interroger le fichier ? demanda Simon.

— Oui, naturellement. Mais je dois vous mettre en garde : s'il n'est pas assez ressemblant, il n'y aura pas de réponse. On devra alors faire des modifications.

— C'est ressemblant, déclara Marion d'un ton qui n'appelait aucune contradiction.

— Bien, dans ce cas, allons-y, répondit le technicien en pressant la touche « Entrée » de son clavier.

Les trois policiers avaient les yeux rivés sur la barre de progression. Une fois complétée, la barre disparut pour faire place à une fenêtre annonçant : « Aucune correspondance ».

— Merde, mais c'est pas possible ! s'insurgea Simon.

— Ne vous inquiétez pas, c'est plutôt fréquent. Le logiciel est assez pointilleux pour éviter que le temps de réponse soit trop long dès lors qu'on interroge toute la base, ce qui est le cas ici. Il suffit que la forme des oreilles, par exemple, ne soit pas suffisamment fidèle et vous n'aurez pas de correspondance. On va augmenter le seuil de tolérance.

Il déplaça le curseur avec sa souris et relança la recherche. Après quelques minutes, le logiciel avait relevé onze correspondances.

— C'est mieux. J'espère que votre client est dedans. Sinon il faudra recommencer et ça va prendre davantage de temps. Voici le premier.

— Non. Ce n'est pas lui.

— Le deuxième.

— Non plus.

— Le troisième.

— C'est lui ! s'écrièrent en chœur Simon et Marion.

Le policier pencha la tête vers l'écran et parcourut rapidement la fiche, avant d'émettre un sifflement admiratif.

— Vous avez touché le gros lot ! Regardez-moi ça.

Simon et Marion s'approchèrent de l'écran.

— Oh putain ! lâcha Simon. « Fedor Firov, attaché culturel à l'ambassade de Russie. »

— Un attaché culturel ? demanda Marion avec candeur.

— L'ambassade de Russie doit bien compter une cinquantaine d'attachés culturels. On ne peut pas dire « espion », tu comprends, ça ne se fait pas.

Puis Simon reprit la lecture de la fiche :

— Nom de code : « *Zheleznaya Deva* ». Membre identifié du SVR, les services secrets russes, avec le grade de major. Membre présumé du commando Zaslon… Ce type était un vrai dur, conclut-il en se tournant vers Marion.

— Tu vois où ça l'a mené.

— Vous avez encore besoin de moi ? demanda le technicien.

— Non, je vous remercie. Votre aide a été très précieuse, répondit Simon en lui adressant un sourire crispé.

— Bon courage, vous allez en avoir besoin !

— Après les visites de Natrin à l'ambassade de Russie, voilà le retour des Russes ! fit Marion quand ils furent seuls.

— Et quel retour !

— On s'est approchés trop près de leur joujou et ils se sont sentis menacés.

— Bravo, Marion. Tu avais vu juste.

— Merci, mais pourquoi le SVR arracherait-il le cerveau d'un scientifique ? Tu m'as dit toi-même que ce n'était pas leur genre.

— Ce n'est pas eux qui ont fait ça. Comme je te l'ai dit, ça ne leur ressemble pas du tout. Nous conduire dans une camionnette et nous exécuter dans un terrain vague après nous avoir forcés à creuser le trou qui nous servirait de tombe, c'est probablement ce qu'ils avaient prévu pour nous.

— C'est peut-être l'autre, celui qui a tué le Russe et qui nous a tiré dessus.

— Possible. Lui, ce n'était pas un pro.

— Je ne te le fais pas dire ! Il n'avait pas de silencieux, il ne nous a pas touchés alors que nous étions des cibles faciles, il ne nous a pas poursuivis. Il m'a l'air nettement plus amateur.

— Si ce n'était pas un pro, c'était qui ? Natrin ?

— J'ai l'impression qu'on ne devrait plus tarder à le découvrir.

– 47 –

C’est une femme qui découvrit le corps. Elle s’était levée tôt, comme chaque matin, pour se rendre à l’hôtel où elle travaillait comme gouvernante. La rue était encore déserte. Avant de monter dans sa voiture, elle aperçut une silhouette étendue dans les fourrés du square voisin. Elle crut d’abord qu’il s’agissait d’un sans-abri et éprouva de la compassion pour cette personne qui dormait dehors par un tel froid. Puis elle remarqua les chaussures à talons.

Cannelle Pourson reposait sur le sol gelé.

La femme s’approcha d’elle, lui parla, tenta de la réveiller. Puis voulut prendre son pouls. Elle le chercha en vain.

L’ambulance ne tarda pas. Le médecin ne put que constater le décès.

Cannelle Pourson semblait apaisée, enfin. On aurait même pu croire qu’elle souriait. Sa dernière pensée avait dû être pour ses enfants.

– 48 –

— Lieutenant Vairne ? demanda un policier en uniforme qui avait passé la tête dans l'embrasure de la porte.

— Oui.

— Je dois vous conduire au patron.

— Inutile, je vois sa sale gueule tous les jours, je sais où c'est. Dites-lui que j'arrive.

— Non, lieutenant, pas le commandant. Le grand patron, précisa-t-il.

— Le… Oh la vache ! s'exclama Simon qui se redressa si brusquement que sa chaise manqua de basculer en arrière.

Marion, surprise par cet empressement, le regarda remettre de l'ordre dans ses cheveux. Avant de passer la porte, il s'arrêta et se tourna vers elle.

— Excuse-moi. Je ne sais pas ce qu'il me veut. Je te raconterai.

Elle acquiesça d'un signe de tête. Il sortit, puis revint sur ses pas.

— J'ai l'air comment ?

Marion le toisa en esquissant un sourire discret.

— S'il ne te demande pas en mariage, c'est qu'il a très mauvais goût !

Elle le suivit des yeux alors qu'il s'éloignait. Son sourire ne s'effaça pas immédiatement.

Dans le couloir, Simon avançait à grands pas.

— Vous savez ce qu'il me veut ?

Le policier répondit par une moue.

Stéphane Bador était le directeur général de la Sécurité intérieure, l'une des personnalités les plus importantes pour la sûreté de l'État. Depuis qu'il était entré à la DGSI, Simon ne l'avait croisé qu'à quatre reprises, et il n'avait jamais eu l'occasion d'échanger le moindre mot avec lui. Pourtant, Simon aurait été capable de décrire chacune de ces brèves rencontres dans le détail, tant le personnage imposait le respect. Ce qui l'avait le plus marqué, bien sûr, c'était le discours qu'il avait prononcé pour dispenser les principes de l'institution aux jeunes recrues admises à la DGSI, dont Simon faisait partie. Des paroles à son image : sobres au point de sembler austères et n'appelant aucune remarque. De fait, il avait souvent le dernier mot puisqu'il était bien rare que quelqu'un ouvrît la bouche après qu'il avait parlé.

Il avait commencé presque tout en bas, inspecteur de police, et avait gravi un à un les échelons, à force de travail. Sa droiture suscitait l'admiration de l'immense majorité de ses hommes. Avare d'interactions humaines, Bador dégageait une force et une autorité naturelle auxquelles il n'était pas possible de rester indifférent.

Son patronyme, ainsi que le fait qu'il fût toujours vêtu de noir, lui avait valu le surnom de Dark Bador.

Un sobriquet qui lui collait à la peau, même si sa taille – il ne dépassait pas le mètre soixante-quinze – ne correspondait guère à celle du personnage de *Star Wars*.

Bador avait la réputation d'être extrêmement tranchant, ne s'embarrassant pas de formules inutiles et détestant perdre son temps. Son credo était l'efficacité. Conscient que le plus court chemin entre deux points était la ligne droite, il évitait de se perdre en circonvolutions.

Certes, Simon péchait par une certaine forme d'insubordination, mais il éprouvait pour cet homme un grand respect. Sans se l'avouer – sans même en avoir conscience –, il voyait en lui l'ombre de la figure du père qu'il n'avait jamais eu. Cependant Bador était bien plus qu'un père de substitution. Il est vrai qu'ils avaient quelques similitudes. N'avaient-ils pas l'un et l'autre commencé en bas de l'échelle pour progresser à force de travail ? Ne partageaient-ils pas tous deux une farouche détermination ? Et puis, bien sûr, il y avait l'essentiel : comme lui, Bador était un enfant de l'Assistance publique.

Tandis que l'ascenseur le menait au dernier étage, Simon se sentait gagné par le stress. Lorsque la porte s'ouvrit, le policier conduisit Simon jusqu'à une pièce qui servait d'antichambre, puis prit congé.

Derrière un bureau encombré était assise une femme en tailleur gris. Elle s'adressa à lui sans prendre la peine de lever la tête.

— Vous êtes le lieutenant Vairne ?

— Oui.

— Entrez directement. Monsieur le directeur vous attend.

Simon sentit son rythme cardiaque s'accélérer.

Les deux battants de la porte étaient ouverts sur un vaste bureau à la décoration très masculine. Les murs, lambrissés de panneaux de bois exotiques, s'harmonisaient avec le mobilier Art déco. Sur une desserte, un fauve en régule se repaissait d'une proie. Les spirales noires du motif de la moquette répondaient à une lithographie de Venet.

— Mes respects, monsieur le directeur.

Stéphane Bador était de dos, en train de ranger des dossiers dans un cartable. En entendant Simon, il se tourna et lui serra la main avec une poigne ferme avant de le dévisager avec insistance.

— Votre supérieur m'a dit que vous n'étiez pas quelqu'un de facile, lieutenant.

Pris de court, Simon demeura muet. Bador poursuivit :

— Mais il m'a aussi soutenu que, malgré des méthodes très personnelles, vous étiez un bon flic. Alors laissez votre sale caractère au vestiaire !

— Certainement, monsieur le directeur. En quoi puis-je être utile au service ?

— Vous n'avez que ça ? dit-il en montrant le blouson de Simon. Pas de costume ?

— Je peux repasser chez moi en chercher un. Je n'habite pas très loin.

— Non, tant pis, on n'a pas le temps. Je vous embarque.

— Où allons-nous, monsieur le directeur ?

— Au ministère.

— Au ministère ? Puis-je savoir à quel sujet ? demanda Simon, stupéfait.

— L'enquête sur les scientifiques enlevés vient de prendre une ampleur inattendue. Je crois que vous avez beaucoup avancé et je n'ai pas le temps d'attendre votre rapport pour prendre les décisions qui s'imposent. Nous devons être informés au plus vite, et vous êtes le seul à tout savoir de ce dossier.

— Pardonnez-moi, monsieur, mais dans ce cas ma partenaire doit également nous accompagner.

— Comment ? demanda Bador comme si son autorité venait d'être discutée.

Sans faiblir, Simon poursuivit :

— J'ai fait équipe avec le lieutenant Mastereaux tout au long de cette enquête. Non seulement elle a une parfaite connaissance de l'affaire, mais elle a pris des initiatives qui se sont révélées décisives.

De nouveau, Bador regarda fixement Simon pendant ce qui sembla durer un siècle. Puis il lui saisit le bras pour l'entraîner avec lui hors de son bureau.

— Ma voiture est prête, Jacqueline ?

— Naturellement, monsieur.

— Dites au lieutenant Mastereaux de nous y rejoindre toutes affaires cessantes. Venez, Vairne.

La foulée de Bador était difficile à suivre, forçant Simon à trotter, un pas en retrait. Il tint ce rythme jusque dans le parking où son chauffeur attendait devant une luxueuse et rutilante berline, portes ouvertes et moteur allumé. Simon et Bador s'installèrent sur la banquette arrière, tandis que Marion les rejoignait et montait devant. Les épaisses portes blindées firent un bruit sourd en se fermant.

Durant le trajet, Bador ne prononça pas un mot. Il était plongé dans l'étude des documents qui devaient l'aider à préparer l'entrevue. Ni Marion ni Simon n'osèrent rompre le silence.

Grillant quelques feux, se faufilant entre les véhicules, empruntant les voies de bus, la berline filait à vive allure dans les rues de Paris.

Marion se retourna à plusieurs reprises vers Simon. Elle lut sur son visage un curieux mélange de trac, d'incompréhension et d'excitation.

Une fois place Beauvau, le petit groupe fut accompagné sans tarder à travers une enfilade de salons typiques des palais nationaux. L'huissier en livrée qui les précédait se dirigeait d'un pas rapide vers une double porte blanche ornée de moulures, dont il ouvrit l'un des battants pour les laisser entrer.

Ils découvrirent un bureau vaste et opulent dont les murs parés de dorures à l'or fin étaient agrémentés de miroirs qui reflétaient le faste de ce lieu historique. Un grand tapis persan écarlate couvrait presque entièrement le parquet à chevrons. Au fond, derrière un imposant bureau Empire, le ministre de l'Intérieur les regarda entrer. Un homme en costume rayé avait pris place dans l'un des fauteuils disposés face à lui.

— Mademoiselle, messieurs, approchez, approchez, dit le ministre, en leur faisant signe de la main. Je vous présente François Valbert, responsable des affaires scientifiques de mon ministère, qui collabore également avec la Défense. Valbert, le mieux est que vous nous fassiez un rapide compte rendu de la situation.

L'homme se racla la gorge tandis que Bador, Marion et Simon prenaient place à ses côtés, dans les fauteuils assortis au mobilier.

— Tôt ce matin, nous avons été contactés par un certain Axel Natrin. Il s'agit d'un docteur en neurologie très réputé qui mène depuis quelques années des recherches d'avant-garde sur la mémoire et la circulation des informations dans le cerveau. Il assure être à l'origine d'une découverte inouïe. Selon lui, grâce à une machine de son invention, il serait en mesure d'absorber le savoir d'un individu et de le transférer à un autre, aussi simplement que l'on décante une bouteille de vin. Nous n'avons évidemment pas pris son affirmation au sérieux, considérant qu'il s'agissait au mieux d'un canular, au pire d'une escroquerie.

— Il vous a expliqué comment fonctionnait cette machine, j'imagine ? demanda Bador.

— Oui, naturellement. En théorie, il n'y a rien à redire, les procédés qu'il décrit sont crédibles. Même s'il n'entre pas trop dans les détails pour ne pas en dévoiler les secrets, il est clair qu'il maîtrise son sujet. En conséquence, rien ne s'oppose à ce que cette machine fonctionne bel et bien. Mais en théorie seulement. Car, en réalité, tous les spécialistes que j'ai interrogés sont formels, nos connaissances sur le cerveau et son fonctionnement sont encore trop imprécises pour qu'une machine soit actuellement capable d'arriver à un tel prodige.

Bador se tourna vers le ministre.

— Je ne comprends pas bien, monsieur le ministre. Puisque tout le monde est d'accord pour dire que ce Natrin est un charlatan, l'affaire est close, non ?

— Hmm, c'est plus compliqué que cela, répondit le ministre en dodelinant de la tête.

Il se leva en prenant appui sur les larges bras de son fauteuil, puis fit les cent pas derrière son bureau.

— Il y a manifestement certaines choses qui nous échappent. Et, avant d'être jetée aux orties, cette technique mérite que l'on y prête un minimum d'attention.

Que pouvez-vous me dire sur Axel Natrin, monsieur le directeur ?

— Lorsque vous m'avez contacté, j'ai immédiatement commandé un rapport sur lui. Le voici, dit Bador en tendant un dossier au ministre.

— Je vous en prie, allons à l'essentiel, répondit celui-ci en refusant le document d'un revers de la main.

— Axel Natrin a un casier judiciaire vierge, il n'a aucun antécédent avec nos services. Toutefois, très récemment, il est entré en contact avec… une puissance étrangère. Nous avons identifié plusieurs contacts répétés.

— Voilà ! coupa le ministre, qui pointait Bador du doigt. Le problème se situe ici. Si des agents étrangers sont en contact avec Natrin, c'est qu'ils le prennent un minimum au sérieux. Et cela vient contrarier les avis de nos experts, ajouta-t-il en se tournant vers Valbert.

— Monsieur le ministre, riposta Valbert, qui se sentait personnellement attaqué, je n'ai pas dit que ce n'était pas possible. Je prétends simplement qu'en l'état actuel des choses, nous pouvons soutenir qu'une telle machine n'existe pas. Je ne dis pas que dans dix ou quinze ans…

Valbert laissa sa phrase en suspens en l'accompagnant d'un geste vague.

— Le docteur Natrin, reprit le ministre, affirme avoir… je ne sais comment dire… « avalé » les connaissances de certains de nos plus grands scientifiques : Vincent Boissard, Otis Levine, Henri Vastine et Jean-Édouard Haineteaux. Or, nous n'avons pas eu à chercher bien longtemps pour découvrir que tous les quatre avaient été enlevés dernièrement. C'est la raison de votre présence ici, monsieur Bador.

— Je comprends. Monsieur le ministre, je suis justement venu accompagné des lieutenants Mastereaux et Vairne, qui ont mené l'enquête sur ces disparitions.

— Très bonne initiative. Avez-vous des choses à nous apprendre ? demanda le ministre en se tournant vers eux.

Simon et Marion se consultèrent du regard. Ce fut Simon qui se lança.

— Monsieur le ministre, commença-t-il en se redressant sur son siège, nous pouvons effectivement vous confirmer que chacun des scientifiques que vous avez cités a bien été kidnappé. Et la meilleure piste que nous ayons à ce jour conduit à Axel Natrin.

— Donc, Natrin est bien lié à ces scientifiques.

— Oui, monsieur, ainsi qu'aux Russes.

En prononçant ce mot, Simon provoqua un malaise aussi profond que s'il avait crié « Gloire à Satan » à la messe de Noël.

— Aux Russes ? s'étonna Bador.

— Oui, monsieur. Je n'ai pas eu le temps de le consigner dans mon compte rendu, car nous l'avons découvert cette nuit. Mais le lieutenant Mastereaux et moi-même avons identifié un agent russe qui projetait probablement de nous éliminer.

— Comment pouvez-vous être sûrs qu'il s'agissait d'un espion russe ? demanda le ministre.

— Le logiciel de reconnaissance faciale couplé au fichier central nous a permis de déterminer son identité. Il s'appelle, enfin… il s'appelait Fedor Firov, officier du SVR. Il s'est fait abattre cette nuit par un tireur que nous n'avons pas pu identifier.

Bador et le ministre échangèrent un regard. La « puissance étrangère » qu'ils avaient mentionnée était précisément la Russie. C'était la confirmation que leur information était juste.

— Bon, reprit le ministre. Nous avons donc acquis la certitude que les Russes sont en contact avec Natrin. Mais pour autant rien ne prouve que Natrin ne nous mène pas en bateau ! Il est tout à fait possible que les Russes nous jouent un petit tour dont ils ont la spécialité.

— Impossible, monsieur, coupa Bador, qui n'eut pas besoin de réfléchir pour faire claquer sa réponse empreinte de conviction.

— Vous semblez catégorique.

— Je le suis. Nos relations avec les Russes sont assez compliquées, surtout en ce moment. Jouer à ce petit jeu-là, mettre en danger un officier du SVR, menacer la vie de deux de nos éléments, s'impliquer dans l'enlèvement de plusieurs personnalités sur notre territoire… Ils ne font pas tout ça juste pour nous taquiner.

— Bien, bien, bien, bien, bien. Donc, les Russes s'intéressent aux travaux de Natrin. Et s'ils s'y intéressent, c'est qu'ils sont intéressants, comme aurait dit M. de La Palice.

— Qu'est-ce que Natrin attend pour finaliser la transaction avec eux ? Pourquoi nous avoir contactés ? s'enquit Bador.

— Il nous a dit qu'il préférait en faire bénéficier la France, que c'était son pays natal, qu'il avait soudain été rattrapé par la fibre patriotique, etc. Balivernes. Natrin s'est cru malin, mais il a fini par prendre conscience qu'il jouait une partie très risquée avec un partenaire qui n'hésiterait pas à enfreindre les règles. Négocier avec les Russes est un sport périlleux.

— Alors, dans ce cas, pourquoi ne pas avoir déposé un brevet et monté une société, en toute légalité ? Avec une invention comme celle-là, je suis sûr qu'il aurait fait fortune très facilement, relança Bador.

— Ce n'est pas certain, rétorqua le ministre. S'il commercialise une machine qui peut, comme il l'affirme, transférer le savoir d'un être humain à un autre, il va se heurter à une horde d'associations de protection des droits de l'homme, à des comités d'éthique, bref, Natrin n'est pas près de toucher son argent. Et dans vingt ans, son joli brevet basculera dans le domaine public. Tandis qu'en traitant en sous-main avec un État peu regardant, il peut exiger d'être payé rubis sur l'ongle, net d'impôts. Et inutile de vous dire que le montant qu'il demande est élevé.

— Il est inimaginable de payer sans avoir vu sa machine ! s'exclama Valbert.

— Nous l'avons vue, intervint Simon, à la stupéfaction générale.

— Vous… vous l'avez vue ? s'étrangla Valbert.

— Oui, hier soir, ma collègue et moi-même avons… visité la clinique de Natrin. Sa machine est dissimulée dans un camion.

— Est-ce possible !

— Et où est-il, ce camion ? demanda Bador, pragmatique.

— Il a disparu. Juste après l'avoir découvert, nous avons été pris pour cibles et avons dû quitter les lieux au plus vite. Le temps de revenir avec des renforts, le camion s'était envolé. Natrin sera parti avec.

— Bien, reprit Bador en s'adressant au ministre, la solution est simple : il suffit de lui demander de nous faire une démonstration.

— On n'a pas le temps ! trancha le ministre. Certes, il préférerait traiter avec nous, mais pas au risque que tout échoue ! Je vous rappelle qu'il y a beaucoup d'argent en jeu et il ne va pas éconduire les Russes alors que nous ne lui avons fait aucune offre ferme. La transaction avec les Russes doit intervenir dans soixante-douze heures. Or, selon Natrin, il faut entre cinq et sept jours pour faire une démonstration. Il a déjà fourni aux Russes des preuves du bon fonctionnement de son appareil. Et, vu leur engagement dans cette affaire, j'imagine que ces preuves étaient concluantes. Nous n'avons pas le temps d'obtenir les mêmes garanties. Nous devons court-circuiter les Russes, sinon nous perdons la partie.

— Mais, monsieur le ministre, objecta Valbert sur un ton presque suppliant, nous n'allons tout de même pas acheter cette machine alors que nous n'avons aucune certitude qu'elle fonctionne !

Le ministre fit quelques pas pour regagner son fauteuil puis, une fois installé, répondit :

— Laissez-moi vous raconter une histoire. Nous sommes en 1976, la France traverse la plus grande crise énergétique qu'elle ait jamais connue. Sans pétrole, le pays voit ses coûts de production flamber, le chômage atteint des taux inédits, l'industrie s'effondre. Dans ce contexte, deux hommes providentiels parviennent à convaincre un ancien président du Conseil, le patron d'Elf, le patron d'une banque suisse et le gouvernement de Raymond Barre qu'ils ont inventé un avion capable de détecter les nappes pétrolifères grâce à un radar relié à un écran. Je vous passe les détails, mais sachez que l'escroquerie des « avions renifleurs » a duré des mois et que les deux escrocs sont parvenus à empocher un milliard de francs de l'époque ! Plus de quarante ans après, on se demande toujours comment ils ont bien pu berner autant de monde ! Alors, dites-vous bien qu'une telle histoire, je n'ai pas envie qu'elle m'arrive à moi. Ou, mieux, s'il y a des risques qu'elle se répète, je veux être celui qui démasque la supercherie.

Bien que le ministre se fût tu, chacun remarqua à sa posture qu'il n'avait pas terminé de parler.

— Mais… reprit-il en dressant l'index, d'un autre côté, je ne veux pas non plus être tourné en ridicule. Si le docteur Natrin a bien créé une machine révolutionnaire, il s'agit d'une avancée considérable. Cela veut dire qu'au lieu d'avoir en France dix ou quinze savants de cette envergure, nous pourrions en avoir cent, et à terme mille ! Alors, voyez-vous… si l'on apprend que j'ai laissé filer cette machine inestimable vers une autre nation alors que j'étais au courant de tout et que j'avais les preuves sous le nez…

— Si je peux me permettre, dit Bador, résumons la situation. Premièrement, Natrin affirme qu'il a inventé une machine et deux de nos agents peuvent attester que c'est bien le cas. Ça ne prouve pas qu'elle fonctionne, mais au moins elle existe. Deuxièmement, il confesse avoir kidnappé quatre scientifiques et nous arrivons, nous aussi, à cette conclusion. Troisièmement, il déclare qu'il est en contact avec les Russes, et nous venons d'en obtenir confirmation, par deux sources différentes. J'ajouterais que le degré d'implication des Russes semble, là encore, démontrer leur forte motivation. Ce n'est pas une preuve, mais c'est tout de même un joli faisceau d'indices. Car, connaissant bien leur mode de fonctionnement, ils s'agitent rarement sans raison. J'aimerais donc vous faire remarquer que, jusque-là, ce que Natrin a dit s'est avéré juste en tous points.

Il jeta un bref regard à chacune des personnes présentes, puis il poursuivit :

— Désormais, il ne reste plus qu'une étape : prouver que sa machine fonctionne bel et bien.

— J'ai vraiment du mal à croire qu'une telle chose puisse être réalisable, enchaîna Valbert en haussant les épaules.

La nuance n'échappa à personne. Le temps de la conversation, et après avoir d'abord affirmé que cela était « absolument impossible », Valbert était passé à « ce sera peut-être possible dans dix ans », et maintenant il avait seulement « du mal à y croire ». C'était typique des conseillers ministériels qui, sentant le vent tourner, changeaient progressivement d'opinion.

— Pardonnez-moi, messieurs, intervint timidement Simon. Mais il me semble qu'il y a une solution.

— Laquelle ? demanda Bador.

— Eh bien, Natrin reconnaît lui-même avoir enlevé quatre personnes, il est donc passible des assises. Nous pouvons lui faire peur et lui intimer l'ordre de nous livrer sa machine et de nous en expliquer le fonctionnement, sans quoi nous le mettrons sous les verrous pour vingt ans.

Le ministre fit non de la tête :

— Le droit pénal français contient quelques curiosités. L'article 224-1 stipule que si l'enlèvement est inférieur à sept jours avérés, la peine encourue est quatre fois moins sévère !

Simon et Marion échangèrent un regard. Natrin avait divinement bien prémédité son coup.

Le ministre poursuivit :

— Étant donné que Natrin n'a fait aucun mal aux victimes, qu'il n'a réclamé aucune rançon… qu'il prendra un excellent avocat, qu'il a un casier judiciaire vierge… quoi d'autre ? qu'il plaidera qu'il œuvrait pour la science… il écopera de cinq ou six ans, dont la moitié avec sursis. Avec les remises de peine, il ne fera que dix-huit mois, peut-être deux ans, et, à sa sortie, il empochera le jackpot de la part des Russes. Et encore, si nous l'attrapons à temps ! Car, avant que nous lui mettions le grappin dessus, il n'est pas exclu qu'il parvienne à fuir en Russie avec la complicité du SVR !

La prescience d'Axel Natrin forçait le respect. Il avait systématiquement un coup d'avance ; mieux, c'était lui qui distribuait les cartes. Dans le pire des scénarios, il risquait quelques mois de prison en échange d'un véritable pactole.

L'impuissance face aux conditions imposées par le neurologue ainsi que l'urgence de trouver une solution avaient provoqué un silence de mort dans le bureau ministériel.

— On n'a qu'à lui tendre un piège ! dit soudain Marion.

Tout le monde se tourna vers elle.

— Je vous demande pardon ? fit le ministre, surpris.

— Natrin prétend avoir absorbé les connaissances des quatre scientifiques qu'il a enlevés, c'est bien cela ?

— Effectivement, c'est ce qu'il affirme.

— Eh bien, on va le piéger ! Faisons-lui passer un grand oral. Nous allons le convoquer sous prétexte de discuter des modalités du versement de l'argent qu'il réclame et nous le confronterons à des scientifiques chargés de lui poser des questions. Nous verrons bien s'il est capable d'y répondre !

Le ministre observa la jeune femme avant de se tourner vers Valbert.

— Qu'en pensez-vous ?

— Eh bien, oui, c'est une bonne idée.

— On peut faire encore mieux, enchérit Bador. Quitte à convoquer des scientifiques, autant faire appel à ceux-là mêmes qu'il a kidnappés. J'ai cru comprendre qu'ils étaient particulièrement calés. Et puis, après tout, ce sont leurs propres connaissances que nous voulons contrôler.

— Très bien, approuva Valbert.

— Attendez une seconde, intervint le ministre. Natrin peut nous jouer un vilain tour de passe-passe. Imaginons qu'il ait lu des livres scientifiques pendant des années, qu'il ait… je ne sais pas… assisté à un tas de conférences. Il sera en mesure de répondre et cela ne prouvera rien !

— Non, monsieur le ministre, répliqua catégoriquement Valbert, je connais chacun de ces scientifiques et leur niveau de connaissances est tel que personne ne pourrait réussir à faire illusion.

— En êtes-vous bien sûr ?

— Je suis formel. Une vie entière ne suffirait pas à acquérir le niveau que chacun d'eux a atteint dans sa discipline. Par ailleurs, ils sont quatre ! Dès lors que l'on pénètre sur leur territoire, personne ne peut se faire passer pour eux, c'est rigoureusement impossible.

Le ministre hocha la tête, se leva, fit le tour de son bureau et serra la main à chacun des intervenants, en terminant par Bador.

— Monsieur le directeur, vous mènerez cette opération. Je compte sur vous pour que le piège se referme sur Natrin de manière implacable.

— Bien, monsieur le ministre, j'y veillerai.

– 49 –

— Marion Mastereaux, par les pouvoirs qui me sont conférés, j'ai l'honneur de te remettre ce badge.

Simon tendit à sa partenaire un insigne qu'il venait d'obtenir du bureau de la sécurité de la DGSI. Travailler directement pour Stéphane Bador avait ses avantages.

— Wow, merci, Simon. Je ne sais pas quoi dire. Quelle émotion !

— Eh oui ! Tu peux désormais circuler comme bon te semble dans les bureaux de la DGSI, tu n'es plus une lépreuse. Et tout ça, sans avoir eu besoin de coucher !

— Tu plaisantes ? Je me suis tapé la moitié des effectifs !

— Ah ? Je devais être en congé.

Elle disposait à présent d'un bureau contigu à celui de Simon, dans l'un des grands espaces de travail de la DGSI. L'endroit était moderne et les installations confortables. Pourtant, comme chaque fois qu'elle se trouvait dans un lieu étranger, rempli d'hommes, elle éprouvait une certaine gêne, consciente d'être jaugée, évaluée. En ce moment même, quelqu'un devait certainement être en train de donner une note à son cul, de parier sur la taille des bonnets de son soutien-gorge, de faire une allusion lourde suivie d'un rire gras, de se demander si Simon lui était déjà « passé dessus », d'échafauder une technique de drague ou, pire, de l'imaginer dans une position obscène.

Simon perçut son malaise, mais ne put en déterminer la cause, persuadé que sa partenaire était encore affectée par le fait de s'être fait tirer dessus la veille, par le rendez-vous avec le ministre, les nouvelles responsabilités qui leur incombaient et l'excitation qu'elle devait éprouver de se voir missionner pour le compte du Renseignement français.

En premier lieu, Bador leur avait demandé d'éplucher les opérations financières du docteur Natrin. Il fallait déterminer comment il avait pu financer ses recherches. S'il était bien l'inventeur de génie qu'il prétendait, il avait forcément investi en conséquence. Marion n'ayant pas accès aux données du système informatique, elle se concentra sur le personnel de la fondation qu'elle interrogea par téléphone, tandis que Simon se focalisait sur la comptabilité.

— La fondation Philomena est un véritable gouffre financier ! lui annonça-t-il. Écoute bien : depuis quatre ans, 35 % des dépenses sont engagées en recherche et développement. À cela s'ajoute environ 15 % d'achat de matériel. On parle de sommes vraiment importantes. En tout, Natrin a dépensé plusieurs millions d'euros. On peut se construire une belle machine, avec ça, non ?

— Apparemment, ça n'a pas suffi ! Tu te souviens du tableau qui a été décroché dans l'entrée de la fondation ?

— Oui.

— Eh bien, je l'ai retrouvé. Regarde, dit-elle en montrant l'écran de son ordinateur.

Simon s'approcha et lut tout haut :

— « Sonia Delaunay. Adjugé 753 000 euros, chez Cornette de Saint-Cyr. » Ah, quand même !

— Oui, et j'imagine que le tableau qu'il avait dans son bureau n'était pas un poster de Matt Pokora. Il a donc vendu deux tableaux en peu de temps, pour des montants élevés.

— Attends, je regarde s'ils apparaissent dans la comptabilité de Philomena.

Simon parcourut sur l'écran les relevés de compte.

— Oui, je les ai ! 707 820 euros. Et là 233 120 euros le même jour. Ce doit être l'autre tableau.

— Bah, les montants ne collent pas ! objecta Marion.

— Si. Il faut retrancher… *grosso modo* 5 %, qui doivent correspondre à la commission de la maison de ventes ou à une taxe quelconque. Les dates correspondent.

Simon s'enfonça dans son fauteuil à roulettes en poussant un long soupir.

— Je n'y comprends rien ! finit-il par lâcher en joignant les mains derrière sa tête.

— Qu'est-ce que tu ne comprends pas ?

— J'avais imaginé qu'il avait vendu les tableaux pour se mettre le fric dans la poche. Au lieu de cela, il les a confiés à une maison de ventes très connue et a déposé le chèque sur le compte de sa fondation.

— Étonnant, en effet.

— Ça prouve qu'il n'est pas si malhonnête qu'il en a l'air.

— Peut-être, mais ça ne prouve pas non plus qu'il a inventé une machine révolutionnaire.

— Très juste, admit Simon. Mais alors pourquoi vendre des tableaux si c'est pour déposer l'argent sur un compte auquel il n'a pas accès et assujetti à d'éventuels contrôles du Trésor public ?

— Pour financer ses recherches ! C'est assez cohérent.

— Depuis très exactement quatre ans, les dépenses de matériel se sont envolées. Tiens, regarde, dit-il en posant son doigt sur l'écran, ici, achat d'une machine à IRM pour 385 000 euros, et là, d'un supercalculateur pour 1 650 000 euros.

— Si c'est pour jouer au solitaire, c'est un peu cher, effectivement.

— Et tu te souviens d'avoir vu un gros ordinateur dans les locaux de Philomena, toi ?

— Non.

— Le seul que j'ai vu était dans le camion.

— Comment a-t-il financé de tels investissements ?

— Je crois qu'il a été obligé de licencier du personnel.

— Il se serre la ceinture depuis pas mal de temps. Simon, si c'était un escroc, pourquoi est-ce qu'il ferait ça ?

— Oui, pas très logique.

— Et pourquoi investir plusieurs millions d'euros dans du matériel ?

— C'est la preuve que son projet ambitieux ne date pas d'hier.

— Ça recoupe mes informations, dit-elle en posant la main sur le cahier où elle avait consigné le relevé des entretiens téléphoniques qu'elle venait de mener.

De mon côté, j'ai contacté plus des deux tiers des membres du personnel de Philomena. Bon, il n'a dit à personne où il se trouvait en ce moment, ça, ce n'est pas étonnant. Mais tu vas rire…

— Je me tiens déjà les côtes.

— Ils sont unanimes : leur patron est obsédé par ses recherches. Depuis environ quatre ans, il a délaissé les activités classiques de la fondation. Il s'est régulièrement fait livrer du matériel médical et informatique et… personne n'a jamais su à quoi ça servait, ni où c'était entreposé.

— Mouais, je m'attendais à mieux.

— Un peu de patience. Deux employés m'ont apporté un témoignage étrange : Natrin passerait un temps considérable dans une pièce dont il a formellement interdit l'accès à qui que ce soit…

— La salle déserte au sous-sol !

— … mais, un beau jour, il a décidé de vider entièrement les lieux. Un camion est venu tout débarrasser et certains employés ont aperçu, je te le donne en mille, une mystérieuse machine avec des bras articulés.

— Il leur a fait croire qu'il la déménageait tandis qu'en réalité elle restait dans le camion.

— Puisqu'on parle du camion, figure-toi que Natrin est parti avec aux dates qui correspondent aux enlèvements.

— Tout se tient.

— Attends la suite. Lorsque j'ai demandé s'ils avaient remarqué des changements de comportement chez leur patron, tous, j'ai bien dit *tous*, ont répondu par l'affirmative.

— Je ne vois pas ce que ça prouve.

— Mais attends ! Qu'est-ce que tu peux être impatient pour un joueur de poker, bon sang ! Pendant près de quatre ans, Natrin est très préoccupé, presque absent, rien ne l'intéresse vraiment et il délègue toutes les tâches administratives. Soudain, il y a quelques mois, changement complet d'attitude. Le bonhomme devient tout joyeux, souriant, complimente ses employés, se fend de petits mots gentils. Et puis, le mois dernier, le voilà de nouveau stressé, tendu et à fleur de peau.

— Si je suis ton raisonnement : pendant quatre ans, il galère, car ses recherches n'avancent pas ; ensuite, il exulte parce que sa machine fonctionne et, dernièrement, il est stressé parce qu'il doit gérer une série d'enlèvements et une négociation difficile avec les Russes, c'est bien ça ?

— Qu'est-ce que tu en penses ?

— J'aime beaucoup ta façon de voir les choses, Marion. Ça tient debout. Natrin n'a pas pu préméditer son coup aussi longtemps à l'avance, surtout avec une telle minutie.

— Et puis, il aurait fallu qu'il joue la comédie pendant quatre ans ! Tu y crois, toi ?

— Peu probable, en effet.

— Si on réfléchit bien, la seule chose qui nous fait douter que la machine fonctionne, c'est l'avis d'un « spécialiste ». Ce Valbert, un scientifique qui n'a certainement pas le quart du talent de Natrin, qui le juge sans le connaître, sous prétexte que quelques revues scientifiques ont décrété qu'il sera impossible de décrypter le cerveau avant une quinzaine d'années.

— Il est conseiller auprès du ministère de l'Intérieur, ce n'est pas n'importe qui quand même. Et puis, notre spécialiste de l'informatique, Philippe Eisen, nous a confirmé qu'une telle machine n'existait pas.

— Je sais bien. Mais au fond, qu'est-ce qu'ils en savent ? Parce que face à leurs prétendues certitudes, nous avons tout de même de sacrées preuves.

— Je crois ce que je vois, Marion.

— La machine, tu l'as vue !

— Oui, mais rien ne prouve qu'elle fonctionne. Tout dépendra de la démonstration qu'Axel Natrin nous fera lorsqu'il tombera dans notre traquenard.

— Justement, travaillons là-dessus.

— Oui, on doit voir Dark Bador à 17 heures pour lui proposer quelque chose. Et je ne veux laisser aucune chance à Natrin.

– 50 –

Être assis en face de Stéphane Bador, dans son propre bureau, n'était pas ce qu'il y avait de plus propice à la détente. La présence de Marion à ses côtés ne lui était d'aucun réconfort.

— Où en êtes-vous ?

— Il y a trop de détails pour que ce soit une arnaque, monsieur le directeur, répondit Simon.

— S'il a mis sur pied une escroquerie, alors il a forcément eu le souci du détail. Vu les montants en jeu, il n'aura rien négligé. Alors, vous non plus, ne négligez rien.

— Bien, monsieur.

— Vous savez où il se cache ?

— Non, je regrette. Nous ne sommes pas encore parvenus à le localiser.

— Laissez tomber. De toute façon nous ne pouvons rien contre lui. C'est lui qui dicte les règles, dorénavant. Il va prendre contact avec nous dans les heures qui viennent pour organiser une rencontre et nous donner ses conditions. En attendant, ne tentez rien, cela risquerait de tout faire capoter.

— Entendu. Comment communiquez-vous avec lui ?

— *Via* un service de messagerie. Il a acheté un téléphone avec une carte prépayée et il ne l'allume que pour envoyer et recevoir des messages. Cela ne dure jamais plus que quelques secondes. Aucun moyen de le localiser.

Bador se tourna alors vers Marion qu'il dévisagea en silence. Pour une fois, elle montra des signes de gêne. Elle se dandinait avec nervosité sur son siège.

— Et vous, qu'en pensez-vous ? lâcha-t-il finalement.

— Je pense que notre plan est bon. Si Natrin a menti, il n'aura aucune chance de nous tromper.

— Comment comptez-vous vous y prendre ?

— Comme convenu, alors que Natrin s'attend à ce qu'on négocie, il tombera nez à nez avec les savants qu'il a enlevés. On verra tout de suite si ses connaissances scientifiques tiennent la route.

— Pour compliquer les choses, compléta Simon, nous leur demanderons de lui poser des questions à tour de rôle. Nous passerons ainsi constamment d'une discipline à une autre.

— Les questions seront complexes, reprit Marion, impossible de répondre par « oui » ou par « non ». Il faudra, je ne sais pas… décrire une expérience, communiquer les conclusions de travaux très poussés, reproduire une formule particulièrement complexe. Uniquement des choses de très haut niveau, dont personne ne peut se procurer le résultat et encore moins le connaître.

— Pourquoi ne pas lui poser des questions personnelles sur les scientifiques eux-mêmes ?

— Parce qu'elles n'ont aucune valeur probante, dit Simon. La race du premier chien, le nom de jeune fille de la mère, ou même un code de carte de crédit…

N'importe qui peut connaître les détails de la vie de chacun des savants.

— Très bien, fit Bador. Dans ce cas je veux que les questions et les réponses soient écrites à l'avance et dévoilées au dernier moment. Personne ne devra les voir, pas même moi. C'est compris ?

— Parfaitement, monsieur.

— Faites venir les quatre savants à Paris demain. Ne leur expliquez pas pourquoi, ordonna Bador.

— Bien.

— Vous enquêtez sur ces hommes depuis longtemps. Pensez-vous qu'il puisse y avoir une collusion entre eux ?

— Non, monsieur, répondit Simon, de nombreux indices tendent à prouver qu'ils ne se connaissent pas ou très peu.

— Assurez-vous quand même qu'ils ne pourront pas échanger pendant la démonstration.

— Bien. Ce n'est pas tout, ajouta Simon. Nous avons également prévu d'apporter un brouilleur d'ondes radio ainsi qu'un brouilleur de réseau GSM. De cette façon, nous avons la certitude que personne ne sera en mesure de communiquer avec Natrin.

— Parfait. Je veux qu'au terme de cette intervention, nous n'ayons plus aucun doute sur ce Natrin. C'est entendu ?

— Oui, monsieur, répondirent-ils à l'unisson.

— Nous n'avons droit qu'à un seul essai. Alors ne laissez rien au hasard.

— Quand la rencontre aura-t-elle lieu ? demanda Marion

— Demain, à 16 heures. Natrin attend que nous lui fixions un point de rendez-vous.

— C'est nous qui décidons de l'endroit ? s'étonna Marion.

— Oui, j'avoue que je préfère ça. Son unique exigence est qu'il s'agisse d'un lieu public. Il veut pouvoir partir librement une fois que la rencontre aura pris fin. Si nous tentons quoi que ce soit d'imprévu, il partira. Si nous le retenons, si nous procédons à son arrestation, l'un de ses amis contactera directement les Russes pour négocier à sa place et nous aurons perdu la partie.

— Je propose que nous lui indiquions un endroit et que nous en changions une heure avant.

— Si vous voulez. Vous avez un lieu en tête ?

— Que diriez-vous du jardin du Luxembourg ?

— En plein air ? Par ce froid ? s'étonna Bador.

— Nous n'avons pas trop le choix. S'il veut un lieu public, nous ne pouvons pas nous installer dans un musée, ni dans le métro.

— Bon, d'accord. Pourquoi le jardin du Luxembourg ?

— J'y ai passé pas mal de temps quand j'étais étudiant et je connais bien ce parc. C'est assez calme à cette période. En ce qui concerne Natrin, c'est un endroit rassurant : il y a plusieurs sorties, de nombreuses stations de taxis, le RER est juste à côté, il ne se sentira pas piégé.

— Parfait, dit Bador en hochant la tête. Nous lui demanderons de venir… disons… au Jardin des Plantes, et une heure avant nous changerons d'endroit.

— Dans ce cas, j'aimerais avoir l'autorisation de faire surveiller le Jardin des Plantes. S'il organise quelque chose avec un ou plusieurs complices, ces derniers devront partir en catastrophe pour le Luxembourg.

— Accordé. Je tiens à être très clair : si vous avez le moindre doute, la plus petite suspicion, faites-le-moi savoir. Et si vous avez besoin de moyens ou d'hommes, ce ne sera pas un problème.

— C'est compris.

— Autre chose ?

— Eh bien… oui, monsieur. Une dernière chose. Natrin est soupçonné de l'assassinat du professeur Georges Toussant, à Strasbourg. Nous aimerions l'entendre à ce sujet.

Stéphane Bador planta son regard dans celui de Simon, comme on enfonce un poignard.

— Vous avez des preuves ?

— Euh… non, pas de preuves. Pas pour le moment. Mais nous pensons que…

— Si Axel Natrin est capable d'accomplir ce qu'il prétend, il ne sera pas poursuivi pour ce dont il est accusé. C'est bien clair ?

— Ça signifie qu'il échappera à la justice ? demanda Simon sans baisser les yeux.

— Nous défendons les intérêts de notre pays. Ce type est peut-être à l'origine de l'invention du siècle, vous croyez vraiment qu'on va le foutre en prison ?

Simon demeura muet, Bador poursuivit :

— Non, on va lui donner beaucoup d'argent, on va lui serrer la main, on va lui dire merci, on va lui décerner la Légion d'honneur, l'inviter dans des dîners officiels, et on va aussi se féliciter qu'il n'ait pas vendu son procédé aux Russes ou à je ne sais qui. Bienvenue dans la cour des grands, lieutenant Vairne. Je vous rassure, on va grassement indemniser vos savants pour qu'ils se taisent. Autre chose ? Encore des états d'âme ?

— Non, monsieur, je ne vois pas ce qu'on pourrait ajouter à ça.

Marion et Simon avaient rejoint leur poste de travail à vive allure, un peu sonnés d'apprendre qu'Axel Natrin échapperait à une enquête pour meurtre.

— Tu crois que Natrin prépare un sale coup ? demanda Marion.

— Pas un seul instant.

— Sérieusement ?

— Absolument. Son impunité ne vaut que s'il a réellement inventé une machine géniale. Sinon, on a suffisamment de preuves pour l'envoyer en prison. Bon, entre parenthèses, on aura du mal à prouver qu'il a tué Toussant. Mais, si on en croit le ministre de l'Intérieur lui-même, il risque d'en prendre pour deux ans. C'est peu s'il sait qu'il va toucher le gros lot, mais c'est beaucoup pour un type qui n'aurait qu'une invention bancale, tu ne trouves pas ?

— C'est vrai, acquiesça Marion.

— Or, est-ce qu'il fuit ? Non, il accepte de nous rencontrer, tranquillement, comme s'il n'avait rien à craindre !

— Ça prouve qu'il sait qu'il nous tient. Il a conscience d'avoir une monnaie d'échange si importante que toutes les charges contre lui seront immédiatement levées.

— Ou alors, il est fou à lier, ironisa Simon.

— Il a l'air tellement sûr de lui.

— Natrin sait qu'on va le fouiller, qu'on va vérifier plein de choses, il n'a aucune exigence, il accepte de se soumettre à tous nos caprices et en plus il nous laisse le choix du lieu. Il n'y a pas de place pour une entourloupe.

— Dans ce cas, nous péchons par excès de prudence…

— Ça devient politique. Chacun veut se couvrir. Comme l'a dit le ministre, il n'a aucune envie qu'un scandale éclabousse son cabinet.

— Mais, en même temps, il veut que le mérite de la découverte de la machine à lire dans les pensées lui revienne.

— Évidemment.

— C'est pas le moment où tu me sors des probas ?

— Ça te manque ?

— Disons que je m'habitue.

— Alors… probabilité que Natrin soit un mythomane persuadé d'avoir inventé un truc et que la démonstration de demain tourne au gag… 55 %.

— Tant que ça ? Il faut quand même se rappeler qu'il leur a fait perdre la mémoire.

— Mouais, c'est vrai. Alors, disons 50 %. Ensuite, probabilité que ça marche réellement et qu'il ait inventé un procédé révolutionnaire, 35 %. Probabilité qu'il ne vienne pas demain, 14 %.

— Tu penses qu'il ne viendra pas ?

— Juste 14 %. Il se fait tuer par les Russes, ou il se rend soudain compte qu'il est complètement dingue, ou encore il réalise qu'on est en train de lui tendre un piège. Demain, c'est très loin, en fait.

— Cela ne fait que 99 %.

— Il faut toujours garder 1 % pour les retournements de situation !

– 51 –

Simon jeta un coup d'œil à sa montre dont les aiguilles demeuraient immobiles. Emporté par le rythme de ces derniers jours, il avait omis de la remonter. Il se tourna vers un des agents et lui demanda l'heure. 15 h 17. Dans moins de trois quarts d'heure, Axel Natrin serait là. Ou pas.

Simon avait passé la soirée de la veille à peaufiner les moindres détails, à imaginer tous les scénarios possibles. Il était hors de question que quelque chose lui échappe.

Un petit vent humide et froid soufflait en rafales irrégulières, mais par chance, le ciel était dégagé et aucune pluie n'était prévue avant le lendemain.

Les agents en civil postés au Jardin des Plantes avaient été catégoriques, il n'y avait eu aucune activité suspecte après que le rendez-vous avait été communiqué à Natrin et aucun mouvement particulier après l'annonce du changement de lieu. Par précaution, le service de sécurité du Sénat, la Mairie de Paris, ainsi que les commissariats des 5e et 6e arrondissements avaient été avertis qu'une opération de police était en cours.

En coopération avec des agents spécialisés dans les opérations délicates, Simon avait choisi un endroit en retrait des axes principaux, dans une petite contre-allée proche de la rue Auguste-Comte. Ce renfoncement, perdu au milieu des vingt-trois hectares du jardin, était à l'écart des touristes qui, en cette période et par ce froid, étaient de toute façon peu nombreux.

Dans l'herbe qui bordait l'allée, une statue d'Ossip Zadkine le toisait depuis son piédestal massif. Devant le poète de bronze, décharné, inquiétant, au visage cubiste, Simon se sentit bien fébrile.

— Tu es nerveux, n'est-ce pas ? demanda Marion.

— J'ai la pression, oui. Comme l'a dit Dark Bador, on n'aura pas de deuxième chance.

— T'inquiète. Tout va bien se passer.

— Eh bien, le souci, tu vois, c'est que je ne sais même pas vraiment quel serait le scénario idéal.

— Qu'est-ce que tu veux dire ?

— Si Natrin est effectivement capable de transférer des données d'un cerveau à l'autre, on va le laver des accusations d'enlèvement et séquestration. Raison d'État. Donc il ne comparaîtra pas devant la justice, alors qu'il a commis quatre enlèvements, et peut-être un meurtre, voire deux. S'il est complètement illuminé, on n'aura aucun mérite à l'avoir démasqué. Enfin, s'il ne vient pas, on aura fait tout ça pour rien ! Par conséquent, le scénario idéal, je ne vois pas bien ce que ça peut être.

Marion le prit par le bras et fit quelques pas avec lui.

— Tu as tout prévu, Simon. Tout. Dans quelques instants, nous aurons notre réponse. Mais, quoi qu'il advienne, tu auras fait un excellent boulot.

— Merci de ton soutien. Rien n'aurait été possible sans toi.

Il était sincère, et ces mots lui semblaient bien fades pour traduire toute sa reconnaissance. Outre sa contribution directe, Marion s'était révélée une aide inestimable et un moteur pour lui.

— Tout est prêt ? demanda une voix derrière eux.

En se retournant, Simon découvrit Stéphane Bador vêtu d'un long manteau en cachemire noir, emmitouflé dans une écharpe épaisse qui lui couvrait la gorge et une partie du menton. Il était accompagné de deux hommes, des policiers du service Action.

— Bonjour, monsieur. Oui, tout est prêt.

Simon avait disposé des chaises sur deux rangs, en face desquelles se trouvait un tableau blanc où Axel Natrin pourrait faire sa démonstration. Un siège avait également été placé derrière Natrin, pour qu'un agent puisse s'assurer qu'il ne communiquait avec personne.

La première rangée comportait six chaises : une pour chaque scientifique, une pour Michel Valbert, le spécialiste des affaires scientifiques du ministère, et la dernière pour Philippe Eisen, l'expert scientifique de la DGSI.

La seconde rangée serait occupée par Bador, Simon, Marion et un représentant du ministre de l'Intérieur.

Les quatre scientifiques, amenés dans le même véhicule, furent immédiatement accueillis par Stéphane Bador qui, après s'être présenté, leur expliqua la raison de leur présence. Ils furent d'abord surpris et même choqués d'apprendre qu'ils étaient sur le point d'être confrontés à leur ravisseur. En fin diplomate, et faisant peser de tout son poids sa fonction de chef du Renseignement, Bador parvint à les convaincre de se concentrer sur l'expérience qu'ils s'apprêtaient à vivre. Il les invita à être intraitables avec Natrin, ce en quoi il n'eut guère de mal à les persuader.

Pendant ce temps, Simon prit discrètement le chauffeur à part. C'était, lui aussi, un agent de la DGSI.

— Alors ?

— J'ai fait très attention, comme vous me l'aviez demandé, lieutenant. Je pense qu'ils ne se connaissent pas. En tout cas, c'est vraiment l'impression qu'ils m'ont donnée.

— Ils se sont parlé ?

— Oui, justement. Leur conversation laisse penser qu'ils n'ont que des relations éloignées.

— Bien. Merci beaucoup.

Probabilité que les scientifiques se connaissent : de plus en plus faible – moins de 2 %.

Simon se tourna vers les savants.

— Bonjour, messieurs. Veuillez me suivre, je vous prie.

Il leur fit faire quelques pas pour les réunir derrière un bosquet où ils ne pourraient être vus depuis l'extérieur du parc. De cette façon, Natrin ne découvrirait leur présence qu'au dernier moment et ne pourrait plus faire demi-tour.

— Merci infiniment d'être venus, même si je sais que nous ne vous avons pas vraiment laissé le choix ! Comme vous l'a expliqué M. Bador, le directeur de la DGSI, Axel Natrin prétend vous avoir retenus prisonniers pour s'approprier vos connaissances, grâce à une machine de son invention. Inutile de vous dire que nous sommes sceptiques. Nous allons donc vérifier si ce qu'il dit est vrai. Je vais vous demander de noter sur une feuille une dizaine de questions que vous poserez ensuite au docteur Natrin. Puisqu'il affirme avoir acquis vos compétences, je veux que vos questions soient extrêmement complexes. Pour que les choses soient bien claires, vous devrez être les seules personnes au monde ou presque à pouvoir y répondre. Pas de réponse par « oui » ou par « non », il faut qu'il reproduise des équations, des expériences, des démonstrations que vous seuls avez menées. Les réponses ne doivent pas avoir été publiées dans des revues scientifiques ni sur Internet. Uniquement des choses qui se trouvent dans votre cerveau. Est-ce que vous m'avez bien compris ?

Les quatre savants acquiescèrent. Levine leva la main comme un écolier avant de prendre la parole :

— C'est bien joli, mais si nous posons des questions trop techniques, mis à part nous, personne ne pourra vérifier si les réponses sont correctes ou non.

— Je vais vous demander de rédiger les réponses à l'avance. Je souhaite que vous le fassiez chacun dans votre coin et que vous vous assuriez que personne ne puisse vous observer. Ensuite, vous scellerez le tout dans des enveloppes. D'autres questions ?

Simon dévisagea chaque savant et, puisque personne ne se manifestait, il conclut :

— Quand vous voulez.

Les scientifiques prirent chacun l'enveloppe, le porte-bloc et le stylo que Simon leur tendit et s'isolèrent pour écrire.

Lorsqu'ils eurent terminé, il était 16 heures pile, le timing était parfait.

Ne manquait plus que le principal protagoniste de l'étrange partie qui allait s'engager.

Une minute passa. Puis une autre. Puis cinq.

L'impatience s'ajouta à la nervosité chez Simon qui faisait les cent pas en scrutant chaque allée du parc, tandis que le petit groupe restait immobile. L'attente semblait interminable.

Il était maintenant 16 heures passées de sept minutes et chacun avait les yeux rivés sur Simon qui aurait volontiers évité cette pression supplémentaire.

Natrin allait-il se défiler ? Avait-il flairé le piège tendu par la DGSI ? Bien qu'il ne pût être tenu responsable de l'absence du médecin, Simon savait qu'il avait beaucoup à perdre. Le peu qui lui restait d'optimisme fut balayé par le long soupir que poussa Bador.

C'est à cet instant qu'un agent fit un signe à Simon.

Axel Natrin entrait en scène. Emmitouflé dans un superbe manteau gris au col de velours, il s'avança, le regard droit, la démarche assurée, avec beaucoup d'élégance, dans l'allée du parc, en direction du petit attroupement. Ses cheveux blancs plaqués en arrière, sa courte barbe impeccablement taillée lui donnaient une allure d'empereur romain. Ses traits incroyablement jeunes le faisaient paraître dix ans de moins. Simon ne pouvait détacher son regard de cet homme, irrésistiblement attiré par celui qui était la clé du mystère sur lequel il enquêtait si ardemment depuis une semaine.

À peine eut-il achevé ses civilités que Natrin fut ceinturé par trois agents de la DGSI qui procédèrent à une fouille méticuleuse et le soumirent au détecteur de métaux.

En apercevant les quatre scientifiques, Natrin sembla surpris et même gêné. Le neurologue découvrit ensuite le tableau blanc et les rangées de chaises. Il comprit que la rencontre ne se limiterait pas à une simple discussion sur les modalités de paiement.

Simon, qui n'avait pas cessé de le scruter, remarqua sa confusion : qu'allait-il faire ? Fourrer ses mains dans ses poches ? Froncer les sourcils et détourner le regard ? Entrouvrir les lèvres pour faciliter une respiration devenue pénible ? Autant de signes que Simon avait appris à déceler et à interpréter lors de ses nombreuses et interminables parties de poker. Non. Il ne releva aucun signe de malaise. L'effet de surprise passé, Natrin semblait simplement prendre ses marques.

Sans attendre d'y avoir été invité, le neurologue vint se placer devant le tableau, prêt à faire face à l'épreuve qui avait été imaginée pour lui et dont il ignorait encore la teneur exacte. D'un léger signe de tête, il salua l'assistance qui le dévisageait comme un animal de foire.

Puisque tout le monde était en place, Simon annonça le début de l'épreuve :

— Docteur Natrin, pouvez-vous commencer par nous donner davantage d'informations sur la machine que vous prétendez avoir créée ?

Axel Natrin esquissa un léger sourire.

— Je ne prétends rien, je revendique ! Cette machine est le fruit de neuf années de recherches, dont quatre de travail acharné. J'y ai investi tous mes moyens et une partie importante des liquidités de ma fondation. Plusieurs millions d'euros. Je ne rentrerai pas dans le détail de son fonctionnement, vous le comprendrez aisément, sinon je n'aurais plus rien à vous vendre !

— Nous souhaiterions tout de même que vous nous donniez quelques éclaircissements, intervint Valbert sur le ton péremptoire qu'il avait déjà employé dans le cabinet du ministre. C'est la moindre des choses puisque vous ambitionnez de nous vendre votre invention alors que nous pensons, nous, que ce que vous prétendez avoir accompli est irréalisable.

— Je comprends. Je vais donc vous en présenter les grandes lignes. Des travaux en laboratoire ont révélé que la mémorisation dépend des modifications des synapses, ces zones de contact au niveau desquelles un neurone peut exciter ou inhiber un autre neurone. Or, chaque neurone reçoit des milliers d'influx nerveux *via* les synapses. Le souci est le suivant : nous avons près de cent milliards de neurones dont chacun compte jusqu'à cent mille synapses.

— Le nombre total de synapses est incalculable, coupa Valbert.

— S'il était incalculable, je ne serais pas ici aujourd'hui, trancha Natrin. En réalité, il s'élève à un million de milliards. Un nombre incroyablement élevé, je vous l'accorde, qui a fait dire à plusieurs de mes confrères qu'il était impossible, dans l'état actuel des connaissances, de déchiffrer l'activité du cerveau. J'ai moi-même été tenté de renoncer à de multiples reprises. Puis, il y a quelques années, j'ai lu un article dans *The Observer*. Un certain Ian Pearson, chef de l'unité prospective de British Telecom, soutenait que l'on pourrait accéder à la cyber-immortalité en téléchargeant les données du cerveau d'ici quarante-cinq ans. Ça m'a redonné espoir.

— Dans quarante-cinq ans, peut-être, coupa de nouveau Valbert. Mais ce qui nous intéresse, c'est ce que vous êtes en mesure de faire aujourd'hui.

— C'est amusant. Il n'y a pas vingt secondes, vous clamiez que c'était, selon vos propres termes, irréalisable. Désormais, vous admettez que ce puisse être possible à l'avenir. Vous voyez, on avance.

Natrin avait lui aussi constaté le revirement de Valbert, le même qu'il avait eu devant le ministre et qui traduisait une hostilité fardée sous une arrogance courtoise. Bien que Natrin ait conservé un ton égal et qu'il n'ait laissé transparaître aucune expression, sa satisfaction d'avoir mouché Valbert était évidente. Il avait gagné la première manche et savoura sa victoire en poursuivant son exposé avec panache :

— J'ai décidé de prendre le cerveau à son propre jeu : puisque ces synapses sont si nombreuses, servons-nous-en. J'ai connecté un électroencéphalogramme particulièrement sensible à un ordinateur, sur lequel j'ai collecté, sans comprendre ce qu'ils signifiaient, des milliards d'influx nerveux. Le cerveau me parlait, mais cette logorrhée était indéchiffrable. Aucun supercalculateur sur terre ne serait assez puissant pour effectuer un tel travail. En tout cas, pas avant quelques décennies… Peut-être avec un ordinateur quantique, qui sait ? Je me suis donc penché sur la génétique et, en particulier, sur le marquage fluorescent persistant des neurones. Je me suis aussi intéressé aux méthodes d'optogénétique permettant d'activer ou de désactiver certains neurones. Mais je ne progressais pas vraiment. Tel Champollion, il me fallait ma pierre de Rosette. Elle est venue des essais que j'ai faits sur moi-même, non pas en ayant une activité normale, ni en exécutant des tests simples, comme je l'avais fait jusqu'à présent, mais, au contraire, en me focalisant sur des compétences très pointues en neurologie. Autrement dit, alors que mes connaissances les plus communes étaient perdues dans un océan d'informations, mon savoir en médecine, lui, émergeait clairement. J'ai alors compris que je devais éliminer tout le langage « parasite » du cerveau et ne retenir que la partie la plus élitiste, celle qui concerne nos connaissances de pointe. Après quelques mois de réglages, je suis parvenu, grâce à ma machine, à retranscrire sur un ordinateur les concepts médicaux très avancés que j'avais en tête ! L'ordinateur enregistrait mon savoir ! Il comprenait ce qu'exprimait mon cerveau ! Mon invention fonctionnait. Cependant, j'avais besoin d'une ultime expérience : prouver que ma machine était également en mesure de transmettre ces mêmes connaissances à autrui. C'est ce qui m'a amené à… eh bien… cette affaire.

— Est-ce grâce à votre machine que vous êtes parvenu à effacer la mémoire des scientifiques que vous avez retenus captifs ? demanda Simon.

— En partie, oui. Grâce à ma machine, combinée à de l'hypnose.

Simon et Marion échangèrent un regard. Elle avait vu juste.

— Docteur Natrin, reprit Simon, si nous sommes ici…

— Nous sommes ici parce que vous êtes méfiants, messieurs ! Et vous avez bien raison. Après tout, ce n'est pas un cadeau que je vous fais et il est normal de contrôler la marchandise avant de la payer, n'est-ce pas ?

— Effectivement. Nous…

— Juste une chose, l'interrompit Natrin. Avant que nous ne commencions, je tenais à présenter mes excuses à mes confrères ici présents. Il est vrai que mon attitude à leur égard n'a pas été correcte – c'est le moins que l'on puisse dire. Je tiens à les assurer de mon profond respect et de mon infinie considération. C'est précisément leur talent qui m'a incité à les choisir eux et personne d'autre. Mais je sais qu'ils me pardonneront mes actes, au nom de la science.

— Ce que j'aimerais comprendre, intervint Otis Levine sans que personne s'y attende, c'est pourquoi nous ? Pourquoi ne pas avoir fait l'expérience sur des volontaires ?

— Très bonne question. Pour une raison d'ordre technique. La machine que j'ai inventée n'a pas encore atteint une précision absolue. Comme je l'ai dit, elle ne peut, pour l'instant, lire que les informations les plus sophistiquées du cerveau. Si le volontaire disposait d'un niveau de connaissances moyen, je ne pourrais rien en tirer. Ou, plus exactement, j'en extrairais un charabia inexploitable. Ce qui réduit mon choix à quelques personnes d'exception, dont vous êtes, messieurs. J'ajouterai que cela permet d'obtenir une preuve irréfutable. Si je suis véritablement capable de soutenir une discussion avec chacun de vous, ça signifie que je dis bien la vérité, n'est-ce pas ?

— Il ne s'agit pas d'une discussion, docteur Natrin, mais d'une séance de questions, trancha Simon.

— Ah ! s'étonna-t-il. Comme vous voudrez.

— Et le processus de transfert des connaissances prend six jours ? demanda Henri Vastine.

— Non, quatre jours et demi seulement. Mais j'ai dû procéder à de nombreux ajustements au début. Et puis, j'étais contraint de faire des pauses, sinon les patients auraient… enfin… vous auriez souffert d'engourdissements, à rester assis dans la même position si longtemps.

— Parce que nous n'avons pas bougé pendant une semaine ? s'exclama Haineteaux, choqué.

— Pratiquement pas, non. Pour opérer le transfert d'informations, il est impératif que le sujet soit inconscient. Sinon, ça perturbe l'opération. Je vous ai administré des doses de benzodiazépine de plus en plus faibles pour vous maintenir dans cet état.

— Bien, intervint Simon. Nous allons commencer. Professeur Boissard, à vous.

Le premier des savants à s'être fait kidnapper se leva et décacheta l'enveloppe pour en tirer sa liste de questions. Il lut la première, dont l'énoncé dura près d'une minute. Non seulement Natrin ne fut pas décontenancé, mais il sourit. Sa réponse s'étala sur près d'un quart d'heure. Il maniait les termes techniques avec une aisance impressionnante.

Puis ce fut au tour d'Otis Levine, qui, à peine eut-il terminé d'énoncer sa question, vit Natrin se retourner vers le tableau et le noircir d'une formule qui ne comportait que des lettres dont certaines ne semblaient appartenir à aucun alphabet. Il écrivit d'une traite, sans hésiter. Par curiosité, Bador et Simon jetèrent un coup d'œil par-dessus l'épaule de Levine, pour vérifier que l'équation au tableau était parfaitement identique à celle du papier qu'il tenait en main. C'était le cas.

Haineteaux suivit, puis enfin Vastine, qui se permit des questions de relance qui n'étaient pas prévues. Chaque fois, Natrin répondit avec une précision époustouflante.

Avant de procéder à la deuxième série de questions, Simon modifia l'ordre d'intervention de chacun. La démonstration fut tout aussi fluide. Natrin passait de la physique théorique à la biologie puis à la cosmologie comme certains discutaient de football ou de cinéma au café du coin.

Depuis le début, Simon n'avait pas quitté Axel Natrin des yeux. Il observait attentivement son langage corporel, essayait d'interpréter le moindre de ses gestes, de traduire le plus petit signe. Natrin semblait réellement à l'aise. C'était effarant. Il maîtrisait vraiment tous les sujets. Cela confirmait ce que Bador lui avait dit plus tôt : ce type était un génie. Il était à l'origine d'une invention considérable, et cela justifiait que l'État ferme les yeux sur cette histoire de kidnappings et de meurtre.

La démonstration dura plus d'une heure et demie. Lorsque tous en eurent terminé, un silence pesant s'installa. Ce fut Natrin lui-même qui le rompit :

— Messieurs, avez-vous d'autres questions ?

Face à l'assistance muette, il poursuivit :

— Non ? Très bien. Dans ce cas, si vous n'y voyez pas d'objection, c'est à mon tour de dicter mes exigences. La somme convenue sera versée en deux fois. La première dès demain à… midi précis, dit-il en consultant sa montre. Si je n'ai rien reçu à midi et une minute, j'en déduirai que vous n'êtes pas intéressés, ce qui est votre droit le plus strict. Dans ce cas, je ferai affaire avec… mes autres amis. Si le premier règlement a bien été effectué, je vous indiquerai alors où se trouve le camion qui contient ma machine. Lorsque vous me verserez la seconde moitié, je serai à votre entière disposition pour vous en expliquer le fonctionnement et même pour l'améliorer. Je vous demanderai alors de mettre en place un dispositif permettant d'assurer ma sécurité.

Sans attendre de réponse, il tira un papier de sa poche qu'il tendit à Bador.

— Voici les coordonnées des comptes off-shore sur lesquels effectuer les versements. Mademoiselle, messieurs, bonne fin de journée, dit-il en souriant.

Il tourna les talons et s'éloigna. Sans un mot, tous le regardèrent quitter le jardin, interloqués par ce qu'il venait d'accomplir. Bador s'adressa aux scientifiques :

— Alors ?

— C'est prodigieux ! s'exclama Levine.

— Je... je n'arrive pas à le croire, enchaîna Haineteaux. C'est complètement fou !

— Oui, c'est incroyable, j'avais l'impression de bavarder avec un confrère, avec... moi-même ! conclut Vastine, abasourdi.

— Les réponses étaient toutes correctes ? insista Bador.

— Mais oui ! fit Vastine. Oui, rigoureusement exactes, et vous n'avez pas idée du degré de difficulté des questions que je lui ai posées !

Les autres discutèrent entre eux de la performance à laquelle ils venaient d'assister et des perspectives ahurissantes que cela ouvrait.

Probabilité que Natrin ait pu berner les meilleurs savants du pays... soyons sérieux : 0 %.

Simon s'approcha de Valbert et d'Eisen. Ils étaient sous le choc, comme s'ils avaient eu la révélation de l'existence de Dieu.

— J'ai besoin de votre avis, messieurs.

— C'est vraiment incroyable, Simon ! Ce type a réellement des connaissances infinies.

— Oui, enchérit Valbert, c'est époustouflant.

— Y a-t-il une possibilité qu'il bluffe ?

Valbert s'avança jusqu'au tableau couvert d'équations.

— Regardez ça, il n'y a pas cent personnes dans le monde capables de comprendre une telle équation. Et celle-ci ! Et celle-là ! Moi-même, je suis complètement largué. Oui, complètement.

— Et tout est juste ? demanda Simon.

— Absolument, répondit Eisen. Je n'ai jamais vu ça de ma vie. On a le sentiment d'avoir eu affaire à quatre cerveaux brillants emprisonnés dans un seul corps.

Valbert approuva.

— Je suis désolé, dit Simon, je vais insister lourdement, mais est-ce qu'il y a une chance, même infime, que Natrin ait pu acquérir ces connaissances en travaillant très dur ?

— Non, ce n'est pas possible, répondit sobrement Valbert.

— Même s'il y a consacré plusieurs années de sa vie ? Même s'il est doué d'une mémoire prodigieuse ?

Valbert fit non de la tête.

— Crois-moi, ajouta Eisen, même si je vivais encore cent cinquante ans et que je m'y consacrais pleinement, je parviendrais à peine à la cheville d'un seul d'entre eux !

— Selon toi, Natrin est bien « entré dans la tête » de Vastine, Boissard, Levine et Haineteaux ?

— Il n'y a aucun doute.

— Monsieur Valbert, quelle est votre conclusion ?

— C'est que… je dois avouer que… même si cela semble impossible, il faut bien reconnaître qu'il l'a fait !

— Simon, dit Eisen avec des trémolos dans la voix, nous avons été les témoins d'une avancée scientifique considérable !

Probabilité de berner à la fois l'expert de la DGSI et le conseiller du ministre… 0 %.

Simon fit le tour des agents de la DGSI. Tous attestèrent que Natrin n'avait pas triché. Il avait joué la partie à la régulière, sa démonstration était implacable. Simon cherchait partout une faille, mais c'était peine perdue. Il n'y avait pas de fraude. Aucun détail ne venait contredire Natrin. Pas même son langage corporel pourtant éprouvé par une situation stressante. Simon devait se rendre à l'évidence : il avait contribué au succès de l'une des aventures les plus prodigieuses de ces dernières décennies.

Probabilité...

— Simon ?

En entendant Stéphane Bador, Simon se dirigea vers lui.

— Quelle est votre conclusion ?

— Natrin dit la vérité. Tout le monde en atteste. Il n'y a eu aucune supercherie.

— Félicitations, Simon. Demain midi, la machine sera à nous. Vous avez fait du bon travail, dit-il avec autant de jovialité que s'il venait d'enterrer toute sa famille.

Il lui serra la main avant de tourner les talons. Simon, pensif, le regardait s'éloigner lorsque quelqu'un siffla derrière lui.

— Les félicitations du grand patron ! dit Marion sur un ton admiratif bien qu'un peu exagéré. Lieutenant, une grande et belle carrière s'offre à vous.

— Et toi, tu as remarqué quelque chose ?

— J'ai remarqué que tu te débrouillais très bien, Simon Vairne, dit-elle en s'enroulant autour de son bras. Je crois que cette affaire ne se termine pas si mal.

— Cette histoire est incroyable.

— Incroyable, oui, comme son dénouement.

Simon sourit enfin. Ses épaules s'allégeaient lentement et, aidé par les paroles de réconfort de Marion, il commençait à se détendre.

— Tu es libre ce soir ? finit-il par lui demander.

— Ça dépend ! Si tu as prévu de t'introduire illégalement dans une clinique et d'affronter des tueurs, merci, mais j'ai déjà donné.

— Je pensais plutôt à un resto.

— C'est toi qui invites ?

— Je te dois bien ça.

— Dans ce cas, je devrais pouvoir me libérer.

– 52 –

Maintenant que le tumulte de cette enquête était derrière eux, Simon se sentait à la fois libre et soulagé. Mais ce qui le frappait le plus, c'était ce calme si soudain. Demain, enfin, ne serait plus cadencé par les investigations. La sensation qu'il éprouvait était semblable à celle d'un naufragé, délivré des flots, qui retrouve la terre ferme et se sent pourtant toujours ballotté par le tangage. Il ne prenait que lentement conscience que tout était fini et qu'il pouvait désormais penser à lui. À eux, peut-être.

En proposant à Marion de terminer la soirée chez lui, Simon savait quel jeu il s'apprêtait à jouer. Un jeu aussi dangereux que délectable. Elle lui plaisait, éperdument, déraisonnablement. Elle lui avait plu dès le chaos de leur première rencontre. Il avait alors découvert une âme indomptable, tout en paradoxes, une force qui menaçait de rompre, une assurance qui cachait de la timidité, l'énergie d'un volcan qui pouvait s'éteindre d'un souffle.

Marion, elle aussi, savait ce qu'elle faisait en le suivant sur son bateau. Elle venait de vivre un rêve qu'elle tentait de prolonger. Elle, la provinciale mal désirée, mal aimée, mal comprise et sous-estimée, avait été séduite, comprise, respectée tout au long de cette enquête. Et aimée, sans doute aussi.

Encore sous l'effet des bulles de champagne qui avaient suivi le dîner, ils furent pris d'un fou rire dont ils avaient oublié la cause. Simon, que l'alcool rendait joyeux, eut toutes les peines du monde à ouvrir la grille de la passerelle. Son trousseau tomba à ses pieds, à quelques centimètres du vide et de la Seine.

Ce qui provoqua un nouvel éclat de rire.

Dès que la porte de la péniche fut refermée, l'euphorie cessa. Ils échangèrent un regard pendant de longues secondes, en silence, avec ces yeux qui ne savaient plus mentir. Simon approcha doucement son visage de celui de Marion. Ils se frôlèrent avec une infinie douceur et, au moment où leurs lèvres allaient enfin se toucher, elle le repoussa. Le mouvement fut si brutal que Simon bascula en arrière et tomba assis dans le canapé.

Elle s'approcha alors en le dévisageant, s'assit sur lui à califourchon, et ce fut elle qui l'embrassa. Cette fougue, ce caractère imprévisible, c'était elle, c'était ce qu'il aimait en elle. Elle lui ôta son blouson d'un geste, puis son pull et, comme par enchantement, le déshabilla en même temps qu'elle se retrouva nue.

Sans un mot, tout en s'embrassant, ils se levèrent et marchèrent jusqu'au lit où ils se laissèrent tomber. L'un contre l'autre, leurs corps dansaient au rythme de leurs caresses. Ne tenant plus, Simon glissa sur elle, mais elle le repoussa encore, d'un geste sensuel, mais si ferme qu'il se retrouva sur le dos. Elle bascula alors sur lui, le chevaucha puis se pencha pour l'embrasser tandis qu'elle le laissait entrer en elle. Elle posa doucement ses mains sur la poitrine de Simon et accorda le rythme de ses mouvements de reins aux battements de cœur de son amant. Ils jouirent ensemble, sans que leurs lèvres se soient quittées.

Simon s'éveilla le premier. En ouvrant les yeux, il découvrit le corps à demi nu de celle qui était encore une étrangère et que, pourtant, il connaissait si bien. Un sourire se dessina sur son visage. Simon était heureux pour la première fois depuis bien longtemps. Lui, l'enfant délaissé, l'insatiable, l'hyperactif, le turbulent avait soudain le sentiment d'avoir atteint un but. Il n'avait besoin de rien d'autre. Comme il continuait de l'observer, la tentation fut trop forte, il lui embrassa tendrement l'épaule. Elle poussa un petit gémissement puis, alors qu'elle semblait encore endormie, se tourna pour se coller à lui.

— Vous ne dormez plus, Simon Vairne ? demanda-t-elle d'une voix légèrement éraillée, les yeux toujours clos.

— Je te regardais.

— Je te plais ?

— J'ai l'impression de rêver encore.

Elle sourit. Ses paupières se plissèrent.

— C'était une belle soirée, Simon Vairne. Et une nuit délicieuse.

Elle se redressa doucement, révélant un sein, puis ouvrit les yeux et le regarda longuement. Son sourire se dissipa peu à peu et fit place à un visage grave, interrogateur. Comme si le plaisir éprouvé cette nuit, tel un délicieux prélude, ouvrait de nouveaux horizons.

— Je crois que cette enquête n'est pas terminée, Marion.

— Ah bon ?

— Nous avons encore tellement de points à éclaircir que tu vas être obligée de rester ici un moment, j'en ai peur !

Elle lui sourit.

— Ah ? Oui, il y a tous ces détails à régler… ça va prendre des semaines…

— Au moins ! Des mois peut-être, dit-il en la faisant basculer vers lui.

Cette fois, ce fut lui qui lui fit l'amour.

– 53 –

Lorsqu'il ouvrit les yeux, il la trouva debout, de dos, enveloppée dans une chemise qu'elle lui avait empruntée, examinant les livres de sa bibliothèque.

— Tu as bien dormi ? demanda-t-il en s'étirant.

— Ce n'est pas ce qui m'a le plus marquée…

— J'aime autant ça !

— C'est dingue le nombre de livres que tu as. Je t'en piquerai peut-être un ou deux.

— Si tu t'ennuies, j'ai aussi une console de jeu.

— Je ne m'ennuie pas, Simon Vairne.

— Quelle heure est-il ?

— Je ne sais pas.

Il tendit le bras pour attraper sa montre. Il ne l'avait toujours pas remontée et elle affichait la même heure depuis la veille.

— J'aime bien les gens qui lisent, dit-elle sans se retourner. Mon grand-père était libraire. Il avait une toute petite échoppe de livres anciens dans laquelle j'adorais fouiner quand j'étais gamine. Peu à peu, les clients se sont faits plus rares et il a dû la céder à un revendeur de matériel informatique.

Puis, laissant ses yeux se promener sur les étagères, elle poursuivit :

— Tu as des goûts très éclectiques !

— Quand j'étais étudiant, avant de jouer au poker, je n'avais pas une thune. Mais j'aimais lire. Alors, j'allais chez Gibert, aux puces ou dans les vide-greniers, et j'achetais des livres d'occasion. Je prenais ce que je trouvais. Des manuels d'histoire, des romans, des biographies, un peu de tout !

— Tiens, celui-ci, tu n'as pas fini de le lire, lui fit-elle remarquer en désignant le marque-page glissé dans *Oraisons funèbres* de Malraux.

— Si, je l'ai lu. Mais j'ai marqué la page du discours d'hommage à Jean Moulin. Il me fout la chair de poule chaque fois que je le lis.

— Je ne connais pas. Tu marques tous les passages des livres que tu as aimés ?

— Non, c'est le seul. C'est amusant, parce que c'est un truc que fait le professeur Haineteaux. Sauf que lui, il a marqué des centaines de pages dans des centaines de bouquins, c'est incroyable, il faut le voir pour le croire.

— Ah oui ? dit-elle en regagnant le lit. Moi aussi je faisais ça avec mes bouquins de droit.

Tout en parlant, elle caressait le torse de Simon du bout des doigts.

— Je cornais les pages importantes. Un jour, en TD, on devait avoir lu un chapitre de droit constitutionnel, ce que je n'avais pas fait. Mais, comme une copine m'avait rapidement briefée, j'espérais m'en sortir. Tu vois, moi aussi je bluffe, parfois. Eh bien, le prof m'a grillée parce qu'il a remarqué qu'aucune page du chapitre n'était cornée. Malin, le mec, non ?

— Oui, sacrément observateur, répondit-il machinalement.

— Tu as l'air soucieux.

— J'aimerais juste connaître l'heure.

— Il est l'heure de m'embrasser.

Simon sourit et la prit dans ses bras.

Soudain, il sembla pris d'un vertige.

— Ça ne va pas ? demanda Marion, en fronçant les sourcils.

Au lieu de lui répondre, il se leva d'un bond, fonça vers la bibliothèque, chercha le livre de Malraux que Marion avait reposé sur l'étagère, puis regarda sa montre. Son esprit était saturé de calculs de probabilités auxquels s'ajoutaient des phrases qui dansaient en boucle.

« *Quelle heure était-il ?*

— *7 h 05. Je le sais, je portais ma montre. Je l'ai regardée pour… je ne sais pas… avoir un repère.* »

« *7 h 05* ». *30 %.*

« *7 h 05…* » « *Je portais ma montre.* »

Il revit Haineteaux tapoter sa vieille montre en or.

« *Sa montre… Bien qu'elle soit en or, elle n'a pas une grande valeur, mais il la tient de mon grand-père.* »

Seulement 20 %.

— Simon, qu'est-ce qui se passe ? Réponds-moi !

Sans prêter attention à elle, comme un somnambule, il marmonna lentement :

— Comment pouvait-il savoir ?

Pas plus de 15 %.

— De quoi parles-tu ?

Au lieu de répondre, il se tourna de nouveau vers la bibliothèque. Il saisit le livre de Malraux et le feuilleta.

En s'ouvrant, le livre laissa échapper le marque-page qui tomba au ralenti.

Non... 0 %.

— Nom de Dieu !

— Simon, tu m'inquiètes vraiment. Dis-moi ce qui se passe !

Il se tourna brutalement vers elle. Son visage était parcouru par une expression étrange qu'elle ne lui avait encore jamais vue.

— Marion, on s'est fait avoir ! s'écria-t-il.

Il se dirigea vers elle et la saisit par le bras.

— Tout ceci n'est qu'une mascarade ! Une énorme arnaque !

— Mais…

— On s'est fait avoir ! C'est du grand art !

— J'aimerais bien que tu m'expliques !

— Merde ! On ne peut pas téléphoner ! Je n'ai pas de fixe et nos portables sont HS. Il faut filer prévenir Bador. Habille-toi !

— Mais tu vas…

— Habille-toi ! Vite ! Fais-moi confiance.

Il se jeta sans réfléchir sur ses vêtements de la veille et les enfila en toute hâte.

Stupéfaite, Marion l'imita.

Ils quittèrent le bateau en un temps record. Sur le quai, Simon croisa son voisin, le chat Ozzy dans les bras.

— Bonjour, Simon. Tu m'as l'air bien pressé !

— Quelle heure est-il ? cria-t-il sans s'arrêter de courir.

Le voisin consulta sa montre.

— 11 h 49. Tu…

— Bordel de merde !

Simon grimpa sur son scooter et tenta de le démarrer, mais au lieu de la pétarade habituelle, il n'y eut qu'un silence. Il renouvela l'opération plusieurs fois, sans que le Piaggio réagisse.

— Oh, non, non, non ! Pas maintenant ! Je t'en supplie !

Comme apitoyé par la prière de Simon, le moteur du vieux scooter vrombit à la tentative suivante. À peine Marion assise, Simon démarra en trombe.

Se faufilant entre les voitures, roulant à contresens, grillant chaque feu rouge, Simon fonça à la DGSI à une allure déraisonnable. Lorsqu'ils entrèrent dans Levallois-Perret, l'enseigne lumineuse d'une pharmacie indiquait 11 h 55. Plus que cinq minutes, et Axel Natrin allait réussir l'arnaque du siècle. Simon accéléra encore. Au dernier carrefour, il monta brusquement sur le trottoir et, sans ralentir, slaloma entre les piétons. Il arriva à la DGSI comme une fusée, et pila devant la porte. Il surgit si soudainement que le policier à l'entrée épaula son arme et le braqua. Simon brandit sa carte de police, ôta son casque et s'identifia, imité par Marion qui présenta son badge. Malgré les protestations de l'agent, il laissa son scooter sur le trottoir, juste devant l'entrée, et pénétra dans le bâtiment, suivi de Marion. Au portique de sécurité, ils abandonnèrent tous leurs objets métalliques, y compris leurs armes, sans prendre la peine de les récupérer.

— Nous sommes extrêmement pressés. Faites vite, je vous en supplie.

L'agent en faction les laissa passer et ils s'élancèrent tout droit vers les ascenseurs. Marion pressa frénétiquement le bouton, tandis que Simon allait d'une porte à l'autre, comme un fauve en cage.

— Quelle heure est-il ? demanda Simon à un collègue qui patientait dans le hall.

— Midi.

— Merde ! Midi pile ?

— 11 h 57.

L'un des ascenseurs s'ouvrit enfin. Ils se précipitèrent aussitôt dans la cabine et Simon se jeta sur le bouton du 6ᵉ étage. Les portes se refermèrent au ralenti, puis se rouvrirent au 3ᵉ étage, face à deux hommes qui montèrent en plaisantant. L'un d'eux approcha sa main des boutons. Simon intercepta son poignet au vol et le rejeta en arrière.

— Mais enfin ! protesta l'homme, scandalisé.

— On n'a pas le temps ! s'exclama sèchement Simon.

En remarquant son regard halluciné, son front couvert de sueur et sa respiration haletante, l'homme préféra ne pas insister et recula, imité par son collègue.

Arrivés au 6ᵉ étage, Simon et Marion bondirent comme un seul homme et s'élancèrent dans l'interminable couloir. Ils passèrent devant l'assistante de Bador, sans s'arrêter.

— Mais qu'est-ce que vous faites ? Vous n'avez pas rendez-vous ! Je ne peux…

Sans prendre la peine de frapper, Simon ouvrit la porte du bureau du directeur général et fit irruption dans la pièce. Interloqué, Bador ôta d'un geste ses lunettes et fronça les sourcils.

Sans le laisser parler, Simon demanda :

— Avez-vous fait le transfert d'argent de Natrin ?

— Je… Non, c'est programmé pour midi pile…

— Annulez tout !

— Quoi ?

— Annulez tout avant qu'il ne soit trop tard !

— Mais qu'est-ce qui vous prend ? demanda-t-il, agacé.

— C'est une arnaque. On s'est fait rouler !

Simon s'approcha, posa ses deux poings sur le bureau du grand patron et le fixa droit dans les yeux.

— Faites-moi confiance, dit-il d'un ton rasséréné et plein d'assurance.

Bador observa Simon un moment, comme pour le jauger. Puis il décrocha son téléphone.

— Passez-moi le ministre. C'est très urgent. Priorité absolue.

Le Printemps de Vivaldi retentit dans le combiné. Bador regarda sa montre : 11 h 59.

— Allô ? Monsieur le ministre ? Bador. Annulez le virement, monsieur… Oui, monsieur… Si je suis sûr ?

Bador leva les yeux vers Simon. Il ne lut aucun doute sur le visage de son lieutenant.

— Oui, monsieur, je suis sûr. L'un de mes hommes vient de démasquer la supercherie… Oui, monsieur… Comment ?… C'est cela, comme les avions renifleurs… Naturellement, je vous donnerai tous les détails plus tard… Mes respects, monsieur le ministre.

Bador raccrocha le combiné et fixa Simon.

— J'espère que vous ne m'avez pas fait faire une connerie monumentale.

— Haineteaux a menti, monsieur. Il n'a jamais été enlevé.

— Quoi ? Qu'est-ce que vous racontez ?

— Il porte une vieille montre, en or.

— Ne me dites pas que vous faites échouer l'opération à cause d'une montre…

— C'est une montre à remontoir manuel qu'il tient de son père. Pourtant elle a continué de fonctionner pendant sa captivité. Il a pu lire l'heure dès qu'il a recouvré la mémoire. Elle indiquait 7 h 05. C'est lui-même qui me l'a dit.

— Et qu'est-ce que ça prouve ?

— Comment a-t-il fait pour la remonter régulièrement, alors qu'il était inconscient et attaché ? Vous pensez que c'est Natrin qui la lui remontait gentiment chaque jour ?

— Vous voulez… ?

— Et les livres, reprit Simon, électrisé. Il a acheté trois livres juste avant de se faire enlever. J'ai trouvé le ticket de caisse dans le tiroir d'une desserte de son appartement, je peux même vous en donner les titres. Et quand on le retrouve, il les a lus !

— Mais, dans… ?

— Et il les a lus tellement assidûment qu'il a pris le temps d'en marquer les pages. Il devait être bien peu stressé par son enlèvement pour être à ce point plongé dans la lecture, vous ne trouvez pas ?

— Eh bien…

— Et quand a-t-il trouvé le temps de les lire, s'il était inconscient, attaché sur une machine ?

Bador regarda Simon sans réagir. Pour une fois, c'était lui qui était déstabilisé. Il semblait analyser chaque mot sortant de la bouche de Simon, sans trop savoir comment réagir.

— Monsieur, Axel Natrin vous a donné plusieurs comptes off-shore pour le virement, n'est-ce pas ?

— Oui.

— Combien précisément ?

— Cinq, répondit Bador.

— Natrin, Haineteaux, Vastine, Levine, Boissard. Ça fait cinq.

— Mais c'est ridicule ! Nous n'allions verser que la moitié de la somme. Il reste la seconde partie. Ils ne l'auraient jamais reçue.

— Laissez-moi deviner, monsieur le directeur : cette seule moitié représente un montant très élevé, non ? Même divisé en cinq, je suis sûr que ça fait énormément d'argent. J'ai tort ?

Bador continua de scruter Simon. Pour toute réponse, il décrocha de nouveau le combiné de son téléphone.

— Lancez un mandat d'arrêt contre Axel Natrin, Vincent Boissard, Otis Levine, Henri Vastine et Jean-Édouard Haineteaux.

– 54 –

Peu habitués à la pression que les enquêteurs faisaient subir aux suspects lors de leur garde à vue, les savants n'avaient pas réussi à nier plus d'une demi-heure. Une fois mis face à ses contradictions, l'un d'entre eux craqua et la résistance des autres ne tarda pas à s'effondrer dans la foulée, comme un château de cartes.

Ils avaient été interpellés le jour même, alors que chacun s'apprêtait à regagner son domicile. Ils n'avaient pas pris la peine de fuir, sûrs que leur plan éviterait tous les écueils.

C'était Simon qui, en toute logique, avait été désigné par Bador pour organiser les auditions. Conformément à la procédure, ils devaient être interrogés séparément et Simon nomma donc trois enquêteurs pour l'assister. Lui-même se chargerait d'Haineteaux, puisque c'était par lui qu'avait débuté cette affaire et grâce à lui qu'elle allait se terminer. Galamment, il laissa à Marion le soin de choisir quel suspect elle voulait interroger. Elle décida de s'occuper de Boissard, le point de départ de toute son enquête.

Un seul manquait à l'appel, et non des moindres : Axel Natrin n'avait pas pu être interpellé. Il avait dû prévoir sa fuite de longue date et, à cette heure, il était sûrement déjà loin.

Simon pénétra dans la pièce où était retenu Haineteaux. Ce dernier, l'air penaud, redressa la tête mais aucun son ne sortit de sa bouche. Qu'aurait-il pu dire ? Ce savant de renommée internationale, couvert de récompenses, qui donnait des conférences dans le monde entier et collaborait avec la Défense, était piteusement assis sur une chaise inconfortable, les menottes aux poignets.

Simon fit le tour du bureau, saisit une chaise et l'installa près d'Haineteaux. Sans doute gêné par cette promiscuité inattendue, le scientifique détourna le regard et baissa la tête.

Simon l'observa un instant. Ses cheveux grisonnants, sa barbe soigneusement taillée… Comment avait-il pu en arriver là ? Puis il simula une moue admirative et applaudit. Haineteaux sursauta légèrement. Chaque claquement de mains lui faisait l'effet d'une gifle.

— Quel talent ! « Je ne me souviens de rien. De rien du tout. C'est comme si ces derniers jours n'avaient pas existé. Le trou noir, lieutenant, le vide complet. » C'est presque dommage que vous vous soyez consacré aux sciences, professeur, car je suis convaincu que vous auriez fait des étincelles à la Comédie-Française !

Haineteaux gardait la tête baissée. Simon poursuivit :

— Heureusement, il est encore temps de laisser s'exprimer cette passion tardive. Il paraît qu'il y a des ateliers de théâtre dans la plupart des établissements pénitentiaires…

Malgré ses sarcasmes, Simon n'en croyait pas ses yeux. Il était à côté de l'un des cerveaux les plus brillants au monde, et cet homme, ce génie, était à cet instant comme un enfant que l'on aurait surpris à jeter des cailloux sur les vitres du voisin.

— Dénonciation de crime imaginaire… escroquerie en bande organisée… peut-être même complicité de meurtre… Ça devrait vous laisser le temps de jouer toute l'œuvre de Corneille !

Simon se régalait.

— Que voulez-vous savoir, lieutenant ? demanda Haineteaux d'une voix monocorde, sans lever la tête.

Simon venait de remporter la partie. Son adversaire avait *mucké*, comme on dit au poker. Il savait qu'il avait perdu, il jetait ses cartes.

— Racontez-moi comment tout a débuté.

La bouche sèche, Haineteaux passa sa langue sur ses lèvres, puis commença à parler :

— Axel Natrin m'a contacté il y a un peu plus de deux ans. Il cherchait des partenaires dans la communauté scientifique, car il se vantait d'avoir inventé une machine capable de lire les pensées ainsi que toutes les informations contenues dans le cerveau, de les déchiffrer, de les stocker et de les transférer à un autre individu.

— Et vous l'avez cru ?

— Pas du tout, au contraire. Je l'ai pris pour un cinglé. Je m'intéresse suffisamment aux sciences pour savoir qu'on est encore loin d'un tel miracle. Et nous en sommes restés là. Mais il m'a recontacté plus tard et, cette fois, il m'a décrit dans le détail le fonctionnement de sa machine. Il m'a montré des photos, des croquis, des schémas. Il m'a fourni beaucoup d'explications et a répondu à toutes mes questions. C'était troublant, car il n'était pas fou, loin de là. Tous les éléments qu'il donnait étaient parfaitement cohérents. Alors j'ai commencé à y croire. J'ai été fasciné par les perspectives qu'une telle machine pouvait ouvrir. Transférer le savoir d'un individu à un autre, ça révolutionnait complètement la physionomie de la recherche scientifique ! C'est seulement lorsque j'ai mordu à l'hameçon qu'il m'a révélé avoir tout inventé.

— Et ?

— Il m'a dit que s'il était parvenu à convaincre un esprit aussi brillant que le mien, on pouvait convaincre la terre entière. C'est à ce moment-là qu'il m'a expliqué son plan. Vous connaissez la suite.

— Pourquoi ne trouve-t-on aucun lien entre vous et Natrin ?

— Parce que nous avons été discrets et que vous n'êtes pas remontés assez loin. Une fois le plan soigneusement élaboré, nous avons cessé tout contact. Je n'ai pas eu de nouvelles d'Axel Natrin pendant un an. Lorsqu'il m'a donné le feu vert, je savais ce que je devais faire. Le lieu de « l'enlèvement », l'heure, tout était prévu depuis longtemps.

— Qui s'est chargé de recruter les autres savants ?

— Lui.

— Et comment se fait-il que l'on ne retrouve aucun lien entre vous, Boissard, Vastine et Levine ? Vous utilisiez un système de messagerie codée ?

— C'est beaucoup plus malin que ça…

— Je vous écoute.

— Nous ne nous connaissons pas personnellement !

Simon fronça les sourcils.

— Vous voulez dire que vous n'aviez aucune relation les uns avec les autres ?

— Aucune ! Je ne savais même pas qui seraient les autres personnalités dans le coup. Natrin tenait à ce cloisonnement.

— Brillant, fit Simon en hochant la tête. Ça explique pourquoi nous n'avons jamais réussi à vous relier.

— Natrin a réellement voulu construire cette machine. Il a vraiment cru que ce serait possible. Puis, confronté à des difficultés techniques insurmontables, il a fini par jeter l'éponge après avoir littéralement asséché les finances de sa fondation. Plus tard, il s'est dit qu'il pourrait en tirer parti… d'une autre manière.

— En vendant à prix d'or une invention qui ne fonctionne pas.

— Oui. Axel Natrin a dépensé des sommes astronomiques pour construire sa machine et a délaissé les affaires courantes. Or, le mécène de la fondation est décédé, la privant de fonds. Il était acculé. Et puis…

— Et puis ?

— C'était aussi une question d'orgueil. Ses confrères l'ont vigoureusement attaqué durant des années. Tôt ou tard, il aurait été obligé d'avouer que ses travaux ne menaient nulle part, ce qui aurait donné raison à ses détracteurs. Quitte à échouer, autant s'exiler avec une fortune en poche plutôt que de rester vivre ici dans le déshonneur.

— Le cathéter, le Valium…

— Des détails. Pour faire plus vrai.

— Vous avez dormi dans ce camion ?

— Oui, Natrin l'avait aménagé pour que l'on puisse y passer quelques jours. C'était très rudimentaire et inconfortable, mais il ne s'agissait que d'un petit sacrifice au regard du bénéfice.

— Lorsque nous nous sommes introduits dans le camion, tous ces aménagements avaient disparu.

— Évidemment, il les a retirés dès qu'il n'en a plus eu besoin.

— Comment avez-vous simulé l'enlèvement ?

— Je suis parti, un soir, rejoindre Natrin dans son camion. Il n'y a rien de plus discret qu'un kidnapping qui n'a pas lieu.

— Votre fille était au courant ?

— Non ! Elle n'est pas impliquée. Je vous le jure !

— Je vous crois.

— Il fallait que personne ne soit au courant, pas même elle. Et puis, je ne voulais pas la mêler à tout ça.

— Elle s'est beaucoup inquiétée pour vous, vous savez ? Ça ne vous dérange pas d'avoir fait souffrir votre propre fille ?

— Si. Bien sûr que si. Mais son commerce ne marche pas. Je n'aurais pas pu continuer à la renflouer bien longtemps. Alors, je me suis dit que l'aide que je lui apporterais compenserait les quelques jours où elle s'était rongé les sangs, vous ne croyez pas ?

En posant sa question, Haineteaux comprit qu'elle était incongrue. D'ailleurs, Simon le fusilla du regard avant de reprendre.

— Revenons à votre machination, professeur. Ce que je ne comprends pas, c'est qu'à un moment, il fallait bien qu'on fasse le rapprochement entre vous quatre. Sinon, nous n'aurions jamais pu découvrir cette histoire de machine.

— C'est exact.

— Mais si ma collègue n'avait pas été aussi volontaire et opiniâtre, si elle ne m'avait pas contacté, vous n'auriez été que quatre scientifiques enlevés, chacun dans son coin, et personne ne vous aurait reliés les uns aux autres. Dans ce cas, votre joli plan serait tombé à l'eau !

— Non. Il était prévu que nous contactions les médias chacun de notre côté pour expliquer ce qui s'était passé. Même séparément, quatre scientifiques de haut niveau qui racontent la même histoire d'enlèvement, ça ne passe pas inaperçu. Si la presse s'en était mêlée, convaincre le ministère après un tel tapage médiatique aurait été chose aisée.

— Pourquoi avoir modifié vos plans ?

— Parce que, comme vous venez de le dire, votre collègue a fait le travail pour nous. Notre histoire n'avait plus besoin de publicité puisqu'elle était portée par un officier de police judiciaire. C'était encore mieux !

— En observant le calendrier des « enlèvements », on a constaté que le déroulement de celui d'Henri Vastine ne correspondait pas à celui des autres : il a été enlevé trop vite, libéré trop tôt et loin de son lieu de résidence. Pour quelles raisons ?

— Natrin m'a dit que les Russes lui mettaient une pression incroyable. Il était constamment suivi, ça le rendait nerveux. Il a été contraint d'accélérer le rythme, sinon toute l'opération risquait d'échouer.

Simon voyait très bien à quel genre de pression il faisait allusion. Il y avait d'abord eu ce motard à Lyon, qui devait s'assurer qu'Haineteaux avait bien été enlevé, comme l'affirmait Natrin. Puis surtout ce tueur, Fedor Firov, dans le parc de la clinique.

— Et ce symbole, que signifie-t-il ?

— Ça aussi, c'est une idée de Natrin. C'est lui qui l'a imaginé. Il trouvait ça génial, il pensait que les médias partiraient dans des délires fantastiques, évoquant des extraterrestres, une secte, un grand complot maçonnique, les Illuminati ou je ne sais quoi. En comparaison, l'histoire que nous allions raconter semblerait finalement beaucoup plus plausible. Par ailleurs, ce symbole était destiné à permettre d'établir un lien entre nous. Comme vous l'avez dit vous-même, sans le travail de votre collègue, nous n'étions que des cas isolés. Voilà pourquoi nous avions prévu, les uns après les autres, de contacter les enquêteurs pour leur parler du « signe », comme d'un souvenir qui aurait refait surface. Là encore, vous avez été plus rapides que nous ne l'avions imaginé.

— Et les Russes, que viennent-ils faire là-dedans ?

— Il n'y a pas de meilleur acheteur que celui qui a envie d'acheter.

— Je ne vois pas le rapport.

— Si Natrin était allé voir le ministre en lui disant qu'il avait inventé une machine formidable et qu'il la vendait, quel accueil aurait-il reçu, d'après vous ?

— Il se serait fait mettre dehors. Alors qu'en impliquant les Russes, vous donniez du crédit à votre histoire.

— Bien mieux que cela ! On vous donnait le désir d'acheter. Parce que si vous ne le faisiez pas, les Russes, eux, le feraient. Et ça, ça aurait été dur à avaler. Surtout quand on est ministre !

Simon se remémora l'entrevue dans le cabinet ministériel. C'était exactement ce qui s'était produit : Natrin était un dingue ou un escroc jusqu'au moment où le SVR était entré dans la danse. C'est précisément à ce moment-là que tout avait basculé. « Si les Russes s'y intéressent, c'est que c'est intéressant. » C'était les propos mêmes du ministre ! Malgré eux, les Russes leur avaient donné envie de croire à cette fable et de les prendre de vitesse.

— Mais comment les a-t-il contactés ?

— Il ne me l'a pas dit.

— Et comment les a-t-il convaincus ?

— Le plus simplement du monde : il leur a expliqué qu'il allait enlever des scientifiques et procéder à un test.

— Et ça a suffi ?

— Je suppose qu'au début, ils l'ont pris pour un dingue. Puis, lorsqu'ils ont constaté que Natrin était sérieux, ça a commencé à les intriguer, oui.

— D'accord, mais il a fallu leur fournir des preuves.

— En effet. Natrin avait donné rendez-vous à l'un de leurs agents pour tester sa machine. Il lui avait proposé d'implanter nos connaissances dans son cerveau, afin qu'il puisse ensuite faire son rapport à ses supérieurs. On ne pouvait pas rêver meilleure preuve.

— Mais ce n'était pas possible, puisque la machine ne fonctionnait pas !

— Exact. Natrin devait tuer ou blesser grièvement cet homme. Et immédiatement après, prendre contact avec le ministère de l'Intérieur français. Quel meilleur argument qu'un espion blessé ou mort dans son jardin pour prouver que les Russes étaient intéressés et qu'il fallait faire vite ?

C'était le fameux soir où Marion et lui avaient pénétré illégalement dans la fondation Philomena. Et ils s'étaient retrouvés dans le champ de tir. Natrin avait fait feu sur eux en pensant probablement qu'eux aussi étaient russes.

— Et Georges Toussant, qui l'a tué ?

— Écoutez, répondit Haineteaux sur un ton soudain suppliant, je veux bien vous dire tout ce que je sais, mais je vous jure que je n'y suis pour rien. Ce n'était pas prévu. Il n'a jamais été question qu'un innocent meure.

— C'est donc Natrin qui l'a tué ?

— Ça ne fait aucun doute.

— Il ne vous l'a pas dit ?

— Non. Il ne m'a pas parlé de ce meurtre. Ça ne faisait pas partie du plan !

— Alors, qu'est-ce qui vous fait croire que c'est lui ? Il n'a pas le profil d'un tueur, pourtant.

— C'est vrai. Mais lorsque je l'ai rejoint, il avait changé. Je l'ai senti prêt à tout. Je crois que cette opération l'a complètement transformé. Sa détermination m'a fait peur.

— Pourquoi l'a-t-il tué, selon vous ?

Haineteaux hésita un instant. Il semblait sincèrement ému et inquiet.

— Au départ, nous devions être cinq. Comme je vous l'ai dit, je ne savais pas qui serait impliqué. Toutefois, lorsque vous m'avez annoncé qu'un biologiste de renommée internationale avait été assassiné, j'ai eu peur que ce ne soit lié et je me suis dit qu'il s'agissait d'un avertissement. Toussant avait obtenu le Nobel, et ça lui avait rapporté beaucoup d'argent. Il a dû changer d'avis et Natrin a paniqué. Ou bien Toussant a voulu le faire chanter, je ne sais pas. Quoi qu'il en soit, comme Natrin ne pouvait pas nous joindre, c'était une façon de nous faire passer, à nous quatre, un message. J'ai été horrifié de constater qu'il était capable d'aller jusque-là.

Simon ne put retenir son dégoût :

— Il ne s'est pas contenté de le tuer, il l'a atrocement mutilé ! Comment peut-on en arriver là ?

— Je vous l'ai dit, Natrin était méconnaissable. Lorsque je me suis trouvé avec lui dans le camion, je l'ai surpris à parler tout seul à plusieurs reprises. Je pense que, d'une certaine façon, il avait basculé dans la folie. Il travaillait sur ce projet depuis tant d'années, il avait si minutieusement réglé chaque détail qu'il n'a pas supporté qu'un obstacle se dresse sur sa route. S'il y avait le moindre risque que Toussant compromette son plan, il devait l'éliminer. En le… mutilant, il pensait probablement que ça tournerait à son avantage puisqu'il nous montrait sa détermination d'une manière qui ne laissait planer aucun doute.

Ce que le commissaire Cannelle Pourson avait imaginé être un meurtre rituel, un abominable sacrifice humain, était en fait l'un des innombrables rouages d'une machination très sophistiquée. Toussant était mort parce qu'il était une menace, ou simplement pour remotiver les troupes avant la grande représentation. Lui extraire le cerveau participait de la même logique : faire peur, montrer la froide détermination de Natrin, donc obtenir l'adhésion totale au plan, jusqu'à son terme. Il signifiait ainsi, de la manière la plus incontestable, qu'ensemble ils avaient franchi le point de non-retour.

C'était aussi la raison pour laquelle Natrin avait laissé ce dessin dans la bouche de Toussant, après avoir commis son crime abject. Il souhaitait le signer pour que les seuls capables de l'interpréter comprennent le message : « Prenez garde ou vous subirez le même sort. » Il n'avait pas imaginé que le commissaire Pourson dissimulerait ces informations à la presse. En définitive, le cerveau volé et le mystérieux symbole n'avaient pas connu la célébrité escomptée.

— Où se trouve Natrin ?

— Je n'en ai aucune idée. Il avait prévu de quitter la France dès que possible, avant même que l'argent soit transféré. Nous ne devions plus jamais entendre parler de lui.

— Et vous, où aviez-vous prévu de vous enfuir ?

— M'enfuir ? Pour quoi faire ?

— Eh bien, pour échapper aux autorités ! dit Simon, comme une évidence. Si nous avions versé l'argent et que la machine n'était pas livrée, nous... Oh, putain !

Simon porta ses deux mains devant sa bouche, comme si ses paroles pouvaient le rendre complice de la machination.

— Vous venez de comprendre, lieutenant.

— Vous n'aviez rien à craindre !

— Eh non. Nous n'aurions rien eu à nous reprocher, nous n'étions que les victimes de Natrin. Nous nous en serions tenus à notre version : sa machine fonctionne, mais il a décidé de la vendre à quelqu'un d'autre et de disparaître avec ses secrets de fabrication.

— Vous pouviez donc rester en France sans crainte.

— Oui, à condition de dépenser notre part de l'argent discrètement.

Simon ne put s'empêcher de hocher la tête en signe d'admiration. Un criminel qui s'évapore et ses complices qui ne sont coupables de rien, c'était l'arnaque parfaite !

— Et la confrontation que nous avons organisée au jardin du Luxembourg, comment avez-vous pu la préparer ?

— C'était beaucoup plus facile que vous ne le pensez. Le plan de Natrin prévoyait ce genre de confrontation afin de démontrer l'efficacité de sa machine : nous d'un côté, lui de l'autre. Il n'a pas eu à la proposer puisque vous en avez eu l'idée !

— D'accord, mais comment avez-vous fait pour que tout coïncide à ce point ?

— C'est le fruit de beaucoup de travail. Le mérite en revient à Natrin. Lorsque tout a commencé, il nous a demandé de rédiger les équations, de retranscrire les théories les plus avancées que nous connaissions. C'est sur ces éléments-là que nous l'interrogerions le jour venu. Il a tout appris par cœur, pendant des mois, jusqu'à être en mesure de les reproduire sans hésitation. Il a si minutieusement préparé son intervention que nous-mêmes avons été bluffés !

— Et, puisque seules des questions techniques pouvaient lui être posées, cela limitait considérablement ce qu'il devait retenir.

— Mais c'est encore plus beau que ça, lieutenant ! s'exclama Haineteaux en s'enthousiasmant un peu trop au goût de Simon. Puisque les questions ne pouvaient être que très techniques… il n'y avait que nous qui pouvions les lui poser !

— Eh oui. Évidemment.

— Aucun scientifique en France n'aurait osé prendre la parole ni poser une question lui-même, alors qu'il était entouré des meilleurs savants.

Simon ne put contenir un petit sourire. Il se souvenait de Valbert, prolixe dans le cabinet ministériel, et muet en compagnie des savants. Et Philippe Eisen, d'habitude si gouailleur, avait été aussi intimidé qu'un enfant sur les genoux du père Noël. Puisque les examinateurs étaient complices et que personne n'oserait les interrompre, l'échec était impossible.

— J'ai une dernière question, professeur.

— Je vous écoute.

— Pourquoi ?

Haineteaux baissa la tête et reprit la posture qu'il avait au début de son interrogatoire. L'enthousiasme avait fait place à un mélange de honte et de crainte.

— Pour l'argent, finit-il par dire du bout des lèvres.

— C'est tout ?

Après un silence, Haineteaux poursuivit :

— J'ai dédié toute ma vie à la science. Et quelle récompense en ai-je tirée ? Des titres, des médailles, des poignées de main, de la reconnaissance, des « Monsieur le Professeur ». Quoi d'autre ?

Il hocha longuement la tête, puis reprit d'un ton plus autoritaire :

— Je n'ai rien, lieutenant. Un appartement plutôt banal dans un quartier sans intérêt. Aucun bien de valeur. Lorsque, en bon père de famille, je veux aider ma fille qui a du mal à lancer son commerce, je suis contraint de vider mon assurance-vie. Vous trouvez cela enviable ?

Simon s'abstint de répondre. Il était venu pour obtenir des réponses, pas pour débattre.

— « La science est une chose merveilleuse… tant qu'il ne faut pas en vivre », disait Einstein. Quand ma femme était en train de mourir d'un cancer et souffrait le martyre, qu'elle vomissait chaque nuit, perdait ses cheveux par poignées, qu'elle était devenue si maigre qu'on aurait dit que sa peau cireuse était cousue sur ses os, et que j'étais là, à la regarder partir, qui m'est venu en aide d'après vous ? Personne. Personne ! Il y avait des traitements de pointe en Californie et en Suisse, seulement, ils coûtaient une fortune, et cette fortune, je ne l'avais pas !

Sa commisération avait maintenant fait place à de l'emportement.

— Vous voyez ceci, lieutenant ? demanda-t-il en désignant sa rosette rouge de chevalier de la Légion d'honneur fixée au revers de sa veste. Elle m'a été remise par le président de la République. En personne. Pourtant, lorsque j'ai tenté de le contacter pour qu'il m'apporte son aide, son secrétariat m'a répondu que ce n'était pas possible et il a souhaité un bon rétablissement à ma femme ! Elle avait des métastases dans tout le corps et on lui a souhaité un bon rétablissement, avouez qu'il y a de quoi rire ! À quoi me servent tous ces lauriers, toute cette reconnaissance, si je ne suis pas capable d'être utile à ceux que j'aime ? À quoi je sers, moi ?

Haineteaux acheva sa phrase en réprimant un sanglot. Son motif était vieux comme le monde. L'argent. C'était aussi simple que cela. Simon regardait cet éminent scientifique, ce cerveau brillant, pris au même piège qu'un vulgaire braqueur. La tentation du fric facile, du gros coup, la conviction de mériter mieux, le sentiment de prendre une revanche, Haineteaux avait goûté à toutes les saveurs acides de la transgression. Il était comme les autres, ni meilleur ni pire. Il avait été pris dans un tourbillon qui promettait des jours meilleurs, mais qui avait tout dévasté. Il avait ses raisons. Il y avait toujours une raison. Boissard rêvait de grandeur, il désirait ouvrir son propre laboratoire, Levine souhaitait partir s'installer aux États-Unis et changer de vie, quant à Vastine – c'était à mourir de rire –, il voulait se faire construire une piscine ! Les plus grands cerveaux du moment avaient sombré dans la facilité de façon grotesque. On aurait pu mettre cela sur le compte de la force de persuasion de Natrin, mais la réalité était tout autre : chacun d'eux avait un prix. Natrin avait juste annoncé le bon montant, la somme qu'un individu raisonnable ne pouvait pas refuser. Et puis le plan était si bon, le risque de se faire prendre si faible…

Seul Georges Toussant avait refusé d'entrer dans la danse. Il en avait payé le prix.

Haineteaux demeura ainsi, tremblant, pleurnichant à moitié, se considérant autant victime que coupable. Ce génie, sur sa chaise, recroquevillé sur ses mains menottées, était humain, tout simplement.

Simon quitta la pièce sans ajouter un mot.

– 55 –

L'homme qui se présenta devant l'immense comptoir en marbre de la réception de l'hôtel était pressé et fatigué. Son avion avait eu du retard lors de la correspondance à Miami et il avait déambulé pendant deux heures, sans but, dans l'interminable hall de l'aérogare.

Il avait fini par embarquer sur un bimoteur à hélices qui faisait un bruit d'enfer, pour achever son voyage à l'aéroport Lynden Pindling de Nassau, où une navette de l'hôtel était venue le chercher, lui et quelques autres clients.

En attendant son tour, il frissonna et jugea utile d'enfiler son blouson. Il l'avait ôté en sortant de l'aéroport, immédiatement saisi par la chaleur moite des Bahamas en cette saison. Mais la différence de température entre l'extérieur et le hall climatisé de l'hôtel était saisissante.

Les clients précédents venaient de quitter le comptoir, et l'hôtesse, une Asiatique en surpoids, le regarda en souriant pour lui signifier que c'était son tour.

— Bienvenue à l'Atlantis Hotel & Casino Resort !

Il présenta sa pièce d'identité, un passeport belge au nom de Philippe Muelder, et son American Express.

Après avoir rempli un court formulaire, il reçut un étui cartonné contenant la carte magnétique de sa chambre. L'hôtesse lui souhaita un bon séjour. Il ne répondit pas.

Il se dirigea vers les ascenseurs, laissant un employé s'occuper de ses bagages.

L'Atlantis était un complexe hôtelier luxueusement kitsch où le mauvais goût était de mise. Statues antiques en plâtre, colonnades, marqueteries de marbre, fontaines et fausses cascades s'affichaient avec outrance dans tout l'établissement, comme si Zeus y avait organisé un vide-grenier. L'ensemble était si outrageusement laid que l'on se demandait qui pouvait s'en délecter. Las, le plaisir évident qu'éprouvait la clientèle à se repaître de cette profusion indigeste prouvait que l'hôtel avait trouvé son public.

Sa chambre, au moins, était en étage élevé, conformément à sa demande. À peine entré, il la traversa pour se diriger vers la baie vitrée qui s'ouvrait sur Paradise Island. Il fut saisi par le paysage époustouflant. La mer et le ciel se disputaient le turquoise le plus pur, tandis qu'en bas, un temple aztèque en béton grossièrement peint était ceinturé par un bassin à l'eau trop bleue. Au loin, un parcours de golf complétait d'une tache verte ce tableau surréaliste.

Il ne séjournerait ici que quelques jours, quelques semaines, tout au plus. Le temps de visiter des maisons et de trouver celle qui lui conviendrait. Il avait déjà des critères en tête : une demeure de style colonial, dans un grand parc arboré, et vue sur la mer, évidemment. Le prix ne serait pas un souci.

En faisant le tour de la chambre, il croisa son reflet dans un miroir. Il était méconnaissable. Le crâne rasé et le visage glabre ne lui allaient décidément pas. Mais c'était nécessaire. Pour le moment, en tout cas.

Il ouvrit son sac de voyage et en sortit un ordinateur portable qu'il alluma. Plutôt que de s'installer sur le bureau, il préféra s'asseoir sur le lit, l'ordinateur sur les genoux.

Il entra le code wifi et, quelques instants plus tard, il était connecté. Il se rendit alors sur le site de la First Bahamas Trust et cliqua sur l'onglet permettant d'accéder à ses comptes. Il s'identifia et tapa le mot de passe qu'il connaissait par cœur.

Avant de poursuivre, il marqua une petite pause. Le temps de savourer l'instant. Il prit une grande inspiration puis il cliqua pour que s'affiche le solde.

Il fronça les sourcils en découvrant le montant qui apparut sur l'écran : $100. C'était la somme minimale exigée pour ouvrir un compte, qu'il avait déposée quelques semaines plus tôt. Il actualisa la fenêtre : $100. Il actualisa de nouveau, puis encore, et encore…

Il passa la main sur son visage.

Il regarda sa montre, calcula l'heure qu'il était à Paris. C'était idiot, car il savait pertinemment que le délai avait expiré depuis bien longtemps.

Pour la première fois, Axel Natrin eut peur.

– 56 –

— Alors ? demanda Stéphane Bador à l'agent qui venait de pénétrer dans son bureau.

— Nous avons fini par le localiser, monsieur. Il est aux Bahamas.

— Il aura été malin jusqu'au bout, celui-là ! Choisir un pays qui n'a pas d'accord d'extradition avec la France, c'est bien joué.

— Il a utilisé un passeport belge qui fait partie d'une série volée l'an dernier. Nous aurions dû…

— Ce qui est fait est fait, coupa Bador.

— Nous pouvons malgré tout faire une demande d'extradition auprès du ministère des Affaires étrangères.

Comme le directeur du Renseignement demeurait silencieux, l'agent crut bon d'ajouter :

— Je peux m'occuper de la procédure, si vous le souhaitez.

Au lieu de répondre, Bador se leva, marcha jusqu'à la fenêtre où il se plongea dans une longue réflexion, le regard perdu au loin.

— Merci. Ce sera tout, finit-il par lâcher.

Lorsque l'homme eut quitté les lieux, Bador retourna s'asseoir à son bureau, saisit ses lunettes qu'il se colla sur le nez et décrocha son téléphone.

— Passez-moi Timochenko.

Sergei Timochenko était chef de mission diplomatique à l'ambassade de Russie, en charge des affaires culturelles, et plus particulièrement de la musique classique dont il assurait la promotion en France avec zèle. Tchaïkovski, Rachmaninov et Prokofiev se seraient certainement retournés dans leur tombe s'ils avaient appris que leur musique servait de couverture à un ancien officier du KGB devenu chef du SVR en France. Timochenko aurait été bien incapable de faire la différence entre une sonate et un concerto, ou un piano et un clavecin, mais, en matière de coups tordus, il était premier violon.

Bador mit le haut-parleur.

— Mon cher Bador ! Comment allez-vous ? dit d'un ton jovial une voix au fort accent russe déformée par l'amplificateur du téléphone.

— Je vais bien, Timochenko. J'ai appris que l'un de vos musiciens avait été victime d'un malencontreux incident à Montmorency. Croyez bien que j'en suis désolé.

— Une mauvaise rencontre, ça arrive… Que voulez-vous ? tout le monde n'est pas amateur de musique. Quel dommage ! Un concertiste si talentueux…

— Dites-moi, vous serez peut-être intéressé de savoir où se trouve celui qui a gâché le récital…

— Ah oui ? Vous avez cette information ? Et me ferez-vous l'amitié de la partager avec moi ?

— Il s'appelle désormais Philippe Muelder. Il est parti faire un tour de chant aux Bahamas.

— Aux Bahamas, dites-vous ? Intéressant. Je connais justement un très bon musicien là-bas. Je suis persuadé qu'il serait tenté par un duo.

— Je savais que votre amour de la musique aurait le dernier mot. À charge de revanche ?

— À charge de revanche.

— Au revoir, Timochenko.

– 57 –

Alors que des dauphins en plâtre de l'Atlantis Resort crachaient inlassablement une eau turquoise, un attroupement inhabituel s'était constitué au bord de la piscine. Des touristes en maillot de bain formaient un cercle autour d'un homme étendu sur le sol. Quelques femmes avaient éloigné leurs enfants.

Le maître nageur était accouru très vite, sautant de sa chaise et longeant le grand bassin bordé de palmiers. À présent, il effectuait un massage cardiaque conforme à ce qui lui avait été enseigné. Au rythme de cent pressions par minute, ses deux mains s'enfonçaient dans le torse d'un homme d'une cinquantaine d'années, au crâne rasé.

Un second maître nageur, portant une mallette verte en plastique, rejoignit en courant son collègue. Il posa la mallette à terre, l'ouvrit et en sortit un défibrillateur qu'il positionna sur la poitrine de l'homme inanimé.

Le médecin de l'hôtel accourut également auprès d'eux, mais, après vingt minutes d'efforts, ils durent renoncer. Ils se relevèrent lentement, épuisés, terrassés par l'impuissance. Puis ils recouvrirent le corps d'une serviette de plage.

L'homme était mort d'une crise cardiaque.

C'était un Belge, disait-on.

Il avait donné l'heure à un homme coiffé en brosse et, quelques secondes plus tard, il s'était effondré en se tenant la poitrine.

Sur son poignet, juste au-dessus du bracelet-montre, il y avait une minuscule égratignure, semblable à la trace que laisse la piqûre d'une seringue. Mais qui y prêterait attention ?

– 58 –

L'éloge, bref et impersonnel, avait été prononcé sans conviction par un quelconque sous-directeur de cabinet venu spécialement de Paris. Il avait égrené les qualités du commissaire Cannelle Pourson qu'il n'avait jamais rencontrée.

Debout, devant le cercueil, un homme tenait la main de deux jeunes enfants.

Simon avait tenu à être présent. Il avait posé un jour de congé et était monté à Strasbourg. Alors qu'il pensait cette affaire terminée, elle était revenue le frapper avec une violence extraordinaire.

La veille, la DGSI lui avait enfin fourni un nouveau téléphone portable. Il avait deux messages. Cannelle Pourson l'avait appelé au secours. Lorsqu'il put écouter son cri de détresse, elle était déjà morte. La culpabilité l'avait aussitôt envahi et l'étreignait toujours douloureusement.

Simon avait revêtu son uniforme de lieutenant de police. Ce n'était pas naturel chez lui, bien au contraire. Il ne l'avait porté qu'une seule fois auparavant. Il n'aurait su dire pourquoi, mais c'était important pour lui. Cet homme indiscipliné, indépendant, parfois arrogant, avait soudain saisi la valeur de l'esprit de corps.

D'ailleurs, les policiers de tous grades étaient venus nombreux témoigner leur respect au commissaire Pourson et présenter leurs condoléances aux proches. Tous ses hommes étaient là, il n'en manquait pas un. À l'hôtel de police de Strasbourg, tout le monde avait été sous le choc en apprenant le décès du « patron ».

Une mort incompréhensible, inimaginable. Puisque son corps avait été trouvé dans un square public, une autopsie avait été pratiquée. Le légiste avait conclu à une crise cardiaque. Comment lui en vouloir ? Pouvait-il se douter qu'elle avait reçu un coup de Taser avant de subir une injection létale sous un ongle ?

— Pourquoi elle est morte, maman ?

Le père se pencha vers le plus petit de ses enfants et lui murmura quelques mots à l'oreille.

Simon aurait voulu répondre que Cannelle Pourson s'était fait avaler par l'un des rouages d'une étrange machination ourdie par un médecin machiavélique. Elle était une victime collatérale de cette escroquerie. Elle avait découvert trop de choses, vu des visages, avancé trop vite. Elle avait soudain représenté un danger auprès de gens pour qui le secret était une religion.

Non, il n'y aurait aucune justice, aucune vérité.

De même, avec le temps, l'affaire Toussant serait peu à peu oubliée, avant d'être enterrée. La DGSI s'était un peu trop impliquée, l'État français avait été à deux doigts de l'humiliation, les Russes avaient frôlé l'incident diplomatique. Autant de raisons qui incitaient à tout balayer sous le tapis. Ce qui arrangeait tout le monde.

Lorsqu'on travaillait pour le Renseignement intérieur, il fallait faire une croix sur ses scrupules. C'était parfois dur à avaler.

Simon sentit une main se glisser dans la sienne. Il se tourna et Marion lui offrit un sourire sobre, mais réconfortant. Jusqu'à présent, la jeune femme avait souhaité se tenir en retrait, devinant que Simon éprouverait le besoin de se recueillir seul. À présent, elle savait que sa place était auprès de lui.

Le chant liturgique prit fin. Le prêtre fit le signe de croix.

— Le Seigneur soit avec vous…

Remerciements

Mes premiers remerciements vont à vous qui tenez ce livre entre vos mains. Quel plaisir d'avoir fait vivre en vous cette histoire !

En toute logique, je vais remercier mes tout premiers lecteurs : Stéphanie (qui a également supporté mon isolement), Sophie et Jean-Michel Tessiot, Gilbert Laipsker (pour l'ensemble de son œuvre !), David Dufourcq, mon « ami de trente ans » Olivier Rouhet, Emmanuel Vigier.

Un remerciement particulièrement chaleureux et mon immense reconnaissance vont à Sébastien Baert, auteur lui aussi, qui a eu l'extrême gentillesse de passer un temps déraisonnable à me corriger. Lorsqu'il a terminé ses corrections, il avait deux gosses !

Je dois aussi remercier un autre ami de longue date, Henri Loevenbruck. Sans qu'il en ait conscience, son talent m'a incité à élever mon niveau. Et puis, sans lui, le professeur Toussant mettait trois pages à mourir !

Si ce premier roman est un tant soit peu crédible, je le dois à Jason Lopez et Daniel Berthelot de la Police nationale. Pour la partie sur Tracfin, j'ai été conseillé par Patrick Bernard, lui aussi officier de police judiciaire.

Sur le plan médical, j'ai été aidé par le Dr Julien Peyramaure sans qui les mystères de la VVP et des effets des psychotropes me seraient demeurés bien obscurs…

Pour la partie sur la psychologie, j'ai eu la bonne idée d'écouter les conseils de Nathalie Prussia-Collin.

Je remercie Messmer et Rémy Epinoux, qui m'ont apporté leur savoir sur l'hypnose de spectacle et l'hypnothérapie. À cet égard, je tiens à signaler que la scène d'hypnose de Marion Mastereaux dans le cabinet d'Alice Furnier est absolument authentique. Elle a été exécutée par Messmer en direct à la télé, au cours d'une émission que j'animais et dont je puis attester qu'elle a été réalisée sans trucage ni complicité. Cette vidéo est visible sur DailyMotion en tapant « Tribune Poker Messmer ».

J'ai une dette envers ceux qui m'ont aidé et m'aident encore à promouvoir ce roman. J'ai une dette… et de la mémoire ! Je vous le revaudrai.

Bien sûr, un gigantesque merci à toute l'équipe de Michel Lafon, à commencer par Margaux qui y a cru dès le début. Maïté, Marion, Émilie, Clément… Un pur bonheur de travailler avec vous !

N'hésitez pas à me suivre sur les réseaux sociaux.

À bientôt pour de nouveaux coups de poker.

Cet ouvrage a été composé et mis en page
par PCA, 44400 Rezé

Imprimé en France par

MAURY IMPRIMEUR
à Malesherbes (Loiret)
en novembre 2021

POCKET - 92 avenue de France, 75013 PARIS

N° d'impression : 258664
S31390/07